Utta Danella

Eine Heimat hat der Mensch

Roman

Hoffmann und Campe

CIP-Kurztitelaufnahme der Deutschen Bibliothek

Danella, Utta:
Eine Heimat hat der Mensch: Roman/Utta
Danella. – Hamburg: Hoffmann und Campe, 1981.
ISBN 3-455-01356-2

Schutzumschlaggestaltung Jan Buchholz und Reni Hinsch
Gesetzt aus der Korpus Aldus-Antiqua
Satzherstellung Süddeutsche Verlagsanstalt, Ludwigsburg
Druck- und Bindearbeiten Richterdruck, Würzburg
Printed in Germany

Eine Heimat hat der Mensch,
doch er wird nicht drin geboren,
muss sie suchen, traumverloren,
wenn das Heimweh ihn befällt.

Aber geht er nicht in Träumen,
geht er achtlos ihr vorüber,
und es wird das Herz ihm schwerer
unter ihren letzten Bäumen.

Verfasser unbekannt

Jagd I

Seit er aus Salzburg weggefahren war, hatte ihn aus der Ferne das Gewitter begleitet; es blitzte über den Seen, es grollte hinter den Bergen, der Himmel wurde immer dunkler, die Autos fuhren mit Licht. Als dann das Unwetter losbrach, befand er sich direkt darunter, es tobte mit einer Urgewalt, wie er es noch nie erlebt hatte. Trotzdem fuhr er weiter.

Das Auto ist ein Faradayscher Käfig, das hatte er in der Schule gelernt, ganz abgesehen davon, daß sein Vater ihm solche Dinge schon erklärt hatte, als er noch ganz klein war: Der Blitz kann gar nicht in ein Auto einschlagen.

Nur als ganz in der Nähe ein Baum getroffen wurde, er hörte das Krachen, sah aus dem Augenwinkel den Sturz, duckte er sich unwillkürlich. Wo er sich eigentlich befand, wußte er nicht, er mußte total in die Irre gefahren sein. Seine Fragen unterwegs, in Orten, an Tankstellen, waren mit Kopfschütteln oder vagen Hinweisen beantwortet worden. Doch mit der Verbissenheit, mit der er seit Stunden unterwegs war, verfolgte er weiter das unbekannte Ziel.

Kurz bevor der Regen begann, kam er durch ein Dorf, was heißt Dorf, ein Bergbauernhof mit ein paar Hütten drumherum, mehr war es nicht. Eine Frau, ein Huhn in der Schürze, war gerade dabei, ins Haus zu gehen, eilig, denn die ersten schweren Tropfen klatschten herab.

Er hielt, kurbelte das Fenster herunter und rief durch den Lärm des verhallenden Donners: »Ist das hier das Sarissertal?« Die Frau blickte unmutig, die Türklinke schon in der Hand.

Er schrie: »Ich suche das Sarisser Jagdschloß.«
Sie hob die Hand und wies den Weg weiter, bergauf.
Also fuhr er weiter, auch als der Regen zu strömen begann, als die Straße längst keine Straße mehr war, nicht einmal mehr ein Weg, nur ein nasser Glitsch, auf dem die Räder nicht faßten. Manchmal fuhr er über Bohlen, es rumpelte, er nahm das Tempo zurück, starrte ins Dunkel. Es ging bergauf, ziemlich steil; der Scheibenwischer führte einen aussichtslosen Kampf, denn dies war kein Regen, dies war eine Flut, es schien, als sei der Himmel ein Meer geworden, das sich in einem Schwall über die Erde ergoß.
Er tastete nach den Zigaretten, doch die waren in seiner Jacke, und die lag auf dem Rücksitz. Halten konnte er nicht. Wenn er hielt, würde er den Wagen niemals mehr in Gang bringen. Er war sich klar darüber, daß jeder vernünftige Mensch angehalten und eine Besserung des Wetters abgewartet hätte. Aber es war, als sei er gar nicht mehr fähig, diese rasende, unsinnige Fahrt zu unterbrechen. Es schien Stunden her zu sein, seit er die Hauptstraße verlassen hatte, in eine Nebenstraße eingebogen war, von dieser in eine andere, immer weiter in die Berge hinauf; und ob dies nun das verdammte Tal war oder nicht, ob die Frau unter der Tür ihn verstanden hatte, spielte keine Rolle mehr, er fuhr wie ein Automat, nur von einem Gedanken besessen: zu finden, was er suchte.
Die Fahrt nahm von selbst ein Ende. Der Wagen rutschte unter seiner Hand, er packte das Steuerrad noch fester, spürte, wie die Räder durchdrehten, gab Gas, der Wagen schoß vorwärts, das rechte Hinterrad bockte gegen einen harten Gegenstand, er steuerte dagegen, gab nochmals Gas, und dann kippte der Wagen vornüber, bohrte die Nase in den Schlamm einer grabenartigen Vertiefung, die Hinterräder drehten im Leeren.
Sein Kopf schlug hart gegen die Frontscheibe, wurde seitwärts geschleudert, und die Kante des Rückspiegels bohrte sich in seine rechte Schläfe.

Falls er die Besinnung verlor, war es nur für einen Augenblick. Er richtete sich sogleich auf, fluchte laut und drückte gegen die linke Tür, die sich mühelos öffnen ließ.
Er kletterte hinaus, Schwindel überfiel ihn, er taumelte, aber der Regen, der ihn anfiel wie ein wildes Tier, zwang ihn standzuhalten. In Sekundenschnelle war er bis auf die Haut durchnäßt. Eine Weile stand er wie betäubt, ließ den Regen an sich hinablaufen, dann kroch er in den kopfstehenden Wagen und angelte die Lederjacke heraus, zog sie über.
Und nun?
Er blickte aufwärts und abwärts, kam zu der Erkenntnis, daß dieser Weg ebensogut ein leeres Bachbett sein konnte, denn von oben floß jetzt das Wasser stetig herab, aus Rinnsalen wurde ein rasch fließender Bach.
Sarissertal. Wieso eigentlich Tal? Er befand sich hoch in den Bergen, von einem Tal konnte keine Rede sein. Und von einem Jagdschloß hatte er weit und breit nichts gesehen. Nun stak der Wagen fest, und wie er je wieder von hier fortkommen sollte, war ein Rätsel.
Zurücklaufen zu diesem Hof, fragen, ob dort ein paar Leute gewillt waren, ihm zu helfen. Falls der Regen je aufhörte. Blieb zu hoffen, daß die Alte mit dem Huhn nicht der einzige Bewohner war. Wie lange war er seitdem gefahren? Eine halbe Stunde, eine Viertelstunde? Der Zeitsinn war ihm abhanden gekommen.
Die Uhr zeigte ihm, daß es erst drei Uhr nachmittags war. Kaum zu glauben. Stand sie? Gegen halb zwölf war er in Salzburg weggefahren, und ihm kam es vor, als habe er seitdem die halbe Welt durchrast.
Er zog die Zigaretten aus der Tasche, steckte sie wieder weg, es würde unmöglich sein, in der Nässe eine anzuzünden. Sein Kopf schmerzte heftig, und das Schwindelgefühl nahm wieder zu. Er zog die Füße aus dem Schlamm und machte ein paar Schritte bergauf. Das ging. Alles an ihm schien heil zu sein. Da er sich nun in Bewegung gesetzt hatte, ging er weiter.

Sinnlos, aber er konnte nicht ewig neben dem havarierten Wagen im Regen stehen bleiben.
Soweit sich erkennen ließ, endete der Weg sowieso ein Stück weiter oben, und vielleicht gab es irgendwo einen besonders großen Baum, unter dem noch nicht alles schwamm. Er mußte sich eine Weile hinsetzen, die Beine trugen ihn nicht mehr.
Der Weg war nicht zu Ende, er machte eine Biegung, auf der Talseite wich der Wald zurück und machte Platz für eine sanft geneigte tiefgrüne Almwiese, über der wie ein dichter Schleier der Regen hing. Zur Rechten jedoch...
Er stand und starrte. Phantasierte er?
Da war ein Haus. Das Sarisser Jagdschloß, das mußte es sein. Ein Gebäude aus verwittertem dunklem Holz, mit winzig kleinen Fenstern und einem Umgang, so lag es, breit geduckt, unter den Tannen. Es war kaum zu sehen in der Dunkelheit, mit dem Wagen wäre er glatt daran vorbeigefahren.
Er stand wie angenagelt, der Regen floß an ihm hinab, spülte das Blut aus seiner Schläfenwunde, er hatte beide Hände zu Fäusten geballt und merkte es gar nicht.
Hier also. Würde er hier finden, was er suchte? Würde er hier endlich die Wahrheit über Carols Tod erfahren?
Wut und Schmerz waren es nicht mehr allein, die ihn erfüllten, er hatte auf einmal Angst. Er war sicher, daß Boris ihn erkannt hatte, heute vormittag in Salzburg, ihre Blicke hatten sich gekreuzt. Flüchtig nur, ein Sekundenblitz, aber Boris war viel zu klug, um einen Verfolger nicht zu erkennen. Und warum sonst diese plötzliche Abreise? War er nun hier in diesem Haus, dann wußte er, daß seine Flucht vergebens gewesen war.
Das Haus lag totenstill und dunkel unter den Bäumen, nichts rührte sich darin, es schien leer und unbewohnt. Seitwärts, tiefer unter den Bäumen, erspähte er einen offenen Verschlag, der wohl dazu diente, einen Wagen abzustellen. Doch ein Wagen war nicht zu sehen.

Wie in Trance, Schritt für Schritt, ging er auf das Haus zu, stieg die drei Holzstufen hinauf, die auf den Umgang führten, drückte die Klinke nieder.
Die Tür war offen. Ein langer, dunkler Gang führte geradeaus in das Haus hinein, rechts und links Türen, die im Dämmer verschwanden, kein Lebenszeichen. Das Haus war leer.
Nein. Zwei Anzeichen von Leben: der kurze tiefe Anschlag eines Hundes, ein warmer süßer Duft.
Der Schwindel kehrte zurück, die Benommenheit, und in verstärktem Maße Angst. Seine Stimme klang heiser, als er »Hello?« rief. Und dann noch einmal, lauter »Hello?«
Rechts im Gang, gleich vorn, ging eine Tür auf, ein Lichtschein fiel heraus, und der Wohlgeruch, der ihm schon aufgefallen war, als er das Haus betrat, umhüllte ihn wie eine Wolke.
Eine kleine stämmige Frau erschien unter der Tür, blickte ihn streng, aber ohne allzu großes Erstaunen an, kam dann auf ihn zu und fragte im Flüsterton: »Was wollen Sie?«
Auf diese plausible Frage fiel ihm keine Antwort ein. Das war alles ganz anders, als er es erwartet hatte, und die Frau, eine große weiße Schürze um den Bauch gebunden, hatte nichts Bedrohliches an sich.
»Haben Sie sich verirrt? Maria und Josef, Sie sind ja pitschnaß. Kommen'S mit!«
Wie ein Wassermann tappte er hinter ihr her in die Küche, denn das war der Raum, aus dem sie gekommen war. Es war warm darin, ein Herdfeuer brannte, es roch herrlich. Verlegen blickte er auf seine schlammbedeckten Schuhe. »Entschuldigen Sie«, begann er, »mein Wagen... ich wollte sagen, ich habe hier ein Stück weiter unten meinen Wagen in den Graben gefahren. Ich kann nicht weiter.«
»Hier kann man nur mit einem Landrover oder so einem Ding rauffahren«, sagte sie sachverständig. »Sie bluten ja. Sie haben sich verletzt.«

Jetzt, da der Regen die Wunde nicht mehr wusch, sickerte Blut über seine Wange. Der Kopf schmerzte höllisch. Die Küche, die Frauengestalt, beides schwankte.
Sie bemerkte seinen Zustand.
»Setzen Sie sich.« Sie zog ihm geschickt die nasse Jacke von den Schultern, dann kauerte sie sich nieder und zog ihm die Schuhe aus.
Es war ihm peinlich. »Nein, bitte, lassen Sie... Ich kann schon selbst...«
»Schon gut«, sagte sie ruhig. »Ich mach Ihnen die Wunde sauber und klebe ein Pflaster drauf. Dann legen Sie sich am besten eine Weile hin. Wie kommen Sie eigentlich hier herauf?«
Sie sprach nicht wie eine Österreicherin, ein fremdartiger Akzent, hart, östlich. Das paßte. Sein Mißtrauen kam zurück.
»Ich suche...« Er stockte. War er in eine Falle gegangen? Sie brachte ein Fläschchen, betupfte die Wunde mit einem getränkten Wattebausch, es brannte, dann klebte sie ein Pflaster darüber.
»Was suchen Sie?« In ihrer Stimme klang Mißtrauen.
Es war egal. Wenn er nun schon hier war, gefangen in diesem Haus, und wenn Boris sich in diesem Haus befand, dann war er ihm so oder so ausgeliefert.
»Ich suche das Jagdschloß im Sarissertal.«
»Das ist unser Jagdhaus. Kein Schloß. Sagten Sie Saritzer Tal?«
»Ja.«
Sie verzog keine Miene. »Was also suchen Sie hier?«
»Ich suche einen Herrn... eh, Decanter.«
Ein kurzer scharfer Blick aus kleinen, fast schwarzen Augen.
»Kenne ich nicht. Den suchen Sie hier?«
»Ja. Man hat mir gesagt...« Wieder überfiel ihn der Schwindel, das Gesicht der Frau verzerrte sich vor seinen Augen, seine Hand umklammerte krampfhaft den Rand des Küchentisches, an dem er saß.

»Der ist hier nicht. Und jetzt legen Sie sich hin. Aber ganz leise bitte. Die Kinder schlafen noch. Warten Sie.«
Sie öffnete einen Schrank, nahm eine Flasche heraus und füllte ein nicht zu kleines Glas randvoll. »Trinken Sie. Das wird Ihnen guttun.«
Ich trinke es nicht, dachte er, aber da hatte er das Glas schon in der Hand und trank. Himbeergeist, erstklassiger Himbeergeist, der bis in die Zehen zu rollen schien.
»Kommen Sie«, die Frau ergriff seine Hand und zog ihn vom Stuhl hoch, »legen Sie sich hin. Ich mach grad einen Apfelstrudel, bis Sie aufwachen, ist er fertig.« Jetzt lächelte sie. »Ganz leise, ja?«
Er tappte willenlos hinter ihr her durch den dunklen Gang, stieß sich das Knie an einem harten Gegenstand, eine Tür wurde lautlos geöffnet, sie schob ihn hinein, zerrte ihn vor ein Sofa und drückte ihn energisch nieder. Er saß kaum, da sank er schon um, merkte noch, wie eine Decke über ihn gebreitet wurde.
Er wußte später nicht zu sagen, ob er bewußtlos geworden oder einfach eingeschlafen war. Er hatte auch nicht bemerkt, daß auf einer zweiten Lagerstatt in diesem Raum ein Mann lag und schlief, so tief, daß er die Störung gar nicht bemerkte.

Als Richard erwachte, wußte er verständlicherweise im ersten Augenblick nicht, wo er sich befand. Er lag weich und bequem, es war warm und behaglich, nur sein Kopf schmerzte ein wenig. Über sich sah er schwere alte Holzbalken, und dann hörte er das gleichmäßige sanfte Rauschen des Regens. Es hat nachgelassen, es regnet friedlich, dachte er.
Da wußte er auf einmal, wo er war und wie er hergekommen war. Das Sarissertal, das Jagdschloß oder Jagdhaus, wie die Frau gesagt hatte, die Frau, die Apfelstrudel machte. Ein Stück weiter unten lag sein Wagen im Dreck.
Wie lange lag er hier schon? Er hatte geschlafen. Wo war die Frau? War sie der einzige Mensch in diesem Haus?

Er versuchte sich zu erinnern. Sie hatte irgend etwas erwähnt von schlafenden Kindern. Und sie würde den Apfelstrudel nicht allein für einen unerwarteten Besucher backen.
Vorsichtig wandte Richard den Kopf und blickte in die Augen eines Mannes, der auf der anderen Seite des Raumes lag, auf einem niederen Lager, das bis zum Boden von einer Felldecke eingehüllt war.
Nun richtete er sich auf, lächelte freundlich und fragte: »Gut geschlafen?«
In diesem Haus wunderte sich offenbar kein Mensch über hereingeschneite Besucher.
»Danke«, erwiderte Richard, »ausgezeichnet. Hoffentlich habe ich Sie nicht gestört?«
»Woher denn. Wenn ich schlaf, dann schlaf ich. Ich hab gar nicht gehört, wie Sie hereingekommen sind. Wissen'S, ich bin schon eine Weile wach, ich bin nur nicht aufgestanden, weil ich Sie nicht stören wollte.«
Jetzt also stand er auf, reckte sich, trat dann an den viereckigen Eichentisch, der vor dem Kachelofen stand und fummelte an einer Lampe herum; eine echte Petroleumlampe, wie Richard mit Staunen feststellte, als sie brannte. So etwas gab es also noch.
Der Mann, ein junger Mann, schlank und feingliedrig, mit einem ebenmäßigen, fast mädchenhaft hübschen Gesicht, hob nun die Nase und schnupperte.
»Riecht, als ob gebacken würde.«
»Apfelstrudel«, sagte Richard.
»Das sieht der Marika ähnlich. Sie hat immer die besten Ideen. Apfelstrudel, das ist grad recht bei diesem Wetter. Oh, Sie sind verletzt?«
Richard hatte sich aufgerichtet, sein Kopf begann zu dröhnen, er griff mit der Hand an die Schläfe.
Er erklärte, so gut es ging, was geschehen war, der junge Mann nickte mehrmals, sein Gesicht drückte lebhafte Anteilnahme aus. »Ein schreckliches Gewitter war's. Hat den

ganzen Tag schon umeinander gebrummt. Schwül und lästig war's, Wild haben wir gar nicht zu sehen bekommen. Und dann hat's ja wohl geregnet.«

»So kann man es nennen.«

»Ich schlaf schon seit drei Stunden. Wir warn nach der Morgenpirsch nochmal draußen, geschossen haben wir heut nichts, dann haben wir bisserl was gegessen, und danach brauch ich meinen Schlaf. Früh sind wir schon um vier Uhr raus.«

Jetzt nickte Richard voll Anteilnahme. Er hatte keine Ahnung von Jagdbräuchen, aber wenn sie von einem Menschen verlangten, daß er um vier Uhr seinen Schlaf abbrach, würde er sich sowieso niemals damit befassen.

Der junge Mann trat an eines der kleinen Fenster und schaute hinaus.

»Wird schon heller. Bald hört's auf zu regnen. Aber was wir mit Ihrem Wagen machen, weiß ich auch nicht. Wir müssen warten, bis der Lois raufkommt. Der ist gleich nach dem Essen runtergefahren, er hat wieder mal irgendwo eine Braut herumsitzen. Kann sein, er kommt erst spät am Abend herauf. Oder in der Nacht. No, das wird sich finden. Jetzt werden wir erst mal jausen. Aber vorher müssen wir Toni wecken. Kommen'S mit.«

Auf dem Gang stand jetzt auch eine Lampe, wodurch Richard es vermeiden konnte, sich wieder an dem dicken alten Lehnstuhl zu stoßen, der dort stand.

Marika steckte den Kopf aus der Küchentür heraus.

»Seid ihr wach? Dann mache ich einen Kaffee.«

»Duftet wunderbar, Marikam. Hast auch genug Mandeln reingetan?«

»Back ich oder backst du?«

»Ist Toni schon auf?«

»Ich hab noch nichts gehört.«

Diesmal war es die allerletzte Tür, links im Gang, und dahinter war ein relativ großer Raum, in dessen Mitte ein breites Bett stand, auf dem sich abermals ein Schläfer befand. Genauer gesagt, eine Schläferin. Am Fußende des Bettes lag ein großer schwarzer Schäferhund, der wachsam den Kopf erhoben hatte und seine rechte Vorderpfote wie schützend auf das Knie des Mädchens legte.

»Toni! Schlafst noch?« fragte der junge Mann.

Das Mädchen machte: »Mhm!« Und ohne die Augen zu öffnen stellte es fest: »Riecht nach Apfelstrudel.«

»Den gibt es. Und Besuch gibt es auch.«

»Net wahr?« Sie fuhr mit einem Ruck hoch und blickte Richard mit frohem Erstaunen an. »Wahrhaftig! Besuch!« Sie griff sich mit beiden Händen in das schulterlange braune Haar, schüttelte es und warf es zurück. Sie trug ein Nachthemd aus hellblauer Seide, das bräunliche schlanke Arme sehen ließ; ihr Gesicht war so feingezeichnet und hübsch wie das des jungen Mannes.

»Wer ist denn das?«

»Ein verirrter Wanderer. Das heißt, gewandert ist er nicht, er ist mit einem Wagen gekommen und hat ihn in den Graben gefahren. Ich kann mir schon denken, wo's passiert ist. Du kennst die Stelle sowieso, du bist schon zweimal da hängen geblieben. Ich muß dem Lois mal sagen, daß er sich ein paar Männer holt, den Stubben rausmacht und die Vertiefung aufschüttet. Bei so einem Wetter wie heut, wo man eh nix sieht, ist die Stelle kaum zu umschiffen. Bei Gewitter und Sturm hat's ihn derbröselt, ihn und den Wagen.« Der junge Mann lachte höchst vergnügt, das Mädchen im Bett lachte auch.

»Hauptsache, er hat's überlebt.«

»Bisserl lädiert ist er schon. Was mit dem Wagen ist, wissen wir noch nicht. Wir sind grad erst aufgestanden, und es regnet immer noch.«

»Na, mach Sachen.« Sie saß im Bett und strahlte Richard an, als sei er der Weihnachtsmann persönlich. »So schön, daß Sie da sind. War eh so lätschert heut.«

»Dies ist übrigens meine Schwester Toni.« Der junge Mann wies mit einer eleganten Handbewegung auf das Bett.
»Ich heiße Marie Antoinette«, sagte das Mädchen vorwurfsvoll. »Wenn du mich immer gleich als Toni präsentierst, wird mich nie ein Mensch bei meinem richtigen Namen nennen.«
Marie Antoinette! Richard kam es vor, als träume er. Oder hatte er einen größeren Schaden erlitten und phantasierte? Dieses merkwürdige Haus, hoch in den Bergen, diese seltsamen Menschen darin und nun noch dieses Luxusmädchen in einem Luxusbett, ein Toilettentisch stand im Zimmer, ein großer Spiegel, ein blauer Sessel. Nichts in diesem Haus sah so aus, wie man sich das Interieur eines Jagdhauses vorstellte. Jagdschloß, wie der Mann heute vormittag in Fuschl gesagt hatte, Jagdschloß, das paßte schon besser. Nur von außen sah das Schloß nicht aus wie ein Schloß.
Richard, noch in den Anblick des Mädchens versunken, das Marie Antoinette hieß, dachte nebenbei darüber nach, welche Bewohner dieses Haus wohl noch beherbergen mochte. Von Kindern war die Rede gewesen. Diese beiden hier jedoch waren Geschwister. Und über allem stand die Frage, ob Boris, der Mann, den er suchte, in diesem Haus wohnte.
Marie Antoinette schob ein Bein unter der Bettdecke hervor, worauf der Hund mit einem Satz vom Bett sprang.
Sie sagte: »Schleichts euch, ich komme gleich nach. Und, wie gesagt, vergessen Sie nicht, ich heiße Marie Antoinette.«
Wieder durch den Gang, zurück in das Zimmer, in dem er geschlafen hatte und in dem mittlerweile auf weißem Leinen ein Kaffeetisch gedeckt war; goldbraun und duftend, mit Puderzucker bestreut, stand mittendrin der Apfelstrudel.
Der junge Mann, Marie Antoinettes Bruder, umkreiste lüstern den Tisch und meinte: »Sieht gut aus, hm?«
»Kaffee ist gleich fertig«, klang es aus der Küche, aber ehe die Jause begann, gab es noch eine Verzögerung, Toni trat ein, in einer Hose aus schwarzem Samt und einer blauen Bluse, und rief einladend: »Setzt euch! Kaffee kommt gleich. Oh!«

Das Oh! galt Richards Schläfenwunde, die inzwischen das Pflaster durchblutet hatte.
Toni hob vorsichtig den rechten Zeigefinger, tippte nach seiner Schläfe, ohne sie jedoch zu berühren.
»Was ist das?«
»Ich hab dir doch gesagt, daß er verletzt ist.«
»Wer hat Sie denn verpflastert?«
Richard machte eine unbestimmte Handbewegung in Richtung Küche, und Toni sagte: »Aha. Die Marika. Sieht ihr ähnlich. Schlampert. Das muß ordentlich versorgt werden, kommen'S gleich mit mir. Kommen'S, kommen'S, wir gehen ins Badezimmer.«
Richard folgte ihr schweigend, entschlossen, sich über nichts mehr zu wundern. Dieses Haus war kein Schloß, aber es war erstaunlich geräumig. Es hatte kein elektrisches Licht, aber ein Badezimmer.
Allerdings befand sich im Badezimmer keine Badewanne, sondern nur ein großer hölzerner Zuber. Außerdem ein großer Tisch mit zwei Waschschüsseln, mit zwei Krügen, zwei Zahnputzgläsern, alles doppelt, alles perfekt ausgestattet. Auch ein Medikamentenschrank war vorhanden.
»Bisserl primitiv hier«, meinte Toni, »so ist das nun mal in einem Jagdhaus. Kein Grandhotel. Aber ich hab in meinem Schrank hier alles, was ich brauche.«
Sie löste vorsichtig das Pflaster von seiner Schläfe, besah sich ernsthaft und ausdauernd die Wunde, schüttelte den Kopf, machte ts, ts, ts und reinigte darauf die Wunde nochmals sorgfältig. Anschließend bekam Richard einen großen Verband um seinen Kopf.
»Aber das wäre doch nicht nötig wegen der Schramme«, versuchte er sich zu wehren, aber sie unterdrückte energisch jeden Widerspruch.
»Nix. Pflaster können wir morgen wieder draufpappen, jetzt wird das erst mal richtig verbunden. Ich kenn mich aus, ich hab einen Schwesternkurs gemacht.«

Ihr Bruder, der ihnen neugierig gefolgt war und von der Tür aus das ganze Unternehmen beobachtete, klärte Richard weiter auf.

»Sie ist gelernte Krankenschwester, das ist bei uns Familientradition. Alle unsere Großmütter, Mütter und Tanten haben irgendwann in irgendeinem Krieg beim Roten Kreuz gearbeitet. Bestimmt war eine von unserer Familie schon bei Solferino dabei und hat dem Dunant geholfen, das Rote Kreuz zu erfinden.«

»Na, bestimmt weiß ich, daß wer dabei war«, fiel Toni ein. »Das war die Urgroßtante Eugenie, die damals nach Venedig geheiratet hat. Du kennst ihr Bild, es hängt in Vöslau draußen bei den Rosentanten. Das im goldenen ovalen Rahmen, gleich neben dem Flügel. Süß war sie. Goldblondes Haar und pechschwarze Augen. Weißt es nicht?«

»Weiß schon. Urgroßtante Eugenie also. Sie war bestimmt nicht die erste, die auf einem Schlachtfeld an lädierten Mannsbildern herumgebastelt hat. Wie ich sag, es gehört bei uns zur Familientradition. Tut's weh?« Die besorgte Frage galt Richard, der aber nicht dazu kam, sie zu beantworten, denn Toni schüttelte für ihn den Kopf.

»Warum soll's denn wehtun? Ich hab ganz sanfte Finger. Wissen Sie, ich hab den Schwesternkurs gleich nach der Matura machen müssen, da bin ich nicht auskommen. Tut's am Ende wirklich weh? Sie können ruhig stöhnen, wenn es Sie erleichtert.«

Es tat nicht weh, es tat wohl, diese Finger zu fühlen, die sie selbst als sanft bezeichnet hatte. Sanft, schlank, mit biegsamen Gelenken. Wunderschöne Hände.

Alles an diesen beiden jungen Menschen verriet die gute alte Familie, nicht nur das Aussehen, nicht nur die Hände, auch der Charme und die Leichtigkeit, mit der sie plauderten, mit der sie jeder Situation überlegen waren.

Was hatten sie mit Boris Jaretzki zu tun? Oder Decanter, wie er sich jetzt nannte.

Das erste Mal an diesem Tag kam Richard die Idee, daß er sich getäuscht hatte, daß der Mann, den er heute vormittag in einem beigefarbenen Mercedes vor dem Österreichischen Hof gesehen hatte, doch nicht Boris war, daß er auch vorgestern im Festspielhaus eine Halluzination gehabt hatte.
War Boris aber hier, wann trat er auf in diesem Theaterstück? Und was war eigentlich mit den Kindern?
»Schlafen die Kinder noch?« fragte er.
»Was für Kinder?« fragte Toni.
»Nun, Ihre Marika sagte vorhin...« Noch während er es aussprach, erkannte er den Irrtum. Die Kinder, das waren diese beiden hier. Für Marika jedenfalls waren sie es.
Toni legte die kühle sanfte Hand auf seine Stirn. »Bisserl heiß. Ist Ihnen übel? Haben Sie sich übergeben?«
»Nein.«
»Was nein?«
»Ich habe mich nicht übergeben.«
»Aber übel ist Ihnen?«
Er tat ihr den Gefallen und sagte, ja, ein wenig sei ihm übel.
»Eine leichte Gehirnerschütterung, ich dachte es mir. Weil Sie so schauen. Seh ich Ihren Augen an. Kopfschmerzen haben Sie auch, nicht?« Er nickte.
»Ich hab Cerebraltabletten hier irgendwo. Momenterl. Da sind sie schon.«
Richard sah ihr zu, wie sie in dem Kasten kramte, die Tablette auflöste, ihm das Glas gab, ihn besorgt und geradezu liebevoll musterte. Er fühlte sich überhaupt nicht mehr krank. Aber wenn es bedeutete, daß sie sich weiterhin so mit ihm beschäftigte, wollte er gern krank sein. Boris und alles, was damit zusammenhing, war unwichtig. Einmal frei sein von den quälenden Gedanken an das Geschehene. Daß Carol tot war, blieb so unbegreiflich wie vor einem Jahr, seit man ihn von ihrem Tod informiert hatte.
Marika erschien unter der Tür, meinte, daß der Kaffee nun bald getrunken werden müsse, sonst sei er kalt.

Besorgt musterte Toni ihren Patienten, der abwesend an ihr vorbeischaute.
»Geht's Ihnen nicht gut?« fragte sie. »Ist Ihnen noch mehr übel als zuvor?«
»Nein, nein, danke, es geht mir sehr gut.«
»Dann kommen Sie«, sie schob ihre Hand unter seinen Arm. »Wir werden sehen, ob Ihnen der Apfelstrudel schmeckt. Schmeckt er Ihnen nicht, dann sind Sie sehr krank, und ich stecke Sie ins Bett.«
Der junge Mann sagte: »Sie haben Toni einen großen Gefallen getan. Endlich ein Patient. Es geht ihr mächtig auf die Nerven, wenn alle immerzu gesund sind.«
»Sei du ganz still. Warst du nicht froh, als du in der Wurzel hängengeblieben bist und dir den Haxen verknackst hast – und ich das gleich richtig behandelt hab?« Sie blickte Richard an. »Eine Bänderzerrung hat er gehabt, aber schon so eine. Ohne meine Behandlung tät er heut noch hatschen.«
»Es war im Juni.«
»Ganz recht, Anfang Juni, als wir auf den ersten Bock gegangen sind. Der Lois hat dich runtertragen müssen, war's net so? Und heut kannst umeinandersteigen, als wenn nichts gewesen wäre.«
Als sie wieder vor dem Apfelstrudel standen, sagte Toni: »Mhm! Schön ist der.« Und zu Richard: »Wissen Sie, was das Schöne daran ist, wenn man jung ist? Daß man essen kann, soviel man will, und nicht dick wird. Wenn man erst anfangen muß, Kalorien zu zählen, macht das Leben keinen Spaß mehr.«
»Ich würde nicht sagen, daß Sie der Typ sind, der Kalorien zählen muß, auch später nicht.«
»Nein?« Sie strahlte. »Hast es gehört, Seppi? Ich kann immer essen, soviel ich will. Ich eß nämlich schrecklich gern.«
Sie saß schon am Tisch und bugsierte sich ein großes Stück Apfelstrudel auf den Teller, Marika füllte mit zufriedener Miene die Kaffeetassen.

»Also ich heiße natürlich auch nicht Seppi«, sagte der junge Mann, während er sich niedersetzte. »Ich heiße Franz Joseph.«
»Nach unserem letzten Kaiser«, erklärte Toni mit vollem Mund.
»Es war nicht unser letzter, es war der vorletzte«, korrigierte Seppi.
»Ach ja, der arme Karl, den vergißt man immer. No, wie ist es? Schmeckt es Ihnen?«
Richard hatte noch keinen Bissen gegessen, nur gierig einen großen Schluck Kaffee getrunken. Der Kaffee war ausgezeichnet, danach hatte er sich seit Stunden gesehnt. Der Apfelstrudel war ebenso vorzüglich, und er spürte, daß er auch Hunger hatte, denn seit dem Frühstück hatte er nichts gegessen, und ein Frühstück in Österreich war eine bescheidene Sache, jedenfalls für amerikanische Begriffe.
Marika stand an der Tür, die Hände über der Schürze gefaltet und fragte: »Ist alles recht?«
»Geh, stell net so depperte Fragen«, sagte Toni. »Wir sind net daheim. Setz dich her und iß.«
Auf diese Aufforderung hatte Marika offenbar gewartet, sie nahm ohne Zögern Platz, füllte die vierte Tasse, die ohnehin auf dem Tisch stand, und bediente sich reichlich von dem Strudel.
Eine Weile aßen und tranken sie alle vier schweigend, voll beschäftigt. Außer dem Schäferhund hatten sich nun auch noch ein Dackel und ein Jagdhund eingefunden, alle saßen erwartungsvoll um den Tisch herumgruppiert.
»Habt's alle ausgeschlafen, wie mir scheint«, stellte Toni fest. Und zu Richard gewendet erklärte sie: »Wissen Sie, wenn wir hier heroben sind, gehen wir in der Früh um drei oder vier los, und da ist man dann halt irgendwann müd. Heut war nix. Ich hab einen kapitalen Feisthirsch im Visier, aber ich krieg den Burschen einfach nicht, jeden Tag steht er anderswo.«
»Der ist zu schlau für dich«, meinte ihr Bruder.

»Scheint so. Macht nix. Haben wir noch eine Weile Spaß miteinander. Bleibst die Woche noch heroben, Seppi?«
»Du weißt ganz gut, daß ich allerhöchstens noch zwei Tage bleiben kann. Also frag net so blöd.«
Toni seufzte und warf einen anklagenden Blick zur Decke. »Er schreibt an seiner Doktorarbeit und das mitten im Sommer. Wie finden Sie sowas?«
Zu antworten brauchte Richard nicht, denn Seppi sagte: »Ich schreib noch lange nicht, das weißt du auch ganz genau, ich bin bei den Vorarbeiten. Und ich bin noch lange bei den Vorarbeiten und werde mindestens noch drei bis vier Jahre brauchen, bis ich die ganze Arbeit geschafft hab.«
»Mei, bist du faul. Wenn jeder so lang brauchen tät, wären die Doktoren längst ausgestorben. Ist eh nur Angabe, daß du den Titel haben willst. Weil du dem General imponieren möchtst. Drum.«
»Wer will das nicht?« sagte Seppi ungerührt, stöhnte ein bißchen und nahm sich noch ein kleines Stück Apfelstrudel. »Ich muß diese Woche in Wien den Lachner treffen, weil ich den brauch, weißt du eh.«
Tonis erster Appetit schien auch gestillt, sie aß langsamer und reichte jedem der Hunde abwechselnd einen Bissen von dem Strudel.
»Du sollst den Hunden nichts Süßes geben«, rügte Seppi. »Ich möchte wissen, wie oft ich dir das schon gesagt hab.«
»Tausendmal mindestens. Und es kriegt auch jeder nur zwei winzigkleine Stückerl. Nur so fürs Herz. Damit sie nicht zuschauen müssen.«
»Zuschauen! Ich hab gesehen, was die heut gefressen haben, wie wir von der Pirsch kamen. Ich dachte, sie platzen.«
Auch wenn sie sich anscheinend über den Besuch eines Unbekannten gefreut hatten, vonnöten war er den Geschwistern nicht. Sie unterhielten sich prächtig miteinander. Sie verstanden sich, liebten sich vermutlich, kabbelten sich und waren mit sich und ihrem Leben rundherum zufrieden. Die-

sen Eindruck jedenfalls gewann Richard während der ausgedehnten Jause, die mit einem großen Himbeergeist für jeden abgeschlossen wurde.
Als die Flasche auf den Tisch kam, schien sich das Mädchen Toni erstmals wieder auf den fremden Mann zu besinnen.
»Wer sind Sie eigentlich? Und wie kommen Sie hier herauf?« fragte sie ohne Umschweife.
»Das möchte ich auch gern wissen«, murmelte Marika, und es klang ein gewisses Mißtrauen aus diesen Worten.
Aber so schnell brachte Richard die verlangte Auskunft nicht an, denn Seppi vermutete: »Wenn er eine Gehirnerschütterung hat, weiß er vielleicht gar nicht mehr, wer er ist und wo er herkommt.«
»Wenn er eine Gehirnerschütterung hat, müßte er sich hinlegen.«
»Siehst es. Du bist mir eine schöne Krankenschwester.«
»Der Strudel hat ihm jedenfalls geschmeckt«, konstatierte Marika, und Richard, leicht verzweifelt um sich blickend, meinte: »Ich habe keine Gehirnerschütterung. Nur ein wenig Kopfschmerzen, und die sind auch schon besser geworden, dank der Tabletten und dem guten Kaffee.«
Marika nickte befriedigt, und Seppi stellte fest: »Ich weiß auch, warum er sich jetzt umschaut. Er schaut nach Zigaretten.«
»Die kriegt er auf keinen Fall«, fuhr Toni auf. »In seinem Zustand kommt das überhaupt nicht in Frage.«
»Laß es ihn doch versuchen. Verträgt er sie, kann es nicht so schlimm mit ihm sein.«
Sie sprachen über ihn wie einen Gegenstand, fand Richard, oder, noch besser ausgedrückt, wie über ein neues Spielzeug, mit dem sie sich unterhielten. Irgendwie fanden sie ihn komisch, mit oder ohne Gehirnerschütterung, und im Grunde interessierte es sie nicht im geringsten, wer er war und was er hier suchte.
Das Gefühl der Unwirklichkeit verstärkte sich wieder. Wie

ein Rasender war er von Salzburg weggefahren, ein Jäger auf der Spur, blindlings und töricht obendrein. Statt sein Wild zu stellen, saß er nun mit diesen beiden verspielten Kindern am Kaffeetisch und wußte keineswegs, ob er die richtige Spur verfolgt hatte oder ob er total in die Irre gefahren war.
Er nahm die Zigarette, die Seppi ihm anbot, aber der erste tiefe Zug machte ihn schwindlig. Trotzdem unterdrückte er den Wunsch, die Zigarette sofort wieder auszudrücken, denn Toni beobachtete ihn lauernd.
»Sie haben mich gefragt, wer ich bin und wie ich hierherkomme. Mein Name ist Richard Gorwess, ich bin Amerikaner, und heute komme ich aus Salzburg.«
Weiter kam er vorerst nicht. Ausrufe des Erstaunens, des Entzückens, der Bewunderung wurden laut, und die beiden jungen Leute hatten zunächst wieder ausreichend Stoff für ihren Wechselgesang.
»Aus Salzburg! Sagen'S nur! Sind Sie am End bei den Festspielen herunt'?«
»Ein Amerikaner! Hört man ihm gar nicht an. Er spricht fabelhaft deutsch.«
»Was haben Sie denn gesehen bei den Festspielen?«
»Wieso spricht er so gut deutsch, wenn er Amerikaner ist? Die lernen doch meist keine Sprache ordentlich.«
»Waren Sie im Rosenkavalier? Ich war bei der Premiere drunten. Ach, der Karajan. Ich leb und ich sterb für den Karajan.«
»Ach, geh, du mit deinem Karajan. Dies Jahr ist die Cosi das beste. Die Cosi unter Böhm. Sagen Sie bloß, Sie waren da nicht drin. Das müssen Sie einfach gehört haben.«
»Als Amerikaner wird er das doch nicht richtig verstehen, da fehlt ihm ein Organ dafür.«
»Wieso denn? Mensch ist Mensch. Musik kann jeder verstehen, wenn er Musik versteht.«
»Du redest einen Schmarrn daher. Hörst du dir eigentlich manchmal selber zu?«

»Ach, halt doch dei Goschn, ich mein genau, was ich sag. Das Menschsein fangt an mit der Musik. Stimmst mir da zu?«
»Schon. Nur ...«
»Sagen wir, ein Mensch hört nicht, was Mozart ist, dann ist er für mich kein Mensch. Aus. Ist er gar nicht vorhanden. Weiß ich gar nicht, wozu er überhaupt lebt. Oder bist anderer Meinung?«
»Nein, bin ich nicht. Nur wissen viele Leute gar nicht, daß sie keine Menschen sind.«
An dieser Stelle mußte Richard laut lachen. Der Dialog der Geschwister war in seiner Art so einmalig, daß er es bedauerte, kein Bandgerät laufen zu haben. Das hätte er seinen Studenten gern vorgespielt. Nur verstanden sie leider kein Deutsch, um in den vollen Genuß dieses Meinungsaustausches zu kommen, eine Übersetzung würde da wenig helfen. Wie sich die beiden maßen, mit blitzenden Augen und vor Eifer roten Backen, die Umwelt schienen sie wieder einmal total vergessen zu haben.
Bei alledem kam es Richard so vertraut vor, was er hörte. Sicher, Tonfall und Formulierung waren anders, aber was den Inhalt des Gespräches anging, so hätte seine Mutter ohne weiteres mit am Tisch sitzen können. Genau dieser Meinung war sie stets gewesen: Wer Musik nicht hören kann, ist überhaupt kein Mensch. Wozu lebt der überhaupt?
Sie hätte es nicht so radikal ausgedrückt, aber in der Sache wäre sie mit Toni und Seppi einig gewesen.
Sein Lachen hatte den Dialog gestört, sie besannen sich wieder auf ihn.
Marika schüttelte den Kopf und sagte mahnend: »Aber Kinder, ihr benehmt euch ...«
»Waren Sie übrigens am 3. August in der Ersten Brahms?« wollte nun Seppi unbedingt noch wissen. »Waren'S drin, Herr... eh,... Richard... eh, waren'S da drin? Es war fulminant. Fulminant.«
»Da hast du mich nicht mitgenommen«, sagte Toni vor-

wurfsvoll, »da warst mit dem faden Waserl drin, und die hat bestimmt nix davon verstanden, die redet dir doch bloß alles nach. Denkst, das weiß ich nicht?«
»Mir bekannt, daß du sie nicht magst. Weil du eifersüchtig bist. Aber daß sie gar nix versteht, kannst net sagen. Ich geb mir ja Müh, ihr was beizubringen. Wenn ich sie nicht mitnehm, kann sie's nicht lernen.«
»Und dafür muß ich daheim bleiben. Der Schneiderhan mit dem Mozart-Violinkonzert. Die Erste Brahms. Und ich darf nicht mit, weil du dich als Lehrmeister aufspielen mußt. Mit der kannst du genausogut zu die Schrammeln gehn, das ist für die eh eins.«
»Toni, ich hab dir schon oft genug gesagt, du sollst dich nicht in meine Privatangelegenheiten einmischen!« Er sprach jetzt hochdeutsch. »Es geht dich nämlich gar nichts an, mit wem ich ... und überhaupt bist du ungerecht gegen Margot.«
»Mir ist sie wurscht, deine Margot. Heirat sie doch, dann wirst schon sehen, was du hast. Ha! Ich lach mich kaputt, wenn du mit der geschlagen bist. Ich gönn sie dir. Verstehst? Ich gönn sie dir von Herzen.«
Das Gespräch hatte eine unerwartete Wendung genommen, beschäftigte die beiden jedoch mit steigender Erbitterung eine erhebliche Weile. Richard schwieg und wartete ab. Irgendwann würden sie ja wohl auch mit dieser Margot zu einem Ende kommen. Er streichelte den Kopf des Schäferhundes, der sich neben ihn gesetzt hatte, und fragte plötzlich in ihren Disput hinein: »Geht der auch mit auf die Jagd?«
Mit dieser Frage brachte er sie glücklich zum Verstummen. Sie sahen ihn an, als hätten sie ihn nie gesehen, dann blickte Toni ärgerlich auf ihren Hund und rief streng: »Carlos, da geh her!« Sodann im Ton tiefster Verachtung zu Richard: »Natürlich nicht.«
»Carlos ist der persönliche Beschützer meiner Schwester«, klärte Seppi den Gast auf. »Sie hat ihn immer und immer dabei. Nur nicht bei der Jagd. Dazu ist er nicht abgerichtet,

dafür haben wir andere Hunde. Aber sonst ist Carlos stets ihr Begleiter.«

»Im Rosenkavalier auch?«

Jetzt hatte er sie wirklich mal geschlagen. Große Pause. Fermate.

Marika hob die Flasche.

»Noch ein Stamperl?« Ihre Stimme klang amüsiert.

Toni nickte, Seppi nickte, sie blickten einander an, und erstmals schien ihnen der Redestoff ausgegangen. Auch lag der Ärger wegen Margot noch in der Luft.

Als die Gläser gefüllt waren, hob Richard das seine und sagte lässig: »Cheers!«

Abermals staunende Blicke, dann flüsterte Toni andächtig: »Am End ist er wirklich ein Amerikaner.«

Richard lächelte und hielt ihren Blick eine Weile fest. Große rehbraune Augen, schimmernd wie die eines Kindes.

»Ich bin Amerikaner. Allerdings deutscher Herkunft, also mit deutschen Eltern, und daher spreche ich auch einwandfrei deutsch. Ich bin in den Staaten aufgewachsen, das heißt, ich bin mit neun Jahren dahingekommen, aber da in meinem Elternhaus ausschließlich deutsch gesprochen wurde, ist Deutsch meine eigentliche Muttersprache.«

»Das finde ich aber sehr vernünftig von Ihren Eltern«, sagte Toni artig. »In der Schule haben Sie englisch gesprochen, zu Hause deutsch. Auf diese Weise sind Sie zweisprachig aufgewachsen. Sixt, Seppi, sowas ist praktisch.«

»Ihre Eltern waren demnach Emigranten?«

»Ja. Sie sind 1938 von Deutschland fortgegangen.«

»Da fing's ja grad bei uns richtig an.«

»Das kannst net sagen, Nazis hatten wir schon lang vorher.«

»Aber die Deutschen sind im achtunddreißiger Jahr einmarschiert.« »Aber den Dollfuß haben's schließlich schon im vierunddreißiger Jahr umgelegt.«

»Naja, aber trotzdem hatten wir da noch keine Naziregierung. Wenn man bedenkt...«

Diesmal griff Richard ein, sonst entspann sich abermals ein endloses Palaver zwischen den beiden, diesmal über die Nazis, von denen die beiden, jung wie sie waren, sowieso nicht viel wissen konnten.
»Heute lebe ich in Kalifornien«, sagte er laut. »In Santa Barbara.«
»Klingt hübsch«, meinte Toni höflich. »Da haben Sie sicher meist schönes Wetter.«
»Meist. Und ich bin Musikwissenschaftler. Ich unterrichte Musikwissenschaft an der Universität von Santa Barbara. Das beantwortet wohl auch die Frage, ob ich von Musik etwas verstehe. Und mithin als Mensch gelten kann.«
Er erzielte ungeheuren Eindruck.
»Ein Professor! Was sagst!«
»Ein Musikwissenschaftler! Dem brauchst du was zu erzählen vom Rosenkavalier?«
»Na, und du von deiner Cosi. Die kann er vermutlich mitsingen. Hast du gewußt, daß es Musikwissenschaftler in Amerika gibt?«
»In Amerika gibt's alles. So ein großes Land.«
»Ich hab immer geglaubt, Amerikaner verstehen nix von Musik.«
»Er ist ja kein richtiger Amerikaner.«
»Na schon, aber wenn er doch sowas lehrt an einer Universität, muß er doch ein paar Hörer haben. Haben Sie viele Studenten in diesem Fach, Herr ... eh ...«
»Gorwess war der Name. Richard Gorwess.«
Er sprach den Namen jetzt absichtlich breit amerikanisch aus, und Toni wiederholte beeindruckt: »Ritschaad!«
»Ich habe alles gesehen und gehört, wovon Sie sprachen. Ich war in Così fan tutte, ich war im Rosenkavalier, ich war in der Elektra, auch in der Ersten Brahms, es war wirklich fulminant, wie Sie es nannten. Und ich habe noch den Figaro, die Zauberflöte und ein Konzert vor mir.«
Tiefes Schweigen am Tisch.

Dann Toni: »Allerhand. So viele Karten kriegen wir nie. Könnten Sie mich nicht mitnehmen in den Figaro? Der Fischer-Dieskau singt, also für den leb ich und sterb ich ...«

»Toni!«

»Ich mein halt bloß. Kann ja auch sein, er mag gar nicht gehen mit seinem lädierten Kopf.«

»Und da nimmst du ihm gleich die Karten ab, die er noch hat. Das sieht dir ähnlich.«

Sie waren drauf und dran, wieder ein langes Duett vom Stapel zu lassen, da griff sehr bestimmt Marika ein.

Sie hob die Hand, blickte die Geschwister streng an, worauf beide sofort verstummten.

»Das wissen wir nun alles«, sagte sie. »Aber ich möchte gern noch wissen, wieso der Herr heute hier heraufgekommen ist.«

»Na ja, klar«, rief Toni. »Wieso eigentlich?«

»Ich bin heute vormittag von Salzburg weggefahren, auf der Suche nach dem Sarissertal«, sagte Richard. Was der Wahrheit nicht entsprach, er war von Salzburg weggefahren, um Boris zu verfolgen.

Erst hatte er an Gespenster geglaubt. Dann an eine Sinnestäuschung. Wenn man immerzu an einen Menschen dachte, konnte man sich schließlich einbilden, ihn zu sehen. Aber sein Kopf war klar gewesen, da gab es noch keine Spur einer Gehirnerschütterung.

Vor zwei Tagen, im Großen Festspielhaus, Rosenkavalier. Eine Traumaufführung, Karajan am Pult, die herrliche Schwarzkopf als Marschallin.

Als es zu Ende war, ging er inmitten einer berauschten und begeisterten Menschenmenge die Treppe zum Vestibül hinab und überlegte gerade, ob er der Einladung zum Essen in den Hirschen folgen oder lieber einen einsamen Spaziergang machen sollte, um die herrliche Musik, die wundervolle Inszenierung noch eine Weile auf sich wirken zu lassen, statt durch Reden abgelenkt zu werden. Allerdings – hungrig war er nach

der langen Oper doch, und später würde er wohl nichts mehr zu essen bekommen. Er hatte nur einen kleinen Lunch gehabt, war dann zum Schwimmen am Wallersee gewesen.
In solche Überlegungen versunken, stieg er langsam die Stufen hinab, ließ den Blick umherschweifen, bewunderte, wie jedesmal im Festspielhaus, die wundervollen Roben der Damen, sah nackte, glatte Schultern, schimmerndes Haar – und plötzlich, von der halben Treppe aus, erblickte er sie unten im Vestibül, schon nahe einer der hohen Türen.
Da war Boris. Und an seiner Seite Britta.
Boris, kein Zweifel. Der lange, schmale Kopf, die hohe Stirn unter dem gelichteten Haar, der ausgeprägte, fast ausladende Hinterkopf, allerdings kein Bart mehr. Und daneben ihr hochmütiges Profil, das rote Haar. Sie trug etwas Grünes, eine Schulter war frei.
Erst blieb er stehen, wie erstarrt, dann drängte er sich, Entschuldigungen murmelnd, hastig treppab durch die Menge. Aber bis er unten war, bis er zu den Ausgängen kam, fand er natürlich nicht mehr, was er suchte. Die Straße voll von Menschen, Polizei, Autos, ein paar Busse und überall die wehenden, wallenden Kleider der Frauen.
Er stand und starrte rechts und links die Gasse entlang. War das ein Phantom gewesen? Eine Fata Morgana? Hatte er Boris und Britta gesehen oder nicht?
Wenn sie in Salzburg waren, hätte er ihnen längst begegnen müssen. Dann wären sie wohl auch in einer der anderen Vorstellungen gewesen.
Wieso, warum? Man konnte sehr wohl zu einer Vorstellung gehen und dann wieder abreisen. Sie konnten auch gerade erst angekommen sein, und er sah sie an einem anderen Abend wieder. Aber diese Fragen waren nicht entscheidend. Die Frage, die nicht zu beantworten war, lautete: Wie kamen Boris und Britta, die beide in der DDR lebten, beide hinter dem Eisernen Vorhang, beide hinter der Mauer – wie kamen sie nach Salzburg?

Die Frage war lächerlich. Für Boris hatte es den Eisernen Vorhang nie gegeben, warum sollte es die Mauer für ihn geben? Boris war ein Spion, das hatte Richard immer vermutet, das hatte Carol angedeutet. Boris war immer gereist, wohin er wollte. Der Weg in den Westen stand ihm zu jeder Zeit offen. Auch die Mauer würde ihn nicht hindern.
Und wenn er Britta mitnehmen wollte, dann nahm er sie eben mit.
Als Richard in Berlin war, hatte er Britta nicht angetroffen. Sie sei zu Filmaufnahmen in Moskau, hieß es. In ihrer Wohnung traf er keinen an, auf seine Briefe bekam er niemals Antwort. Und von Boris keine Spur.
Richard stand vor dem Festspielhaus, die Leute verliefen sich langsam, die Straße wurde ruhig.
Er ging dann doch in den Hirschen, ein befreundetes Ehepaar aus Los Angeles hatte ihn zum Abendessen eingeladen. Sie waren alle so nett zu ihm, immer bemüht, ihn zu trösten, für ihn zu sorgen, sich um ihn zu kümmern.
Das war vor zwei Tagen gewesen. Und seitdem streifte er durch Salzburg, durch alle Gassen, zur Burg hinauf, an der Salzach entlang, ging in alle Lokale. Wenn sie noch hier waren, mußte er sie eines Tages sehen.
Und heute – war es wirklich erst heute gewesen? –, heute fuhr er mit seinem Wagen im dichten Verkehr am Österreichischen Hof vorbei, der Verkehr stockte, vorn war eine rote Ampel, er stand, wandte den Kopf, und aus dem Hotel, geleitet von einem Pagen, trat Boris.
So deutlich zu erkennen, ein Irrtum war nicht mehr möglich. Richard war nahe daran, den Wagen mitten auf der Straße stehenzulassen, auszusteigen und den Mann zu stellen. Oder seinen Doppelgänger.
Der Mann, in dem er Boris erkannt hatte, bestieg einen beigefarbenen Mercedes, der Page schlug die Tür zu, er fuhr in die andere Richtung, und hinter Richard hupte es, die Ampel vorn stand auf Grün, er behinderte den Verkehr.

Er wendete, sobald er konnte, fuhr zurück zum Österreichischen Hof, brauchte ewig, bis er eine Lücke fand, wo er den Wagen lassen konnte, setzte ihn schließlich schräg auf den Bürgersteig.
Der Portier im Hotel schüttelte den Kopf.
»Ein Herr Boris Jaretzki? Bedauere, der wohnt hier nicht.«
»Aber ich habe ihn gerade gesehen. Er hat vor wenigen Minuten das Hotel verlassen und bestieg einen hellen Mercedes. Ein Page brachte ihn hinaus.«
Er beschrieb den Mann, so gut er es vermochte, und der Page, der in der Nähe stand, sagte: »Der Herr meint den Herrn Decanter, denke ich mir.«
»Ach so, der Herr Decanter. Gewiß, der war grad hier.«
»Decanter?« Richard hatte den Namen nie gehört.
»Und dieser Herr Decanter, wohnt er hier?«
»Bedauere, nein. Früher hat er stets bei uns gewohnt. Jetzt wohnen die Herrschaften in Schloß Fuschl draußen. Der gnädigen Frau war es zu laut in der Stadt.«
Er stand wieder auf der Straße und überlegte.
Dekanter. Decanter. Deganter. So ähnlich hatte der Name geklungen. Und der Mann, von dem er nicht wußte, wie sein Name sich schrieb, sah aus wie Boris. Eine gnädige Frau war auch dabei. Britta.
Der Mann hatte ihn gesehen. Ihre Blicke hatten sich gekreuzt. Keine Bewegung in diesem Gesicht hatte gezeigt, daß er Richard erkannt hatte. Aber das wollte nichts bedeuten. Boris war immer Herr seiner selbst.
Richard fuhr hinaus zum Fuschlsee, und nun, schon gewitzt, fragte er nach Herrn Decanter.
Herr Decanter sei soeben abgereist, hieß es. Überraschend? Ja, ganz überraschend.
Das war der Beweis. Es war Boris, und er hatte Richard erkannt.
»Wissen Sie zufällig, wohin er gefahren ist?«
»Bedauere.« Das höfliche Achselzucken des Portiers war von

einem leicht erstaunten Blick begleitet. Man pflegte Fremden nicht über die eigenen Gäste Auskunft zu geben.

Richard lächelte mühsam, steckte sich eine Zigarette an, nicht gewillt, so leicht aufzugeben.

»Wie schade! Mr. Decanter ist ein alter Freund von mir, you see? Wir haben uns lange nicht gesehen, und er sagte mir vor zwei Tagen im Festspielhaus, daß er hier bei Ihnen wohnt, ich solle ihn einmal besuchen. Wir trafen uns im Rosenkavalier, you know.«

Er sprach jetzt mit deutlich amerikanischem Akzent, das wirkte manchmal. Nicht im Salzburgischen, da wimmelte es von Amerikanern. Der Portier drückte noch einmal sein Bedauern aus, aber er habe keine Ahnung, wohin die Herrschaften gefahren seien.

Doch dann fiel das Wort Sarissertal.

Ein Gast des Hotels, der gekommen war, seinen Schlüssel zu holen, hatte das Gespräch mit angehört.

Der Herr war offenbar Berliner, er blickte den Amerikaner interessiert an und sagte rasch: »Wenn ich Ihnen behilflich sein kann, soviel ich weiß, wollte Herr... Decanta in das Jagdschloß im Sarissertal.« Auf den erstaunten Blick des Portiers hin fügte er verlegen hinzu: »Er sprach jedenfalls gestern abend in der Bar davon.«

»Oh, vielen Dank«, sagte Richard, »thank you so much. Und wie hieß dieses Tal? Wo, sagten Sie, befindet es sich?«

Das wußte der Mann allerdings nicht. Sarissertal oder Sarissatal, so ähnlich hatte der Name gelautet.

Der Portier wußte es auch nicht. Er meinte, wenn der Herr Decanter zur Jagd gehen wolle, müsse dieses Tal wohl irgendwo in den Bergen liegen.

Richard fuhr los. Sinnlos, wie er bald einsah. Er fragte hier und da, bekam niemals eine brauchbare Auskunft. Am Mondsee erst wußte einer: »Mei, da san'S ganz falsch«, gab eine langatmige Beschreibung, der Richard zu folgen versuchte. Und fuhr weiter.

Jetzt saß er hier, und ob dies das Sarissertal war, wußte er eigentlich noch immer nicht. Ein Jagdschloß jedenfalls war da, seinetwegen auch ein Jagdhaus. Und da waren diese beiden verspielten Geschwister und die alte Frau, die ihn wachsam beobachtete und niemals eine klare Auskunft gab. Ganz plötzlich kam Richard zu der Erkenntnis, wenn jemand hier etwas wußte, dann Marika. Aber es schien unmöglich, an sie heranzukommen. Einen Herrn Decanter gebe es hier nicht, das hatte sie schon am Nachmittag gesagt, als er kam. Den Namen Boris hatte er bisher nicht ausgesprochen.
Er war gefangen in diesem Haus, sein Wagen lag ein Stück bergab in der Gegend herum, und wenn der Jäger wirklich heute nacht mit dem Landrover heraufkam, würde er vermutlich draufbrummen. Dann waren beide Wagen hin, und alles in allem kam sich Richard Gorwess aus Santa Barbara im Staate Kalifornien in dieser späten Nachmittagsstunde – oder frühen Abendstunde, wie immer man das nennen wollte – wie ein kompletter Idiot vor. Normalerweise säße er jetzt in der Ariadne, wieder Böhm, und von Musik verstand er eine Menge, war also in den Augen dieser jungen Leute ein Mensch. Das verdankte er seiner Mutter und seinem Vater. Nur verstand er überhaupt nicht, was hinter dieser verdammten Mauer vor sich ging, warum er eigentlich hier in diesem verdammten Bergtal war, wie immer es auch hieß.
Er schob Marika das leere Glas hin, sie füllte es bis zum Rand, er goß es achtlos hinunter, sein dritter Himbeergeist.
Toni blickte ihn besorgt an und meinte: »Ich gönn's Ihnen ja von Herzen, ich weiß nur nicht, ob es gut ist für Ihren Kopf.«
Und Franz Joseph, genannt Seppi, sagte: »Laß ihn doch. Ist eh wurscht. Wir schlafen noch ein Stückerl, dann sind wir wieder okay.«
»Und warum, Mr. Gorwess«, fragte Marika klar und deutlich, »warum sind Sie nun wirklich heute hier heraufgekommen?«
Sie war hartnäckig, das mußte man ihr lassen.

Richard starrte sie an, schob ihr das Glas wieder über den Tisch.
»Was suchen Sie denn hier bei uns heroben?«
Richard nahm das neu gefüllte Glas, hob es aber nicht an die Lippen, ließ es vor sich stehen.
»Ich suche den Mörder meiner Frau«, sagte er.

Es war ein Volltreffer.
So still war es nach seinen Worten im Raum, daß man das sanfte, gleichmäßige Rauschen des Regens hörte. Drei Augenpaare waren auf ihn gerichtet, staunend, fragend, verwirrt, ratlos, prüfend. Richard trank den vierten Himbeergeist. Er konnte zwar mit der Wirkung seiner Worte zufrieden sein, aber er begriff nicht, warum er das gesagt hatte. Sein Kopf schien wirklich nicht ganz in Ordnung zu sein.
Toni blickte ihren Bruder an und flüsterte: »Was sagst dazu?«
Seppi fragte: »Und diesen Mann – warum suchen Sie den hier bei uns?«
»Von Ihnen wußte ich nichts. Ich hatte nur einen Namen als Anhaltspunkt: Sarissertal.«
»Sarissertal«, wiederholte Toni, und dann fassungslos: »Mein Gott!«
»Sie nannten heute noch einen Namen«, sagte Marika. »Dekanda oder so ähnlich. Ist das der Mann, den Sie suchen?«
»Ja. Eigentlich heißt er Boris Jaretzki. Oder jedenfalls nannte er sich früher so. Sagt Ihnen dieser Name etwas?«
Die Geschwister schüttelten den Kopf. Marika überlegte. Wie lange war das her? Acht Jahre, sieben? Franz Joseph war noch im Internat, Marie Antoinette in der Klosterschule. Es war im Wiener Stadthaus, im Winter, draußen lag hoher Schnee. Die junge gnädige Frau war allein, sie hatte dem Personal freigegeben, nur Marika war da, und zu ihr sagte sie: »Ich bekomme nachher Besuch. Die Tür mach ich selbst auf. Ich klingle dann nach dem Tee.«

Wie immer hatte Marika keine Miene verzogen, sie dachte nur: ein neuer Liebhaber, hoffentlich werden wir sie diesmal los.
Als der Besuch kam, lauschte sie im Halbdunkel an der Treppe, die ins Souterrain führte.
Viel sah sie von dem Mann nicht. Er war sehr groß, das Gesicht war von einem Pelzkragen verborgen. Aber sie nannte ihn Boris, als sie ihn begrüßte, daran erinnerte sich Marika auf einmal. Komisch, daß ihr das jetzt einfiel. Aber was sollte es bedeuten, Boris war ein Name wie jeder andere auch.
Toni und Seppi hatten sich inzwischen so weit gefaßt, daß sie Richard mit aufgeregten Fragen bestürmten.
»Ist sie wirklich ermordet worden, Ihre Frau?«
»Wann ist das denn passiert? Doch nicht jetzt in Salzburg?«
»Und Sie wissen, wer der Mörder ist? Ist er geflohen?«
»Warum soll er grad hier sein? Mein Gott, Seppi, sollen wir nachschauen, vielleicht versteckt er sich hier irgendwo. Aber warum bei uns? Ist er... ist er ein Sexualmörder?« Tonis Stimme bebte, sie griff nach ihrem Hund. »Carlos findet ihn, wenn er hier ist, und reißt ihn in tausend Stücke.«
Richards Kopf war wirr, er war ein wenig betrunken, und er bereute, was er gesagt hatte. Was wußte er denn? Er wußte gar nichts.
Die einzige vernünftige Frage stellte wieder Marika.
»Warum suchen Sie ihn hier?«
»Es gibt eigentlich keinen Grund, warum ich den Mann hier suche. Da war nur der Name, Sarissertal.«
Er berichtete kurz von den beiden Gesprächen an diesem Vormittag, in dem Hotel Salzburg, in dem Hotel am Fuschlsee. Als er damit fertig war, blickten sich die drei wieder an, ziemlich erschrocken, wie es schien.
Dann sagte Toni, sehr ernst: »Das heißt hier nicht Sarissertal. Der Berg, auf dem wir sind, wird von den Leuten Risserer genannt. Einen Namen für den Weg hier herauf gibt es nicht. Aber wir, wir heißen Saritz. Ich bin Marie Antoinette Saritz,

und mein Bruder ist Franz Joseph Saritz. Wir kennen keinen Boris Irgendwas, auch keinen Mann, der Decanter heißt. Aber es gibt ein Schloß Saritz.«

»Ja. Ein richtiges Schloß, kein Jagdhaus. Aber das ist in Tirol, in Südtirol. Es gehört unserem Vater, wir gehen da nie hin.«

»Nie«, wiederholte Toni. »Nicht mehr.«

»Eine alte Tiroler Burg. Sie finden sie in jedem Reiseführer. Aber Sie können sie nicht besichtigen, sie wird bewohnt. Jedenfalls manchmal. Weißt du noch, wann wir das letzte Mal dort waren, Toni?«

»Natürlich weiß ich es. Das kann man doch nicht vergessen. Das war Weihnachten, vor fünf Jahren. Als er sie am Heiligen Abend aus dem Haus geworfen hat.«

»Wir sehen unseren Vater nicht besonders häufig, aber er ist ein sehr imponierender Mann, und ich kann mir nicht vorstellen, daß er mit Mördern Umgang hat.«

»Und warum hat dieser Mann Ihre Frau ermordet? Und wann?«

Richard stützte den Kopf in die Hand, ihm wurde wieder schwindelig.

»Vergessen Sie, was ich gesagt habe. Ich weiß nicht, ob er sie ermordet hat. Ich weiß nur, daß sie tot ist.«

»Ja aber«, sagte Toni fassungslos, »Sie können doch nicht einfach behaupten, einer hat Ihre Frau ermordet – was ist denn passiert mit Ihrer Frau?«

»Das eben weiß ich nicht. Man hat mir nur mitgeteilt, daß sie tot ist. Ertrunken. Das teilte man mir mit, und als ich nach Berlin kam, war sie schon begraben. Und Britta war nicht mehr da.«

»Wer ist Britta?«

»Die Schwester meiner Frau. Und sie habe ich auch gesehen, vorgestern, im Festspielhaus.«

»Das ist sehr schwer zu verstehen«, meinte Seppi mit gerunzelter Stirn. »Können Sie uns das nicht mal der Reihe nach erzählen?«

»Aber nicht mehr heute«, sagte Toni energisch und stand auf. »Schau ihn dir an. Er fällt gleich vom Stuhl. Sie müssen sich sofort ins Bett legen, Mr. Gorwess. Marika, ich denk, wir geben ihm das Zimmer von Onkel Mucki. Da hat er ein schönes weiches Bett, von mir bekommt er noch eine Beruhigungstablette, und morgen reden wir weiter.«
»Aber wollt ihr denn nichts zu Abend essen?« fragte Marika.
»Marikam, wir haben so viel Apfelstrudel gegessen, wir können frühestens in zwei Stunden wieder etwas essen. Wenn überhaupt. Herr Gorwess jedenfalls geht ins Bett. Er soll nichts mehr essen, er soll nichts mehr trinken, er braucht Ruhe und Schlaf.«
Richard kam sich vor wie ein kleiner Junge. So hatte seine Mutter auch gesprochen, wenn es ernst wurde. Sie war immer fröhlich und sanftmütig, manchmal ein wenig abwesend, mit ihren Gedanken und mit ihrer Musik beschäftigt, aber wenn es um das Wohl von Mann oder Sohn ging, konnte sie sehr bestimmte Anordnungen geben. Dann gehorchte man ihr auch.
Er blickte zu Toni auf, die jetzt neben ihm stand, eine Hand auf seine Schulter gelegt hatte, gar nicht kindlich und verspielt wirkte, sondern sehr erwachsen und sehr überlegen.
»Es war ein schwerer Tag für Sie, Richard. Sie verstehen, daß ich es gut mit Ihnen meine. Entschuldigen Sie unsere Blödeleien von vorhin. Morgen werden Sie uns alles erzählen, der Reihe nach. Denn etwas ist merkwürdig dabei. Die Leute in Tirol, die sagen ganz einfach: Burg Saritz. Die Burg liegt auf einer Anhöhe, aber man kommt dahin durch ein Hochtal, *das* nennt man das Saritzer Tal. Schon sehr seltsam, das Ganze. Wie lange ist Ihre Frau schon tot?«
»Seit einem Jahr.«
»Und diese Schwester Ihrer Frau, die muß doch wissen, wie es passiert ist.«
»Geh, Toni, jetzt fängst du an und quälst ihn mit Fragen. Grad hast du gesagt, er soll seine Ruh haben.«

»Ja, du hast recht. Entschuldigen Sie, Richard.«

»Ich habe die Schwester meiner Frau weder gesehen noch gesprochen«, sagte Richard mit schwerer Zunge. »Carol flog vor einem Jahr von Los Angeles nach Berlin, um ihre Schwester Britta zu besuchen, die sie seit unserer Heirat nicht mehr gesehen hatte. Britta lebt in Ost-Berlin. Hinter der Mauer. Carol kam im Juli 1961 aus dem Osten herüber, da gab es die Mauer noch nicht. Es war trotzdem schon sehr schwer, dort rauszukommen. Sie kam noch mit der S-Bahn nach West-Berlin. Nur mit dem, was sie auf dem Leib trug. Dann nahm ich sie mit nach Amerika.«

»Und ... und diese Britta?«

»Sie war gegen die Heirat, gegen mich, sie versuchte alles, Carol zu halten. Carol ging heimlich fort.« Er preßte beide Hände vor die Stirn. »Es ist wirklich eine sehr schwierige Geschichte.«

»Kommen Sie, Richard. Kommen Sie, legen Sie sich ins Bett.«

Sein Kopf sank zur Seite, seine Wange lag an Tonis Hüfte, sie legte schützend den Arm um ihn.

»Ich hatte nicht den Wunsch, Carol zu begleiten, vorigen Sommer, als sie nach Berlin flog, um ihre Schwester wiederzusehen. Wir wollten uns drei Wochen später in Frankfurt treffen und nach Bayreuth zu den Festspielen weiterfahren. Aber dann war sie plötzlich tot.«

»Marika, schaust du nach dem Bett? Bezogen ist es. Vielleicht ein bisserl lüften. Kommen Sie, Richard.«

Er stand auf, taumelnd, wie von weit her hörte er Tonis liebevolle Stimme.

»Stützen Sie sich auf mich, Richard. So ist es gut.«

»Darling«, sagte er zärtlich und dankbar.

Irgendwann an diesem Tage muß er angefangen haben, Toni zu lieben. Das wußte er natürlich noch nicht, aber später würde er nicht daran zweifeln, daß es bereits an diesem Tag begonnen hatte. Er war so unglücklich gewesen im vergangenen Jahr, so allein, so hilflos, so verständnislos.

»Soll ich helfen?« klang aus der Ferne Seppis Stimme.
»Frag nicht so deppert. Faß mit an. Aber langsam.«
»Der ist allerhand schwer.«
»Ist ja auch ein großes Mannsbild.«
Der Gang, Schritt für Schritt, eine Tür, ein kühles Zimmer, ein weißes Bett.
»Du willst ihn doch nicht etwa ausziehen?«
»Was denn sonst? Ich bin schließlich gelernte Krankenschwester. Denkst du, wir haben alle Patienten angezogen ins Bett gelegt? Hol mir ein Glas Wasser.«
Sie richtete vorsichtig seinen Verband, steckte ihm zwei Tabletten in den Mund, ließ ihn das Wasser trinken. Ihm war übel, das war der Schnaps, aber es verging wieder, als er lag. Über sich geneigt sah er das schmale Gesicht mit den besorgten rehbraunen Augen. Eine Hand legte sich sanft auf seine Stirn.
»Schlafen Sie gut, Richard. Und gute Besserung.«
»Darling«, murmelte er noch einmal.
Die Luft, die durchs offene Fenster hereinkam, war kühl und feucht. Es regnete noch ganz sacht, ganz leise. Wie schön dieser Regen war. Wohltuend und sanft, wie ihre Hand, wie ihr Blick.

Berlin I

Mein Vater faßte im Herbst 1938 den endgültigen Entschluß, Deutschland zu verlassen. Es bestand kein zwingender Grund zu dieser Emigration, er war weder Jude noch Kommunist, noch war er den Nationalsozialisten in besonderer Weise unangenehm aufgefallen. Er hatte sich niemals politisch betätigt, war weder der Partei noch einer ihrer Gliederungen beigetreten, und da er kein prominenter Mann war, blieb das ohne Einfluß auf sein Leben.
Mein Vater war Physiker, hatte während der zwanziger Jahre in Berlin studiert und promoviert, arbeitete danach als wissenschaftlicher Assistent im Kaiser-Wilhelm-Institut bei Professor Otto Hahn. Danach hatte er eine relativ gut bezahlte Position in einem Werk der Fotoindustrie. Das Gebiet der Atomforschung hatte er schweren Herzens verlassen, er war gerade darin hervorragend geschult und erfahren, doch er begründete es sehr lapidar mit der kurzen Aussage, daß es ihm Unbehagen bereite. Übrigens geschah es gerade in besagtem Jahr 1938, daß Professor Hahn die Spaltbarkeit des Urankerns entdeckte und damit den Weg zur Nutzung der Atomenergie eröffnete. Zu jener Zeit, wie gesagt, war mein Vater jedoch nicht mehr im Institut.
Unbehagen bereitete ihm auch in steigendem Maße, was sich in Deutschland abspielte. Obwohl es ihm und seiner Familie – seiner Frau und mir, seinem Sohn – recht gut ging. Wir hatten keinen Anlaß, über unser Dasein zu klagen. Mein Vater erklärte mir später, warum er trotzdem emigrierte.

Ich war neun Jahre alt, ich bin im Mai 1929 geboren, und aus verständlichen Gründen debattierte man mit mir nicht über die bevorstehende Veränderung. Ich ging noch in die Volksschule, hatte Schulfreunde aus verschiedenen Kreisen, und es wäre zweifellos schädlich gewesen, wenn ich über unsere Pläne gesprochen hätte. Natürlich hätte ich den Mund gehalten, wenn mir gesagt worden wäre, daß ich nicht darüber sprechen dürfe, aber es wäre doch ein quälender Zwiespalt für ein Kind gewesen, und den wollte man mir ersparen.
Allerdings bekam ich mehr mit, als meine Eltern vermuteten; die Belastung, unter der mein Vater stand, konnte mir nicht verborgen bleiben, auch nicht die Erregung, in der er sich nach manchen Gesprächen mit meiner Mutter befand. Das mußte mir auffallen, denn mein Vater war ein ruhiger, ausgeglichener Mann, immer Herr seiner selbst. Und ich sah, daß meine Mutter weinte, was ich von ihr nicht kannte. Ich hörte Sätze wie: Das kannst du mir nicht antun!
Vorausschicken sollte ich wohl, daß ich das denkbar beste Verhältnis zu meinen Eltern hatte, ich liebte sie, ich vertraute ihnen, ich war das typische Einzelkind, dem von jeher sehr viel Aufmerksamkeit, sehr viel Liebe zuteil geworden war.
Mein Vater war für mich ein bewundertes Vorbild, aber ich hatte, genau wie meine Mutter, auch immer Sorgen um ihn, denn sein Herzleiden ließ uns ständig um sein Leben bangen. Seine angegriffene Gesundheit war wohl auch einer der Gründe, warum meine Mutter sich so heftig gegen die geplante Veränderung in unserem Leben wehrte.
Meine Erziehung ging fast unbemerkbar vonstatten. Ich habe in meiner Kindheit nie laute Schelte vernommen oder Schläge bekommen, es genügten eine Ermahnung, eine Erklärung; der höchste Ausdruck an Tadel, den mein Vater aufbrachte, waren ein Kopfschütteln und ein höchst erstaunter Blick aus seinen grauen Augen hinter der goldgefaßten Brille, zumeist begleitet von den gleichen Worten: »Wie konntest du das tun? Ich verstehe das nicht.«

Daraufhin verstand ich es auch nicht mehr, schlich beschämt von dannen und kam mir höchst unwürdig vor, der Sohn eines so großartigen Vaters zu sein.
Es mag merkwürdig, ja unglaubwürdig erscheinen, so etwas heute auszusprechen, aber so war es nun einmal. Ich will auch keineswegs den Eindruck erwecken, ich sei ein Musterknabe gewesen, Torheiten und Ungezogenheiten kamen vor, jungenübliche Streiche, auch Pannen in der Schule, aber das wurde nicht unnötig dramatisiert und auf die eben beschriebene Weise aus der Welt geschafft.
Ich erinnere mich gut, daß ich im Sommer 1938, kurz bevor die großen Ferien begannen, zusammen mit zwei anderen Jungen den Hausmeister der Schule im Keller einschloß. Wir hatten beobachtet, wie er in den Keller ging, wir wußten auch, daß er da unten immer ein paar Bierflaschen und auch eine Schnapsflasche aufbewahrte, denn wir hatten schon herumgestöbert. Jetzt kann er sich in Ruhe mal einen auf die Lampe gießen, sagten wir, bestiegen unsere Räder und sausten unter Gelächter davon.
Der arme Mann blieb die ganze Nacht im Keller, denn der Keller war tief und schalldicht, irgendwann wird er wohl auch blau genug gewesen sein, um einzuschlafen. Die Frau Hausmeister machte sich zunächst keine großen Sorgen um den verschwundenen Mann, erst als am nächsten Morgen der Direktor in die Schule kam, berichtete sie ihm vom spurlosen Verschwinden ihres Mannes. Dann kam die Polizei, uns wurde mulmig zumute.
Schließlich fand man den Verschwundenen, und da er einen von uns dreien, nicht mich, sondern meinen Freund Hans, am Nachmittag zuvor auf dem Schulgelände gesehen hatte, zu einer Zeit also, wo ein Schüler dort nichts mehr verloren hatte, tippte der gute Mann ganz richtig, wer der Übeltäter sein könnte. Dann war es natürlich Ehrensache, daß wir beiden anderen uns als Komplizen zu erkennen gaben. Ich kann mich im einzelnen an die verschiedenen Strafmaßnah-

men nicht mehr erinnern, nur daß mein Vater einen Brief von der Schule bekam.
Er las den Brief nach dem Mittagessen meiner Mutter und mir laut vor, blickte mich dann auf die erwähnte Weise an, nahm die Brille ab, rieb mit Daumen und Zeigefinger den Nasenrücken, auf dem sich immer eine Vertiefung befand, und fragte meine Mutter: »Was macht man denn da, mit diesem deinem Sohn?«
Meine Mutter meinte: »Strafarbeiten und Nachsitzen und Tadel im Klassenbuch hat er ja alles schon bekommen. Wir können ihm ja verbieten, eine Woche in die Schule zu gehen.«
»Wie immer, du Singvogel, nimmst du das Leben nicht ernst. Wie willst du auf diese Weise einen ordentlichen Menschen aus diesem Jungen machen?«
»Das machst du schon. Nein, ich finde, wir sollten uns etwas ausdenken, was den armen Mann tröstet, wenn er schon die ganze Nacht im Keller sitzen mußte.«
»Weißt du etwas, was ihn tröstet?« fragte mich mein Vater und setzte die Brille wieder auf.
Ich grinste. »Eine Flasche Schnaps.«
»Und die arme Frau«, fuhr meine Mutter fort. »Was wird sie sich für Sorgen gemacht haben?«
»Bestimmt nicht«, sagte ich. »Sie kann ihn ebensowenig leiden wie wir.«
Mein Vater hatte die Fingerspitzen aneinander gelegt, tippte sie immer wieder gegeneinander, wie er es gern tat, wenn er überlegte, dann lächelte er.
»Du kaufst einen schönen großen Blumenstrauß, von deinem Taschengeld, versteht sich, bringst ihn der Frau Hausmeister und sagst, du möchtest dich entschuldigen dafür, daß du ihr eine Nacht voller Sorgen bereitet hast. Wie findet ihr das?«
Wir fanden es gut, besonders meine Mutter, sie sprang auf, tanzte um den Tisch herum, küßte meinen Vater und rief: »Wunder-wunder-wundervoll! So wird's gemacht.«
Mir würde das Unternehmen ein wenig peinlich sein, das sah

ich voraus. Wegen des Taschengeldes brauchte ich mir keine Sorgen zu machen, da würde meine Mutter schon aushelfen.
Es geschah genau wie besprochen und wurde ein Riesenerfolg. Vorsorglich hatte ich meinen Auftritt in eine Zeit gelegt, in der der Hausmeister nicht in seiner Wohnung war, und die Frau Hausmeister freute sich unbeschreiblich über die Blumen.
»Jotte doch! Nee, sowat! Sowat aber ooch! Mir hat noch keener nich Blumen jeschenkt.« Sie bekam vor lauter Rührung Tränen in die Augen, streichelte meine Wange und steckte mir Bonbons in die Tasche. Als sie mich zur Tür hinausließ, sagte sie: »Von mir aus könnt ihr'n da unten einsperren, bis er schwarz wird.«
Dies nur als kleine Illustration, wie es bei uns zu Hause zuging. Es war die Persönlichkeit meines Vaters, die Liebenswürdigkeit meiner Mutter, die mir das Menschwerden leicht machte.
Meine Mutter. Wenn ich in aller Aufrichtigkeit von meinem Vater sagen kann, daß ich ihn liebte und bewunderte, so muß ich von ihr sagen: Ich betete sie an.
Das tue ich heute noch.
Sie war eine schöne Frau, und ich finde, sie ist es auch jetzt noch, mit sechsundfünfzig Jahren ist sie so anmutig und beschwingt geblieben, obwohl sie natürlich unter dem Tod meines Vaters sehr gelitten hat.
Sie lebte immer etwas abseits der Wirklichkeit und konnte in den kleinen Dingen des Lebens recht unpraktisch sein, wir benötigten stets eine versierte Haushaltshilfe, die sie von den Lästigkeiten des Alltags befreite, und wenn diese sie bestohlen oder belogen hätten, wie es später in Amerika einmal geschah, so hätte es meine Mutter gar nicht bemerkt.
Während meiner Kindheit in Berlin gab es nur zwei dieser Perlen; die erste hieß Anna und verließ uns schon, als ich vier Jahre alt war, weil sie heiratete; an sie habe ich verständlicherweise so gut wie gar keine Erinnerung.

Die zweite, die bei uns blieb, bis wir Deutschland verließen, nannte sich Thea und war ein dralles, munteres Mädchen aus Pommern. Sie versorgte unseren Vierzimmerhaushalt, meinen Vater, meine Mutter, unsere Katze und natürlich auch mich, mit Umsicht und Geschick, wußte genau, was zu tun war, man brauchte ihr keine Anweisungen zu geben, die Arbeit ging ihr spielend von der Hand. Sie sorgte dafür, daß Vater zur rechten Stunde seinen Kaffee, Mutter ihren Tee, ich meine Milch bekam, sie kochte ziemlich einfallslos, aber gut und kräftig, und sie war verlobt. Wodurch der Abschied von ihrer Seite aus zwar ohne Verständnis, aber auch ohne Tränen abging.
Ihr Verlobter war ein SA-Mann, ein überzeugter Nationalsozialist, ein gutwilliger, harmloser junger Mann, der gar nicht begriff oder jedenfalls bis zu jener Zeit nicht begriffen hatte, welcher Fahne er folgte.
Da ist zum Beispiel ein Bild, das ich noch vor mir sehe: Wenn jener in seiner braunen Uniform kam, um Thea abzuholen oder zu besuchen, saß er bei ihr in der Küche, bekam Kaffee, ein paar Stullen oder ein großes Stück Kuchen, je nach Tageszeit. Er war immer sehr höflich, sprang auf und machte einen Diener, wenn meine Mutter die Küche betrat, er sagte artig: »Guten Tag ooch, gnädige Frau«, er hob niemals den Arm und krähte Heil Hitler, das war seltsam, aber er tat es nicht. Irgendwie muß er uns wohl als eine Art Außenseiter betrachtet haben. Meine Mutter machte einen Scherz oder auch ein Kompliment, etwa: »Oh, Herr Lehmann, Sie sehen ja prachtvoll aus, ganz braungebrannt. Sie waren wohl viel an der Luft?« Dann berichtete er stolz von Märschen oder Ausflügen, besonders von seinen sportlichen Erfolgen, denn er war ein großer Leichtathlet, sprang und lief besser als die meisten anderen, ein ganz einmaliger Speerwerfer war er auch, und meine Mutter sagte: »Mein Gott, ja, das sieht man Ihren Armen schon an. Was für prachtvolle Muskeln. Schade, daß Sie nicht singen. Sie wären ein herrlicher Siegfried.«

Das verstand er zwar nicht, aber er strahlte über das ganze Gesicht, und wie jeder Mann, wie jeder Mensch fand er meine Mutter aller Liebe wert.
Mein Vater, lief ihm der SA-Mann zufällig einmal über den Weg, blinzelte irritiert hinter seiner Brille, ließ aber auch ein freundliches Wort hören. »Na, wie geht's denn heute so? Prachtvolles Wetter, nicht?«
Nur einmal ließ mein Vater ihn abrupt stehen, das war im März 1938, nach dem Einmarsch in Österreich, und Theas Verlobter war so begeistert und beglückt über den Erfolg seines Führers, daß er zu einer längeren Suada ansetzte.
Es war an einem Sonntagnachmittag, er war gekommen, um Thea abzuholen, und er rief voll Emphase: »Da wäre ich gern dabei gewesen! Nee, was wäre ich da gern dabei gewesen.«
»Ah ja, ah ja«, machte mein Vater. »Na, was nicht ist, kann ja noch werden«, und verschwand schleunigst in seinem Zimmer, das bei uns Studierzimmer hieß.
Für meine Mutter gab es nur eines auf der Welt, das sie interessierte: die Musik. Ich glaube, Musik liebte sie noch mehr als uns beide, ihren Mann und ihren Sohn. Sie spielte ebensogut Klavier wie Geige, hatte eine ausgebildete, schöne Stimme. Als Kind hatte sie zudem noch Ballettunterricht gehabt, denn ihre Mutter, also meine Großmutter, die ich aber nicht mehr kennengelernt hatte, war Tänzerin gewesen und ziemlich jung an der Schwindsucht gestorben.
Meine Mutter wuchs bei ihren Großeltern auf, ihr Großvater war Intendant eines mitteldeutschen Theaters, die Großmutter war zunächst Sängerin, dann gab sie Gesangsunterricht. Es muß ein Haus voller Musik gewesen sein. Meine Mutter lebte seit frühester Kindheit in enger Gemeinschaft mit den Werken der Tonkunst, die sie mehr oder weniger auswendig kannte. Als ihr Großvater pensioniert wurde, zogen die drei nach Berlin, wo es genügend Musik zu hören gab.
Solange wir in Berlin lebten, war meine Mutter mindestens an fünf Abenden der Woche nicht zu Hause, sie saß in der

Philharmonie, in einem Solistenkonzert oder in der Oper. Wenn sie daheim war, saß sie am Klavier, spielte Geige oder sang. Sie hatte eine Freundin, die sie begleitete, sei es beim Geigenspiel oder beim Singen, und diese Freundin, Eva-Maria mit Namen, gehörte gewissermaßen zur Familie.
Nur leider, und das war für meine Eltern peinsam, liebte Eva-Maria nicht nur die Musik, sondern auch Adolf Hitler. Oder jedenfalls hatte sie eines Tages begonnen, ihn zu lieben.
War sie bei uns in der Wohnung, so zwinkerte mein Vater auf die gleiche irritierte Weise wie bei Theas SA-Mann und verschwand in seinem Studierzimmer. Meine Mutter hörte sich eine Weile die Phrasen ihrer Freundin geduldig an, hüpfte dann durch das Zimmer wie eine Tanzmaus und rief: »Gut, gut. Klingt fabelhaft. Aber nun laß uns arbeiten.«
Zwiespältig, wie daraus leicht zu ersehen, waren die Einflüsse in meiner Kindheit. Und es war ein Glück, daß ich so jung war und keinen Schaden davon erlitt. Ich hatte Eva-Maria sehr gern, und sie, die unverheiratet war, liebte mich innig, beschenkte mich mit Schokolade oder Drops und war immer der Meinung, daß aus mir einmal ein großer Sänger werden würde. »Was für ein zauberhafter Sopran! Mein Gott, Jarmila, ich kann es kaum abwarten, bis er den Stimmbruch hinter sich hat. Ob er ein Tenor wird?«
Ich musizierte viel mit den beiden Damen, und es machte mir Spaß. Ohne Zweifel wurde damals der Grundstein für meinen späteren Beruf gelegt. Denn ich wurde nicht Sänger, bekam auch keinen Tenor, sondern einen Bariton, der keineswegs zu großen Hoffnungen berechtigte.
Zu erwähnen wäre vielleicht noch, daß unsere Katze Mimi bei Eva-Maria blieb, als wir schließlich auswanderten. Das zukünftige Schicksal von Mimi hatte uns viel Sorgen gemacht, aber bei Eva-Maria, die sie ja gut kannte, war ein angenehmes Leben für Mimi garantiert.
Doch muß ich noch von meinem Vater sprechen; was ihn veranlaßte, Deutschland zu verlassen. Er hat es mir später

genau erklärt, denn es lag ihm daran, daß ich seine Beweggründe verstand. »Man übernimmt eine fatale Verantwortung, wenn man einen jungen Menschen entwurzelt. Wenn man ihm gewissermaßen seine Heimat raubt. Aber ich dachte mir, du seist jung genug, um in einem anderen Land und sogar auf einem anderen Kontinent Wurzeln zu schlagen. Und das hast du ja getan, nicht wahr?«
Ich nickte. Ich war vierzehn, ging in die High School, war ein guter Schüler, sprach mittlerweile perfekt amerikanisch, war ein angesehenes Mitglied der Baseballmannschaft und war alles in allem mit meinem Dasein ganz zufrieden.
»Daß ich dir nicht allzuviel antun, daß ich im Gegenteil vielleicht dein Leben retten würde, war mir klar. Das Qualvolle war es, was ich deiner Mutter antun mußte. Jarmila wird in Amerika nie heimisch werden.«
Meine Mutter, die nie geweint hatte, vergoß Ströme von Tränen, als es ernst wurde mit der Emigration. Sie sollte Berlin verlassen? Die Philharmonie, Furtwängler, Bruno Walter, die Solistenkonzerte, die Liederabende, sollte Erna Berger und Max Lorenz nie mehr hören? Sollte alles verlieren, was ihr Leben ausmachte? Sie sollte in Amerika leben, wo es kaum Theater, kaum Konzerte gab?
»Das kannst du mir nicht antun.«
Die Gründe für seinen Entschluß erklärte mein Vater mir in allen Einzelheiten. Er verabscheute Hitler, er verabscheute das Naziregime, denn, so sagte er: »Sie rauben uns die Freiheit, aber die Freiheit zu denken, zu reden und zu handeln, wie es dem eigenen Gewissen und dem eigenen Verstand entspricht, gehört zu den Voraussetzungen eines menschenwürdigen Daseins.«
Außerdem war er überzeugt, daß es wieder einen Krieg geben würde. Den Ersten Weltkrieg hatte er von Anfang bis Ende mitmachen müssen. Er hatte gerade sein Abitur gemacht, als er ausbrach, er lag jahrelang im Schützengraben, er hatte ein zerschossenes Knie und hinkte sein Leben lang, und er hatte

ein Herzleiden zurückbehalten, das schließlich zu seinem frühen Tod führte. Das war es, was er mir ersparen wollte. Ebenso das Elend, das ein verlorener Krieg mit sich brachte. Denn daß Hitler seinen Krieg, wann immer er ihn begann, verlieren würde, auch daran zweifelte mein Vater nicht.

Mein Vater mußte sich mühselig durch sein Studium hungern, er bekam die ganze Erbarmungslosigkeit der Nachkriegszeit zu spüren, die politischen Unruhen, die Inflation, die Zeit der Schieber und Neureichen, die Arbeitslosigkeit, wieder die wachsenden politischen Unruhen und schließlich den Aufstieg der Nationalsozialisten.

Erst 1927 konnte er promovieren, da war er bereits einunddreißig Jahre alt. Im selben Jahr heiratete er meine Mutter, die gerade zwanzig war, die er schon lange kannte und zärtlich liebte. Sie liebte ihn auch, soweit die Musik ihr Zeit dafür ließ. Sie lebte gewiß auch damals schon weitgehend jenseits aller Realität, und das meiste, was geschah, kümmerte dieses Künstlerkind kaum. Eine Tänzerin war sie nicht geworden, das hielten die Gelenke nicht aus. Eine Sängerin auch nicht, dazu war sie nicht hart genug, auch nicht ehrgeizig, sie fürchtete jede Öffentlichkeit; solange sie ihren Flügel und ihre Geige besaß und genügend Musik zu hören bekam, war sie glücklich.

Nun war das Musikleben in Berlin zweifellos einmalig in der Welt, Wien ausgenommen, und es war für meine Mutter unvorstellbar, in Zukunft darauf verzichten zu müssen.

Das Argument meines Vaters lautete: »In Europa gibt es Krieg. Willst du, daß dein Sohn in diesem Krieg getötet wird?«

Geredet hatten sie wohl schon lange darüber, das Jahr 1938 brachte die Entscheidung: Hitlers Einmarsch in Österreich, im Herbst dann die Krise wegen des Sudetenlandes. Damit war die Kriegsangst im deutschen Volk, jedenfalls in jenem Teil, der des Denkens fähig war, erwacht. Das Abkommen von München konnte nur die Toren trösten.

»Es ist höchste Zeit«, sagte mein Vater. »Wenn wir jetzt nicht gehen, ist es zu spät.«
Kam dazu, daß mein Vater das große Wagnis nicht ganz hilflos und auf sich selbst gestellt unternehmen mußte. Er hatte einen Freund aus der Studienzeit, einen jüdischen Physiker, der bereits 1933 emigriert war und sich inzwischen in Amerika etabliert hatte. In jedem Brief schrieb er an meinen Vater: »Warum kommst du nicht? Wir können dich hier gut gebrauchen.«
Er war ein wirklicher Freund, er wußte, daß mein Vater kein Nazi war und niemals einer sein würde, er bot jede Hilfe bei der Einwanderung, im Beruf und im Privatleben. Wem wurde es schließlich so leicht gemacht?
Weihnachten feierten wir bereits in den Vereinigten Staaten, in Chikago, wo Vaters Freund eine gute Position innehatte und ein schönes Haus besaß, in dem man uns gastlich aufgenommen hatte. Er und seine Frau hatten an alles gedacht: an einen großen lichterglänzenden Christbaum, mit elektrischen Kerzen allerdings, was ich noch nie gesehen hatte, am Heiligen Abend gab es Karpfen und am nächsten Tag Gänsebraten. Meine Mutter bekam einen prachtvollen elektrischen Plattenspieler und einen Berg von Schallplatten, auf denen alle Berühmtheiten der Welt zu hören waren, mein Vater war zu einem Schnellkurs für Englisch, einschließlich der notwendigen Fachsprache, angemeldet – wir waren im Schoße Abrahams gelandet.
Übrigens hat sich an der Freundschaft zwischen unseren Familien nie etwas geändert, auch nicht, als wir nach dem Krieg erfuhren, welch furchtbare Verbrechen im Namen des deutschen Volkes an den Juden verübt worden waren.
Damals, an jenem ersten Weihnachten in Amerika, war der Krieg noch nicht ausgebrochen, wir saßen fremd und verloren, trotz aller Güte, die uns umgab, unter einem fremden Christbaum in einem fernen Land, von dem wir bisher nur gesehen hatten, daß es unvorstellbar groß war.

Ich sollte mit der Tochter unseres Gastgebers spielen, aber sie war drei Jahre älter, schon ganz ein junges Mädchen, und sie sprach amerikanisch mit mir, was ich nicht verstand. Meine Mutter saß auf dem Teppich vor dem schönen Mahagoniplattenspieler, legte eine Platte nach der anderen auf, und dabei tropften ihr die Tränen in den Schoß.
Ein Jahr später war dann Krieg, jedenfalls in Europa, und mein Vater konnte sagen: »Seht ihr! Ich habe recht behalten.«
Wir zogen später nach Nevada, wo mein Vater in einem Forschungszentrum arbeitete, und wieder war es etwas, das er nicht gewollt hatte: Atomforschung. Und zuletzt arbeitete er in Los Alamos am Projekt Manhattan, was bedeutete, er half mit bei der Entwicklung der Atombombe.
Ich war nicht mehr bei meinen Eltern, ich ging in die High School, später ins College, schließlich auf die Universität von Stanford. Physiker wollte ich nicht werden, Mediziner auch nicht – das Erbe meiner Mutter hatte sich durchgesetzt, ich studierte Musik, und zwar so breitgefächert wie möglich. Ich spielte mehrere Instrumente, entschloß mich aber schließlich für die Musikwissenschaft, ein relativ junger Lehrzweig in den Vereinigten Staaten, der vor allem von den deutschen Emigranten der dreißiger Jahre gefördert wurde.
Meine Mutter blieb ziemlich uninteressiert an der Welt, die sie umgab, sie musizierte, genau wie früher, hatte auch wieder Partner gefunden, die sie begleiteten. Glücklich war sie nicht. Außerdem litt sie fürchterlich unter der Hitze von New Mexico, mein Vater mußte sich eine Zeitlang von ihr trennen, sie ging zur Erholung nach Montana. Später, als ich in Stanford studierte, kam sie nach San Francisco, und dort fand sie Martin. Das war schon nach meines Vaters Tod.
Inzwischen waren wir alle Amerikaner geworden, und der Krieg ging zu Ende, ohne daß wir von seinem Elend etwas zu spüren bekamen.
Ausgenommen mein Vater. Der Zweite Weltkrieg vollendete

die Zerstörung an ihm, die der Erste begonnen hatte. Die Flucht aus Europa hatte ihm nichts genützt.
Nachdem die Bomben über Hiroshima gezündet worden waren, zog er sich für eine Weile in eine einsame Berghütte hoch in den Rocky Mountains zurück. Die erbarmungslose Hitze in New Mexico, dann das Höhenklima mögen das ihrige dazu getan haben, aber im Grunde tötete ihn der Schmerz, den er um die Menschheit empfand. Er starb zu Beginn des Jahres 1946, er war einundfünfzig Jahre alt.

Der Krieg in Europa war mir erspart geblieben, man hätte mich höchstens noch am Ende als Flakhelfer einsetzen können. Dafür drohte mir später der Koreakrieg, da ich ja nun Amerikaner war, das hatte mein Vater nicht bedacht. Doch auch diesem Krieg entkam ich, mußte jedoch Soldat werden. 1949 kam ich als GI zur Besatzungsmacht nach Berlin, zurück in jene Stadt, in der ich geboren war und in der ich die ersten Jahre meines Lebens verbracht hatte und die dennoch meine Heimat nicht mehr war.

Im Jagdhaus

Als Richard zum zweitenmal in dem Jagdhaus im Sarissertal, das nicht das Sarissertal war, erwachte, fühlte er sich ausgesprochen wohl. Er lag eine Weile still, reckte und streckte sich dann, begann den gestrigen Tag zu rekapitulieren. Er hatte prachtvoll geschlafen, hatte keine Kopfschmerzen mehr und konnte sich genau an alles erinnern, was geschehen war. Der Kopfverband hatte unverrutscht die Nacht überdauert, was erstens bewies, daß Toni ihre Sache verstand, und zweitens, daß er sehr ruhig gelegen hatte. Er trug einen eleganten schwarzseidenen Schlafanzug, der vermutlich Onkel Mucki gehörte, in dessen Bett er lag.

Alles, was am Abend zuvor gesprochen worden war, kam ihm mühelos wieder in den Sinn und dazu einige Bedenken, was für eine seltsame Figur er wohl abgegeben hatte. Hier so einfach hereinzuplatzen, ungeheure Dinge zu behaupten, sich von einem bezaubernden Mädchen verarzten zu lassen und sich schließlich zu betrinken – seine unfreiwilligen Gastgeber mußten einen verheerenden Eindruck von ihm gewonnen haben.

Er überlegte, was wohl mit seinem Wagen los sein konnte, sicher nichts Neues, der lag noch dort, wo er ihn verlassen hatte.

Je länger er über den vergangenen Tag nachdachte, um so mehr kam er sich wie ein kompletter Idiot vor. Im Grunde war er ein besonnener Mensch, einer, der erst dachte, ehe er handelte, und was er gestern getan hatte, widersprach nicht nur jeder Vernunft, sondern auch seinem Wesen. Einfach loszurasen, wie er ging und stand, ins Ungewisse zu fahren, einen Ort zu suchen, ohne im mindesten zu ahnen, wo der sich befinden konnte, und dann auch folgerichtig am falschen Ort auf einem fremden Berg bei fremden Leuten zu landen, das ergab alles in allem eine blamable Situation, in die er sich da hineinmanövriert hatte.

Carol, dachte er, arme, geliebte, tote Carol, ich kann dir ja doch nicht mehr helfen. Ein Jahr lang habe ich jetzt ununterbrochen darüber nachgedacht, was mit dir geschehen ist, wie es geschehen ist, ob sie dir ein Leid angetan haben. Ich habe es nicht herausgebracht, und ich werde es wohl nie herausbringen. Britta, deine Schwester, liebte dich, auf ihre herrische, besitzergreifende Art liebte sie dich; auch wenn du ihr davongelaufen bist, kann ich mir beim besten Willen nicht vorstellen, daß sie dir etwas Böses hätte antun können. Und Boris, der wiederum euch beide beherrschte und als Besitz betrachtete, den habt nicht einmal ihr verstanden und durchschaut, wie hätte es mir gelingen können, bei den wenigen Begegnungen mit ihm, bei denen er mich äußerst liebenswürdig behandelte.

Jetzt, in der Nüchternheit der Morgenfrühe, war Richard geneigt, alles, was er in den letzten drei Tagen erlebt hatte, als Einbildung abzutun, eine Überreaktion seiner gereizten Nerven. Boris und Britta im Festspielhaus, der Mann, der vor dem Österreichischen Hof in seinen Wagen stieg und in dem er Boris zu erkennen glaubte – Halluzinationen.

Immerhin war am Fuschlsee das Wort Sarissertal gefallen. Nur eben dieses Wort, keine nähere Ortsangabe. Ein Sarissertal gab es nicht, das wußte er nun. Aber es gab ein Schloß oder eine Burg, die sich Saritz nannte. Und ein Tal führte dahin, das sich Saritzer Tal nannte. Aber das war nicht hier, sondern in Tirol. In Südtirol, wie die Geschwister noch erklärt hatten, genaugenommen also in Italien.

Seine Irrfahrt hatte ihn seltsamerweise doch zu einem Ergebnis gebracht, fragte sich nur, ob es von irgendeiner Bedeutung war. Je länger er darüber nachdachte, um so unwahrscheinlicher erschien ihm der ganze Vorgang. War das Zufall oder Schicksal? Oder tat er gut daran, das ganze Unternehmen zu vergessen? Seine restlichen Vorstellungen in Salzburg hören, die Ariadne hatte er nun blödsinnigerweise versäumt, dann vierzehn Tage nach Lugano, wie er es vorgehabt hatte, und von dort zurückfliegen in die Staaten, in das leere Haus nach Santa Barbara, wo keine Carol mehr die Stufen vom Haus zum Tor herabgerannt kam, um sich in seine Arme zu werfen.

»Da bist du ja! Da bist du ja! Ach, küß mich sofort. Meine Lippen sind ganz vertrocknet seit heute morgen.« Sie war unersättlich in ihrer Zärtlichkeit, in ihrer Lust an der Liebe und am Sex.

Wenn das neue Studienjahr begann, konnte er seinen Hörern von Salzburg erzählen, er hatte alle Programme, alle Rezensionen, alle Fotos der Künstler gesammelt, das mußte ja auch noch übersetzt werden, soweit es die tüchtigen Österreicher noch nicht getan hatten.

Natürlich konnte er über Milano nach Lugano fahren, auf diese Weise käme er von selbst durch Südtirol, und wer hinderte ihn daran, nun auch diesem zweiten Saritzer Tal einen Besuch abzustatten. Nur mal so, der Ordnung halber.

Wie spät mochte es sein? Die Armbanduhr hatte man ihm fürsorglich abgemacht, sie lag neben ihm auf einem Nachttisch, er erkannte die Leuchtziffern der Uhr, denn im Raum war es dunkel, nur durch die Ritzen der geschlossenen Läden sickerte ein wenig Licht. Die Uhr zeigte sieben Uhr fünfzehn, sicher schliefen im Haus noch alle.

Er setzte sich auf, was nun doch ein wenig Wirbel in seinem Kopf verursachte, schob die Beine aus dem Bett und tappte auf das Fenster zu. Es war geöffnet, daher die frische kühle Luft im Raum, der Laden ließ sich leicht aufstoßen. Draußen war es grau und trüb, ein wenig neblig, aber es regnete nicht

mehr. Er sah einen Zipfel von der Wiese und dahinter, von Wolken umhüllt, einige Bergspitzen.
Er hatte keine Ahnung, wo er sich befand. Sicher war nur, daß er gestern mehr oder weniger im Kreis gefahren war, seine sinnlosen Fragen an verschiedenen Orten hatten zu ebensolchen sinnlosen Auskünften geführt. Aber auf irgendeine Weise, und das war schon merkwürdig, mußte der Name Saritz eine Art Leitstrahl gewesen sein, der ihn hierher geführt hatte.
Und nun?
Er schaute sich um in dem Zimmer, in dem ein gewisser Onkel Mucki von Zeit zu Zeit zu schlafen schien. Es war nicht groß, aber ausreichend eingerichtet, an der Wand hing ein viereckiger Spiegel mit einem hübschen Barockrahmen, und darin betrachtete er sich ausführlich. Nachdem er den Kopfverband abgewickelt hatte, fand er sich ganz normal aussehend, nur eine Rasur war nötig. Die Wunde wirkte geringfügig, es war viel zuviel Aufwand damit getrieben worden.
Drei Dinge nun waren es, nach denen er dringend verlangte: ein Glas eiskaltes Mineralwasser, eine Zahnbürste, einen Rasierapparat.
Lautlos öffnete er die Tür und spähte in den Gang, in dem es genauso dunkel war wie zur Stunde seiner Ankunft.
Marikas Worte kamen ihm in den Sinn – die Kinder schlafen noch. Er tat gut daran, sich ruhig zu verhalten, in seinem, beziehungsweise in Onkel Muckis Zimmer zu bleiben und abzuwarten, bis man nach ihm fragte.
Jedoch, er befand sich im Irrtum. Er hatte kaum einige Sekunden zögernd unter der Tür verharrt, als vorn im Gang die ihm bekannte Küchentür aufging und Marika erschien. Sie mußte Ohren haben wie ein Luchs.
»Ausgeschlafen?« rief sie fröhlich und laut.
»Pst«, machte Richard und blickte besorgt gangaufwärts und gangabwärts. »Die Kinder schlafen doch sicher noch.«

»Woher denn. Die sind seit zwei Stunden auf der Pirsch. Sind heut sowieso spät weggegangen. Aber es war so neblig in der Früh, daß man die Hand nicht vor den Augen gesehen hat. Und wenn Sie mich fragen, so ist das jetzt auch kein Büchsenlicht.«

Richard bemühte sich, ein sachverständiges Gesicht zu machen, und nickte dazu. Am liebsten hätte er gefragt: Warum sind sie denn dann überhaupt gegangen? Aber sicher wäre das eine dumme Frage gewesen.

»Möchten Sie Frühstück?«

Er nickte wieder, dehnte seinen breiten Brustkorb und ging auf Marika zu. »Von Herzen gern«, sagte er. »Und ich würde mich gern rasieren und mir die Zähne putzen. Ob das wohl möglich ist?«

»Alles vorbereitet. Kommen Sie mit.«

Die Kinder waren im Wald und hielten nach ihren Hirschen Ausschau, die hoffentlich gar nicht aufgestanden waren, dann konnte ihnen nichts passieren. Richard konnte nichts dafür, er sympathisierte nun mal mit den Hirschen.

Er bekam ein ausgiebiges Frühstück vorgesetzt, erstklassigen Kaffee, zwei Eier, Schinken, kräftiges Brot, ein Glas voll Honig.

»So gut habe ich in Österreich noch nie gefrühstückt«, meinte er, nachdem er alles verspeist hatte.

»In den Hotels bekommt man halt nicht so das Richtige«, sagte Marika, die zufrieden seinen guten Appetit beobachtet hatte. Sie war an diesem Morgen besonders freundlich und umsorgte ihn mit großer Aufmerksamkeit.

Das war das Ergebnis eines Gespräches, das am vergangenen Abend stattgefunden hatte, nachdem Toni und Seppi ihren Gast zu Bett gebracht hatten.

Es war einer der üblichen Dialoge gewesen, den Richard schon nicht mehr gehört hatte.

»Sicher würde er sich gern die Zähne putzen, ehe er schlafen geht«, hatte Seppi zu bedenken gegeben.

»Einmal wird er es überleben ohne«, befand Toni. »Er hat ja sehr schöne Zähne.«
»Echte?«
»Was denn sonst? Er ist ja noch jung.«
»Na, es heißt ja immer, die Amerikaner lassen sich schon in jungen Jahren alle Zähne ziehen. Was denkst denn, wie alt er ist?«
»So Anfang, Mitte Dreißig, schätz ich. Und schau, was für ein prachtvoller Körper. Sicher ist er sehr sportlich.«
Das war, als sie ihn auszogen.
»Ein Musikwissenschaftler?« zweifelte Seppi.
»Geh, du hast Ansichten wie aus dem vorigen Jahrhundert. Ich hör auch gern Musik, und trotzdem spiele ich Tennis, reite und geh auf die Jagd. Schau dir doch seinen Brustkorb an. Und diese Muskeln.«
»Ich weiß nicht, ob eine Krankenschwester einen Patienten mit diesen Gefühlen ausziehen sollte.«
»Was für Gefühle, bittschön? Ich zieh ihn aus und seh, wie er gebaut ist. Das ist doch ganz normal.«
Sie waren wieder einmal an einem Punkt angelangt, an dem Marika eingreifen mußte.
»Legen wir ihn nackt ins Bett oder ziehen wir ihm was an?«
»Wir ziehen ihm einen Pyjama von Onkel Mucki an, das ist doch klar«, entschied Toni. »Einer vom Seppi wäre ihm zu klein.«
»Phhh!« machte Seppi und blickte von oben bis unten abschätzend auf den Gast, der jetzt nur noch mit seinem Kopfverband bekleidet war.
Onkel Mucki war groß und gut gewachsen, das bisserl Bauch störte beim Pyjama nicht, der Gast paßte fabelhaft hinein.
»Ob Onkel Mucki das recht wäre?« fragte Seppi eifersüchtig.
»Geh, spinn net. Erstens ist er nicht da, zweitens wird der Pyjama ja wieder gewaschen. Drittens sind Amerikaner sowieso höchst saubere Leute.«
»Fehlt bloß noch, daß du behauptest, er riecht gut.«

»Tut er auch.«

»Kinder!« mahnte Marika.

Danach hatten sie noch zusammengesessen, einen kleinen Abendimbiß genommen und ein Glas Wein getrunken, die drei, und natürlich hatten sie über den Fremden gesprochen. Übereinstimmend waren sie zu der Ansicht gekommen, daß er ihnen gefalle und daß man das Gefühl habe, er sei ein anständiger Mensch. Besonders auf diesem Urteil beharrte Toni mit Nachdruck. Allerdings mußte die Geschichte, die er erzählt oder eher angedeutet hatte, geklärt werden.

»Seine Frau ist tot«, hatte Toni nachdenklich gesagt. »Und er denkt, daß sie auf gewaltsame Weise ums Leben gekommen ist. Aber er weiß nicht genau, wie. Warum weiß er das nicht?«

»Das eben kann man nicht verstehen. Wenn ich denken würde, einer hat meine Frau um die Ecke gebracht, möchte ich das doch herausbekommen.«

»Aber das will er ja.«

»Er hat von einem Unfall gesprochen.«

»Aber das scheint er nicht recht zu glauben.«

»Es war dort drüben«, sagte Marika. »Vielleicht ist es schwer, dort etwas herauszubekommen.

»Na, einen Mord werden sie dort wohl auch irgendwie zur Kenntnis nehmen. Einen privaten Mord, meine ich.«

»Und wer sagt, daß es ein privater Mord ist?«

Ziemlich lange redeten sie noch so hin und her und kamen zu der Ansicht, daß man den morgigen Tag abwarten müsse, um Genaueres zu erfahren.

»Vor allen Dingen möcht ich wissen«, meinte Toni, »wie er auf den Namen kommt. Saritzertal! Das kann doch kein Zufall sein.«

Während sie noch redeten, war der Jäger Lois nach Hause gekommen, er hatte den Wagen gesehen und erklärte, daß man wohl einen Traktor brauche, um das Fahrzeug wieder flott zu kriegen. »Ob er dann fahrt, ist noch die Frage. Sieht ziemlich bös aus, der Wagen, soviel ich im Dunkeln gesehen hab.«

Dann waren sie alle schlafen gegangen, nachdem Toni noch einen sorglichen Blick auf ihren fest schlafenden Patienten geworfen hatte.

Als sie zurückkamen, so gegen halb neun, fühlte sich Richard bereits ganz heimisch im Jagdhaus. Er war rasiert, hatte gut gefrühstückt und mit Behagen eine Zigarette geraucht. Und es hatte eine Art Sinneswechsel stattgefunden: Der Jagdeifer, *sein* Jagdeifer, hatte ihn ganz und gar verlassen. Er wollte gar nicht wissen, was geschehen war. Er wollte gar nicht wissen, wo Britta und Boris steckten, wenn sie denn jemals in der Gegend gewesen waren. Er hatte plötzlich entdeckt, daß er von der ganzen Affäre genug hatte. Fed up bis an den Hals. Er hatte Carol gern gehabt. Hatte glücklich mit ihr zusammen gelebt, die zwei Jahre, die es gedauert hatte. Aber er konnte sie nicht mehr lebendig machen.

»Wenn man jung ist, denkt man, daß man das Leben zwingen kann«, erklärte er im Laufe des Tages den Geschwistern. »Ich fühlte mich für Carol verantwortlich, vom ersten Tag an im Grunde genommen. Als ich sie kennenlernte, war sie ein Kind von zehn Jahren.«

»Ah geh«, staunte Toni.

»Ich erwischte sie beim Klauen. Das war in Berlin, 1949, während der Blockade. Ich war damals Soldat bei der amerikanischen Besatzungsmacht und war auch gerade erst herübergekommen. Und da war so ein kleines Ding, die sich in einem Verpflegungslager herumtrieb und mopste, was sie kriegen konnte. Auf meine belehrenden Worte erwiderte sie nur mit großen unschuldigen Augen: Wir haben Hunger. Was soll man dazu sagen?«

»Was haben Sie gesagt? Oder besser, was haben Sie getan?«

»Solange ich in Berlin war, trafen wir uns regelmäßig. Sie lebte ja in Ost-Berlin, aber das war damals nicht schwierig, hinüber- und herüberzukommen. Sie lebte mit ihrem Vater und ihrer Schwester zusammen. Na ja, das ist eine lange Geschichte. Als ich wieder in Amerika war, ich studierte in

Stanford, vergaß ich sie nie. Ich schickte ihr Pakete, schrieb ihr, und als ich das nächste Mal nach Berlin kam, war sie siebzehn und ein sehr süßes Mädchen geworden. Damals sagte sie schon immer: Nimm mich doch mit. Sie war wie ein Vogel im Käfig, und eines Tages war es soweit, daß ich ebenfalls wünschte, ihr diesen Käfig zu öffnen. Dann ist sie freiwillig dorthin zurückgeflogen. Und dabei umgekommen. Auf welche Weise – das werde ich wohl nie erfahren.«

Dieser zweite Tag, den Richard auf dem Risserer verbrachte, war ein sehr erfüllter Tag. Als erstes hatte Toni sorgfältig die Schläfenwunde untersucht und für gut befunden, jetzt zierte nur noch ein Pflaster Richards Stirn.

»Er sieht aus wie Robin Hood«, konstatierte Toni, stolz ihr Werk betrachtend.

»Geh, du weißt gar net, wer Robin Hood ist«, gab Seppi zu bedenken.

»Robin Hood – na, das war doch ein Räuber oder irgend so was.«

»Irgend so was, ja. Und warum, bitte, hatte der ein Pflaster auf der Schläfe?«

»Jeder Räuber hat irgendwann ein Pflaster auf der Schläfe.«

Die zweite Pirsch fiel aus an diesem Tag, sie blieben im Haus, Seppi lag faul auf seinem Felldeckenlager, Toni saß auf einem Bärenfell am Boden, Carlos eng an sie geschmiegt.

»Ist der Bär auch hier geschossen?« wollte Richard wissen.

»Natürlich nicht«, antwortete Toni mit einem vernichtenden Blick, »der stammt aus den Karpaten.«

»Oh, waren Sie da auch schon zur Jagd?«

»Wir nicht. Aber Onkel Mucki zum Beispiel. Und unsere Mama.«

Sie tranken Campari, und Richard fing nun an, ihnen von seinem Leben zu erzählen. Seine Kindheit, die Emigration, der Tod seines Vaters, das Leben seiner Mutter. Und dann, wie er später nach Berlin kam, Carola kennenlernte und später ihre Schwester Britta.

Der Jäger war nach dem Frühstück aufgebrochen, um jemanden zu finden, mit dessen Hilfe er den Wagen wieder flott kriegte. Richard stellte fest, daß es ihm gleichgültig war, was mit dem Wagen geschah. Es war ihm gleichgültig, ob überhaupt etwas geschah. Die Raserei des vergangenen Tages hatte eine merkwürdige Reaktion hervorgebracht: eine große Gleichgültigkeit.

Vielleicht kam es auch daher, daß er sich das erste Mal seit einem Jahr wieder geborgen, entspannt und fast glücklich fühlte. Nur einmal sagte er: »Gestern habe ich die Ariadne versäumt, das ist schade.«

»Sagen'S nur, Sie haben die Karte verfallen lassen«, rief Toni erschrocken.

»Allerdings.«

»Wie furchtbar!« Toni war ganz verzweifelt. »Und heut? Haben'S heut am End auch was?«

»Nein. Erst wieder in zwei Tagen. Die Zauberflöte. Und dann wieder zwei Tage später die Wiener unter Böhm.«

»Ich weiß eh«, rief Toni überschwenglich. »Die g-moll Symphonie von Mozart. Das Schönste überhaupt, was es gibt. Da-da-di, da-da-di, dadada«, sang sie. »Ach, nehmen Sie mich mit, Richard. Oder haben'S nur eine Karte?«

»Ich habe nur eine Karte, aber die steht Ihnen selbstverständlich zur Verfügung.«

»Oh, nein, das könnte ich nie annehmen. Aber ich komm ohnedies mit hinunter, vielleicht erwisch ich noch eine. Ich kenne ein paar Leute in Salzburg.«

Worauf Seppi kicherte und sagte: »Meine Schwester bekommt jede Karte, die sie will, vorausgesetzt, sie akzeptiert die Begleitung, die dranhängt.«

»Ah geh, was weißt denn du!«

»Stimmt's vielleicht nicht? Sie müssen wissen, Richard, sie hat einen großen Verehrer, von dem könnt sie alles haben, was sie will, nicht nur Karten für alle Vorstellungen. Der möcht sie nämlich gern heiraten, aber sie will ihn nicht.«

»Also, ich muß nicht heiraten, um ins Festspielhaus zu kommen. Ein paar andere Verbindungen hab ich auch noch.«
»Zum Beispiel jetzt mich«, sagte Richard und fühlte jähe Eifersucht auf den unbekannten Mann, der mit Toni ins Festspielhaus gehen wollte.
»Sixt es. Er tät mir seine Karten geben. So was nennt man einen Gentleman. Außerdem kann ich immer noch zum Josef gehen, da krieg ich alleweil eine.«
Zum Mittagessen gab es Hirnsuppe, vom Hirn eines Hirschen, was Richard noch nie gegessen hatte, und anschließend Herz vom Hirschen mit Knödeln. Es schmeckte hervorragend.
»Ich dachte, Sie hätten diesmal kein Glück gehabt auf der Jagd.«
»War mehr ein Zufallstreffer«, meinte Toni wegwerfend. »Seppi hat ihn gleich am ersten Tag erwischt. Kein besonderes Modell.«
»Du wärst froh, wenn du ihn gehabt hättest«, gab Seppi zurück. »Auf den deinen können wir warten, bis wir schwarz werden.«
Richard sagte: »Ich glaube nicht, daß ich es essen möchte, wenn ich den Hirsch vorher schießen müßte.«
Toni blickte ihn verwundert an.
»Die anderen Tiere müssen auch sterben, ehe Sie ihr Fleisch essen. Oder sind Sie Vegetarier?«
»Nein«, mußte Richard zugeben.
»Na, ich denk mir, daß es schöner und auch edler ist, hier in den Bergen, unter freiem Himmel, von einem Schuß getroffen zu werden, als in ein Schlachthaus hineingetrieben und gestoßen und dort brutal abgestochen zu werden. Ganz abgesehen von dem Transport dorthin. Und wissen Sie eigentlich, wie viele Wildtiere jedes Jahr auf den Straßen von den Autos getötet werden? Oder nicht einmal getötet, sondern nur zuschanden gefahren, und dann müssen die Tiere elend und langsam verenden? Wissen Sie, wie viele Tiere von den

modernen Landwirtschaftsmaschinen verstümmelt und getötet werden? Nein, wenn ich ein Hirsch wär oder ein Reh, ich möcht viel lieber von einem sauberen Schuß erwischt werden. Sogar als Mensch, wenn ich bedenk, wie elend Menschen oft sterben müssen, sogar als Mensch würd ich mir so einen Tod wünschen.«

Sie hatte sich in Eifer geredet und ganz rote Backen bekommen.

»Na ja, sicher, so gesehen«, meinte Richard lahm.

So gesehen hatte er es noch nicht. Er wußte immerhin, daß die Jagdgesetze in Deutschland und wohl auch in Österreich sehr streng waren, während sie in Amerika in der sogenannten Jagdzeit wild und unkontrolliert in der Gegend herumballerten.

»Wenn man richtig schießen kann«, murmelte er.

Toni richtete sich gerade auf.

»Das können wir. Das können wir alle in unserer Familie. Und wenn man wirklich mal Pech hat und ein Stück waidwund schießt, dann müßten Sie erleben, was da los ist. Keiner von uns geht vom Berg, ehe wir es nicht gefunden haben.«

Zum Essen tranken sie einen leichten roten Wein, dann wurden sie müde und schliefen alle wieder eine Weile. Als sie aufwachten, war der Himmel blau, und Richard sah nun endlich, wie zauberhaft die Landschaft war, in der er sich befand.

Der Himmel klarblau, tiefgrün die Wiese und rundherum die kühlen stolzen Gipfel der Berge. Und diese Luft! So rein und klar wie Richard sie noch nie geatmet hatte.

Schweigend standen sie vor dem Jagdhaus, blickten um sich und atmeten. Atmen war hier wirklich wie ein Gebet, und Richard sagte: »Ich habe nicht gewußt, daß die Erde so schön sein kann.«

Toni wandte ihm ihr Gesicht zu, dieses schmale bräunliche Gesicht, in dem sich keine Spur von Schminke befand, die rehbraunen Augen sahen ihn sehr ernst, sehr prüfend an,

denn auch sie wußte nun schon, daß dieser Fremde kein Fremder für sie bleiben würde.
Seppi meinte: »Na, in Kalifornien muß es doch auch sehr hübsch sein.«
»Sure«, sagte Richard. »Es ist ein schönes Land, jedenfalls zum Teil. Und ich kenne noch einige Orte auf der Welt, die sehr schön sind. Sehenswert. Ich war auf Hawaii, natürlich, wie jeder Amerikaner da mal hin muß. Ich war auch schon in Hongkong, eine ganz phantastische Stadt. Aber dies hier ist etwas anderes. Ich weiß gar nicht, wie ich es beschreiben soll. Vielleicht ist es die Ruhe, die uns umgibt. Man kommt sich vor, als wäre man... ja, als wäre man ganz nah beim lieben Gott.«
Er sagte es stockend und errötete ein wenig, als er es gesagt hatte. Übrigens waren es nicht seine Worte, es waren die Worte seiner Mutter. Sie pflegte das zu sagen, wenn sie besonders schöne Musik gehört hatte, beispielsweise die Mozart g-moll, dann konnte sie sagen: »Heute war ich wieder ganz nah beim lieben Gott.«
Im Laufe des Spätnachmittags kam der Jäger und berichtete, daß er für den folgenden Tag einen Traktor, ein paar Leute und auch gleich einen Mechaniker bestellt habe, die sich um den Wagen kümmern würden. Da der Regen ja nun aufgehört habe, werde es wohl bis morgen auch etwas ausgetrocknet sein auf dem Weg. Sodann verschwand er wieder im Unterland bei seiner Freundin.
Nach einem Spaziergang durch den Wald setzte ihnen Marika ein gutes Nachtmahl vor, dazu tranken sie wieder den roten Wein. Und sie redeten miteinander, als seien sie alte Freunde. Am nächsten Tag, erfuhr Richard bei dieser Gelegenheit, würden die beiden nicht wieder auf die Pirsch gehen, sondern den Berg verlassen. Seppi fuhr nach Wien, Toni nach Salzburg.
»Klappt's mit Ihrem Wagen nicht«, sagte sie, »fahren Sie halt mit mir. Lois bringt uns mit dem Rover runter, wo unsere

Autos stehen. Auf keinen Fall dürfen Sie noch eine Vorstellung versäumen. Wenn Ihr Wagen in die Reparatur muß, bringt ihn der Lois nach Salzburg, sobald er wieder läuft.«

»Es ist ein Leihwagen.«

»Na, dann ist es eh egal, leihen Sie sich halt einen anderen.«

Geld schien im Leben dieser beiden so gut wie keine Rolle zu spielen, das war Richard schon aufgefallen. Auch ihre Art, in diesem Jagdhaus zu leben, so einfach es war, bewies, daß sie aus wohlhabenden Kreisen stammten. So benahmen sie sich auch. Nun wußte Richard immerhin, daß die wirtschaftlichen Verhältnisse in Österreich im Vergleich zu denen in Deutschland merkbar bescheidener waren. Das sogenannte deutsche Wirtschaftswunder hatte Mitte der fünfziger Jahre schon beachtliche Ausmaße erreicht, während Österreich erst im Jahr 1955 den Staatsvertrag bekam und damit seine Unabhängigkeit erlangte.

Auf jeden Fall mußte der nicht besonders geliebte Vater der Geschwister ein wohlhabender Mann sein, sie nannten ihn »General«, und nachdem Richard den Ausdruck einige Male gehört hatte, fragte er naiv: »Ihr Vater ist Offizier?«

Darüber mußten die Kinder ganz schrecklich lachen.

»Woher denn? Er war nicht mal im Krieg.«

»Davor hat er sich gedrückt«, sagte Marika giftig. »Er war viel zu sehr mit seinen Schiebereien beschäftigt.«

Das trug ihr strafende Blicke von Seppi und Toni ein, konnte sie aber nicht beeindrucken.

»Er hat mit allem geschoben, was nicht niet- und nagelfest war. Mit den Nazis genauso wie nachher während der Besatzung, quer durch alle vier Zonen. In der Sowjetzone hat er den größten Reibach gemacht. Seid still, das wißt ihr nicht. Aber das weiß ich.«

»Na, soll so sein«, meinte Seppi wurschtig. »Er ist nun mal immens tüchtig. Und in so verrückten Zeiten kann man viel Geld machen, wenn man es versteht. Heute hat er jedenfalls eine Reihe von ganz seriösen Firmen, oder er ist an ihnen beteiligt, so ganz genau wissen wir das nicht. Da redet er nicht drüber und schon gar nicht mit uns. Und General sagen wir halt zu ihm, weil die Leute immer Herr Generaldirektor zu ihm sagen.«

»Und drum will der Seppi auch ein Herr Doktor werden«, fügte Toni hinzu, »damit ihm keiner Herr Generaldirektor sagen kann. Er studiert Jura, der Seppi.«

»Und Toni Betriebswirtschaft«, erläuterte Seppi. »Zur Zeit geht sie auch noch in eine Textilfachschule. Denn wir haben auch ein paar Spinnereien und Webereien und solche Sachen. Und der General will, daß sie davon was versteht.«

»Und ihr tut immer, was er will.«

»Bleibt uns gar nichts anderes übrig«, seufzte Toni. »Er ordnet das an, und dann tun wir's halt.«

»Er ist eine Autorität«, erklärte Seppi, »aber schon so eine.«

Das Verhältnis zu ihrem Vater schien distanziert, aber in gewisser Weise imponierte er ihnen auch.

Toni nahm einen Schluck von ihrem Wein, drehte das Glas nachdenklich in der Hand.

»Man kann das gar nicht richtig erklären. Er ist zu groß, und wir sind zu klein. Ich weiß nicht einmal, ob er uns überhaupt liebhat. Man hört und liest ja manchmal von Vätern, die ihre Kinder ganz schrecklich lieben, stolz auf sie sind und sie gern herzeigen. Aber bei unserem Vater ist es so... ja, Seppi, wie ist es eigentlich?«

»Es ist so, daß es ihm im Grunde wurscht ist, ob wir da sind oder nicht. Das ist genauso wie mit seinen Frauen. Er braucht sie für eine Weile, aber im Grunde braucht er sie nicht. Nicht zum Miteinanderleben, meine ich. Er ist selbst wie so ein riesiger Berg hier, da kommt man nie hinauf, da bleibt man einfach liegen. Irgendwo im Gestrüpp.«

Toni blickte ihren Bruder bewundernd an. »Das hast du gut gesagt.«

»Er ist ein rücksichtsloser Egoist«, warf Marika ein.

»Das sind alle großen Männer«, sagte Seppi sachlich. »Sonst

wären sie nicht groß. Marika kann ihn nicht leiden. Schon wegen der Mama. Aber man muß auch gerecht sein, es geht uns nicht grad schlecht. Ihr nicht und uns nicht. Und sein Herz schlägt nun mal für das Geld.«

»Sie hat sein Geld nicht gebraucht«, fuhr Marika auf, »sie war eine der reichsten Erbinnen Ungarns.«

»Gewiß doch. Da hat sie aber heute auch nichts mehr davon, nicht? Unsere Mama hat einen riesigen Grundbesitz in Ungarn geerbt. Aber nun – alles futsch. Das Diridari kommt heute von ihm.«

»Jedenfalls hat er sie deswegen geheiratet, weil sie so reich war«, beharrte Marika.

»Auch«, meinte Seppi. »Aber sie ist eine schöne Frau, nicht wahr?«

»Sie ist nicht glücklich mit ihm gewesen. Das ist auch etwas, das ich weiß, ihr aber nicht. Sie kamen halt aus zu verschiedenen Haferln.«

Eine Weile blieb es still um den Tisch, Seppi füllte wieder die Gläser, Toni streichelte Carlos' schwarzen Kopf, der auf ihrem Knie lag.

Sie sagte leise: »Er hat halt nie gelernt, was Liebe ist. Vielleicht ist das etwas, was man lernen muß. Vielleicht braucht er es auch nicht. Seine Mutter ist gestorben, als er geboren wurde. Das war im Januar, sie hatten hohen Schnee in Tirol, und kein Doktor kam hinauf in das Dorf, um ihr zu helfen. Und sie waren sehr arm. Sein Vater hat sich kaum um ihn gekümmert. Da begann dann kurz darauf der erste Krieg, und sein Vater war die ganze Zeit nicht da, und als der Krieg zu Ende war, hat man sie weggejagt aus dem Dorf, ich meine, unseren Vater und seine ältere Schwester. Das war dann italienisch.«

»Und sein Vater war gefallen. Unser Vater ging dann mit seiner Schwester erst nach Linz, später nach Wien, und sicher war das Leben sehr hart für einen kleinen Buben in dieser Zeit. Man muß das auch verstehen.«

»Und warum ist er nicht in seinem Dorf in Tirol geblieben?« fragte Richard.
»Er hat uns nie viel erzählt von seinem Leben«, sagte Toni darauf, »wir wissen wirklich nur Bruchstücke. Aber als der Krieg aus war, er ist 1910 geboren, war er ja noch ein Kind. Und kein Mann und keine Frau auf dem Hof. Da haben sie ihn einfach weggejagt.«
»Den Hof konnte er noch nicht bewirtschaften«, fuhr Seppi fort, »und als Knecht wollte er nicht arbeiten. Schon damals nicht. Nein, leicht hat er es bestimmt nicht gehabt. Da mußte er ganz einfach hart werden. Es ist schon so wie Toni sagt. Er ist nie geliebt worden, und da hat er auch nicht gelernt zu lieben.«
»Doch«, meinte Toni, »es gibt schon einen Menschen, den er liebt. Die Antschi.«
»Das ist seine Schwester. Er hat ihr ein wunderschönes Haus gebaut, unten in Salzburg. In Aigen. Wir haben die Tante Antschi auch sehr gern.«
»Aber Sie haben doch gestern gesagt, er stammt von diesem Schloß Saritz, von dem gestern die Rede war.«
»Ach, woher denn. Aus einem Dorf, das unterhalb der Burg liegt. Unser Vater ist nichts anderes gewesen als ein Tiroler Bauernbub. Es gibt da bloß eine alte Legende. Damals, als er geboren wurde, war es ja noch Österreich, nicht? Es gehörte noch nicht zu Italien.«
»Das war die Habsburger Monarchie«, erklärte Seppi, »falls Sie in Amerika je davon gehört haben. Österreich-Ungarn, ein mächtiges, sehr altes Weltreich, wenn auch schon etwas angeknackst. In Wien regierte noch der Franz Joseph.«
»Doch, danke«, sagte Richard, »ich bin in Geschichte ganz gut bewandert.«
»Mit der Burg Saritz ist das so«, berichtete Toni. »Früher war das mal eine echte, alte Tiroler Burg, und da saß ein alter böser Raubritter drauf und wartete immer auf die Wagen, die voller Waren über die Berge kamen. Sah er einen oder noch

besser mehrere, ritt er los mit seinen Mannen, überfiel den Transport, raubte ihn aus, schlug die Kaufleute tot oder sperrte sie ein, um ein Lösegeld. Das war der landesübliche Brauch. Dann gibt es die Geschichte von einem Burgvogt, der hieß Saritz, der schlief erst mit der Raubritterfrau, dann schlug er seinerseits den Raubritter tot und war Herr auf der Burg und raubte nun selber die Kaufleute aus. Und die Burg hieß von da an Saritz.«

»No, wie du das erzählst, meine Liebe. Du warst schließlich nicht dabei.«

»Nein«, gab Toni zu und gähnte. »Aber so berichtet es halt die Überlieferung. Kann ja auch alles Schwindel sein. Doch dem General gefällt die Geschichte. Und er heißt nun mal Saritz, und die Burg liegt oberhalb von dem Dorf, wo er geboren ist.«

»Jedenfalls hat er die Burg gekauft, nachdem er das Geld dazu hatte. Teuer war sie nicht, denn welcher vernünftige Mensch will schon heute eine Burg haben? Eine Zeitlang war er sehr stolz darauf, und wir mußten auch immer hinkommen. Aber heute steht sie leer. Meinst, daß er selber noch manchmal hingeht?«

»Er hat doch keine Zeit dafür. Und auch keinen mehr, dem er damit imponieren kann. Vielleicht wenn er wieder mal eine neue Frau hätt...« Sie gähnte herzzerreißend. »Mei, bin ich müd. Wollen wir nicht schlafen gehen? Richard, meinen Sie, Sie können sich heut allein ausziehen?«

»Ungern. Außerdem hätte ich heute mehr davon, wenn Sie es täten, Toni.«

»Ich heiße Marie Antoinette.«

»Beg your pardon. Wenn Sie mich noch einmal ins Bett bringen, verspreche ich, immer Marie Antoinette zu Ihnen zu sagen.«

»Ich verbiete es«, sagte Seppi. »Ich werde Sie zu Bett bringen, und daraufhin werden Sie stets und ständig Franz Joseph zu mir sagen.«

»*Yes, sir, your majesty.*«
»Er kann heute wirklich allein ins Bett gehen«, entschied Toni. »Er muß es jedenfalls versuchen. Sonst gewöhnt er sich daran und braucht in Zukunft immer jemand, der ihn ...«, sie gähnte abermals, »... ins Bett bringt.«
»Ich könnte mir das leicht angewöhnen«, sagte Richard, »vorausgesetzt, Sie würden diese Aufgabe übernehmen.«
»Wir gehen jetzt alle zu Bett«, sagte Marika streng. »Und zwar jeder in sein Bett und jeder für sich allein.«
»So nämlich«, sprach Toni und hob den Finger, »ist das bei uns. Für gewöhnlich. Wenn wir nicht grad einen Patienten zu betreuen haben.«
»Ich bin schon unterwegs«, sagte Richard. »*I'll be a good boy and do it all by myself.* Ich habe nur noch eine einzige neugierige Frage. Wenn Sie nun nicht gerade hier im Jagdhaus sind und auch offenbar nie auf dem Schloß Saritz, wo wohnen Sie da eigentlich?«
»Da gibt's viele Möglichkeiten«, antwortete Seppi und nahm die Finger zu Hilfe. »Da ist erst einmal das Stadtpalais in Wien, das stammt noch vom Großvater mütterlicherseits, denn da wohnte schon zur Habsburger Zeit der ganze Clan darin. Unsere Mama kaum mehr, seit sie geschieden ist. Sie hat eine Villa im Wienerwald und ein Haus in Grimaud an der Côte d'Azur. Dann haben wir einen Hof in Niederösterreich und ein Weingut in der Nähe von Krems. Der General wohnt am liebsten in seinem Haus in Linz. Die Toni ist zur Zeit bei der Antschitant in Aigen, sonst halt in Wien.«
»Und dann haben wir noch ein Haus in Innsbruck, und es gibt noch viele Häuser, die unserem Vater gehören, die wir gar nicht kennen. Schließlich gibt's noch eine Menge Verwandtschaft, bei der man wohnen könnt, aber das dauert zu lang, die alle herzubeten, dann ist es morgen früh. Und ich muß jetzt schlafen gehen.«
Sie stand auf, beugte sich über Seppi und gab ihm einen Kuß auf die Wange.

»Mit einem Wort«, sagte Richard etwas verdrießlich, »Sie sind reiche Erben.«
»Darauf kann man sich auch nicht verlassen«, sagte Seppi gleichgültig. »Erstens gibt es noch einen Sohn aus der zweiten Ehe meines Vaters, und zweitens wird er sicher nochmal heiraten und mehr Kinder kriegen. Und wer erbt, bestimmt er allein. Er bringt es fertig, uns alle zu enterben, wenn ihm grad so ist.«
»No, das Wiener Stadthaus, das kommt ja von der Mama, das wird uns schon bleiben«, meinte Toni. »Bloß ist das schon ziemlich verrottet. Da steckt er nämlich keinen nackerten Schilling hinein. Aus Bestemm nicht.«
Diesmal küßte sie Marika, und Richard, der aufgestanden war, hielt ihr erwartungsvoll seine Wange hin.
Sie lächelte, tippte wieder in die Luft über dem Pflaster und hauchte einen Kuß darunter.
Dann verschwand sie mit Carlos aus dem Zimmer.
»Und Sie, Frau Marika«, sagte Richard, »gehören also zur Familie.«
Marika sah ihn sehr von oben herab an.
»Ich gehöre zur Frau Gräfin. Ich war immer bei ihr, seit sie auf der Welt ist. Und nachdem sie geschieden war, hat sie mir ihre Kinder anvertraut.«
Gern hätte er ja nun noch gefragt: Wo ist die Frau Gräfin, die geschiedene Frau Saritz, die Mutter dieser Kinder, nun eigentlich, und was treibt sie so?
Aber das traute er sich denn doch nicht.

Berlin II

Ich kam im Januar 1949 nach Berlin, also während der Blockade, und es war eine bitterböse Zeit, die Stadt wiederzusehen, in der ich die ersten Jahre meiner Kindheit verbracht hatte.

Die Berliner hungerten, sie froren, sie saßen im Dunklen, und sie waren dabei unbeschreiblich tapfer. Wenn auch oft am Rande ihrer Kraft und ihres Mutes angelangt.

Die ganze Welt bewunderte sie damals, selbst die Feinde von einst, jedenfalls der Teil der Welt, der sich westlich nannte.

Der Krieg war nun seit mehr als drei, fast vier Jahren vorbei, und in Deutschland, das, genau wie Berlin, in vier Besatzungszonen aufgeteilt war, hatte sich das Leben weitgehend normalisiert. Auch dies galt vornehmlich für die westlichen Besatzungszonen, und speziell in der amerikanischen Zone, also im Süden Deutschlands, lebte es sich nach der Währungsreform vom Juni 1948 schon wieder ganz erträglich.

Die Währungsreform allerdings war der Anlaß für das neue große Elend Berlins, für die Blockade. Die Sowjets erkannten die neue Deutsche Mark nicht an, sie nannten sie Westmark und hatten daraufhin eine Ostmark eingeführt, die sich gegen die Deutsche Mark West auf dem Devisenmarkt nicht behaupten konnte. Jetzt aber hielt Rußland die Stunde für gekommen, Berlin für immer und ganz in die Hand zu bekommen, es sperrte alle Zufahrtswege nach der Stadt, so daß keinerlei Versorgungsgüter nach Berlin gelangen konn-

ten. Denn Berlin lag ja wie eine verlorene Insel inmitten der sowjetischen Besatzungszone. Das Abkommen, das die Oberbefehlshaber der Besatzungsmächte im Juni 1945 getroffen hatten und das besagte, »daß der Verkehr in der Luft, auf der Straße, auf der Schiene frei sein sollte von jeder Kontrolle«, war somit von heute auf morgen außer Kraft gesetzt. Aufs neue zitterte die Welt vor einem Krieg.
Was jedoch zu dieser Zeit begann, nannte sich später der Kalte Krieg. Am schlimmsten betroffen wurden davon die Berliner. Zweifellos waren die letzten Monate des Krieges im Jahr 1945 für Berlin noch weitaus schrecklicher gewesen als die Blockade; Tag und Nacht Luftangriffe, dann das mörderische Bombardement der russischen Armee, die erste entsetzliche Zeit mit Mord und Vergewaltigungen, nachdem die Russen am 2. Mai 1945 die Stadt besetzt hatten.
Erst Anfang Juli 1945 zogen die anderen beiden Siegermächte, die Vereinigten Staaten und Großbritannien, und in ihrem Gefolge dann auch Frankreich in Berlin ein, widerwillig geduldet von den Sowjets, die dafür die Alleinherrschaft über Sachsen und Thüringen erhalten hatten. Nun also war Berlin eine Viersektorenstadt, und sie ist es bis zum heutigen Tag geblieben.
Die Russen, das mußte man zugeben, hatten gute Arbeit geleistet, nachdem die erste Zeit der Greuel vorüber war. Vor allem auf kulturellem Gebiet waren sie sehr emsig tätig geworden, es gab zwar nichts zu essen in Berlin, aber es gab eine Menge Zeitungen, es gab Konzerte, Theater, Versammlungen, Unterhaltungsmöglichkeiten verschiedenster Art.
Trotzdem atmeten die Berliner auf, als die Westmächte in Berlin einzogen. So streng sie auch behandelt wurden, die Angst, für immer an die Sowjets ausgeliefert zu sein, war zunächst einmal gebannt. Das betraf nicht nur den von den Westmächten besetzten Teil, auch im Ostsektor glaubte man sich nun wieder ein wenig freier bewegen zu können.
Der Alliierte Kontrollrat begann am 20. August 1945 mit der

gemeinsamen Arbeit, aber die Schwierigkeiten, die die Russen von Anfang an machten, ließ alle Gutgewillten aus dem Westen alsbald an einem Erfolg der gemeinsamen Arbeit zweifeln.

All dies war jedoch passiert, ehe ich nach Berlin kam. Ich hatte ausführlich darüber gelesen, war aber auch, wie so viele Menschen, des ewigen Streites und Haders drüben in Europa müde geworden. Die Krankheit meines Vaters und sein Tod gingen mir verständlicherweise näher als die Zustände in Deutschland.

Natürlich waren die Berichte aus und über Deutschland, alles, was man über das Kriegsende erfuhr, für meine Eltern viel bedeutungsvoller gewesen als für mich. Ich war ein unbeschwerter Collegeboy, hatte viel mit meiner Musik zu tun, ich spielte damals vier Instrumente, und zwar nicht schlecht. Ich trat mit einem Schülerorchester auf, ich beteiligte mich an Amateuropernaufführungen, ich hatte meine erste Liebe und begann schließlich mein Studium.

Als die volle Wahrheit über die Konzentrationslager in Amerika bekannt wurde, als man alles darüber las, vor allem die entsetzlichen Bilder sah, kam das für meinen Vater einem Todesstoß gleich.

»Ich kann es nicht glauben«, sagte er immer wieder. »Ich kann es nicht glauben.«

Bis meine sanftmütige Mutter ihn eines Tages zornig anfuhr: »Was heißt, du kannst es nicht glauben? Du siehst es doch schwarz auf weiß. Warum überrascht es dich? Du wolltest doch weggehen, du hast uns doch gezwungen, unsere Heimat zu verlassen und in diesem schrecklichen Land zu leben. Weswegen hast du das denn getan, wenn nicht deswegen?«

Mein Vater starrte sie sprachlos an, weil er solche Ausbrüche von ihr nicht gewöhnt war. Und weil sie ihm immer noch Vorwürfe machte, trotz allem, was in Deutschland geschehen war, daß er sie veranlaßt hatte, Deutschland zu verlassen und in den Vereinigten Staaten zu leben.

»Jarmila, ich bitte dich, nach all diesen Jahren – ich wollte etwas Gutes für dich tun und den Jungen. Ich wollte euch retten. Ich habe befürchtet, daß es Krieg gibt, und ich hatte recht. Warum machst du mir noch immer Vorwürfe? Bist du denn nicht froh darüber, daß uns das alles erspart geblieben ist?«
»Ja, doch, natürlich. Du hast uns gerettet. Und ich bin dir dankbar. Aber...«
Aber. Meine Mutter war in all den Jahren in Amerika nicht heimisch geworden, es blieb für sie ein fremdes, ein unbehagliches Land, dessen Menschen sie nicht verstand. Es war kein Land für sie, es war ein Kontinent, zu groß, zu ungemütlich, zu unübersichtlich. Niemals würde sie Amerika, keinen Teil davon, als ihre Heimat betrachten. Auch daran hat sich bis heute nichts geändert.
Als dann die Bomben auf Hiroshima fielen, fragte meine Mutter: »Und nun? Kannst du das auch nicht glauben? Siehst du nun, was Menschen einander anzutun imstande sind, hier wie dort? Du hast immer gesagt, sie werden die Bombe nicht einsetzen, deine großartigen humanen Amerikaner. Erst haben sie Deutschland zerstört, haben unsere Kultur vernichtet, Barbaren, die sie sind, und nun haben sie das Ungeheuerliche fertiggebracht, die Atombombe zu zünden. Womit wir also ein neues Zeitalter eröffnet hätten, wie du immer prophezeit hast, das Zeitalter der Atombombe. Davor wolltest du doch eigentlich auch fliehen. Oder nicht?«
Schließlich floh er wirklich. Er starb. In den letzten Monaten seines Lebens sprach er nicht mehr viel, mit keinem Menschen, nicht mit seiner Frau, nicht mit mir, seinem einzigen Sohn.
Ich kann nicht auf irgend etwas verweisen, das ich das Vermächtnis meines Vaters nennen könnte.
Einmal stellte er mir die besorgte Frage: »Du bist doch glücklich hier, in Amerika?«
»Sure«, antwortete ich wurschtig. Mit sechzehn Jahren, gut

genährt, gut gekleidet, in der Schule ohne Schwierigkeiten, höchstens geplagt von der Pubertät, kann man überall auf der Welt glücklich sein. Ich würde sogar so weit gehen zu sagen, man kann den Begriff Glück in diesem Alter weder mit Worten formulieren, noch ist man fähig, dieses Gefühl wahrhaft zu erleben. Um glücklich zu sein, braucht man Verstand. Nur Glück, das man bewußt erlebt und genießt, verdient diese Bezeichnung. Auch gehört dazu, daß man sich über die Flüchtigkeit, über die rasche Vergänglichkeit dieses Gefühls klar geworden ist.
Sagen wir also besser: Ich war zufrieden in Amerika.
Immerhin hatte mein Vater uns das Leben gerettet, meiner Mutter und mir. Das dachte ich, als ich drei Jahre nach seinem Tod an jener Stelle in Berlin stand, wo sich einst das Haus befand, in dem wir gewohnt hatten. Ein tiefer Krater, eine einzige geborstene Mauer, Trümmer. Ich stellte mir vor, wir wären in diesem Haus gewesen, meine Mutter und ich, als die Bombe oder Mine es traf und bis in den Grund zerstörte. Mein Vater wäre ja sicher nicht da gewesen, eingezogen, dienstverpflichtet, beim Bau der V-Waffen eingesetzt, oder möglicherweise in einem Konzentrationslager, falls er sich geweigert hätte, an todbringenden Waffen mitzuarbeiten. Aber das hätte er wohl nicht getan, er hatte ja in Amerika auch daran gearbeitet.
Mein Vater war mir auf einmal wieder ungeheuer nahe, als ich nach Berlin kam. Ich war sehr jung und sehr amerikanisch erzogen, jedenfalls soweit es Schule und Umwelt betraf, aber aus einem mir nicht erklärlichen Grund fühlte ich mich auf einmal ein wenig als Deutscher.
In meiner freien Zeit war ich meist allein, ich zog mich, ohne daß es auffiel, weitgehend von den Vergnügungen meiner Kameraden zurück. Unermüdlich lief ich durch die Stadt Berlin, sah, hörte, paßte auf, empfand aber gleichzeitig eine tiefe Scheu, mit den Berlinern selbst zu sprechen. Ich vermied jeden Kontakt, der mir ja bei meinen perfekten Deutsch-

kenntnissen leichtgefallen wäre. Ich hatte auch nicht, wie die meisten anderen, eine kleine Freundin. Ich war, jedenfalls außerhalb der Dienststunden, sehr einsam, sehr allein in den Monaten, die ich in Berlin verbrachte.
Vielleicht sollte ich noch in Erinnerung bringen, wie grundlegend sich die Stimmung gegenüber Deutschland – und auch hier speziell gegenüber Berlin – gewandelt hatte. Das war die Folge der veränderten Beziehung zu Sowjetrußland.
In all den Jahren zuvor waren die Russen unsere Verbündeten, unsere Freunde gewesen. Sicher nicht für erwachsene und denkende Leute, die sich wohl immer der Unmöglichkeit einer echten Freundschaft zwischen den beiden verschiedenen politischen Systemen bewußt gewesen waren. Aber für uns Jugendliche war *good old Joe* in Moskau ein Freund und Helfer, wobei wir uns wenig oder eher gar keine Gedanken machten über Kommunismus oder Sozialismus, die unserem Denken ferner lagen als die Gebräuche der Eskimos oder Beduinen. Die kannten wir aus dem Kino. Wie die Menschen in Rußland wirklich lebten, dachten und fühlten, interessierte uns im Grunde nicht, was wir davon hörten, jedenfalls solange wir Seite an Seite in einem Krieg gegen diese fürchterlichen Nazis kämpften, war zweifellos nach der freundlichen Seite gefärbt. Daß es nur ein Zweckbündnis war, geschlossen aus dem einzigen Grund, Hitler und seine Nazis zu vernichten, wurde nach dem Krieg jedoch sehr schnell deutlich sichtbar.
Der Eiserne Vorhang, *The Iron Curtain,* wie Churchill die unüberwindliche Grenze zwischen Ost und West so überaus treffend genannt hatte, war eigentlich von Anfang an da gewesen, er schloß sich immer dichter, wurde immer undurchdringlicher. Der Kalte Krieg eskalierte, in Amerika begann eine geradezu kindische Kommunistenhetze und Kommunistenverfolgung, was nach den vorhergegangenen Jahren der sogenannten Freundschaft für viele Menschen unverständlich war und entsprechend mißbilligt wurde.

Es bleibt immer das gleiche auf dieser Erde: Lüge, Heuchelei, Scheinheiligkeit gehören offenbar unverbrüchlich zum politischen Leben, und wie der Wind sich dreht, sollen sich die Menschen eines Volkes mitdrehen und in geforderter Weise denken und reden. Das Erstaunliche ist und bleibt, daß es immer wieder gelingt, die Masse der Menschen zu manipulieren. Der selbständig denkende und urteilende Mensch war, ist und bleibt in alle Ewigkeit ein Ausnahmefall.
Als man nach dem Krieg erfuhr, was in Deutschland geschehen war, vor allem was die Konzentrationslager betraf, schrie die ganze Welt: »Recht geschieht ihnen, daß sie im Dreck liegen. Schlagt sie, tretet sie tot wie Ungeziefer!«
Jetzt auf einmal aber wurden die Deutschen, zunächst vor allem die Berliner, zu Freunden und Verbündeten der Amerikaner und des Westens. Dasselbe Amerika, das die todbringenden Bomben auf die Stadt geworfen hatte, flog nun in pausenlosem Einsatz, Tag und Nacht, Lebensmittel, Medikamente, Heizmaterial und sämtliche anderen Versorgungsgüter nach Berlin. Die Blockade der Russen sollte die Stadt aushungern, die Berliner der Kälte, der Dunkelheit, der Armut aussetzen. Sie hatten nichts, um ihre Wohnungen zu heizen, denn die Kohle war bisher, ebenso wie der Strom, aus dem Osten gekommen. Elektrizität stand nun oft nicht länger als zwei Stunden täglich zur Verfügung, und diese dringend benötigte Stromversorgungg fiel häufig in die Nachtstunden. Daher mußten die Frauen ständig mitten in der Nacht aufstehen, um das wenige Essen, das ihren Familien zugeteilt war, hastig zuzubereiten. Zu alledem kam die zunehmende Arbeitslosigkeit, denn es fehlte erst recht an Rohstoffen und Maschinen für die verarbeitende Industrie.
Alle diese Maßnahmen sollten die Berliner zwingen, sich ganz dem Osten anzuschließen. Die Amerikaner hätten die Achseln zucken, hätten sagen können: »Recht geschieht ihnen. Was kümmern sie uns?«
Was einst der Schrecken der Berliner gewesen war, das

Geräusch der anfliegenden Maschinen, war nun Musik in ihren Ohren. Die Flugzeuge brachten Hilfe in die dunkle, hungernde Stadt, Freunde saßen darin und hielten für das verlassene, ausgeblutete Berlin die Verbindung zur Welt aufrecht.

Luftbrücke – dieses Wort wird für alle Zeit ein Ruhmesblatt in der Geschichte der Vereinigten Staaten sein, einmal wegen der heroischen Leistung aller daran Beteiligten, zum anderen aber, und dies vor allem, weil es die Menschlichkeit und Hilfsbereitschaft eines Volkes für ein anderes bewies, und zwar für jenes andere Volk, das noch vor gar nicht langer Zeit ein verhaßter Feind gewesen war.

Die Berliner hungerten und froren dennoch erbärmlich, denn so viel, um sie satt zu machen, geschweige denn ihre Wohnungen zu erwärmen, konnten die Flugzeuge nicht heranbringen. Aber sie mußten nicht verzweifeln, das war wohl das Allerwichtigste an dieser Aktion.

Dies galt natürlich nur für die Westsektoren. Ost-Berlin hatte das ganze Land um Berlin herum zur Verfügung und konnte ernährt werden, wenn auch genauso spärlich wie in den Jahren zuvor. Aber daran hatte man sich mittlerweile notgedrungen gewöhnt in Deutschland. Übrigens durften die Westberliner im Osten einkaufen, das Angebot der Russen sollte sie locken. Aber nur ein ganz geringer Teil der Westberliner machte davon Gebrauch.

Der Eiserne Vorhang war in Berlin noch durchlässig, von Ost nach West, von West nach Ost. Es stand noch keine Mauer, die kam später. Für die jungen Amerikaner, die wohlgenährt, ausgeruht, unbekümmert in dieses Land des Unheils kamen, war dies alles jedoch nicht sehr bewegend, ein Stück abenteuerliches Leben für Soldaten, dazu noch ohne Gefahr.

Nur für mich war es anders. Meine Mutter hatte dafür gesorgt, daß ich Berlin immer noch als meine ursprüngliche Heimat ansah.

Ich war am Hüttenweg im Grunewald in einer Kaserne

untergebracht, und natürlich lebten wir fürstlich im Vergleich zu den Berlinern, wenn auch nicht ganz so üppig, wie wir es von zu Hause gewöhnt waren. Beschäftigt wurde meine Einheit während der ersten Zeit beim Ausladen der Flugzeuge, später kamen wir in ein riesiges Versorgungslager, von dem aus Lebensmittel verteilt wurden.
Hier hatte ich meine erste Begegnung mit Carola Nicolai. Ich erwischte sie beim Stehlen.
Sie war zehn Jahre alt, ein niedliches kleines Ding, mit blauen Augen und kurzem blondem Haar, unter dem linken Mundwinkel hatte sie einen kleinen Leberfleck. Sie war so gewitzt und frühreif, wie es nur eine echte Berliner Göre sein konnte, besonders natürlich in jener Zeit. Daß ich sie gestellt hatte, jagte ihr keinen großen Schrecken ein, sie sah mit gekonntem Unschuldsblick zu mir auf und sagte: »Ich habe Hunger.« Allerdings befanden sich in jenem Teil des Lagers, in dem ich sie überrascht hatte, keine vollwertigen Nahrungsmittel, und sie hatte denn auch die Taschen ihres grauen Mäntelchens nur mit Candy vollgestopft. Unter dem Mantel hatte sie eine Stange Camel.
»Willst du das etwa auch essen?«
Sie schüttelte nur den Kopf über soviel amerikanische Dämlichkeit. »Das kann man verkaufen, das ist viel wert.«
Soviel immerhin wußte ich von deutschen Verhältnissen inzwischen auch. Der schwarze Markt blühte wie in der ersten Nachkriegszeit. Was sollte ich anfangen mit dem Kind? Ich nahm ihm die Zigaretten ab und ließ ihm die Candy. Hielt dazu eine Predigt.
Sie lauschte artig und lächelte mitleidig. »Das verstehen Sie eben nicht.«
Ich schleuste sie am Posten vorbei und fragte: »Wie bist du denn hereingekommen?«
»Ich war schon oft hier«, sagte sie keß. »Das ist nicht schwer, wenn man weiß, wie man das macht. Aber ich werde es Ihnen nicht erzählen.«

Eigentlich hätte ich empört sein müssen über soviel Frechheit, aber ich sah ihr nur zu, wie sie genüßlich in einen *Butterfinger* biß und ihn in aller Gemütsruhe verzehrte.
Obwohl in Amerika aufgewachsen, hatte ich für diese Art von Süßigkeiten nie viel übrig gehabt, genau wie ich mich ans Gummikauen nie gewöhnte. Das war allerdings das Werk meiner Mutter. Als sie mich, kurz nachdem wir in Amerika angekommen waren, einmal dabei entdeckte, sagte sie angeekelt: »Das ist widerlich. Ich möchte das nie wieder bei dir sehen.«
Also kaute ich nicht.
»Wie heißt du denn?« fragte ich die Kleine, nachdem sie die letzten Schokoladenspuren von den Fingern geleckt hatte.
»Carola.« Ohne mich weiter zu beachten, zählte sie die verbliebenen Candy und entschloß sich, einen zweiten zu essen, diesmal mit Kokosnuß gefüllt. »Die anderen nehme ich meiner Schwester mit«, erklärte sie mir dann.
»Wo wohnst du denn?«
»Drüben.«
»Im Ostsektor?«
Sie nickte.
»Und wie kommst du hierher?«
»Na, Mensch!« erwiderte sie im Ton tiefster Verachtung. »Mit der S-Bahn natürlich. Wenn sie mich rausholen, fahr ich eben mit der nächsten. So schnieke Sachen gibt's eben nur bei die Amis. Drum komm ich rüber.«
Es war nicht meine letzte Begegnung mit Carola. Am übernächsten Tag war sie wieder da, sie stieg nicht wieder ein, sondern wartete mit roter Nasenspitze vor dem Tor, bis ich vom Mittagessen zurückkam. Es war ein kalter Tag, und ich fragte besorgt: »Stehst du etwa schon lange hier?«
»Nee, ne halbe Stunde oder so. Ham Sie was für mich?«
Es war im Grunde unverschämt. Aber wie sie mir später erklärte, hatte sie mich vom ersten Augenblick an ins Herz geschlossen. Ich hätte ihr so gut gefallen, so sagte sie, daß sie

Tag und Nacht nur noch an mich gedacht habe. Und zu Hause mußte sie wahre Wunderdinge über mich erzählen, dort führte sie mich als eine Art Märchenprinz ein, der alles für sie tat.
Wirklich sparte ich von nun an von meinen Rationen immer einen Teil für sie auf, aber hauptsächlich war sie an dem weißen amerikanischen Brot, an Peanutbutter, an Candy und Schokolade interessiert.
Denn das erfuhr ich später auch: sie hungerten keineswegs bei ihr zu Hause im Ostsektor. Dies war eine privilegierte Familie, die mehr bekam als die gewöhnlichen Rationen.
Nach und nach kannte ich mich mit ihren Familienverhältnissen gut aus. Denn sie kam mindestens zwei- oder dreimal in der Woche, immer klappte es natürlich nicht mit unserem Treffen, ich hatte schließlich Wichtigeres zu tun, als nach ihr Ausschau zu halten, aber das verdroß sie nicht.
Sie sagte höchstens vorwurfsvoll: »Gestern warn Sie nicht da.«
»Und heute müßtest du eigentlich um diese Zeit in der Schule sein.«
Sie warf mir nur wieder einen ihrer leicht amüsierten Blicke zu.
»Bin ick aber nich.«
Sie konnte sowohl berlinern als auch tadellos hochdeutsch reden, und ich, der Amerikaner, imponierte ihr gewaltig, weil ich so gut deutsch sprach. Ich erzählte ihr nichts von meiner Herkunft, sagte nur, ich hätte eben nicht die Schule geschwänzt, sondern ordentlich gelernt.
»Wie willst du je richtig englisch sprechen, wenn du nicht in die Schule gehst?«
»Also die Amerikaner sprechen ja gar nicht richtig englisch. Die sprechen fürchterlich, sagt Onkel Boris. Und später, wenn ich das will, lerne ich das schon. Wenn ich mal nach Amerika komme.«
»Möchtest du das denn?«

»Klar.«
Ohne große Erschütterung erzählte sie mir, daß ihre Mutter bei einem Luftangriff ums Leben gekommen sei, sie und ihre Schwester Britta waren damals in der Mark bei einem Freund ihrer Eltern untergebracht. Ihr Vater war schon 1942 in russische Kriegsgefangenschaft gekommen, aber er sei schon eine Weile wieder da. Am liebsten erzählte sie von Britta, ihrer älteren Schwester, von der sie immer mit großer Bewunderung sprach. Britta sei richtig hübsch und so klug, in der Schule überhaupt die Beste.
»Also schwänzt sie wohl nicht?« warf ich pädagogisch ein.
»Nie«, rief Carola mit Emphase. »Britta schwänzt die Schule nie.«
»Wer hat denn für euch gesorgt, wenn eure Mutter ... nicht mehr da war?« fragte ich sie einmal. »Ihr wart doch noch ziemlich klein.«
»Ach, so Leute«, meinte sie lässig. »Erst meine Großmutter, aber die ist gleich im ersten Winter nach dem Krieg verhungert. Dann war Onkel Boris da. Der sorgte gut für uns. Und später kam Papa.«
Onkel Boris tauchte auch oft in ihren Erzählungen auf, von ihm sprach sie mit Bewunderung und Anerkennung. Er war der nächste von der Familie, den ich kennenlernte, obwohl er kein Familienmitglied war, wie ich später erfahren sollte.
Eines Tages also, an einem Sonntag im Frühling, ich war mit Carola richtiggehend verabredet, kam er mit ihr an der Hand anspaziert. Ein schlanker, großer, sehr gut aussehender Mann, besser gesagt: ein Herr, mit einem dunklen Spitzbart à la Lenin, wachsamen dunklen Augen unter einer hohen, klugen Stirn, über der sich das Haar zu lichten begann. Er war bemerkenswert gut, ja geradezu elegant gekleidet.
Ich war etwas verdutzt, als er sich mit vollendeten Manieren vorstellte und darauf folgend sagte: »Ich muß mir doch den amerikanischen Freund und Gönner von Carola einmal ansehen. Sie schwärmt in den höchsten Tönen von Ihnen. Und sie

verschwindet für unseren Geschmack ein wenig zu oft in den Westsektor. Ihr Vater macht sich Sorgen.«

Er sagte das lächelnd, mit souveräner Sicherheit, und ich bekam rote Ohren.

Zum erstenmal kam mir die Idee, daß man diese Freundschaft zwischen dem kleinen Mädchen und dem jungen amerikanischen Soldaten auch mit ganz anderen Augen sehen konnte. Ich war ein harmloser Junge von zwanzig Jahren, mir wäre nie eingefallen, daß man mich unsittlicher Gelüste zeihen könnte. Sollte in den Worten des vornehmen Onkel Boris so etwas angedeutet werden?

Nun, er ließ keine Verlegenheit aufkommen, plauderte höchst gewandt eine Weile mit mir und schlug dann vor, ob wir uns nicht in ein Café setzen wollten, das Wetter sei doch an diesem Tag nicht besonders geeignet zum Spazierengehen. Das Treffen hatte in der Nähe der Kaserne im Grunewald stattgefunden, und dieser Onkel Boris, so zeigte sich, kannte sich im amerikanischen Sektor allerbestens aus, er führte uns in die Nähe in ein gutes und teures Lokal, in dem es in diesen Zeiten gar nichts Besonderes gab, wie ich wußte. Für Boris aber doch. Er war nicht unbekannt in diesem Lokal, das erstaunte mich. Wir bekamen zu essen und zu trinken, was er wünschte, und später bezahlte er mit Westmark.

Carola übrigens war an diesem Tag ganz reizend angezogen, sie trug ein kariertes Röckchen, offensichtlich neu, eine blütenweiße Bluse und darüber eine blaue Strickjacke.

»Du siehst heute ja fabelhaft aus«, sagte ich.

Sie strahlte mich an, futterte ihren Kuchen, und der Mann, der sich als Boris Jaretzki vorgestellt hatte, sagte: »Ja, wir haben die beiden Mädels mal neu eingekleidet. Sie wachsen ja immer sehr schnell aus ihren Sachen raus. Und Carola hat es satt, immer nur die Kleider ihrer großen Schwester zu tragen. Nicht wahr, mein Mäuschen?«

Wir unterhielten uns ganz gut, er fragte mich nach Amerika, wo ich denn da herkäme, wie es mir hier gefiele, was ich denn so tue den ganzen Tag über und ob ich denn gern bei der Army sei, alles Fragen, die man einem jungen Mann stellt, wenn man ihn kennenlernt, und ich antwortete auch unbefangen. Erstens hatte ich keine Geheimnisse zu verraten, zweitens gefiel mir dieser Mann. Auch lag mir daran, einen guten Eindruck zu machen, damit man mich keiner üblen Absichten mehr verdächtigen konnte.

Stutzig wurde ich erst, als er ganz nebenbei sagte: »Eigentlich sind Sie ja Deutscher. Und in Berlin geboren, nicht wahr?«

Das hatte ich Carola nie erzählt, das wußte ich genau. Nur meinen Namen hatte ich ihr genannt, weil sie, gleich zu Anfang, danach fragte.

Ich zögerte mit der Antwort auf Boris' Frage, und er fuhr fort im leichten Plauderton: »Ihr Vater war ein berühmter Wissenschaftler. Ein großer Mann. Schade, daß er so früh gestorben ist.«

»Woher wissen Sie das alles?«

»Aber ich bitte Sie! Wer wird den Namen Richard Gorwess nicht kennen? Außerdem habe ich mich als kleiner Junge schon für Physik interessiert. Wie ich weiß, war Ihr Vater einer der Mitarbeiter von Otto Hahn. Sehen Sie, auch das ist ein Grund, daß ich Carola heute begleitet habe. Ich wollte Sie gern kennenlernen.«

Langsam wurde er mir unheimlich. Immerhin waren wir ja zu jener Zeit bereits infiziert mit Mißtrauen und zur Vorsicht gegenüber allem, was aus dem Osten kam, angehalten worden.

»Sie sind aber kein Physiker?« fragte ich, ziemlich verwirrt.

»Nein, nein, ich bin Techniker. Ich habe ein Ingenieurstudium abgeschlossen. Heute arbeite ich allerdings bei einer Fachzeitschrift.«

Er nannte den Titel eines Blattes, das offenbar im Osten erschien und das ich natürlich nicht kannte.

Das beruhigte mich nun wieder, denn wenn der Mann ein Journalist war oder ein journalistisch tätiger Ingenieur oder was auch immer, war es ganz erklärlich, daß der Name meines Vaters ihm nicht unbekannt war. Und ich trug schließlich denselben Namen.

Damals ahnte ich noch nicht, was oder wer Boris Jaretzki war, genaugenommen weiß ich es auch heute noch nicht. Ich erfuhr später nur, daß er einer kommunistischen Familie entstammte und bereits als junger Mensch, noch vor der Machtübernahme der Nationalsozialisten, nach Rußland übergesiedelt war und in Moskau studiert hatte. Damals nannte er sich übrigens noch Kurt Jaretzki.

Als geschulter Funktionär war er 1945 nach Berlin gekommen, möglicherweise hatte er wirklich eine tarnende Position bei irgendeiner Zeitschrift, aber ich bin heute überzeugt, daß seine Haupttätigkeit auf anderem Gebiet lag, daß er einer der führenden Agenten zwischen Ost und West war, sicher auch noch ist. Davon gab es in all den Jahren eine große Anzahl, es gibt sie heute und wird sie geben, solange diese grauenvolle Teilung der Welt erhalten bleibt. Ost und West, Feinde für ewig? Sicher jedoch für unsere Lebenszeit.

Carola erzählte mir später: »Er hatte alles, was er wollte, eine große Wohnung, ein Auto, Frauen. Er hatte sogar eine Familie. Uns.«

Carolas Vater gehörte zu jenen Männern, die während der Gefangenschaft zu brauchbaren Kommunisten umgeschult wurden, diese Schulung gehörte zu den Aufgaben, die Boris während der letzten Kriegsjahre zu erfüllen hatte. Das erzählte er mir später sogar einmal selbst.

Das nächste Mal kam ich im Jahr 1956 nach Berlin. Diesmal als Zivilist, begleitet von meiner Mutter und Martin Lohmann.

Als ich im Sommer 1949, die Blockade war beendet, von Berlin nach Alaska versetzt wurde, war Carola sehr traurig, sie vergoß sogar Tränen, als wir Abschied nahmen, und ich mußte versprechen, ihr zu schreiben, sie würde es auch tun. Ich gab ihr die Adresse meiner Mutter, und dorthin schickte sie getreulich ihre Briefchen. Als ich später entlassen war und in San Francisco studierte, antwortete ich ihr auch regelmäßig, schickte ab und zu ein Päckchen mit Candy, das ankam oder auch nicht.

Auf diese Weise blieb ich mit der Familie Nicolai verbunden, erfuhr, daß der Vater wieder geheiratet hatte und daß die Stiefmutter ganz und gar nicht nach Carolas Geschmack war. Onkel Boris heiratete nie, kümmerte sich aber nach wie vor um die heranwachsenden Mädchen. Carola beschrieb mir genau die Farbe und den Schnitt eines neuen Kleides, das wie früher stets von Boris Jaretzki ausgesucht und bezahlt wurde, vermutlich auch besorgt, denn die Verhältnisse im Osten waren fürwahr nicht so beschaffen, daß man einfach in einen Laden gehen und kaufen konnte, was man wollte.

Boris konnte, früher und zu jeder Zeit.

Am liebsten und ausführlichsten schrieb Carola über ihre Schwester Britta. Sie sei nun wirklich das schönste Mädchen von Berlin und wolle Schauspielerin werden. Manchmal, so stand in einem der Briefe zu lesen – Carola war inzwischen fünfzehn –, kann Britta ja auch ganz schön eklig sein. Ich muß immer tun, was *sie* will.

Als ich mit Mutter und Martin im Jahr 1956 nach Berlin kam, traf ich Carola zunächst nicht. Das lag am Zustand, in dem sich meine Mutter befand, als sie Berlin wiedersah.

Sie war entsetzt, sie weinte sogar, während ich fand, die Stadt sei inzwischen ganz erfreulich anzusehen, gemessen daran, wie ich sie während der Blockade erlebt hatte.

Ich erinnere mich genau an einen Herbsttag, wir waren hinübergefahren in den Ostsektor und gingen Unter den Linden entlang. Meine Mutter sagte immer wieder: »Nein, nein. Das darf doch nicht sein.« Dann lehnte sie an einer Hauswand und weinte. Martin und ich hatten Mühe, sie zu beruhigen. Leute, die vorübergingen, sahen die elegant gekleidete Dame erstaunt an. Denn ausnehmend elegant wirkte sie unter den Menschen im Osten, auch wenn sie nur ein schlichtes graues Flanellkostüm und glatte schwarze Pumps trug.

Sie verließ dann Berlin sehr schnell wieder, sagte, sie könne es nicht ertragen, die geliebte Stadt in ihrem Elend zu sehen. Es mache sie krank.

Ich begleitete sie und Martin nach Paris, anschließend reisten wir durch Frankreich. Im Oktober kehrte ich nach Berlin zurück. Einzig und allein deswegen, um die kleine Carola wiederzusehen.

Salzburg I

»Und Ihrer Mutter gefällt es im Tessin?« fragte Toni.
Sie saßen auf der Terrasse vom Tomaselli, die Sonne schien, Salzburg prangte im Blumen- und Fahnenschmuck, die bunte Mischung der Festspielgäste und der Touristen promenierte unten über den Platz.
»Sie wäre lieber nach Deutschland zurückgegangen. Nicht nach Berlin. Ich schlug ihr München vor, aber Martin wollte überhaupt nicht mehr in Deutschland leben. Er ist Jude, er war im Konzentrationslager, man muß das verstehen.«
Toni sagte nichts darauf, sie nickte nur.
»Es war die Rede von Wien, aber auch dort hatte es schließlich Nazis gegeben, und die Verhältnisse in Österreich waren nach dem Staatsvertrag ja auch zunächst sehr bescheiden. Sie einigten sich dann auf Lugano. Von dort aus sind sie sehr schnell in Milano in der Oper, Konzerte hören sie genug, sie fahren auch oft nach Rom oder Paris, aber ich habe das Gefühl, sie leben gern im Tessin. Sie haben eine Wohnung in einem Haus am Hang, mit Blick auf den Luganer See, es ist wirklich sehr hübsch dort.«
»Erzählen Sie mir, wie sie sich kennengelernt haben. Liebt Ihre Mutter diesen Martin mehr als sie Ihren Vater geliebt hat?«
»Ich glaube, so kann man die Frage nicht stellen. Es sind zwei verschiedene Lebensabschnitte, die nichts gemeinsam haben. Sie war sehr jung, als sie meinen Vater heiratete, und sie lebte immer in ihrer eigenen, sehr in sich gekehrten Welt. In ihrer

Musikwelt eben. Mein Vater begleitete sie damals in Berlin gelegentlich in eine Oper oder in ein Konzert, aber er teilte ihre Leidenschaft niemals so intensiv, wie Martin es tut. Mein Vater spielte kein Instrument. Martin ist ein Virtuose auf dem Klavier, er spielt wunderschön Orgel, außerdem kann er noch hervorragend Trompete blasen.«

»Das ist schwer, ich meine, Trompete blasen.«

»Meine Mutter, die sich an die amerikanische Mentalität nie gewöhnen konnte, kommt allerbestens mit den Italienern aus. Sie spricht perfekt italienisch. Ihr Englisch ist immer mangelhaft geblieben.«

»Nun ja, das finde ich ganz verständlich«, meinte Toni. »Italienisch ist die Sprache der Sänger, das muß Ihrer Mutter ja liegen.«

Vom Mozartplatz her kommend, klackten die Hufe zweier Fiakerpferde über das Pflaster.

»Sicher war Ihre Mutter auch schon hier zu den Festspielen.«

»Ja, mehrmals. Wir waren auch schon einmal zusammen da. Dieses Jahr sind sie in Bayreuth.«

»Martin auch?«

»Ja, sicher.«

»Ulkig, dort hat er also offenbar keine Ressentiments. Wagner gilt ja nicht gerade als großer Freund der Juden.«

»Martin liebt Wagner über alles in der Welt. Nein, da hat er keine Ressentiments. Und es stört ihn auch nicht, daß Adolf Hitler immer in Bayreuth war und Wagner-Opern gern hörte. Sie wissen ja, daß viele Leute Wagner heute daraus gewissermaßen einen Vorwurf machen.«

»Ja, was ich sehr albern finde.«

»Das sagt Martin auch. Hitler habe Wagner schließlich nicht erfunden, sagt er, der war schon vorher da. Wagner ist, wenn man es so nennen kann, sehr deutsch. Und der Freund meiner Mutter ist zutiefst ein Deutscher, auch wenn er nicht mehr in Deutschland leben will. Aber ich weiß, daß er im Grunde darunter leidet, daß er nicht in Deutschland lebt, das seine

Heimat ist. Genau wie meine Mutter. Vielleicht kehren sie später zurück, wenn mehr Zeit vergangen ist. Vorübergehend hatte er den Wunsch, nach Israel zu gehen, meine Mutter sagte jedoch: Das kannst du tun, aber ohne mich.«

»Ja, das kann ich gut verstehen. Das wäre ja abermals eine totale Umstellung. Ihre Mutter braucht Europa, sicher wird es später Deutschland oder Österreich sein. Sie wird heimkehren, Richard.«

Toni sprach mit großer Bestimmtheit. Es war nicht viel, was Richard bisher erzählt hatte, aber sie hatte sich mit großem Verständnis in das fremde Leben hineingefühlt.

Je länger sie hier saßen, um so tiefer verstrickte sich Richard in die neue Empfindung für dieses Mädchen. Vor drei Tagen hatte er sie noch nicht gekannt, nun war sie ihm so nah und so vertraut; es bestand kein Zweifel, daß er sich verliebt hatte, mehr als das. Er hatte alles andere vergessen: Boris, Britta und Carols ungeklärten Tod. Eigentlich war Carol erst in diesen letzten Tagen wirklich gestorben.

Am Tag zuvor waren sie in Salzburg angekommen, Richard war in sein Hotel gegangen, Toni in ihre Wohnung, genauer gesagt in die Wohnung ihrer Tante. Für diesen Nachmittag hatte sie sich mit ihm beim Tomaselli verabredet.

Toni allein zu haben, ohne ihren Bruder, war ein neues Erlebnis. Sie wirkte viel ernster, viel erwachsener, die Blödelei der beiden, so amüsant sie war, verfremdete sie. Jetzt war sie nur für Richard da, und sie wollte alles wissen von seinem Leben, von seinen Studien, seinem Beruf, eben auch von seiner Mutter. Das Thema Carola und Berlin sparten sie aus, davon hatte Richard ja am letzten Abend im Jagdhaus ausführlich berichtet.

»Dieser Martin ist also viel jünger als Ihre Mutter?«

»Er ist zehn Jahre jünger. Sein Vater war Dirigent, seine Mutter Sängerin. Das schafft von vornherein eine Verbindung zum Leben meiner Mutter, sie ist ja auch in einer Künstlerfamilie aufgewachsen, nicht wahr?«

»Ja. Sie haben bestimmt viel Gemeinsames. Das überbrückt wohl auch den Altersunterschied.«

»Der spielt für Martin überhaupt keine Rolle. Übrigens sieht meine Mutter sehr jung aus, sie ist ein mädchenhafter Typ, schlank und anmutig, sehr beweglich. Sie ist auch im Wesen jung. Nur hat sie sich geweigert, ihn zu heiraten. Er soll frei sein, falls er eines Tages eine jüngere Frau lieben sollte. Aber ich kann mir beim besten Willen nicht vorstellen, daß dies geschehen könnte. Martin hängt so an meiner Mutter, er geht keinen Schritt ohne sie. Sie ist sein Ein und Alles. Er war noch keine zwanzig, als die Nazis ihn in ein Lager steckten. Seine Mutter starb im Konzentrationslager. Sein Vater nahm sich das Leben, ehe sie ihn holen konnten. Eine furchtbare Geschichte. Was Martin nach dem Krieg brauchte, war eine Heimat. Und diese Heimat ist meine Mutter für ihn. Auch so kann Liebe entstehen.«

»Wie hat er überlebt?«

»Ich weiß es nicht, er spricht nie darüber. Aber er war jung. Und offenbar zäh. Man sieht es ihm nicht an, er ist klein und schmächtig, hat aber einen edlen Kopf und große, sehr schöne Augen. Wenn er am Flügel sitzt, ist er ein Gigant. Übrigens hat er die gleichen Leiden wie mein Vater. Er hinkt auch, im Lager haben sie ihm ein Knie kaputtgeschlagen. Und sein Herz ist nicht das beste.«

»Wie schrecklich!« flüsterte Toni, »für Ihre Mutter, meine ich. Vielleicht das gleiche noch einmal zu erleben.«

»Ein Freund seines Vaters holte ihn nach Kriegsende sofort nach Amerika, auch hier besteht eine gewisse Parallelität, nur daß es bei ihm zu spät geschah. Es wurde alles getan, ihn wieder gesund zu machen, ihn aufzupäppeln, seinen Lebensmut wieder herzustellen. Aber es war schwer. Es gelang eigentlich erst meiner Mutter.«

»Wie haben sie sich kennengelernt?«

»Als ich in Stanford studierte, zog meine Mutter nach San Francisco. Sie hatte eine bezaubernde Wohnung in einem dieser hübschen alten viktorianischen Häuser. Martin, der zuvor in New York gelebt und dort Musik studiert hatte, kam ungefähr um die selbe Zeit nach San Francisco. Und er wohnte im selben Haus wie meine Mutter. Einer hörte die Musik vom anderen. Es war eine ganz einfache Sache. Erst gemeinsames Musizieren, dann Freundschaft, dann Liebe.«

»Und finanziell – entschuldigen Sie meine Neugier, Richard. Er arbeitet nicht?«

»Nein. Er arbeitet nicht. Er gibt keine Konzerte, er spielt in keinem Orchester. Wir wollten ihm schon einmal einreden, daß er an einem Konservatorium unterrichten sollte, aber seine Menschenscheu ist immer noch zu groß. An Geld fehlt es nicht, er bekommt eine ausreichende Wiedergutmachungszahlung von der Bundesrepublik, und dieser Freund seines Vaters, der ihn seinerzeit nach Amerika holte, hat ihm ein ansehnliches Erbe hinterlassen, als er vor vier Jahren starb. Aktien, Grundbesitz in den Staaten. Nein, sein Auskommen ist gesichert. Meine Mutter findet dennoch, es täte ihm gut, wenn er einmal im Leben arbeitet.«

»Na ja, Hauptsache, die zwei vertragen sich. Und nun muß ich gehen.«

»Schon?« fragte er enttäuscht.

Sie lächelte. »Wir sitzen seit zwei Stunden hier bei zwei Braunen und einer Mehlspeis. Andere Leute wollen auch Platz finden. Wir sehen uns ja heute abend in der Zauberflöte.«

»Nein!« rief Richard begeistert. »Ist das wahr?«

»Ich habe eine Karte, Mr. Gorwess. Und ich werde mein schönstes Kleid anziehen für Sie. Damit ich Ihnen endlich mal gefall.«

»Mein Gott, Toni, Sie wissen gar nicht, wie gut Sie mir gefallen.«

»Na, dann warten Sie bis heute abend. Ich kann schon nach was ausschaun, wenn ich will.«

Sie stand auf und tippte wieder einmal mit dem Zeigefinger in die Luft über seiner Schläfenwunde.

»Heilt gut. Ich sitze in der 14. Reihe, rechts. Wir treffen uns in der Pause am Buffet, unten. Ich hoffe, Sie werden mich zu einem Glas Sekt einladen.«
»Und gehen wir anschließend essen?«
Sie zog die Brauen hoch.
»Ob Sie jetzt noch irgendwo einen Tisch bekommen?«
»Garantiert bekomme ich einen. Das ist nur die Frage, wie hoch das *Tip* ausfällt.«
»Das ist das Angenehme an Österreich, nicht? Ciao, Richard.«
Er sah ihr nach, wie sie unten über den Platz ging, nebenher trabte Carlos, der schwarze Hund, sichtlich erfreut darüber, daß er den beengten Platz auf der Terrasse hatte verlassen können. Diesmal trug sie eine beigefarbene Hose und eine lindgrüne Bluse. Bisher kannte er sie nur in Hosen. Heute abend würde sie sich schön machen. Für ihn.
Glück! Das also war Glück. Salzburg im Sonnenschein, die Zauberflöte heute abend, dieses Mädchen...
Vor allem dieses Mädchen. Toni. Marie Antoinette.
Ich werde sie heute abend fragen, ob sie mich heiraten will.
Richard starrte in die Luft, ganz benommen von dieser Idee.
Das war es, das und sonst nichts.
Ich werde sie fragen, ob sie mich heiraten will. Ich werde mit ihr über die Golden Gate Bridge fahren, ich werde ihr den Pazifik zeigen. Wenn sie nicht in dem Haus leben will, in dem ich mit Carol lebte, werden wir ein anderes mieten. Ich werde mit ihr Cable Car fahren. Wir werden in Chinatown chinesisch essen. Ich werde mit ihr... alles, alles, was es gibt auf dieser Erde, ich werde es nur noch mit ihr tun.
Marie Antoinette, wollen Sie meine Frau werden?
Die Zauberflöte war ein guter Anlaß, diese Frage zu stellen.
Da ging es auch um ein liebendes Paar, das sich kriegte. In welcher Oper kriegen sie sich schon?
Marie Antoinette, wollen Sie...
Nun mußte er lossausen und sehen, daß er noch einen Tisch

in einem guten Restaurant bekam. Im Hirschen, im Österreichischen Hof, beim Moser, im Mirabell, da wohnte er schließlich, die würden wohl einen Tisch für ihn haben.
Marie Antoinette, ich liebe dich. Willst du meine Frau werden? Bitte, Toni, Geliebte ...
Seit gestern, seit sie vom Jagdhaus weggefahren waren, hatte er nicht an Britta und Boris gedacht. Auch nicht an Carol. Er dachte am Abend daran, im Festspielhaus, als er eine Dame mit rotem Haar erblickte. Es war nicht Britta.
Wenn sie es waren, die er vor einigen Tagen gesehen hatte, so waren sie längst nicht mehr hier. Boris würde sich dafür interessiert haben, wo er wohnte, wie lange er bleiben wollte, ob er allein war oder in Gesellschaft – so etwas brachte Boris immer heraus, das war sein Metier.
Er würde nicht wissen, daß Richard einen Namen erfahren hatte: Sarissertal. Saritzer Tal. Das *konnte* Boris nicht wissen. Oder war er klüger als jeder andere? Hatte er absichtlich eine falsche Fährte gelegt?
Dieser Gedanke war Richard überhaupt noch nicht gekommen. Aber wenn es so wäre, dann hätte der Portier die Auskunft gegeben, nicht ein Fremder.
Wieso ein Fremder? Der freundliche Herr in Fuschl konnte ebensogut ein Bekannter von Herrn Dekanter sein.
»Sie runzeln die Stirn, Richard«, sagte Toni und drehte das Sektglas in der Hand. »Ich weiß auch, warum.« Sie blickte in die Richtung der rothaarigen Dame. »Aber das ist sie wohl nicht. Sie sagten, sie sei sehr schön.«
»Ja. Eine schöne, rassige Person. Ein eiskaltes Luder dazu. Nicht umsonst wurde sie ein Star bei der DEFA. Im letzten Jahr hat sie keinen neuen Film gedreht, das habe ich herausgebracht. Sie sei in Moskau, hieß es. Filmt dort.«
»Auch das muß sich doch herausbringen lassen. Ihr Land hat doch eine Botschaft in Moskau.«
»Wer weiß, unter welchem Namen sie dort filmt. Doch Sie haben recht, es müßte sich herausfinden lassen. Aber sie ist

nicht dort. Sie ist hier. Ich spüre es. Sie waren es, die ich neulich gesehen habe. Sie waren es bestimmt.«
Toni legte sanft ihre Finger auf seine Hand.
»Nicht heute abend. Bringen Sie sich nicht aus der Stimmung. Ich werde morgen mal hinausfahren zum Fuschlsee und im Hotel ein bisserl herumplaudern. Ich bin dort ganz gut bekannt.«
»Das wollen Sie für mich tun, Toni? Marie Antoinette?«
»Ja. Weil's mich mittlerweile auch interessiert. Und weil wir keine verdammten Spione hier bei uns haben wollen. Und weil Sie ja doch keine Ruhe haben werden, ehe Sie nicht wissen, was mit Carola geschehen ist.«
Sie hatte recht. Und darum war es nicht der richtige Abend, um sie zu fragen, ob sie ihn heiraten wolle. Er mußte wissen, was geschehen war, dann konnte er sie fragen.
»Und weil ich wissen muß«, sagte Toni und machte die Augen schmal, »weil ich einfach wissen muß, was das Saritzer Tal damit zu tun hat. Verstehen Sie, Richard? Das läßt mir keine Ruhe. Es ist jetzt auch mein Fall geworden. Aber erst morgen, ja? Heute sprechen wir nicht mehr davon. Und denken auch nicht daran. Meinen Sie, daß Sie das können, Richard?«
Er neigte sich nahe zu ihr.
»Ich liebe dich«, sagte er. »Ich liebe dich. Ich liebe dich.«
Toni erwiderte nichts darauf, sie sah ihn ernst an, dann lächelte sie ein wenig und stellte behutsam das leere Glas auf einen Tisch.
»Es klingelt. Wir müssen gehen. Wir sehen uns drunten beim rechten Brunnen, ja?«
Ihr Kleid war fliederfarben, die bräunlich getönten Schultern und der schmale Rücken nackt. Richard ging dicht hinter ihr und berührte mit den Fingerspitzen den nackten Rücken. Sie neigte leicht den Kopf zur Seite, bog die Schulterblätter zurück, und im Nacken, unter ihrem Haar, sah er eine Spur von Gänsehaut.

Berlin III

Damals, im September 1956, verließ ich Berlin also bereits nach sechs Tagen wieder, flog mit meiner Mutter und Martin nach Paris, dort mietete ich einen Wagen, wir fuhren gemeinsam südwärts. Es war schon immer der Wunsch meiner Mutter gewesen, Frankreich kennenzulernen, auch ich kannte es nicht, so hatten wir diese Reise geplant, nur wurde sie jetzt vorverlegt, da wir den Aufenthalt in Berlin abkürzten.
Es war eine schöne Reise, sie führte uns durch das Tal der Loire, dann durch Burgund und die Provence, schließlich an die Côte d'Azur. Wir etablierten uns in einem Hotel in Antibes, ich blieb noch einige Tage, dann verließ ich die beiden, sie wollten von Nizza aus mit dem Zug fahren, in London würden wir wieder zusammentreffen.
Es bestand kein zwingender Grund für mich, noch einmal nach Berlin zu fahren, ich tat es nur wegen des kleinen Mädchens Carola. In meinem letzten Brief hatte ich ihr meinen Besuch angekündigt, ich wußte, daß sie sich darauf freute, daß sie mich erwartete, und ich brachte es nicht über das Herz, sie zu enttäuschen. Während der knappen Woche unseres Aufenthaltes in Berlin hatte ich mich bei ihr nicht gemeldet, denn in ihrem desperaten Zustand beanspruchte meine Mutter meine ganze Aufmerksamkeit, zumal Martin keine Hilfe war; er schlich durch Berlin wie ein verprügelter Hund.
Das kleine Mädchen Carola war inzwischen ein großes Mädchen geworden, aber offenbar noch genauso hartnäckig wie

früher, wenn es darum ging, die Verbindung zu mir, ihrem amerikanischen Traum, aufrechtzuerhalten.
Ich war höchst erstaunt, als ich ins Hotel Kempinski kam und dort eine Nachricht von Carola vorfand. Da ich ihr nicht mitgeteilt hatte, in welchem Hotel ich absteigen würde, mußte sie von Hotel zu Hotel getrabt sein, um die richtige Adresse zu finden, wo sie vom Portier erfahren hatte, daß ein Mr. Gorwess dagewesen und wieder abgereist war, für Mitte Oktober jedoch abermals ein Zimmer reserviert hatte.
Was ich vorsorglich getan hatte, obwohl ich bei meiner Abreise absolut noch nicht entschlossen war, ein zweites Mal nach Berlin zu fahren. In Berlin waren Hotels noch immer sehr knapp, und es war gar nicht leicht, ein Zimmer zu bekommen.
Meine Mutter war übrigens dagegen, daß ich nach Berlin zurückkehrte. Noch in Antibes hatte sie versucht, mir diese Reise auszureden. »Aber Ricky, es ist hübsch hier. Erhole dich doch noch ein bißchen, du kannst es brauchen. Was willst du in diesem armen Berlin, wo man nur traurig wird. Und wegen dieses kleinen Mädchens, also wirklich, Richard, das ist doch lächerlich. Wer weiß, was aus dem Kind geworden ist, unter diesen schrecklichen Verhältnissen?«
Aber nun war ich froh, daß ich Carola nicht enttäuschen mußte. Ihr Brief lautete: Dear Richard, I was so sorry, when I learned that you left Berlin and didn't meet me. But I also was happy to hear that you will come back. Please, oh, please, Richard, let me know when you are here again. I want so very to see you. Or must I say, I want so much to see you? You see, my english is not very good, but I study hard to make it better and better. Perhaps you will help me. Oh, Richard, I need you so very. I mean so much. Ever yours Carola.
Ich war verständlicherweise gerührt. Blieb nur die Frage, wie ich sie verständigen sollte, daß ich wirklich gekommen war. Nach Ost-Berlin telefonieren konnte man nicht. Ich fragte den Portier, wie es denn mit der Post stehe.

Er winkte ab. »Das dauert ewig, bis da was ankommt. Wenn Sie eine eilige Nachricht haben, geben wir es einem Grenzgänger mit. Das wird immer so gemacht.«
»Grenzgänger?«
Er erklärte mir, daß viele Leute von Ost-Berlin nach West-Berlin zur Arbeit kämen, was im Osten nicht gern gesehen war, was sich die Menschen aber nicht nehmen ließen, die Westmark war eine harte Währung geworden. Im Hotel gab es vor allem Putzfrauen, Zimmermädchen, Hausdiener und Küchenhilfen, die täglich mit der S-Bahn vom Osten herüberkamen.
»Schreiben Sie Ihren Brief, ich gebe ihn unserem Hausdiener Peter mit, der ist sehr zuverlässig. Warten Sie, ich gebe Ihnen ein neutrales Kuvert, dann wird der Brief auch anstandslos befördert. Wenn Peter ihn heute abend drüben einsteckt, kann er morgen oder übermorgen beim Empfänger sein. Peter hat Frühdienst und fährt immer so gegen drei Uhr nachmittags nach Hause.«
Erstaunlich, wie umständlich das Leben in so einer geteilten Stadt war. Von diesen Alltagsmißhelligkeiten machte man sich als Außenstehender gar keine Vorstellung.
Ich schrieb also ein paar Zeilen und bat Carola, am nächsten oder übernächsten Tag am Nachmittag zu mir ins Hotel zu kommen. Es schien mir die beste Möglichkeit, mit ihr in Verbindung zu treten. Einfach hinüberzufahren und bei ihr zu Hause aufzukreuzen, erschien mir unpassend. Die Familie war mir zwar aus ihren Briefen wohlbekannt, aber direkt neugierig darauf, sie kennenzulernen, war ich denn doch nicht.
Sie kam am übernächsten Tag. Sie zu sehen, war eine freudige Überraschung. Natürlich wußte ich, wieviel Zeit vergangen war, und wenn ich auch im Geist noch das kleine Mädchen vor mir sah, sagte ich mir doch, daß sie heute anders aussehen mußte.
Sie sah gar nicht so viel anders aus: Sie war eben nur siebzehn

und so süß, wie manche Mädchen, beileibe nicht alle, in diesem Alter sein können. Schlank, sehr beweglich, mit bemerkenswert hübschen Beinen, mit denselben strahlenden blauen Augen, der niedlichen Stupsnase und dem Leberfleck unter dem linken Mundwinkel.

Ich erkannte sie sofort, als sie zur Tür hereinkam, erhob mich aus dem Sessel in der Lounge, ging ihr entgegen, sie kam eilig auf mich zu, stand vor mir, flüsterte: »Richard, oh Richard!« Dann, gemessen: »How do you do?«, darauf schlang sie die Arme um meinen Hals und küßte mich auf beide Wangen.

Wer hätte dieser Begrüßung widerstehen können? Ich hielt sie einen Augenblick fest und freute mich. Dies war kein mühsames Wiedersehen zweier Menschen, die sich im Grunde fremd waren, dies war ein Gefühlssturm, der von ihr ausging und mich mitriß. Wir saßen in der Halle und tranken Tee, sie erzählte und redete kreuz und quer durcheinander, schwieg dann auf einmal, sah mich groß an mit diesen strahlenden Augen und flüsterte: »Ich bin so schrecklich glücklich.«

»Warum bist du denn glücklich, Carola?«

»Weil du da bist, Richard. Weil du doch noch gekommen bist. Als ich hier ins Hotel kam und hörte, daß du wieder abgereist bist, dachte ich, ich falle tot um. Seit Jahren lebe ich nur für den Tag, an dem du wiederkommst.«

»Aber Kind!« versuchte ich zu bremsen. »Das kann doch gar nicht möglich sein. Du kennst mich doch kaum.«

»Ich kenne dich besser als jeden anderen Menschen auf der Welt. Ich habe mich all die Jahre, wenn ich abends im Bett lag, mit dir unterhalten. Eigentlich müssen dir jeden Abend die Ohren geklungen haben. Ich habe dir alles erzählt, was ich tat. Was ich dachte, was ich mir wünschte. Und ich habe nie wieder die Schule geschwänzt, das kannst du mir glauben. Auch keine Candy mehr geklaut.«

Sie redete mit ihrem schnellen Berliner Mundwerk, ihr Blick ließ mich nicht los, und mein Herz war von Zärtlichkeit erfüllt für dieses liebenswerte Kind.

»Ich hab dich immer vor mir gesehen, wie du mich damals strafend angesehen hast, die Camelstange in der Hand. Aber du warst ja nicht richtig böse auf mich. Das konntest du gar nicht. Abgereist, sagte ich zu dem Mann am Pult da, abgereist? Das kann nicht sein. Vielleicht ist er in ein anderes Hotel gezogen. Er blickte mich mit gerunzelter Stirn an und überlegte eine Weile, ob er mich einer Auskunft würdigen sollte. Dann sagte er von oben herab: Für den Moment ist Mr. Gorwess jedenfalls abgereist. Allerdings hat er die Absicht, Mitte Oktober noch einmal wiederzukommen. Bestimmt? fragte ich. Ein Zimmer ist ab 15. Oktober reserviert, mein Fräulein.«

Sie lachte übermütig und schüttelte die kurzen blonden Locken. »Dann lief ich den Kudamm entlang, das heißt, ich lief nicht, ich hopste immer von einem Bein auf das andere und sang dazu: Ein Zimmer ist ab 15. Oktober reserviert, mein Fräulein. Ich sang das auch dem Vopo vor, der mich auf dem Bahnhof Friedrichstraße finster musterte, dann habe ich es allen zu Hause vorgesungen.«

»Good gracious me!« murmelte ich erschüttert.

»Ja, sie haben mich nämlich aufgezogen. Als die Zeit verging, und du kamst nicht, da haben sie mich ausgelacht. Britta vor allem. Du mit deinem amerikanischen Schwarm, du machst dich ja lächerlich. Ich habe ihnen natürlich nicht gesagt, daß du schon da warst und wieder abgereist bist, ohne mich zu sehen. Ach, und sie erst, die war gehässig: Du mit deinem blöden Ami, ich kann den Unsinn nicht mehr hören.«

»Wer sagte das?«

»Na, die. Die Frau von meinem Vater. Das ist eine richtige Kommunistin, weißt du. Sie ist in der Partei und hat sich wichtig damit. Immer will sie mich schurigeln und politisch erziehen und all sowas. Ich sollte partout in die FDJ, aber ich habe mich geweigert, zwei Jahre lang habe ich nur gehinkt, um zu zeigen, daß ich ein krankes Bein habe und für jegliche Art von Dienst untauglich bin. Nachher konnte ich kaum mehr richtig gehen. Sie hat mich eingesperrt und mir nichts zu essen gegeben, weil ich nicht tat, was sie wollte. Das konnte ich dir alles nicht schreiben, man weiß ja nicht, wer es liest, nicht? Deine Briefe hat sie natürlich alle gelesen. Na ja, es stand ja nie was Besonderes drin.«

Diesen Tadel schluckte ich schweigend und war sehr froh, daß meine Briefe harmlos und nichtssagend ausgefallen waren.

»Und dein Vater? Hat er das denn geduldet?«

»Ach, mein Vater hat selber Angst vor ihr. Er ist ja auch ein Kommunist, aber nicht so ein richtiger. Natürlich ist er in der Partei und das alles. Seit zwei Jahren ist er auch wieder Offizier. Erst bei der Zonenarmee, und jetzt haben wir ja die Nationale Volksarmee. Er war im Krieg schon Leutnant, das liegt ihm, das macht er am liebsten. Ich habe immer das Gefühl, er ist froh, wenn er nicht nach Hause kommen muß. Und aus dem ganzen Parteikram macht er sich sowieso nicht viel. Das ganze Gerede ödet ihn an.«

Sie sprach eine erstaunlich offene Sprache, dieses Kind Ost-Berlins.

»Und deine Schwester? Kommt sie auch so schlecht mit der Frau deines Vaters aus?«

»Ach, mit Britta ist das anders. Die läßt keinen an sich heran. Sie macht ihr hochnäsiges Gesicht, sieht dich so von oben herab an und fragt: Bitte? Wolltest du mir etwas sagen?«

Ich kannte Britta nicht, aber Carola imitierte Miene und Tonfall dieser bravourösen Schwester so gekonnt, daß ich Britta vor mir sah.

»Sie hält auch zu mir. Britta hat mich immer vor der beschützt. Und wenn es gar zu schlimm ist, sagen wir es Boris. Vor dem kuscht sie.«

Die Familienverhältnisse meiner kleinen Freundin schienen komplizierter zu sein, als ich es mir vorgestellt hatte. Genau genommen hatte ich mir allerdings gar nichts vorgestellt.

»Also gehört Boris immer noch zur Familie?«

»Ja. Gott sei Dank. Wir sind froh, wenn er kommt. Mit ihm zu reden, macht immer Spaß. Nur leider sehen wir ihn manchmal lange nicht.«

»Was macht er eigentlich?« fragte ich in beiläufigem Ton. »Ist er immer noch bei dieser Zeitschrift?«

»Zeitschrift? Nein, davon weiß ich nichts. Er arbeitet in der Partei. Irgendwie ist er da was Großes. Aber nicht so offiziell. Ich meine nicht so, daß er in der Zeitung steht.«

»Aha. Ulbricht ist er jedenfalls nicht.«

Darüber mußte Carola so lachen, daß sie bald vom Sessel fiel. Von den anderen Tischen blickte man amüsiert zu uns herüber, mir war es ein wenig peinlich.

»Nee, Ulbricht ist der bestimmt nicht. So häßlich ist Boris nun wirklich nicht. Außerdem kann Boris ja richtsch deitsch reden, ne wahr?« Das letzte kam in unverfälschtem Sächsisch und war dem Tonfall des DDR-Chefs treffend nachgeahmt. »Wir mögen Boris, wir beide, Britta und ich. Wenn es uns immer etwas besser gegangen ist als allen anderen Menschen, dann haben wir das Boris zu verdanken. Mein Vater verstand sich auch immer sehr gut mit ihm. Aber jetzt weiß ich nicht so. Seit er die geheiratet hat – die kann Boris natürlich nicht leiden und hetzt bei Vater gegen ihn. Dieser geschniegelte Laffe, so nennt sie ihn.«

»Das ist ja allerhand.«

»Ja, nicht wahr? Es stimmt schon, Boris ist immer *sehr* elegant angezogen. Weißt du, was Britta sagt?«

Sie beugte sich an mein Ohr und flüsterte: »Britta glaubt, er ist vielleicht beim Stasi. Oder bei irgendeinem Geheimdienst. Vielleicht sogar beim KGB. Das kann man ja nicht wissen.«

»Nein«, sagte ich mit ernster Miene. »Dann wäre es ja kein Geheimdienst.«

Was der KGB war, wußte ich. Das Wort Stasi konnte ich nicht sofort übersetzen. Es heiße Staatssicherheitsdienst, klärte mich Carola auf, ich könne mir ja denken, was das bedeute. Das brachte sie mit dunkler Stimme und Falten auf

der Stirn heraus, und ich versuchte mir vorzustellen, was ein Amt dieser Art für die Menschen im Osten bedeuten mußte.
»Aber man kann darüber natürlich nicht reden«, fuhr sie fort. »Du darfst es auch keinem sagen. Wir wissen es ja nicht, aber es könnte sein. Weil er immer so elegant ist.«
Die Logik leuchtete mir zwar nicht ein, aber für Carola gehörten gut geschneiderte Anzüge offenbar zu den Merkmalen einer Untergrundtätigkeit.
»Du solltest dann aber besser auch nicht darüber reden. Zumal du es gar nicht genau weißt.«
»Ich rede ja nicht darüber. Nur zu dir. Dir kann ich *alles* sagen.«
Ich nickte. Womit hatte ich mir eigentlich das rührende Vertrauen dieses Kindes verdient?
»Angenommen, du hast recht, dann bist du ja im Grunde gut beschützt. Und deine Schwester auch.«
»Ja. Er hat sich immer um uns gekümmert. Britta hat ihn nicht so gern wie ich. Manchmal macht sie so kleine Bemerkungen. Nur zu mir natürlich, nie zu der. Mit der reden wir nie über Boris. Na, du wirst schon sehen, warum ich sie nicht leiden kann. Ich kann mir nicht vorstellen, daß sie dir gefällt.«
»Braucht sie ja nicht. Ich habe ja mit ihr nichts zu tun.«
»Aber du mußt sie kennenlernen.«
»Ich?«
»Klar. Du mußt unbedingt zu uns kommen.«
»Ich denke nicht daran.«
»Richard! Du mußt! Sie glauben mir sonst nie, daß es dich wirklich gibt.«
»Dann bringst du eben Britta mal mit herüber. Und deinen Vater.«
»Mein Vater kommt nie in den Westen. Das darf er gar nicht.«
»Und Britta?«
»Selten. Wenn sie mal einen bestimmten Film sehen will.

Oder etwas kaufen, was es bei uns nicht gibt. Sie ist jetzt in der Schauspielschule vom Berliner Ensemble. Bei der Helene Weigel, weißt du, das ist eine große Auszeichnung. Auch das hat Boris gefingert. Sie hat sogar schon mal eine kleine Rolle gespielt. Britta wird bestimmt eine ganz berühmte Schauspielerin. Eigentlich will ich gar nicht, daß du Britta siehst. Du wirst dich in sie verlieben, sie ist viel hübscher als ich.«
Sie blickte mich erwartungsvoll an, und ich tat ihr den Gefallen zu sagen: »Ich finde, du bist ein sehr hübsches Mädchen.«
»Wirklich? Und?«
»Was und?«
Wieder der erwartungsvolle Blick, aber ich tat ihr nicht den Gefallen zu sagen, ich sei bereits in sie verliebt.
So weit war es auch wirklich noch nicht mit mir, so sehr ich ihre Gegenwart genoß und das mühelose Gespräch, besser gesagt, ihre unbeschwerte und zugleich zutrauliche Art, mit mir zu reden. Es war, als seien wir seit Jahren die engsten Freunde, als müßten nur einige Tatsachen ihres Lebens nachgetragen werden.
Sie interessierte sich übrigens auch für mein Leben. Ich erzählte ihr also, daß ich meinen Master of Arts gemacht hatte und nun Teaching Assistant in Stanford war, daß ich meinen Ph. D. machen würde, sobald ich die noch anstehenden Prüfungen hinter mir hatte.
Was das sei, wollte sie wissen, denn die amerikanischen Universitätsausdrücke waren ihr verständlicherweise fremd, wenn sie auch jeden andachtsvoll wiederholte.
»Das ist ungefähr das gleiche wie hierzulande ein Dr. phil.«
»Ach so«, sagte sie und schaute mich bewundernd an. »Du bist sehr klug, nicht?«
»Es geht. Es gibt eine Menge Leute, die viel klüger sind.«
»Aber von Musik verstehst du viel. Wenn du doch Musikwissenschaftler bist. Ich leider nicht. Ich gehe sehr selten ins Konzert. Eigentlich gar nicht. In die Oper schon lieber. Aber

ich will es lernen. Du wirst es mir beibringen, ja? Ich will alles können, was du kannst.« Als ich lächelte, fügte sie eifrig hinzu: »Ist ja blöd, so was zu sagen. Ich werde nie soviel können wie du. Ich meine, ich möchte es verstehen. Damit du mit mir darüber reden kannst.«

Sie war eine Mischung aus Kind und Frau, mehr schon eine kleine, sehr bewußte Frau, und sie tat alles, um mich anzulokken, daran war kein Zweifel. Keineswegs aus reiner Berechnung. Ich war für sie nun einmal der Mann, von dem sie seit Jahren träumte. Und das Wiedersehen mit mir, dessen konnte ich mir schmeicheln, schien sie nicht enttäuscht zu haben.

Später lud ich sie zum Abendessen ein, was sie sehr aufregte.

»Wirklich? Kann ich denn so gehen?«

»Du bist absolut okay«, erwiderte ich.

Sie trug ein dunkelblaues Kleid mit weißen Tupfen und einem weißen Kragen, es sah ordentlich aus, ein wenig kindlich vielleicht, nur störte mich, daß sie statt dazu passender blauer Pumps ein Paar rote Spangenschuhe trug. In modischen Dingen war ich dank meiner Mutter ziemlich verwöhnt. Sie hatte sich immer mit dezenter Eleganz gekleidet, was in Amerika durchaus nicht alltäglich war. So etwas wie rote Schuhe konnten dort auch vorkommen.

Bis der Abend zu Ende war, hatte Carola mich so weichgekocht, daß ich einem Besuch bei ihr zu Hause zugestimmt hatte, widerwillig zwar, aber sie war nun einmal unwiderstehlich in ihrer Begeisterung.

»Übermorgen nachmittag«, sagte sie. »Ich muß erst einen Kuchen backen. Und meine rosa Bluse bügeln.«

Ich brachte sie zur S-Bahn am Zoo und nahm sie zum Abschied leicht in den Arm und küßte sie auf die rechte Wange. Dann drehte sie mir die linke zu, also küßte ich die auch, und dann küßte sie mich auf den Mund. Gar nicht einmal ungeübt.

Sie bog den Kopf zurück und fragte leise: »Nimmst du mich mit nach Amerika?«

»Aber Kind?«
»Bitte, Richard, bitte. Nimm mich mit. Ich werde dir nie auf die Nerven fallen. Und wenn du mich nicht um dich haben willst... ich komm schon durch. Ich spreche schon gut englisch und ich kann für mich selber sorgen. Aber ich möchte hier raus. Ich möchte raus.«
Die letzten drei Worte kamen laut und leidenschaftlich, waren fast ein Aufschrei, ich blickte mich unwillkürlich um, ob auch niemand ihre Worte gehört hatte. So weit war ich schon wieder auf deutsches Verhalten eingestellt.
Siebzehn war sie. Noch nicht mündig, ihre Familie würde ihr nie erlauben, mit mir zu kommen. Zwei Besuche machte ich bei diesen Leuten, einmal nachmittags zum Kaffee, wie besprochen, und es war quälend genug. Das zweite Mal nur auf einen Schluck miserablen Weinbrands, als ich Carola abholen kam, die an diesem Abend in Ost-Berlin mit mir ausgehen wollte. Sie kenne ein Lokal, da sei es sehr hübsch, mit Boris sei sie schon einige Male dort gewesen, sagte sie.
Carolas Vater bekam ich überhaupt nicht zu sehen, er hatte immer Dienst. Das konnte wahr sein oder auch nicht, jedenfalls legte er keinen Wert darauf, mich kennenzulernen. Ich sah nur ein Bild von ihm, ein kräftiger breitschultriger Mann mit kurzgeschnittenem blondem Haar, er sah so aus, wie man sich in Amerika einen typischen Deutschen vorstellte.
Die Stiefmutter war keine häßliche Frau, sie hatte eine gute Figur, blond auch sie, aber mit harten Zügen und einem verschlagenen Blick. Sie begegnete mir mit gezwungener Freundlichkeit und versuchte mehrmals, mich im Gespräch herauszufordern, mit törichten Fragen und Anspielungen über Amerika und den Westen, was ich jedoch überhörte.
Britta dagegen, die schöne, hochmütige Britta, war ausgesprochen feindselig gegen mich eingestellt, und der Grund dafür war wohl Eifersucht. Sie gab mir zu verstehen, ich hätte kein Anrecht auf Carolas Zuneigung und brauchte mir ja nicht einzubilden, daß ich im Leben ihrer Schwester eine

Rolle spielen könnte. Sie kommandierte Carola herum, schickte sie dies und jenes holen, tadelte den Sitz ihres Haares, bemängelte, die rosa Bluse, die nebenbei bemerkt scheußlich war, sei schlecht gebügelt. Der Kuchen fand auch nicht ihren Beifall, sie aß gerade drei Bissen davon und ließ den Rest stehen.

Carola ließ sich das widerspruchslos gefallen, ihre Geduld und Liebenswürdigkeit dieser ungeduldigen und wenig liebenswürdigen Schwester gegenüber schien keine Grenzen zu kennen.

Ich nahm mir vor, ihr bei unserem nächsten Treffen deswegen Vorhaltungen zu machen. Gleich darauf dachte ich mir, daß mich das überhaupt nichts anging. Die Schwestern waren von Kindheit an aufeinander angewiesen, sie waren an das gegenseitige Verhalten gewöhnt, und Britta war wohl immer die Tonangebende gewesen. Zwar waren sie sich äußerlich recht ähnlich, doch im Wesen denkbar verschieden.

Zweifellos war Britta ein auffallend schönes Mädchen, ihre Augen waren heller als Carolas, mehr graublau, aber das volle rote Haar, vermutlich getönt, wirkte höchst attraktiv. Doch das wirklich Fesselnde an ihr war ihre Attitüde. Schließlich war sie auch erst neunzehn, aber sie hatte die Haltung einer *Grande Dame* und die Sicherheit einer Millionärstochter. Ich war von Amerika her selbstsichere Mädchen gewöhnt, aber Britta übertraf sie bei weitem.

An jenem Abend, als ich mit Carola in dem Ostberliner Lokal zu Abend aß, nicht einmal schlecht und sehr aufmerksam bedient, erschien plötzlich gegen neun Uhr Boris Jaretzki.

»Ich muß den Candy-Yankee doch mal begrüßen. Carolas wunderbarer Onkel aus Amerika«, sagte er und schüttelte mir herzhaft die Hand. »Wissen Sie, wie glücklich Sie unsere kleine Carola machen mit Ihrem Besuch?«

Er saß eine Weile bei uns, und ich kann nicht sagen, daß er mir mißfiel. Gut gekleidet war er, das stimmte, sein Anzug dezentes Dunkelgrau, die Krawatte aus reiner Seide. Seine

Stirn war noch ein wenig höher geworden, in Haar und Bart zeigten sich graue Fäden, aber sonst sah er aus wie damals. Leider habe er wenig Zeit, sagte er, er hätte noch eine Verabredung, aber ich würde ja wohl noch einige Tage in Berlin bleiben, dann würden wir einen hübschen Abend zu dritt verbringen.

»Hier oder drüben, ganz wie Sie wollen«, fügte er hinzu. »Oder sollten wir nicht zu viert ausgehen, Carola, was meinst du? Wir werden Britta mitnehmen.«

»Ich habe nicht den Eindruck, daß ich ihr sehr sympathisch bin«, sagte ich.

Boris lachte. »Das kann sie gut, einen Menschen von oben herab behandeln. Warten Sie nur ab. Wenn ich es will, wird sie mitkommen und sich auch von ihrer charmanten Seite zeigen.«

Der letzte Satz klang herrisch, seine dunklen Augen verengten sich. Flüchtig kam mir der Gedanke, daß zwischen Britta und Boris möglicherweise Beziehungen intimer Art bestehen könnten. Doch ich befand gleich darauf, daß dies Unsinn sei. Den Jahren nach konnte er ihr Vater sein; eine Art Vaterrolle, besser gesagt, Onkelrolle, hatte er jahrelang für die Kinder gespielt. Er mochte Brittas Unarten gut genug kennen, um zu wissen, wie er ihnen zu begegnen hatte.

Auch Carola war in seiner Gegenwart nicht so offenherzig und aufgeschlossen wie zuvor. Sie machte ein artiges Kleinmädchengesicht und vermied jedes persönliche Thema.

Während der halben Stunde, die Boris bei uns saß, sprachen wir auch über Carolas Berufspläne. Sie hatte in diesem Jahr die Schule beendet und sollte demnächst eine Handelsschule besuchen, Boris meinte, er würde ihr später eine gute Position in einer Behörde beschaffen.

Carola nickte dazu, sie lächelte, kein Wort von Amerika kam ihr über die Lippen. Von diesen Plänen sprach sie offenbar zu keinem. Oder hatte sie es Britta gegenüber erwähnt? Kam daher Brittas feindselige Haltung?

Der Abend zu viert fand nicht mehr statt, am nächsten Tag brach der ungarische Aufstand aus. Berlin befand sich sofort in wildem Aufruhr. Der 17. Juni 1953 war nicht vergessen, die Berliner, die Ostberliner vor allem, rüttelten immer noch wild an den Stäben ihres Käfigs, das blutige Eingreifen der russischen Panzer hatten und würden sie nie vergessen.
Jetzt also die Ungarn! Nicht ein so gehorsames Volk wie die Deutschen, denen es schwerfiel, eine Revolution zu machen. Würde es also den Ungarn gelingen, das verhaßte Regime abzuschütteln, oder würde auch ihr Aufbegehren in Blut erstickt werden?
Die Stadt brodelte von Unruhe. Überall sprach man von Krieg. Jeder wußte ein anderes Gerücht. Ich fragte in der amerikanischen Mission nach, und man legte mir nahe, Berlin so schnell wie möglich zu verlassen.
Der Gedanke an meine Mutter und Martin beunruhigte mich. Dennoch wartete ich noch zwei Tage auf Carola, aber sie kam nicht mehr.
Die Kontrollen in der S-Bahn waren wohl verstärkt worden. Oder ihr Vater erlaubte es nicht mehr, daß sie in den Westen hinüberfuhr.
Ich flog am 26. Oktober in einer überfüllten Pan Am-Maschine nach Frankfurt, von dort nach London, wo meine Mutter und Martin am Tag zuvor eingetroffen waren.
Kam die Suezkrise hinzu. Ende Oktober befanden sich Großbritannien und Frankreich im Krieg mit Ägypten. In Ungarn wurde der Aufstand mit brutaler Gewalt niedergeschlagen. Amerika schwieg. Wir hatten Angst vor einem neuen Krieg und flogen, sobald wir einen Platz fanden, in die Staaten zurück. Nur weg von diesem schrecklichen Europa.

Für eine Weile verschwand Carola wieder einmal aus meinem Leben, und ich dachte mit der Zeit sogar, daß es für immer sei. Nach meiner Heimkehr hatte ich ihr geschrieben, einen sehr netten, gar nicht zu kurzen Brief. Daß es mich sehr gefreut habe, sie zu sehen, und ich hoffte, daß es bald wieder einmal ein Treffen geben werde. Jetzt sei ich erst einmal mit meinen Prüfungen und dann mit meiner Doktorarbeit beschäftigt. Alles Gute und Liebe und schönste Grüße an die Familie.

Darauf bekam ich keine Antwort. Einige Wochen lang wartete ich auf einen Brief von ihr, wunderte mich über ihr Schweigen, versuchte verschiedene Erklärungen zu finden. Vielleicht, daß man ihr verbot zu schreiben. Oder daß mein Brief gar nicht in ihre Hände gekommen war, die böse Stiefmutter hatte ihn vielleicht abgefangen. Oder, was ja immerhin möglich war, daß die Handelsschule sie sehr in Anspruch nahm, schließlich und endlich, daß ein junger Mann in ihrem Leben aufgetaucht sein konnte, in den sie sich verliebt hatte. Was ja nur normal gewesen wäre und ihre Schwärmerei für mich ganz von selbst beendet hätte.

Dann vergaß ich Carola. Ich hatte in der Folgezeit eine sehr heftige Liebesaffäre mit einer reizenden Musikstudentin, sie hatte auch schöne lange Beine, auch blonde Haare und blaue Augen, nur keinen Leberfleck.

Als ich achtundzwanzig wurde, wäre ich beinahe verheiratet gewesen. Wir zerstritten uns wegen Schubert.

Seine Lieder, die ich über alles liebte und die mir von Kindheit an vertraut waren, da meine Mutter sie immer sang, seien sentimentaler Schwachsinn, urteilte meine Freundin.

Über so etwas kommt die größte Liebe nicht hinweg.

Erst versuchte ich sie zu bekehren, spielte ihr vor, sang ihr vor, kaufte die entsprechenden Platten, doch sie hielt sich die Ohren zu. Von freundschaftlicher Diskussion gerieten wir in wilden Streit. Schließlich war es aus. Völlig aus.

Wer das nicht hören und verstehen konnte – fremd bin ich eingezogen, fremd zieh ich wieder aus –, der war eben wirklich kein Mensch. Meine Mutter, von mir zu Rate gezogen, bestätigte diese meine Meinung. So ein Mädchen könne ich auf keinen Fall heiraten, das müsse schiefgehen.

Daß das arme Mädchen Schuberts Lieder wirklich nicht verstehen konnte, denn sie sprach kein Wort deutsch, sah ich damals nicht ein. Der Text gehörte nun einmal zu diesen Liedern, von der Musik her allein war die »Winterreise« nicht zu erfassen und zu erfühlen.
Immerhin geriet diese mißglückte Liebesgeschichte zu einer höchst wichtigen Episode in meinem Leben. Ich schrieb darauf mein erstes Buch. Über Franz Schubert. Interpretationen seiner Lieder. Es wurde ein in Fachkreisen sehr angesehenes Buch und war nicht zuletzt der Grund, daß ich die Berufung als Full Professor nach Santa Barbara bekam. Später.

Salzburg II

Als Richard mit dieser zauberhaften Marie Antoinette nach der Vorstellung beim Abendessen saß, benahmen beide sich sehr formell, denn was er in der Pause in ihr Haar geflüstert hatte: ich liebe dich, ich liebe dich ... war noch so deutlich in ihren und in seinen Ohren, daß sie eifrig bemüht waren, dem Gespräch keine persönliche Wendung zu geben.
Natürlich sprachen sie zunächst über die Aufführung. Toni verglich diese Zauberflöte mit der Zauberflöte von vor vier Jahren und begann dann hemmungslos von Fritz Wunderlich zu schwärmen, der seinerzeit den Tamino gesungen hatte.
»Daß Sie damals überhaupt schon mitgehen durften, Marie Antoinette, das wundert mich«, sagte Richard zärtlich. »Da waren Sie doch noch ein ganz kleines Mädchen.«
Sie fand das nicht komisch und schüttelte empört den Kopf.
»Ich bin vierundzwanzig, was denken Sie denn?«
»Neunzehn, höchstens, hab ich mir gedacht.«
»Schmarrn«, sagte sie drastisch. »So unreif kann ich doch gar nicht auf Sie wirken.«
So konnte man es auch sehen. Richard gab sich geschlagen und bat um Entschuldigung, man könne mit Komplimenten auch Pech haben. Sie erzählte darauf, wie man sie wirklich das erste Mal zu den Festspielen mitgenommen hatte.
»Ich ging in die Klosterschule und war dreizehn. Die Mama hat mich mitgenommen. In ein Konzert. Mein Gott, Richard, stellen Sie sich vor, ich hab den Furtwängler noch erlebt. Wenn ich einmal Kinder hab, kann ich ihnen das erzählen.

Kinder, stellt euch vor, ich hab leibhaftig den Furtwängler dirigieren sehen. Was sagen'S dazu?«

»Schade, daß meine Mutter nicht bei uns am Tisch sitzt. Sie wäre vermutlich noch heftiger begeistert, als Ihre Kinder es später sein werden. Haben Sie denn in diesem wirklich sehr jugendlichen Alter begriffen, wer und was Furtwängler war?«

»Das hat mir die Mama schon vorher beigebracht. Es war noch das alte Festspielhaus, und mir hat's da auch gut gefallen. Es war nicht so groß wie das neue, hat einen nicht so erschlagen. Zuletzt hat er die Siebte Symphonie von Schubert gemacht, und wie's aus war, hab ich geweint. Geh, sagt die Mama, was weinst denn, du Dummerl. Das war doch C-Dur, das ist doch nicht zum Weinen. Aber ich hab geweint, weil ich so erregt war, so aufgewühlt und so ... so glücklich. Einfach glücklich. Vielleicht war's da, wo ich das erste Mal gemerkt hab, daß ich ein Mensch bin. So wie's der Seppi unlängst gemeint hat, als er gesagt hat, wenn einer keine Musik hören kann, ist er kein Mensch.«

So kamen sie auf Schubert, sprachen auch von seinen Liedern, und schließlich erzählte Richard von seiner verständnislosen Freundin aus vergangener Zeit.

»Na ja«, meinte Toni ganz ernsthaft, »ist schon schlimm genug, wenn einer nicht deutsch reden kann. Und was soll er dann mit der Winterreise anfangen? Sie hätten es ihr halt erklären müssen.«

»Hab ich ja. Wort für Wort. Aber übersetzen Sie das mal ins Amerikanische. Ich hab ihr vorgeschlagen, sie sollte deutsch lernen. Ich hätte es ihr selber beigebracht. Wissen Sie, was sie gesagt hat? *Because of your damned Schubert? Never.* Eine Musikstudentin. Kann man so eine Frau heiraten?«

Toni schüttelte energisch den Kopf. Und sagte: »Nein.«

Danach war von der Dame nicht mehr die Rede. Dagegen von seinem Buch, das interessierte Toni besonders. Sie wollte das unbedingt lesen; ob es auf deutsch oder englisch geschrieben sei. Und ob er überhaupt noch mehr Bücher geschrieben habe, wenn ja, welche. Welche weiteren Bücher er plane. Nun, darüber sprach Richard verständlicherweise gern, wer sprach schon nicht gern von eigenem Tun und Wollen, noch dazu zu einem verständnisvollen Zuhörer.

Außerdem konnte er währenddessen, solange er wollte, in dieses schmale, ernsthafte Gesicht mit den großen braunen Augen blicken oder auf die glatten, bräunlich getönten Schultern, die er so gern berührt hätte. Wenigstens mit den Fingerspitzen.

Anschließend brachte er sie mit einem Taxi nach Hause, sie wohnte draußen in Aigen, im Haus ihrer Tante.

Am Gartentor fragte er: »Sehen wir uns morgen?«

»Haben Sie morgen abend nichts?«

»Nein.«

Hinter dem Tor schnaufte und jaulte es, sie öffnete das Tor, und Carlos kam herausgestürzt, drängte seinen Kopf selig an ihren Körper, sie beugte sich zu ihm, streichelte ihn und redete ihn mit zärtlicher Stimme an.

»Beneidenswert«, meinte Richard.

»Was?«

»Wie Carlos von Ihnen behandelt wird. Sie lieben ihn, nicht wahr?«

»Sehr. Und es beruht auf Gegenseitigkeit.«

»Das ist es ja.«

Sie richtete sich wieder auf. Im Schein der Lampe, die über dem Gartentor hing, sah er ihr Lächeln.

»Er liebt mich, er ist mir treu, und er paßt auf mich auf. Wie sollte ich ihm nicht das gleiche wiedergeben?«

»Das alles würde ich auch gern tun, genauso gern wie Carlos.«

»Nun, auf mich aufgepaßt haben Sie ja heute schon.«

»Und der Rest?«

»Ich muß jetzt schlafen gehen. Wie wär's denn, Richard, wenn Sie morgen so zwischen fünf und sechs zum Tee kämen, dann könnt ich Ihnen erzählen, ob ich in Fuschl etwas erfahren habe.«

»Soll ich Sie nicht begleiten?«

»Nein. Ich fahr mit einer Freundin, wir werden zusammen draußen zu Mittag essen. Es war eh schon ausgemacht, daß wir uns morgen zum Essen treffen. Also – gute Nacht, Richard.«

Sie reichte ihm die Hand, er neigte den Kopf darüber und küßte sie. Dann machte er Anstalten, sie an sich zu ziehen, aber sie sagte leise, doch sehr bestimmt: »Nein.« Und dann noch einmal: »Gute Nacht.«

Sie trat in den Garten, das Tor schloß sich lautlos hinter ihr. Richard konnte sie nicht mehr sehen, um das Haus war eine Mauer, darüber hochgewachsene Büsche. Er wartete, bis er ihre Schritte nicht mehr hörte und das Licht im Garten ausging. Hatte er wirklich und wahrhaftig zu ihr gesagt: Ich liebe dich? Und am Nachmittag hatte er sie fragen wollen, ob sie ...

Er bezahlte das Taxi, schickte es fort und ging den ganzen Weg in die Stadt zu Fuß zurück. Immer an der Salzach entlang. Zur Linken, hoch über dem Fluß, bewachte die Hohensalzburg, in helles Licht getaucht, seinen Weg.

Den Fluß herauf strich ein leiser Wind und kühlte seine heiße Stirn. Er liebte sie, daran gab es keinen Zweifel. Er versuchte sich zu erinnern, wie es war mit Carola. Auch Liebe, natürlich. Aber eine andere Art von Liebe. Es gab verschiedene Arten von Liebe, das wußte er bereits seit längerer Zeit.

Carola war ihm stürmisch entgegengekommen, sie war überwältigend in ihrem Vertrauen, in ihrer unerschütterlichen Zuneigung, schließlich in ihrer Hingabe.

Aber Carola war nun ferngerückt. Nie hatte er es wirklich empfunden, daß sie tot war. Aber nun war sie es. In einem anderen Land, in einer anderen Welt war sie nun, Carola, die zwei Jahre lang seine Frau war.

Marie Antoinette, wollen Sie meine Frau werden?

Er mußte verrückt gewesen sein, so etwas zu denken. Wer war er denn, ein kleiner Professor aus Kalifornien. Einer von vielen. Und sie, so sicher eingebettet in dieses Leben hier, in dieses Land, in diese Familie. Eine wohlhabende Familie zumal. Auch wenn die Familienverhältnisse nicht so wohlgeordnet erschienen, wie es zu ihr gepaßt hätte.
Die Mama hatte sie zum erstenmal ins Festspielhaus mitgenommen. Die Mama war etwas ganz Feines, eine österreichisch-ungarische Gräfin, und an der Mama hing offenbar eine Menge ebenso feiner Familie. Der Papa dagegen war gar nicht fein, ein Selfmademan, der sich das Leben nach seinem Geschmack gerichtet hatte. Ein Bauernbub aus Tirol.
Es paßte dennoch ganz gut zusammen. Das Produkt Marie Antoinette jedenfalls war hervorragend gelungen.
Morgen würde er sie wiedersehen, zwischen fünf und sechs.
Mit dem Josef in seinem Hotel hatte er gesprochen, wegen einer Karte für das Mozart g-moll und wegen einer Karte für den Figaro. Wenn das klappte, hatte er sie noch zwei Abende. Dann war es vorbei. Dann mußte er abreisen. Und würde sie vielleicht nie wiedersehen.
Er konnte sich nicht entschließen, ins Hotel zu gehen, kurz bevor er dort ankam, lief er auf den Müllnersteg hinaus, blieb mitten auf der Brücke stehen, blickte die Salzach hinauf und hinunter. Vom Wasser her schimmerte das weiße Gefieder der Schwäne, die dort in einem Winkel am Ufer schliefen.
Wenn er den Blick hob, sah er die Silhouette der Stadt, die angestrahlten Türme, darüber die Festung. Der Wind war heftiger geworden und blies ihm das Haar in die Stirn.
Morgen würde er zum Friseur gehen und sich die Haare schneiden lassen, sie waren zu lang geworden, vielleicht gefiel ihr das nicht.
You damned fool, sagte er laut in die Nacht hinaus.
Fragen würde er sie trotzdem. Sie konnte Nein sagen, wie vorhin am Gartentor. Fragen mußte er sie.
Falls er es wagen würde.

Der nächste Tag schien kein Ende zu nehmen. Richard machte den obligaten Rundgang durch die Stadt, der Friseur nahm auch nicht viel Zeit in Anspruch, anschließend stieg er über den Mönchsberg und kam sich dabei sehr einsam vor. Wenn wenigstens Carlos ihn begleitet hätte.

Wenn ich wieder in Santa Barbara bin, werde ich mir einen Hund kaufen, beschloß er. Das Haus ist so leer. Ein schöner großer Hund, der sich freut, wenn ich heimkomme. So wie Carol sich immer gefreut hatte, die ihm mit strahlenden Augen entgegenkam und sich an ihn drückte, als sei er jahrelang fortgewesen.

Einmal hatte sie gesagt: »Ich kann es nicht glauben, ich kann es nicht glauben, ich kann es nicht glauben.«

»Was, mein Herz?«

»Daß ich hier bin. Bei dir. Du hast mich mitgenommen. Ich bin ihnen allen weggelaufen und lebe in Amerika. Ich habe es mir so gewünscht. Ich weiß nicht, ob sich je ein Mensch auf Erden irgend etwas mehr gewünscht hat. Jetzt bin ich da. Manchmal stehe ich da im Garten, schau die Blumen an, und ich meine, daß ich gleich aufwachen werde, weil ich ja doch nur träume.«

Ein anderes Mal hatte sie gesagt, sehr ernst: »Ich weiß nicht, ob sich jemand in diesem Land vorstellen kann, was es bedeutet, frei zu sein. Das ist alles hier so selbstverständlich. Das ist genau so, wie sich einer, der immer satt war, nicht vorstellen kann, was Hunger ist. Und jetzt ist noch die Mauer da. Jetzt könnte ich gar nicht mehr raus.«

Warum, warum war sie bloß zurückgefahren? Wegen Britta, hatte sie gesagt. Sie ist doch meine Schwester.

Dabei hatte Britta sie bewacht und tyrannisiert. Hatte ihr verboten, an Richard zu schreiben, hatte seine Briefe, die sowieso nur noch selten kamen und dann gar nicht mehr, zerrissen.

Es war schlimmer mit ihr zu leben als mit der Stiefmutter. Die konnte Carola belügen, konnte ihr aus dem Weg gehen,

konnte sich wehren. Gegen Britta war sie wehrlos. Denn Britta tat alles aus Liebe.
»Sie wollte immer das Beste für mich«, erzählte Carola. »Später, so sagte sie, werde sie einen großartigen Mann für mich aussuchen. Ein ganz Privilegierter, der Geld und Einfluß haben sollte. Aber das hat noch Zeit, jetzt brauche ich dich. Ja, das sagte sie immer wieder. Und ich war so gemein und habe sie verlassen. Weil ich dich mehr liebe als sie, Richard. Oder nein, das ist nicht wahr, ich liebe euch beide gleich. Aber ich wollte bei dir sein.«
Carola war sehr froh gewesen, als sie zu Hause ausziehen konnte. Nachdem Britta zwei erfolgreiche Filme gedreht hatte und in guten Rollen auf der Bühne auftrat, bekam sie eine eigene Wohnung und bestimmte, daß Carola bei ihr leben sollte.
Wie immer setzte sie ihren Willen durch. Major Nicolai war es egal. Er war in Potsdam bei der Truppe, in der Berliner Wohnung war er eigentlich nur ein Besucher, mit seiner Frau verstand er sich nicht besonders, ihre Aktivitäten in der Partei, ihr fanatischer Kommunismus stießen ihn ab. Aber er war ein vorbildlicher Offizier und zufrieden mit seinem Beruf.
Er verlangte von Britta nur, sie solle Carola daran hindern, in den Westsektor zu fahren. Es gehe nicht an, sagte er, daß seine Töchter im Westen gesehen würden. Carola mußte beiden versprechen, Britta und ihrem Vater, nicht mehr über die Sektorengrenze zu gehen, und sie tat es dann auch nur noch ganz selten und heimlich. Britta besorgte ihr eine Stellung im Büro der DEFA, bei der sie ihre Filme drehte, so war Carola noch enger an Britta gebunden. Wenn Britta vor schwierigen Aufnahmen nervös war oder wenn sie mit dem Regisseur oder den Kollegen Ärger hatte, was öfter vorkam, denn ihr hochfahrendes Wesen schuf ihr wenig Freunde, verlangte sie jedesmal, daß ihre Schwester geholt wurde. Carola saß bei ihr, wenn sie geschminkt wurde, wenn sie die

Kostüme probierte, wenn sie Rollen lernte, und sie stand sowohl bei Filmaufnahmen wie bei den Auftritten im Theater in den Kulissen. Seltsamerweise litt die selbstsichere Britta unter schrecklichem Lampenfieber.

»Manchmal ist sie richtig krank, der einzige Mensch, der sie beruhigen konnte, war ich. Verstehst du nun, wie gemein es von mir war, sie zu verlassen.«

Richard ersparte sich die Antwort darauf, dachte nur, daß die schöne und berühmte Britta offenbar eine exzentrische Psychopathin war, abhängig von einem Menschen, der ihre Launen ertrug, ihr in jeder Situation Verständnis entgegenbrachte und sie dazu noch liebte. An sich wäre es die Aufgabe eines Mannes gewesen.

»Und Männer?« hatte Richard logischerweise gefragt. »Eine so reizvolle und erfolgreiche Frau muß doch viel umschwärmt werden.« Doch, das sei durchaus der Fall gewesen. Aber Britta hatte nur ihre Karriere im Kopf, Männer interessierten sie nur gelegentlich als Dekoration.

»Um irgendwo damit aufzutreten, verstehst du?«

Richard hatte zwar genickt, aber wie jeder Mann fand er es nicht sehr anziehend, nur als Dekorationsstück verwendet zu werden. Dann also der Ausspruch von Boris. Carola erzählte auch das, wie so vieles andere. Ihr saß das Herz auf der Zunge, sie mußte einfach erzählen und berichten, große und kleine Ereignisse, wichtige und unwichtige Dinge. Richard sollte alles wissen über ihr Leben, auch wenn es möglicherweise einiges gab, das er lieber nicht gewußt hätte.

Zum Beispiel, daß Boris mit beiden Mädchen, mit Britta und Carola, geschlafen hatte. Erst mit der einen, später mit der anderen. Auch das, fand Carola, müsse Richard erfahren.

Über Britta hatte Boris gesagt: Sie ist kalt wie Eis.

Über Carola war ein ähnlicher Ausspruch nicht überliefert. Aber Carola versicherte glaubwürdig, Boris sei der einzige Mann gewesen, sonst habe es keinen gegeben.

»Hast du ihn denn geliebt?« fragte Richard naiv.

»Geliebt? Nein. Geliebt habe ich immer nur dich. Aber ich habe Boris gern, das weißt du ja. Er hat so viel für uns getan. Ganz egal, was er sonst tun mag, zu mir war er immer gut. Britta mochte ihn nie so wie ich. Ich wette, er ist ein verdammter Doppelagent, und eines Tages werden sie ihn einsperren, das hat sie mal gesagt. Stell dir sowas vor!«
»Sie mochte ihn nicht, aber seine Geliebte war sie doch.«
»Ach, naja, das ergab sich eben so. Er betrachtete es gewissermaßen als sein Recht. So habe ich es immer verstanden. Er sagte zu mir, irgendein dämlicher Junge soll nicht an dir herumfummeln und das Beste verderben. Es ist wichtig, wie ein Mädchen die Liebe kennenlernt.«
Zweifellos war es nicht sehr klug von Carola, solche Dinge zu erzählen, es fiel Richard schwer, Gelassenheit zu bewahren. Die naheliegende Frage: Hast du nun die Liebe mit ihm auf schöne Weise kennengelernt? verkniff er sich. Oder noch dümmer: Macht es dir mit mir nun mehr Spaß als mit ihm? Tatsache war, daß Carola eine sehr leidenschaftliche und sehr temperamentvolle Partnerin war. Sex bedeutete ihr viel, in der Beziehung konnte Richard höchst zufrieden mit ihr sein. Und wenn sie es also denn bei Boris auf diese Weise gelernt hatte, welchen Sinn hatte es, sich darüber aufzuregen? Boris war nun einmal für die Kinder, später für die heranwachsenden Mädchen und, wie sich zeigte, für die jungen Frauen der wichtigste Mensch auf der Welt gewesen.
Gewisse zwiespältige Gefühle behielt Richard in diesem Punkt dennoch zurück, zumindest ein Gefühl heftiger Abneigung gegen Boris, doch er sprach niemals darüber.
An all dies mußte Richard denken, als er auf dem Mönchsberg spazierenging. Es war nun über zwei Jahre her, daß diese Gespräche stattgefunden hatten, in der ersten Zeit ihrer Ehe, als Carola ihm alles, aber auch alles erzählen wollte, was ihr Leben ausgefüllt hatte. Später vermied sie Gespräche dieser Art, sie hatte gemerkt, daß er es nicht gern hörte. Und es kam die Zeit, in der sie sehr glücklich zusammen waren.

Richard konnte es nicht leugnen, es war eine schöne und glückliche Zeit mit Carola gewesen. Warum zum Teufel hatte er denn zugelassen, daß sie nach Berlin flog? Warum hatte er nicht getan, was die anderen zuvor mit ihr getan hatten, sie eingesperrt und ihr verboten zu reisen? Diese Idee war ihm gar nicht gekommen.

Ob sich jemand in diesem Land vorstellen kann, was es bedeutet, frei zu sein?

Das hatte sie begriffen. Er nicht.

Ganz zum Schluß, als er sie in Los Angeles zum Flugplatz brachte, kam sie damit heraus, was sie sich insgeheim wünschte.

»Was meinst du, Richard, könnte es nicht möglich sein, daß Britta auch nach Amerika kommt? Sie könnte hier doch auch Filme machen, sie ist so begabt. Und so schön.«

Richard brauchte eine Weile, um das zu verdauen.

»Das meinst du nicht im Ernst?«

»Doch. Ich habe immer ein bißchen daran gedacht.«

Er hätte sagen sollen: Das ist das letzte, was ich mir wünsche, daß deine überspannte Britta hierher kommt und mit Sicherheit unsere Ehe verderben wird.

Er sagte statt dessen: »Schlag dir das aus dem Kopf! Es ist unmöglich. Wie soll sie herauskommen? Sie ist ja wohl so eine Art Star da drüben.«

»Na ja, eben. Es gibt doch Gastspiele oder sowas. Und vielleicht kann Boris uns helfen.«

Als sie abgeflogen war, stand Richard noch lange regungslos auf einem Fleck und starrte in den Himmel, in den die Maschine aufgestiegen war.

Was für ein Kind sie immer noch war!

Bereit, jede Unbill zu vergessen, die man ihr angetan hatte. Wenn sie liebte, dann war sie treu, und diese kalte hochmütige Schwester liebte sie nun einmal.

Allzu große Sorgen, daß Britta in Amerika auftauchen würde, hatte er nicht. Erstens einmal mochte sie ihn nicht, und zweitens war sie wohl klug genug, sich zu sagen, daß man in Hollywood nicht unbedingt auf sie gewartet hatte. Dort, in ihrer Heimat, war sie berühmt, das verschaffte ihr ein angenehmes Leben, denn Künstler waren in der DDR genauso wohlgelitten und privilegiert wie in der Sowjetunion.

Richard stand an einen Baum gelehnt und blickte hinab auf die Stadt Salzburg. Es war nicht das erste Mal, daß er seine ganze Geschichte mit Carola rekapitulierte, angefangen beim ersten Treffen bis zu jenem Augenblick, als er sie zuletzt sah, dort auf dem Flugplatz von Los Angeles.
Aber es war seltsam, der Schmerz, den er das ganze vergangene Jahr über gefühlt hatte, vor allem die Wut, die ihn jedesmal überkam, wenn er versuchte sich auszumalen, was denn eigentlich im vorigen Sommer in Berlin passiert sein könnte, waren schwächer geworden, waren verblaßt, genauso, wie Carolas Bild blasser wurde.
Was war denn eigentlich Liebe? Hatte er Carola so geliebt, wie sie ihn geliebt hatte? Konnte man Liebe überhaupt vergleichen? Er dachte an die anderen Frauen und Mädchen, die in seinem Leben eine Rolle gespielt hatten – Verliebtheit, Flirt, Sex, Liebe, eine Weile hielt man es fest, dann glitt es einem aus der Hand, und es wurde zunehmend schwierig, vergangene Gefühle zu beschwören.
Das traf natürlich nicht auf Carola zu. Sie war seine Frau gewesen. Er hatte sie geliebt. Aber nun entglitt auch sie ihm. Aber dennoch mußte er wissen, er mußte einfach wissen, was mit ihr geschehen war.

Am Nachmittag kleidete er sich sehr sorgfältig an, grauer Anzug, weißes Hemd, Clubkrawatte, kämmte sorgfältig das frisch geschnittene Haar. Er überlegte, ob es angebracht sei, bei einem Teebesuch Blumen mitzubringen. Er würde ja wohl die Tante zu Gesicht bekommen. Also dann zwei Sträuße? Schließlich nahm er mit, was er von vornherein mitzunehmen geplant hatte, ein Buch, das er selbst geschrieben hatte. Es war das erste seiner Bücher, das übersetzt wurde und in einem deutschen Verlag herausgekommen war; bevor er nach Salzburg kam, hatte er den Verleger in München besucht und war sehr freundlich empfangen worden. Man habe die Absicht, erfuhr er, auch seine übrigen Bücher nach und nach in das Programm aufzunehmen.

Natürlich paßte dieses Buch nicht nach Salzburg, es war eine sehr grundsätzliche und sehr sorgfältig recherchierte Geschichte der Negro Spirituals. In den Staaten hatte es ihm Anerkennung und gute Rezensionen eingebracht.

Möglicherweise interessierte Toni sich nicht dafür. Er würde es dennoch überreichen. Erstens hatte er keines seiner anderen Bücher im Gepäck, zweitens war es ein gut geschriebenes Buch. Er war schon vor fünf in Aigen draußen und spazierte eine Weile in der Gegend herum, denn wenn es hieß, zwischen fünf und sechs solle man erscheinen, war es ungehörig, um fünf an der Tür zu läuten.

Zwanzig nach fünf näherte er sich dem schon bekannten Gartentor. Das erste, was er sah, war sein Wagen, er stand sauber und glänzend vor dem Haus.

Richard ging rundherum und besah das Fahrzeug. Wenn es hier stand, würde es wohl auf eigenen Rädern hergekommen sein, also war kein allzu großer Schaden entstanden. Es war nur ein Leihwagen, aber es war immerhin der Wagen, der die verrückte Fahrt mitgemacht und ihn schließlich zu Marie Antoinette gebracht hatte.

Das zweite Wiedersehen bescherte ihm Marika, die die Tür öffnete. Richard begrüßte sie so erfreut wie eine lang vermißte Freundin.

»Das ist aber schön, daß Sie hier sind, Frau Marika. Wie kommt denn das?«

Marika lächelte auch und meinte, sie könne ja nicht bis in alle Ewigkeit im Jagdhaus bleiben. Der Lois habe sie heute im Wagen von Mr. Gorwess nach Salzburg mitgebracht, jetzt

bleibe sie halt noch zwei Tage hier und fahre dann zurück nach Wien, damit der junge Herr seine ordentliche Bedienung habe. »Es ist zwar ein Mädchen im Stadthaus, aber die taugt nicht viel. Hat nur Mannsbilder im Kopf.«
Sie musterte Richard aufmerksam, seine korrekte Kleidung fand offenbar ihren Beifall, sie nickte vor sich hin, besah dann seine Schläfe.
»Ist aber gut verheilt.«
»Dank Ihrer guten Behandlung. Was hat denn dem Wagen alles gefehlt?«
»Der Lois ist noch da. Der wird es Ihnen hernach genau erzählen. Kommen Sie erst einmal hinauf.«
Sie standen im Parterre in einer geräumigen Diele, die mit einigen schönen alten Truhen ausgestattet war.
Im Hintergrund war eine ältere Frau erschienen, angetan mit einem Dirndl, und Richard, in der Erwartung, die Tante zu sehen, wandte sich ihr höflich zu, doch Marika sagte kurz: »Das ist Josefa, die Bedienerin hier im Haus«, und ging zur Treppe. Richard machte eine kleine Verbeugung in Richtung Josefa und folgte Marika.
Eine Frage beschäftigte ihn noch.
»Wird denn Fräulein Toni auch mit nach Wien fahren?«
»Darüber haben wir noch nicht gesprochen«, beschied ihn Marika und stiefelte die Treppe hinauf. »Ich denk mir, daß sie eher für einige Zeit zu der Frau Gräfin fahren wird.«
Und wo, bitte, hält sich die Frau Gräfin auf, hätte Richard noch gern gefragt, aber da waren sie schon oben, und unter einer Tür stand Toni, heute in einem gelben Sommerkleid mit einem schmalen Lackgürtel um die Taille.
»Hallo, Richard«, sagte sie und streckte ihm die Hand entgegen. Carlos, der neben ihr saß, erhob sich würdevoll und begrüßte Richard mit einem leichten Schweifwedeln. Soweit immerhin war er in die Familie aufgenommen.
Toni bewohnte zwei Zimmer in diesem Haus. Der Raum, in dem sie saßen und Tee tranken, war mit exquisiten veneziani-

schen Möbeln eingerichtet. Richard staunte und meinte, so etwas Schönes habe er noch nie gesehen.

»Ja, net wahr?« sagte Toni. »Die hat meine Großmama zur Hochzeit bekommen. Von einem venezianischen Onkel. Die Familie saß ja überall in der Gegend herum. Und meine Großmama war als junges Mädel viel in Venedig, dort bei dem Onkel in seinem Palazzo. Dann mußte sie aber einen ungarischen Magnaten heiraten, ganz hinten draußen an der rumänischen Grenze, und der venezianische Onkel, der seine Nichte offenbar sehr gern hatte, fuhr hin und sah sich das Gut an und fand die Einrichtung greislich. Daraufhin verfrachtete er das komplette Mobiliar für drei Zimmer nach Nobrogyhaza, damit sich seine Nichte drei Zimmer nach ihrem Geschmack einrichten könne. Lang hat sie sich nicht dran freuen können, sie ist jung gestorben, beim dritten Kind.«

»Eine erstaunliche Familie«, meinte Richard etwas befangen.

»Wir sind dran gewöhnt«, sagte Toni mit einem kleinen Seufzer. »Und ganz so groß ist sie heut auch nicht mehr. Die Mama hat dann die Möbeln mitgenommen nach Wien, als sie heiratete, aber ins Stadthaus paßten sie nicht so recht, und da gab es ja auch schon Möbel genug. Jetzt hab ich einen Teil hergenommen und mir die Salzburger Wohnung eingerichtet. Das ist mein Schlafzimmer.«

Sie öffnete die Tür zum Nebenraum, einem großen Eckzimmer, in dessen Mitte ein prachtvolles Himmelbett thronte.

Wieder einmal dachte Richard: Wie soll sie sich je in meinem Bungalow in Santa Barbara wohlfühlen?

Toni zeigte ihm auch noch bereitwillig das angrenzende Bad und sagte: »Auf der anderen Seite vom Gang hat der Seppi auch so ein Appartement. Wir können hier wohnen, wann wir wollen, es ist immer für uns bereit.«

Es war schwer, darauf etwas zu sagen. Eine ständige Wohnung in Salzburg, ein Stadthaus in Wien, ein Jagdhaus in den Bergen, eine Burg in Südtirol, und verschiedene andere Adressen waren auch noch genannt worden.

Der Bungalow in Santa Barbara hatte drei Zimmer, allerdings eine große, ganz modern eingerichtete Küche, die Carolas ganzes Entzücken gewesen war.
Erstmals fand Richard es mühselig, ein Gesprächsthema zu finden. Toni, das Mädchen Marie Antoinette, lebte in einer ganz anderen Welt.
»Und Ihre Frau Tante?« fragte er schließlich. »Die Schwester Ihres Vaters? Sagten Sie nicht, sie lebe in diesem Haus?«
»Es gehört ihr. Sie hat das Parterre. Und den Garten natürlich. Sie ist gelähmt.«
»Oh!« machte Richard. Mehr fiel ihm dazu nicht ein.
»Eine erstaunliche Familie«, wiederholte Toni seine Worte. »Sie sagten es bereits. Die Antschitant ist ein furchtbar lieber Mensch. Und ich glaube, sie ist der Mensch, den mein Vater am meisten liebt. Sie haben so zusammengehalten, als es ihnen schlecht ging. Und stellen Sie sich vor, Richard, sie bekam mit fünfunddreißig Jahren Kinderlähmung. Das war im Krieg. Sicher war auch das mit ein Grund, warum mein Vater alles getan hat, um ... na ja, um Geld und Lebensmittel und Medikamente herbeizuschaffen. Er hat alles geschafft, was er wollte, aber gesund machen konnte er sie nicht mehr. Wir sind halt so oft hier, wie wir können. Sie hat eine gute Bedienerin, eine Pflegerin kommt auch täglich ins Haus. Sie hört viel Musik und liest sehr viel.«
Sein Buch hatte Richard gleich überreicht, als er kam, und Toni meinte, sie freue sich sehr darüber, Negro Spirituals seien etwas Wundervolles. Er wußte nicht, war es nur Höflichkeit oder meinte sie es wirklich.
Schließlich kamen sie auf ihre Ermittlungen in Fuschl zu sprechen. Das war nun auch wieder höchst erstaunlich. Denn von einem Herrn Decanter konnte gar keine Rede sein.
»Der Mann, der in Fuschl gewohnt hat, heißt Descanda und kommt aus Venezuela.«
»Das kann nicht wahr sein!«
Señor Descanda habe zum erstenmal in Fuschl gewohnt, und

auch das nur für vier Tage, hatte Toni weiter erfahren. Er sei nur zu einer Vorstellung gekommen, gerade zum Rosenkavalier.

»Er hat wirklich spanisch gesprochen«, erzählte Toni weiter, »das habe ich auch herausgekriegt, denn es wohnte zur selben Zeit ein Spanier im Hotel, und die beiden Herren haben sich ausgezeichnet auf spanisch unterhalten.«

»Ein Spanier soll Boris sein?« sagte Richard fassungslos.

»Ein Südamerikaner«, verbesserte Toni.

Augenblicks fühlte sich Richard düpiert. Sah er Gespenster? Hatte er sich alles nur eingebildet? Natürlich konnte Boris vom Äußeren her gesehen als Spanier oder Südamerikaner durchgehen, aber sprach er denn spanisch? Und wenn ja, so gut, daß er einen echten Spanier täuschen konnte?

»Von einem norddeutschen Herrn«, fuhr Toni fort, »mit dem sich Señor Descanda unterhalten haben soll, wußte keiner etwas. Es wohnen einige Leute aus Norddeutschland im Haus, aber ein Gespräch hat niemand beobachtet. Von einem Schloß im Saritzer Tal war auch niemals die Rede.«

Richard schwieg.

»Vielleicht einen Whisky?« fragte Toni mitleidig.

Er nickte, und sie goß ihm ein.

»Und sie?« fragte er.

»Die Señora Descanda, Dolores Descanda genau, ich habe extra nach dem Vornamen gefragt, sei eine schöne Frau, aber man habe sie wenig zu Gesicht bekommen. Sie habe einen hochmütigen und unzugänglichen Eindruck gemacht und habe sich meist in ihrem Zimmer aufgehalten.«

»Und sein Vorname?«

»León. León Descanda. Klingt toll, nicht? Also wenn er es ist, Ihr Boris, dann interessiert es mich wirklich ganz außerordentlich. Dann ist er bestimmt kein kleiner Fisch. Jetzt passen'S auf, Richard. Ich war anschließend noch im Österreichischen Hof, da bin ich bestens bekannt. Dort hat der Señor Descanda schon dreimal gewohnt in den vergangenen

Jahren, das erste Mal im Sechzigerjahr. Er war immer für längere Zeit da und hat fleißig Konzerte und Opern besucht. Die Señora war nicht dabei. Diesmal ist er nur zweimal vorbeigekommen, das erste Mal, um beim Portier die Karten zu holen, das zweite Mal, um die Karten für die nächsten Festspiele zu bestellen. Beiläufig hat er erzählt, es tue ihm leid, aber er wohne dieses Jahr in Fuschl draußen, weil er seine Frau mitgebracht habe, und sie sei schrecklich empfindlich gegen Straßenlärm. Daheim in Venezuela wohnen sie nämlich auf einer ganz stillen Hazienda. Im Österreichischen Hof mögen sie den Señor Descanda sehr gern, sie bedauern es sehr, daß er das Hotel gewechselt hat. Er sei ein angenehmer Gast, sagen sie. Was bedeutet, daß er auch ein gut zahlender Gast ist, einer, der noble Trinkgelder gibt. *Tips,* wie Sie es nennen.«

»Ich habe das Gefühl, die Angelegenheit ist für mich zu kompliziert«, sagte Richard entmutigt.

»Die ganze Angelegenheit«, wiederholte Toni energisch, »wird immer interessanter. Kein Mensch hat nämlich die Señora ein Wort spanisch sprechen hören. Sie hat überhaupt nicht gesprochen. Einmal, bei Tisch, und da sprach sie deutsch. Das hat mir der Franzl erzählt, der ist Kellner draußen. Den kenn ich schon lang, der war Piccolo im Hirschen. Und der Franzl sagt, sie war gar nicht hochmütig, sie war traurig. Ihm hat sie leid getan.«

»Ich finde das fabelhaft, Toni, was Sie alles herausgebracht haben. Aber das macht die Geschichte immer verwickelter.«

»Das konnte nur ich herausbringen, Richard, Sie selbst hätten das nie machen können. Und nun passen Sie auf, wie's weitergeht.«

Sie war voller Tatendrang, das war offensichtlich. Wäre Richard nicht so niedergeschlagen gewesen, hätte er es wirklich als Sympathiebeweis gewertet. Statt dessen dachte er, und das war für ihn selbst überraschend: Sie ist eine Jägerin. Sie verfolgt die Spur besser als ich.

»Ich hab versucht, meinen Vater in Linz anzurufen. Aber er war nicht da. Verreist. Im Büro haben sie mir gar nichts gesagt, die sagen mir nie etwas. Dann hab ich bei ihm zu Haus angerufen, da war seine derzeitige Freundin. Die hat gesagt, er sei nach Wien gefahren, dann wollte er nach Prag, aber ganz genau weiß sie es auch nicht. Im Wiener Stadthaus ist er nicht, aber da wohnt er ja nie, und ich hab den Seppi beauftragt, im Imperial nachzufragen.«
»Wo?«
»Im Hotel Imperial. Seit er von der Mama getrennt ist, kommt er nicht mehr ins Haus, er wohnt lieber im Hotel. Und das Imperial hat er schon nach dem Krieg gut kennengelernt, das kann Ihnen die Marika erzählen. Im Imperial haben damals die Russen residiert, während der Besatzungszeit, und er ist dort ein- und ausgegangen, mein Vater.«
»Wieso?«
»Er hat Geschäfte mit ihnen gemacht. Fragen Sie mich nicht, was für welche, ich weiß es nicht.«
Richard schwieg verwirrt und trank einen zweiten Whisky. Das Ganze nahm Formen an, die über seinen schlichten Professorenverstand hinausgingen.
»Und so gesehen«, fuhr Toni eifrig fort, »ist es schon möglich, daß der General Verbindung zu östlichen Agenten hat. Mit solchen Leuten hat er bestimmt oft genug zu tun gehabt. Ich werd ihn fragen, sobald ich ihn seh. Ganz gradheraus werd ich ihn fragen. Und ich werd ihn auch fragen, ob irgend jemand auf der Burg wohnt oder gewohnt hat, der da nicht hingehört. *Ich* muß ihn das fragen, nicht der Seppi. Ich kann besser mit ihm. Und drum fahr ich nach Wien.«
»Wann?«
»Morgen am besten.«
»Ich dachte, wir gehen morgen in das Konzert vom Böhm.«
»Ich hab keine Karte.«
»Aber ich bekomme eine.«
»Na wunderbar, dann fahr ich halt übermorgen nach Wien.«

»Vielleicht bekomme ich übermorgen eine Karte für den Figaro.«
»Oh, Richard!« Sie sprang auf von ihrem Sessel, ganz begeistert. »Das ist ja fulminant.«
Er stand ebenfalls auf.
»Toni! Marie Antoinette! Wenn hier jemand fulminant ist, dann sind Sie es. Ich weiß gar nicht, womit ich es verdient habe, daß Sie sich meiner verworrenen Lebensgeschichte so annehmen.«
Sie stand auf einmal stocksteif, ihr Gesicht war ernst.
»Es ist nicht nur wegen Ihrer Lebensgeschichte. Und wegen der armen Carola.« Sie schwieg, überlegte. »Doch, auch wegen ihr. Alles, was Sie über sie erzählt haben, hat mich bewegt. Ich möchte auch wissen, was mit ihr geschehen ist. Aber vor allem möcht ich wissen, ob wir etwas damit zu tun haben. Das dumme Wort vom Sarriser oder Saritzer Tal, das steht am Anfang. Deswegen sind Sie zu uns gekommen. Ich möchte wissen, was dahinter steckt.«
»Und wenn ich mich überhaupt getäuscht habe?«
»Na gut, dann werden wir auch das klären. Ich kann den General doch fragen. Kennst du einen Mann, der Boris ... eh, wie?«
»Boris Jaretzki.«
»Kennst du einen Mann, der Boris Jaretzki heißt? Oder León Descanda? Wer ist das? Was hast du mit ihm zu tun?«
»Und Sie denken, Ihr Vater gibt Ihnen Antwort darauf?«
»Ja. Was immer er ist, feig ist er nicht. Was immer er tun mag, drücken würde er sich nie. Er ist heute ein seriöser Geschäftsmann, aber er hat eine zwielichtige Vergangenheit. Wie viele in dieser Zeit, net wahr? Ich weiß nicht, ob er mich liebhat. Aber er respektiert mich. Das weiß ich. Und wenn ich ihm sage, da ist ein Mann, der mich interessiert, der mir gefällt und dem ich helfen möcht ...«
»Toni!«
Drei Schritte trennten sie. Richard streckte die Hände nach

ihr aus, und sie kam die drei Schritte rasch auf ihn zu, und plötzlich hielt er sie im Arm.
Sie bog den Kopf zurück und sagte: »Ich weiß das auch noch nicht so genau ... ich denk noch darüber nach und ...« Und dann schwieg sie und ließ es zu, daß er sie küßte.
Ihr Mund war weich und öffnete sich nach einer Weile willig. Es war kein wilder, kein leidenschaftlicher Kuß, es war ein Kuß voll Zärtlichkeit und gegenseitiger Hingabe. Er zog sie fester an sich, spürte ihren Körper, und sein Körper reagierte heftig. Seit einem Jahr hatte er keine Frau mehr im Arm gehalten.
Sie erschrak zuerst, stemmte die Hände gegen seine Schultern und versuchte ihn von sich zu schieben, aber dann gab sie wieder nach, kam voll und ohne Widerstreben in seine Umarmung. Schließlich lösten sich ihre Lippen voneinander, sie senkte den Kopf und legte ihre Stirn an seine Wange. Richard fühlte sein Herz wild klopfen, es war schwer, die Beherrschung wieder zu gewinnen.
»Es ist wirklich so«, flüsterte er heiser, »daß ich dich liebe.«
Nun machte sie sich frei, trat einen Schritt zurück.
»Wir wollen erst wieder davon reden, wenn alles geklärt ist«, sagte sie leise.
»Was hat das mit uns zu tun? Wir können alles vergessen, und es gibt dann nur noch dich und mich.«
»Nein.« Sie trat noch weiter zurück, ging zum Tisch, goß sich und ihm einen Whisky ein, ihre Hand war ganz ruhig.
»Ich will wissen, wie Carola gestorben ist. Und ich will wissen, ob du einen Feind hast.«
»Nicht ich.«
»Wenn es ihr Feind war, muß es auch dein Feind sein.«
»Toni, Marie Antoinette, kannst du es nicht vergessen?«
Er trat neben sie, nahm das Glas, sie tranken beide, stellten beide behutsam die Gläser auf den Tisch. »Später«, sagte sie und legte die Hände an sein Gesicht. »Später werden wir es vergessen. Ach, Richard, was ist nur mit mir passiert?«

Dann fiel sie wieder in seine Arme, diesmal war es ein endloser, leidenschaftlicher Kuß, und es machte ihm gar nichts mehr aus, daß sie sein Begehren spürte. Sie wich nicht aus, drängte sich an ihn, Richard öffnete die Augen und blickte über ihre Schultern auf die Tür zu ihrem Schlafzimmer.

Es war nicht schwer zu erraten, was er dachte. Sie machte sich mit einem Ruck frei.

»Nein, sei so gut«, sagte sie. »Das geht nicht. Wart wenigstens, bis ich aus Wien zurück bin.«

»Kann ich nicht mitkommen?«

»Nein. Du wartest hier, bis ich wiederkomm.«

»Wann wird das sein?«

»Das weiß ich nicht. Kommt darauf an, wann der General von Prag zurückkommt. Das Mädi sagt, er ist vor fünf Tagen nach Wien gefahren. Der Seppi wird mir durchtelefonieren, ob sie im Imperial wissen, wann er wiederkommt. Wenn er in Wien ist, werde ich mit ihm sprechen.«

Richard hatte sich ein wenig beruhigt. Er zündete sich eine Zigarette an und nahm einen Schluck von dem Whisky.

»Wir Amerikaner«, sagte er, »machen uns immer ganz falsche Vorstellungen von dem Leben hierzulande. Kann er denn überhaupt so ohne weiteres nach Prag fahren? Ich habe mir das viel schwieriger vorgestellt.«

»Für ihn ist es nicht schwierig.« Sie lachte leise. »Der General ist ein bedeutender Mann. Es ist auch nicht so, daß ich ihn nicht leiden kann. Als Kind, besser gesagt, als heranwachsendes Mädchen, habe ich geradezu um seine Liebe gebuhlt. Ich wollte gern so einen richtigen liebevollen Vater haben. Aber er ist so stark, daß er keinen braucht. Nicht einmal seine eigenen Kinder.«

»So stark ist kein Mensch.«

»Doch. Er schon.«

»Nun, ich bin es nicht. Ich brauche dich. Marie Antoinette, ich liebe dich. Wirst du mich heiraten?«

Das kam ganz schnell, ganz ohne Überlegung, so wie er es schon seit zwei Tagen auf den Lippen trug.
Sie lachte. »Mein Gott, Richard!«
Er streckte die Hände wieder nach ihr aus, aber sie wich zurück durch die ganze Breite des Zimmers.
»Nein, bitte, nun laß es. Wir sind schon zu weit gegangen. Heiraten! Wie stellst du dir das vor? Wir kennen uns seit ein paar Tagen. Bei euch in Amerika mag so etwas einfach gehen. Aber was glaubst du, was bei mir da alles dranhängt.«
»Die Familie, ich weiß. Aber nun denk einmal nur an deinen Vater. Glaubst du, daß er etwas gegen mich hätte?«
Sie schüttelte den Kopf. »Nein. Er hat mich nie zu einer Ehe gedrängt. Und er hat sich auch nie um mein privates Leben gekümmert. Ich könnte mir vorstellen, daß du ihm gefällst.«
»Und die Mama? Die Frau Gräfin?«
Toni hob spielerisch die Hand und machte einen tiefen Knicks, dann drehte sie sich um die eigene Achse, daß der weite Rock ihres Kleides flog.
»Du wirst sie morgen kennenlernen. Sie kommt ins Konzert vom Böhm.«
»Oh, my goodness!« Richard fuhr sich durchs Haar. »Das sagst du so nebenbei. Beim Friseur war ich heute. Was soll ich anziehen? Smoking oder weißes Dinnerjackett?«
»Es wird wieder regnen. Nimm den Smoking. Und ich komme in Blaugrau, das paßt zu g-moll. Aber zum Figaro komm ich ganz in Weiß. Ich werde dir jeden Tag besser gefallen.«
»Eigentlich ist das gar nicht mehr möglich.«
»Das wäre aber traurig. Und würde mir gar keinen Spaß machen.«
»Oh, Marie Antoinette.«
»Darling – so sagt man, nicht wahr? Darling, du mußt jetzt gehen. Die Antschitant hat heute Besuch, und ich habe versprochen, daß ich dabei bin.«
»Ich dachte, wir gehen zusammen essen.«
»Morgen. Und übermorgen. Jetzt komm mit hinunter und

sprich mit dem Lois, damit er dir alles über dein Auto erzählt. Der Lois wartet nämlich nur auf dich. Er will heute abend noch zurückfahren.«

»Ach, das tut mir leid, daß er warten mußte.«

»Das macht nichts«, sagte sie gleichgültig. »Er verpaßt nichts.«

»Und wie kommt er zurück, wenn er doch mit meinem Wagen hergekommen ist?«

»Wir haben noch einen Wagen hier herumstehen, den kann er nehmen.«

Na klar. Probleme so simpler Art gab es im Hause Saritz nicht, das hätte Richard sich denken können.

Keinen Kuß mehr, keine Berührung. Sie gingen hinunter, Lois saß in der Küche, stand auf, als sie eintraten, und gab einen sachlichen Bericht über Reparaturen und Zustand des Wagens.

Ehe er es sich versah, stand Richard vor dem Tor. Ein Handkuß für Marie Antoinette. Bis morgen also. Ja, bis morgen. Ich hole Sie ab? Nicht nötig, ich nehme ein Taxi.

Der Wagen fuhr, leise und gehorsam, wie zuvor.

Diese Österreicher, überlegte Richard, während er in die Stadt zurückfuhr, sind ganz anders, als man sich das aus der Ferne vorstellt. Vor zwanzig Jahren hatten sie noch Krieg, zehn Jahre lang waren sie ein viergeteiltes Land, kommandiert von den Siegermächten. Dann bekamen sie den Staatsvertrag, und es war ein Meisterstück, daß sie ihn und wie sie ihn bekamen.

Aber, du lieber Himmel, man mußte bloß bedenken, welch eine Übung sie im Leben und Überleben hatten. Es war gar nicht lange her, da hatten sie auch schon einen Krieg verloren, die alte Kaiserpracht dazu, und aus einem großen, mächtigen Reich war ein kleines Land geworden. Einmal hatten die Preußen sie besiegt, vorher noch Napoleon, wobei das Heilige Römische Reich Deutscher Nation unterging. Viel schlimmer aber war es noch, als die Türken sie bedrohten, und das dreihundert Jahre lang. Nicht zu vergessen den Ärger, den Maria Theresia mit Friedrich dem Großen hatte. Vor tausend Jahren war Otto der Große in dieser Gegend umhergezogen, und noch viel früher hatten die Römer eine Stadt namens Vindabona gegründet, am Ufer eines Flusses, den sie Danubius nannten.

Die wirkliche Geschichte dieses Landes begann jedoch mit Rudolf von Habsburg, der die schreckliche, die kaiserlose Zeit beendete. Und ein Habsburger schließlich, Maximilian I., heiratete Maria von Burgund, die Tochter Karls des Kühnen, und somit fiel das gesamte reiche burgundische Erbe an das Haus Habsburg, das seinen Einfluß in Europa nun mächtig ausdehnen konnte.

So hundertprozentig sattelfest fühlte sich Richard nicht in deutscher und österreichischer Geschichte, aber einiges fiel ihm doch dazu ein. Aber wie auch immer, wer auch immer, wann auch immer, was bedeutete es schon gegen die Tatsache, daß ein Mann wie Wolfgang Amadeus Mozart in Salzburg geboren wurde, später nach Wien ging und hier wie dort seine Musik machte? Er war so arm, als er starb. Und er war sehr jung, als er starb. Aber er war so unsterblich und lebendig wie dieses Land.

Das Konzert bestand natürlich nicht nur aus der g-moll Symphonie von Mozart, als zweite Pièce gab es den Don Juan von Richard Strauss und als Abschluß, als fulminanten Abschluß, wie die Geschwister es genannt hätten, die Siebte von Beethoven.

Dazwischen, in der Pause, lernte Richard Gräfin Giulia kennen, und dies war ein mindestens ebenso fulminantes Ereignis wie das Konzert.

Eine genaue Vorstellung hatte er sich natürlich nicht machen können, eine pompöse Erscheinung schwebte ihm vor, etwas Gebieterisches und Hoheitsvolles, was er jedoch zu sehen bekam, war ein grazile Elfenwesen, schlank und feingliedrig

wie die Tochter, hübscher noch als die Tochter, und das wollte etwas heißen. Die Augen waren nicht rehbraun, sondern dunkel, fast schwarz und riesengroß, auch das Haar tiefdunkel, die Backenknochen betont, der Mund von verführerischem Schwung, zu einem besonders sprechenden Lächeln begabt. Sie trug ein Kleid aus cognacfarbener Seide, das eng um ihre Jungmädchenfigur lag und an der Seite einen Schlitz vom Boden bis zum Knie aufwies.
Mit einem Wort, sie war sehenswert, und Richard neigte sich nur stumm über die dargebotene Hand und küßte sie korrekt, einen Millimeter über dem Handrücken in der Luft. Dankbar gedachte er dabei seiner Mutter, die ihm das beigebracht hatte. In Amerika war es nicht üblich, den Damen die Hand zu küssen, und als Siebzehnjähriger hatte es Richard als höchst überflüssig angesehen, etwas so Albernes zu lernen. Aber seine Mutter bat mit der schönsten Schmeichelstimme: »Tu's mir zuliebe, Ricky. Sieh mal, ich bin eine Europäerin, das hat den Vorteil, daß ich es dir beibringen kann. Vielleicht kommst du später mal nach Europa, und dort mögen die Frauen das gern.« Also hatte Richard es geübt, mit ihr natürlich, und nun konnte er es.
Gräfin Giulia war selbst hier, in diesem Rahmen, in dem es so viele schöne und elegante Frauen zu sehen gab, eine auffallende Erscheinung, zudem schienen viele Leute sie zu kennen, sie wurde mehrfach gegrüßt, man nickte ihr zu, man blieb für einen kleinen Plausch stehen.
Richard fühlte sich eingeschüchtert wie nie zuvor in seinem Leben. Die Gräfin hatte ihn gerade eben zur Kenntnis genommen, ohne Kommentar, hatte keinen unnötigen Blick an ihn verschwendet, doch als man sich am Schluß der Pause trennte, sagte sie: »Ihr eßt's nachher mit mir im Hirschen.«
Das war keine Einladung, das war ein Befehl.
Natürlich war sie im Hirschen auch wohlbekannt, sie hatten einen hervorragenden Platz, und sie saßen kaum, da waren schon drei Kellner zur Stelle.

Auch hier traf die Gräfin Bekannte, manche kamen an den Tisch, um sie zu begrüßen, andere blieben kurz stehen, wenn sie vorbeigingen, und Richard erlebte ein Schauspiel, das er sich niemals hätte vorstellen können: Marie Antoinette stand auf, knickste vor einer alten Dame und küßte ihr die Hand. So etwas gab es wirklich nur noch im Lande Österreich.
Während der Vorspeise ging es daher ein wenig unruhig zu, aber als die Suppe kam, waren alle untergebracht und mit Essen und Trinken beschäftigt, so daß man sich nun endlich in Ruhe unterhalten konnte.
Das taten zunächst Mutter und Tochter, Richard kämpfte immer noch mit seiner Befangenheit. Die Damen sprachen über gemeinsame Bekannte, über eine gewisse Emily, die man nun endlich einmal einladen müsse, auch war die Rede von neuen Seidentapeten, die das Haus im Wienerwald schmükken sollten, die Handwerker würden im September kommen, wenn die Gräfin auf Reisen war.
»Wo fahrst denn hin, Mama?«
»Na, zum Robby in die Highlands. Ich hab mir gedacht, du kommst mit.«
»Ah ja«, machte Marie Antoinette.
Dann sprachen sie des längeren und breiteren über das Konzert, das sie soeben erlebt hatten, und da konnte Richard nun endlich mitreden. Gräfin Giulia hörte ihm mit ihrem liebreizenden Lächeln zu und befragte ihn nach seinen sonstigen Festspieleindrücken.
»Er ist Musikwissenschaftler«, warf Toni ein.
»Ich weiß. Ich weiß alles über ihn. Der Seppi hat mir die ganze G'schicht erzählt. Haben'S ihn denn jetzt gefunden, diesen Boris?«
Richards Geschichte ergab Gesprächsstoff über den Hauptgang hinaus bis zur Mehlspeis. Sie tranken zuerst einen weißen Kremser, dann einen roten Burgenländer, als sie beim Kaffee angelangt waren, fragte die Gräfin: »Und was geschieht nun?«

»Ich fahr übermorgen nach Wien und sprech mit dem Papa«, sagte Toni.
»Meinst, daß er etwas weiß?«
»Vielleicht. Ich muß ihn halt fragen.«
»Boris...« sinnierte die Gräfin. »Ich überleg schon alleweil, mir ist, als wenn ich irgendwann in grauer Vorzeit den Namen gehört hätt. Irgendwann bald nach dem Krieg. Nein, wartet, jetzt fallt's mir ein. Das war im Siebenundvierzigerjahr, im Winter, und du warst krank, Toni, du hattest die Masern, aber schon ganz arg, und ich war sehr aufgeregt, weil der Doktor nicht kam, der längst hätte kommen sollen. Und wir hatten's eiskalt im Haus, weil nix zum Heizen da war. Und ich sag zu deinem Vater, er soll endlich was tun, damit der Doktor kommt, aber er hat sich gar nicht um dich gekümmert, sondern ist noch mal fortgegangen. Ich war wütend und hab ihm eine Szene machen wollen, und er... na, du kennst ihn ja, er hat mich bloß über die Schulter angeschaut und hat gesagt: geh, hör auf, mach nicht so einen Bahö wegen der Kleinen, alle Kinder haben mal die Masern. Und ich sag, es geht ihr aber schlecht, und er sagt, was du schon weißt, wann's einem Menschen schlecht geht. Na ja, er hat sich immer mit seiner schweren Jugend großgetan, aber kann ich da was dafür? Und freilich war das arg mit seiner Schwester, viel ärger als Masern sind, aber es sind auch schon Kinder an Masern gestorben, oder vielleicht nicht?« Sie blickte von Richard zu Toni, mit vorwurfsvoller Miene, eine Antwort erwartete sie nicht, denn sie sprach weiter.
»Ich muß noch mal hinüber zu den Russen, sagt er, ich hab eine Verabredung. Was, hab ich geschrien, eine Verabredung, und das ist dir wichtiger als dein eigenes Kind? Wannst jetzt gehst, brauchst gar nicht mehr wiederzukommen. Was für ein Nockerl mußt du denn da so wichtig treffen? Was du gleich wieder denkst, hat er gesagt, keine Frau, ich muß den Boris treffen, einen Bekannten von drüben.«
Richard, erstaunt dem gräflichen Monolog lauschend, ent-

deckte allerhand ungarisches Temperament hinter der vornehm-gelassenen Fassade; er konnte sich vorstellen, daß die Ehe der Saritzers möglicherweise sehr bewegt gewesen sein mußte.

»So war's«, beschloß die Gräfin ihren Bericht. »Russen waren genug da, und Boris können ja viele heißen. Der Ihrige ist ja gar kein Ruß, oder?«

»Nein, er ist kein Russe. Er ist Deutscher. Jedenfalls soviel mir bekannt ist. Es heißt, er habe lange in Rußland gelebt. Ich weiß über ihn nur das, was Carola mir erzählt hat. Und auch sie wußte im Grunde nichts über das Leben dieses Mannes.«

»Also fragst deinen Vater«, sagte die Gräfin zu Toni. »Er vergißt nie etwas. Er hat ein Gedächtnis wie ein Elefant. Wenn er diesen Boris gekannt hat, dann weiß er es auch noch.«

Damit war das Thema für die Gräfin erledigt, sie kam wieder auf Schottland zu sprechen, wo sie hinfahren wollte, um auf Moorhühner zu jagen.

»Ich hab einen Cousin in den Highlands, ein ganz, ganz reizender Mensch. Und die wohnen da wirklich in einem wunderschönen alten Schloß, nicht so eine Pawlatschen wie das vom Herrn Saritz in Südtirol. Das war mir allein die Trennung von deinem Papa wert, Tonerl, daß ich da nicht mehr hinfahren mußte. Fahrt er eigentlich noch nach da hinten draußen?«

»Ich habe keine Ahnung«, sagte Toni.

»Sie müssen wissen, Herr Gorwess, das ist wirklich am End der Welt, das Saritzer Tal. Ich möcht bloß wissen, wieso jemand grad den Namen genannt hat. Das ist das merkwürdigste an der ganzen G'schicht. Also, wie ist es, Toni, kommst mit nach Schottland? Bisserl Luftveränderung tät dir gut, eh das Semester wieder anfangt.«

Toni warf einen raschen Blick zu Richard und meinte zögernd: »Na ja, ich weiß nicht so recht...«

Gräfin Giulia blickte ebenfalls auf Richard und lächelte.

»Bleiben Sie noch lang hier in der Gegend?« fragte sie dann unverhohlen.
»Ich hatte an sich nicht die Absicht«, sagte Richard. »Ich wollte von hier aus nach Lugano fahren, wo meine Mutter wohnt, wollte dort noch eine Weile bleiben und dann zurückfliegen. Meine Arbeit beginnt ja Ende September wieder. Jetzt allerdings ...«
Er stockte, blickte Toni an.
»Ah ja, ich versteh«, meinte die Gräfin leichthin, »der ungeklärte Fall mit Ihrer Frau.«
Nicht nur das, hätte Richard antworten mögen, es handelt sich in der Hauptsache um Ihre Tochter, verehrte Gräfin. Ich kann nicht von hier abreisen, ehe ich nicht ihre Antwort habe. Ob sie mich heiraten wird. Demnächst oder wenigstens in absehbarer Zukunft.
Aber das konnte man natürlich nicht so einfach daherreden. Außerdem hatte die Gräfin sowieso längst begriffen, daran zweifelte Richard nicht.
Kurz darauf nahm der Abend ein Ende. Gräfin Giulia fuhr noch in derselben Nacht nach Wien zurück, wie Richard zu seiner Überraschung hörte. Das mache ihr nichts aus, erklärte sie, sie fahre gern in der Nacht.
Sie steuerte den Wagen nicht selbst, vor dem Hirschen war der Mercedes vorgefahren, der Chauffeur, ein großer, gutaussehender Mann, stand daneben und öffnete den Schlag. Es war ein wenig wie im Film, fand Richard. Allerdings trug der Fahrer keine Livree, sondern einen grauen Trachtenanzug.
Ob man ihn ins Hotel fahren solle, fragte die Gräfin höflich, doch Richard erwiderte, daß er gern die kurze Strecke zu Fuß gehe.
Seine stille Hoffnung, er könne Toni nach Hause bringen, erfüllte sich nicht. Sie stieg in den Wagen ihrer Mutter ein. Immerhin erhielt Richard die Erlaubnis, sie am nächsten Abend zum Figaro abzuholen. Bis dahin, und das war eine lange Zeit, mußte er ohne sie auskommen.

Er ließ sich Zeit für den Heimweg, er hatte viel zu denken, und damit war er auch noch nicht fertig, als er im Hotel ankam. Also setzte er sich an die Bar und bestellte einen Whisky. Er hatte sich in Toni verliebt, das war eine Tatsache. Außer ihrem Bruder und der zweifellos wichtigen Marika kannte er nun auch noch die gräfliche Mutter. Fehlte der Vater, und nach allem, was er über den gehört hatte, würde der eine harte Nuß zu knacken sein.

Verdammt noch mal, dachte Richard beim zweiten Whisky, warum wird es bei mir immer so kompliziert, wenn ich heiraten will. Warum kann ich denn nicht endlich ein normales, hübsch zurechtgemachtes, amerikanisches Mädchen finden, in das ich mich verliebe und das ich ganz problemlos heiraten kann?

So ein Mädchen wie Kathleen zum Beispiel. Warum zum Teufel habe ich denn Kathleen nicht geheiratet?

Berlin IV

Kathleen kam nach der Musikstudentin, die ich nicht für die »Winterreise« begeistern konnte. So etwas wäre mir mit Kathleen nicht passiert, sie war fest entschlossen, alles wundervoll zu finden, was ich wundervoll fand.
Sie war das perfekte amerikanische Girl, gepflegt von Kopf bis Fuß, ein tadelloses Make-up zu jeder Stunde, die blonden Haare stets in der gleichen, wohlgeordneten Form; genauso wohlgeordnet waren sowohl ihr Seelenleben als auch ihre Ansichten über Welt und Menschen, unter anderem auch über ihre Zukunft, deren erwünschter Bestandteil ich sein sollte. Sie war überaus freundlich, gutmütig und geduldig, immer bereit, mir zuzuhören und meine Probleme zu den ihren zu machen. Zwar verstand sie nichts von Musik, soweit es über Filmmelodien und Schlager hinausging, aber sie war lernbegierig, ließ sich alles erklären und besuchte gutwillig jedes Konzert, jede Oper, in die ich sie mitschleppte. Bis zum Ende unserer Beziehung blieb es mir verborgen, ob sie je einen Genuß davon hatte, doch ich zweifle nicht daran, daß sie lieber ins Kino gegangen wäre als sich, beispielsweise, Regers Mozartvariationen anzuhören. Doch kein Seufzer, keine Klage; ein ständiges Lächeln begleitete ihre Bereitschaft, einem Mann das Leben so angenehm wie möglich zu gestalten.
Das alles tat sie vornehmlich aus einem einzigen Grund: Sie wollte mich heiraten. Alle Frauen wollen bekanntlich heiraten und erst recht alle amerikanischen. Als angehender Professor war ich für sie eine gute Partie. Nicht finanziell be-

trachtet, denn Kathleen war zu jener Zeit, als ich sie kannte, im Büro der United Airlines angestellt, sie hatte eine gute Position und ein respektables Gehalt, sie verdiente mehr, als ich möglicherweise jemals verdienen würde. Doch das war für den Augenblick nicht ausschlaggebend. Erstens liebte sie mich wohl wirklich, zum zweiten würde es ihr Prestige beachtlich steigern, die Frau eines Professors zu sein; zumal man, da ich auch schrieb, schließlich nie wissen konnte, ob ich nicht eines Tages ein berühmter Autor sein oder auf andere Weise eine große Karriere machen würde. Schließlich hatte es Professoren gegeben, die in die Politik gegangen waren, wenn es auch nicht gerade Musikwissenschaftler darunter gab. Aber in dieser entwicklungssüchtigen Welt ließ sich einfach nicht voraussehen, wozu sich eventuell auch so etwas Absurdes wie ein Musikwissenschaftler entwickeln konnte. Die sogenannten Eierköpfe hatten zu jener Zeit zunehmend Chancen im öffentlichen Leben der Vereinigten Staaten, im Gegensatz zu früher, als man mehr den hemdsärmeligen Pioniertyp oder den knallharten Geschäftsmann schätzte.

Kurz und gut, Kathleen liebte mich und wollte mich heiraten, woraus sie keinen Hehl machte, und wieder einmal war ich der Ehefalle sehr nahe geraten, *the tender trap,* wie der gebräuchliche Fachausdruck in amerikanischen Junggesellenkreisen lautete.

Sogar meine Mutter, die stets mißtrauisch beobachtete, was ich an weiblichem Umgang aufzuweisen hatte, konnte ernstlich nichts gegen Kathleen vorbringen. Zwar würden Benehmen und Aufmachung amerikanischer Mädchen meiner Mutter immer fremd bleiben, aber sie sagte sich wohl, daß ich in dieser Umgebung und mit diesen Mädchen aufgewachsen war und anders darüber dachte.

Außerdem war Kathleen ganz reizend zu meiner Mutter, aufmerksam, respektvoll, ohne sich jedoch aufzudrängen, und ich glaubte zu bemerken, daß meine Mutter das Mäd-

chen ganz gern hatte und sich an den Gedanken einer Ehe zwischen Kathleen und mir zu gewöhnen begann.
Dies alles geschah noch in meinem letzten Jahr in San Francisco, die Verhandlungen mit Santa Barbara waren jedoch bereits in Gang gekommen.
Ich besaß damals einen anregenden Freundeskreis, in dem Kathleen natürlich eingeführt war. Besonders drei waren es, mit denen ich oft zusammenkam, und da wir alle vier Kammermusik liebten, hatten wir schon vor längerer Zeit ein Quartett gegründet. Der Jüngste von uns war der größte Künstler, ein wahrer Virtuose, er spielte die erste Geige. Mein Part war die zweite Geige, ein Ehepaar, ein älterer Kollege aus Stanford und seine Frau, waren die beiden anderen Teilnehmer des Quartetts, sie die Bratsche, er das Cello. Wir kamen wöchentlich einmal zusammen, um zu üben, und alle zwei bis drei Monate gaben wir ein Konzert vor einem Kreis von Musikfreunden. Ich denke heute noch, daß es nicht schlecht war, was wir boten. Bei den Proben saß Kathleen stets andächtig dabei, obwohl ich sicher bin, daß sie sich langweilte. Aber sie hätte keinen dieser Abende versäumt. Liebevoll bereitete sie jedesmal einen Imbiß vor und sorgte für Getränke.
Warum zum Teufel habe ich diese patente, liebevolle Frau nicht geheiratet? Wie einfach wäre mein Leben verlaufen, mit Kathleen als Ehefrau.
Dann bekam ich also die Dozentur an der modernen und renommierten Universität von Santa Barbara, eine der neun Universities of California, im Unterschied zu vielen anderen amerikanischen Universitäten ein staatliches Unternehmen.
Zweifellos hätte ein gewisser Sinn darin gelegen, diesen neuen Lebensabschnitt mit einer Ehe zu vervollständigen. Doch gerade die berufliche Veränderung meines Daseins benutzte ich als Ausrede, um einer Heirat aus dem Weg zu gehen. Eine faule Ausrede, wie ich gern zugeben will.
Ich gab vor, ich wolle erst einmal abwarten, wie es mir in

Santa Barbara gefalle, ob der neue Job mir zusage, möglicherweise wünschte ich nach einiger Zeit mich zu verändern, und so etwas ließe sich leichter bewerkstelligen, wenn man frei und ledig sei. Und ehe wir nicht wüßten, wie es weiterging, sei es doch schade, die gute Stellung bei der United Airlines aufzugeben.

Nun wurde Kathleen argwöhnisch, sie zweifelte nicht bloß an meinen ernsten Absichten, sondern auch an meiner Liebe. Immerhin legte meine neue Position eine Entfernung von anderthalb Flugstunden zwischen uns, was für amerikanische Verhältnisse zwar nicht viel ist, einem liebenden Mann aber eben doch zuviel sein sollte.

Was eigentlich zusätzlich für eine Ehe sprach, war die Tatsache, daß die so lange besprochene Übersiedlung meiner Mutter nach Europa bevorstand. Sie und Martin hatten nun jahrelang beraten und überlegt, wohin sie sich wenden sollten, alle Metropolen Europas, die schönsten Gegenden standen zur Debatte, ausgenommen Deutschland. Aber London und Paris waren zu groß und zu laut, auf dem Land war es zu still und einsam, auch gab es nicht ausreichend Gelegenheit, Konzerte und Opern zu besuchen; so ging es dauernd hin und her, die beiden machten sich die Entscheidung recht schwer. Mit der Zeit neigten sie immer mehr dazu, sich in der Schweiz niederzulassen, dort würden sie mit der deutschen Sprache durchkommen und waren den Zentren europäischen Kulturlebens nahe; schließlich und endlich würden sie in einem Land leben, das vom Krieg und seinen Schrecken unberührt geblieben war.

Den Ausschlag gab dann eine Bekannte meiner Mutter. Sie kam von einer ausgedehnten Europareise zurück, hatte es hier und da erträglich bis *charming* gefunden, und sie empfahl meiner Mutter und Martin, sich im Tessin niederzulassen. Dort sei man im Herzen Europas, verspüre etwas von italienischer Atmosphäre und Lebensfreude, befinde sich aber immerhin auf solidem Schweizer Boden. Die Landschaft

sei wundervoll, Berge und Seen, meist blauer Himmel, eine üppige Vegetation. Mimosen schon im Januar, wenn man Glück hatte, ab Ende Februar dann ein Blütenmeer.
Das klang verlockend. Die nächste Reise der beiden führte ins Tessin, das sie bisher noch nie besucht hatten.
Begeistert kehrten sie zurück, schilderten mir alles, was sie gesehen hatten, verkündeten, sie würden eigentlich gern in jener Gegend leben. Verschiedene Ortsnamen wurden genannt, Locarno, Ascona, Lugano, Morcote, doch meine Mutter meinte: »Lugano wäre mir am liebsten, eine entzükkende kleine Stadt, gar nicht provinziell, es gibt wunderschöne Läden und erstklassige Restaurants.«
Kochen hatte sie nie richtig gelernt, es war immer wichtig, daß es genügend attraktive Lokale in erreichbarer Nähe gab, denn gut essen wiederum tat sie ganz gern.
»Man ist in einer knappen Stunde in Mailand, Ricky. Das ist doch ideal. Wir könnten öfter in die Scala gehen.«
Das war im Frühjahr 1958, im Herbst darauf begleitete ich sie in die Schweiz und besah mir kritisch das Tessin, fand endlich auch, daß Lugano wohl ein Ort sei, an dem meine Mutter sich wohlfühlen konnte. Wir sahen uns nach Wohnungen um, bekamen einen ganz guten Überblick und beauftragten schließlich einen ortsansässigen Makler, das Richtige zu besorgen: nicht im Stadtzentrum, jedoch auch nicht zu weit davon entfernt, in ruhiger Lage, mit schöner Aussicht, sympathische Leute rundherum und was dergleichen Wünsche mehr waren. Der Mann nickte und meinte, daß er binnen zwei bis drei Monaten finden würde, was wir suchten. Was dann auch der Fall war.
In diesem Winter zwischen meiner ersten Reise nach Lugano und der Übersiedlung der beiden im Frühjahr 1959 absolvierte ich mein erstes Semester an der Uni von Santa Barbara, kurz UCSB genannt. Die Trennung von meiner Mutter war somit schon vollzogen, denn sie blieb ja in San Francisco wohnen, bevor sie endgültig umzog.

Die Übersiedlung im Frühjahr ging relativ einfach vonstatten, die Möbel wurden zum größten Teil verkauft, sie hatten die Absicht, sich in der Schweiz neu einzurichten.
Verheiratet war ich immer noch nicht.
Es ist schwer zu erklären, warum ich mich nicht zu einer Ehe entschließen konnte, vor allen Dingen war es schließlich Kathleen nicht mehr zu erklären. Ich hatte sie ja gern, ich nannte es Liebe, und der gesunde Menschenverstand mußte mir sagen, daß ich kaum eine Partnerin finden konnte, die verständnisvoller und angenehmer sein würde, ganz abgesehen von ihrem guten Aussehen.
Liebe! So schwer zu sagen, was das eigentlich ist. Mit den Jahren wird man anspruchsvoller mit diesem Begriff, das Bild gewinnt Tiefe und zuvor nicht gekannte Farbtöne. Oder, um bei meinem Metier zu bleiben, man spielt eine Beethoven-Sonate mit vierzig anders als mit zwanzig Jahren, und es ist gewiß nicht allein die Technik, die sich hierbei verbessert.
Was also erwartete ich mir von der Liebe, da ich sie offenbar immer noch nicht kannte, mit nunmehr dreißig Jahren, nur spürte, daß sie etwas anderes, Größeres sein müßte als alles, was mir bisher begegnet war. Sex, Verständnis, zärtliche Worte zur Begrüßung, begleitet von einem eisgekühlten Martini, ein wohlschmeckendes Essen – das alles trägt zum Wohlbehagen eines Mannes bei. Und möglicherweise, das will ich gern zugeben, ist es auf Dauer für eine Ehe bekömmlicher als die Stürme der Leidenschaft und die Qualen, die die große Liebe mit sich bringt. Aber da ich sie noch nicht erlebt hatte, mochte ich mein Leben nicht zu einem Ziel bringen, ehe ich nicht den Weg durchschritten hatte, der mir dazu notwendig schien. So ungefähr, hochtrabend ausgedrückt, war meine Empfindung.
Ein Jahr später, nur ein Jahr später, warf ich all diese Bedenken über Bord, als ich Carola wiedersah, als ihre stürmische Liebe mich den Weg entlangriß, den ich immer vor mir gesehen hatte. Sie war so ganz anders geartet als

Kathleen, nichts an ihr war perfekt, nichts geschah mit Überlegung und Selbstkontrolle, sie war ein verschrecktes Kind auf der Flucht, hilflos in der ihr neuen unbekannten Welt, die einzige Hilfe, die weit und breit zu entdecken war, konnte ich ihr bieten. Man könnte es fast als Pygmalion-Verhältnis bezeichnen, was zwischen mir und Carola bestand. Ich war ihr ganzes Leben, sie lieferte sich mir ohne Einschränkung aus, Körper und Seele, und das kann für einen Mann ein atemberaubendes Erlebnis sein.

Sie war glücklich, sie war heiter, sie wurde nicht müde, mir zu sagen und zu zeigen, wie sehr sie mich liebte. Aber dann auf einmal mußte ich sie wieder trösten, sie saß da und weinte; das geschah stets nur wegen Britta.

»Ich habe sie im Stich gelassen. Sie ist ohne mich unglücklich, das weiß ich.« So immer wieder ihre Worte.

Allerdings verschwieg sie mir in den knappen zwei Jahren, die unsere Ehe währte, daß sie unausgesetzt den Wunsch hatte, Britta möge auch nach Amerika kommen. Sie muß ihr wohl auch in diesem Sinne geschrieben haben, ich weiß es nicht. Das ist etwas, was ich Britta fragen möchte, wenn ich sie je finden sollte.

Im ersten halben Jahr unserer Ehe bekam Carola niemals Antwort auf ihre Briefe. Jedenfalls nicht von Britta oder ihren Eltern. Die hatten ihr die heimliche Flucht nicht verziehen, keiner von ihnen. Nur Boris schrieb manchmal, von ihm erfuhren wir, was sich in Berlin zutrug.

Dann kamen auf einmal einige Zeilen von Britta, kühl und unpersönlich, aber Carola war selig. In unregelmäßigen Abständen, aber immer häufiger trafen Brittas Briefe dann ein, die meisten dieser Briefe habe ich nicht zu Gesicht bekommen, wie ich nach Carolas Tod erkennen mußte. Sie hatte sie alle aufbewahrt, ich las sie nicht ohne Erschütterung.

Es waren Hilferufe, die sich ständig steigerten, immer heftiger wurden, manchmal am Rande der Hysterie. Dabei war Britta, wie sie auch berichtete, höchst erfolgreich; sie drehte einen

Film nach dem anderen, sie spielte Theater. Aber es mußte sie, genau wie früher schon, ihre letzten Kräfte gekostet haben, sie war den Belastungen des Berufes bei allem Talent nervlich nicht gewachsen.
»Ich kann nicht mehr«, stand in einem dieser Briefe. »Ich bin so allein. Keiner versteht mich. Warum hast du mich verlassen, Carola? Du bist der einzige Mensch, der zu mir gehört.«
Es tauchten Namen auf, die ich nicht kannte, Namen von Schauspielern, von Regisseuren, Klagen, Vorwürfe, Berichte über Auseinandersetzungen, alles flüchtig hingekritzelt, oft unverständlich; wieweit Carola diese Namen kannte und sich darunter etwas vorstellen konnte, weiß ich nicht.
Irgendwann muß Carola ihr geschrieben haben, ob sie nicht zu uns nach Amerika kommen wolle.
Brittas Antwort: »Wie stellst du dir das vor? Erstens hasse ich deinen Mann. Zweitens, wer bin ich denn dort drüben, ein Nichts und ein Niemand. Hier bin ich berühmt und lebe in besten Verhältnissen. Ein Künstlerdasein in einem sozialistischen Staat wie dem unseren ist doch nicht zu vergleichen mit der Unsicherheit, der man in einem kapitalistischen Land ausgesetzt ist. Ich wäre ja wahnsinnig, wenn ich alles aufgeben würde.«
Womit sie gewiß nicht unrecht hatte.
Warum unterschlug Carola mir diese Briefe? Nur dann und wann, wenn sich ein relativ harmloser darunter befand, bekam ich ihn vorgelesen. Oder jene Stellen daraus, die ihr angebracht erschienen. Ich gebe zu, ich war auch nicht allzu interessiert an Brittas Geschick, nur eben insofern, als Carolas Leben ständig davon belastet wurde.
Am Ende ist es doch Brittas Schuld, daß ich Carola verlor. Ich weiß nicht, wieso und warum. Ich habe keinen Grund, an eine Schuld Brittas an Carolas Tod zu glauben, erst recht keinen Grund, Boris zu verdächtigen – aber ich tue es. Ich tue es. Warum sind sie denn verschwunden, alle beide, wenn sie schuldlos sind?

Doch zurück zu Kathleen, zum Ende jener Liebe. Das Ende kam ziemlich rasch, im Frühsommer des Jahres 1959, und es war nicht erfreulich. Sie setzte mir gewissermaßen die Pistole auf die Brust, sie sei nun sechsundzwanzig, es sei Zeit, daß sie heirate, und wenn ich es nicht sei, würde es ein anderer sein. Es gebe schließlich noch mehr Männer auf der Welt. Von einem gewissen John war die Rede, einem Jugendfreund, mit dem sie gelegentlich ausging, wie ich wußte. Offensichtlich zeigte er seit neuestem Heiratsabsichten, jedenfalls sollte ich damit unter Druck gesetzt werden.

Das ist etwas, was ich mein Leben lang nicht vertragen habe. Außerdem widerstrebte es mir, mich so um jeden Preis heiraten zu lassen. Ich weiß, daß die meisten Männer geheiratet werden. Aber ich wollte nicht, nicht auf diese Weise.

Mein Verhältnis zu Kathleen ging dann ziemlich rasch, leider auch sehr unschön zu Ende.

Da saß ich nun in Santa Barbara, ohne Frau, ohne Freundin, ohne meinen alten Freundeskreis aus San Francisco, das Quartett war gesprengt, was ich sehr bedauerte – mir blieb gar nichts anderes übrig, als mich voll in die Arbeit zu stürzen; unter anderem begann ich an einem neuen Buch zu schreiben, über Geschichte und Entstehung des Negro Spirituals, denn ich wollte mich nun endlich auch einmal einem spezifisch amerikanischen Thema zuwenden.

Selbstverständlich hatte ich mit der Zeit Bekannte unter Kollegen und Nachbarn, als Junggeselle ist man ja überall gern gesehen und wird viel eingeladen, ich hatte meine Studenten im Campus, aber alles in allem lebte ich doch recht einsam in einem Zweizimmerflat in Goleta.

Erst im Spätsommer 1960 flog ich wieder nach Europa, denn so war es ja auch nicht, daß ich mir unausgesetzt teure Reisen leisten konnte. Diesmal allerdings kostete mich der Aufenthalt wenig, ich lebte bei meiner Mutter und Martin in Lugano, die in ihrer Wohnung stets ein hübsches kleines Zimmer für mich bereithielten. Getroffen hatten wir uns übrigens in

Bayreuth bei den Festspielen, die ich zum erstenmal besuchte und die mir einen ungeheuren Eindruck machten. Gemeinsam fuhren wir dann ins Tessin, wir ließen uns Zeit, umrundeten den Bodensee, in meinen Augen eine selten schöne und liebenswerte Landschaft, wir verbrachten zwei Tage in Zürich, und endlich ging es, am Vierwaldstätter See entlang, durch den Gotthard-Tunnel ins sonnige Ticino, das ich während der vier Wochen, die ich dort blieb, in allen Winkeln kennenlernte. Obwohl ich viel im Luganer See schwamm, nahm ich einige Pfund zu, denn das Essen im Tessin, diese Mischung aus italienischer und Schweizer Küche, schmeckte mir hervorragend. Martin, dem es ebenso erging, hatte sogar inzwischen eine gewisse Fertigkeit darin erlangt, eine wohlschmeckende Pasta zuzubereiten. Meine Mutter bewunderte ihn sehr, wenn er am Herd stand und eine Sauce rührte, und sie meinte dann, leise und respektvoll: »Ich werde mich um den Wein kümmern.«
Martin bekam das neue Leben allerbestens, er wirkte so friedvoll und ausgeglichen wie nie zuvor, seine Menschenscheu nahm ständig ab, die beiden hatten schon Bekannte in der neuen Umwelt gewonnen, Gäste kamen ins Haus, was früher in San Francisco so gut wie nie der Fall gewesen war, und meine Mutter präsentierte mich immer voll Stolz: »Mein Sohn, Professor Gorwess.« Gut erholt verließ ich Lugano Anfang Oktober, fuhr mit dem Zug nach Mailand, wo ich einige Tage blieb, flog dann nach Frankfurt und weiter nach Berlin.
Aus gegebenem Anlaß. Mein junger Freund, der seinerzeit die erste Geige in unserem Quartett gespielt hatte, gab sein erstes Konzert auf europäischem Boden, im Amerikahaus in Berlin; seit langem hatte er mich dringlich eingeladen, diesem Ereignis beizuwohnen. Ich hatte gern zugesagt, außerdem kam ich bei dieser Gelegenheit wieder einmal nach Berlin.
Fast auf den Tag genau vier Jahre waren seit meinem letzten Besuch in der geplagten Stadt vergangen, der Ungarnauf-

stand war nun schon so lange vorbei, im Osten wurde mit harter Hand regiert, Widerstand regte sich nirgends mehr.
Es gab nur eine Möglichkeit, sich zu wehren: die Flucht. Die Flucht aus dem Paradies der Bauern und Arbeiter war in all den Jahren nicht zum Stillstand gekommen und hatte gerade zu jener Zeit, als ich wieder nach Berlin kam, einen neuen Höhepunkt erreicht. Der einfachste Fluchtweg führte noch immer über Berlin. Von überallher aus der Ostzone, oder aus der Deutschen Demokratischen Republik, wie das Land nun hieß, seit die Sowjetunion es im Jahr 1954 zu einem souveränen Staat erklärt hatte, von überallher reisten die Bürger dieses Landes nach Berlin und wagten irgendwann, voller Angst, die entscheidende Fahrt mit der S-Bahn von Berlin-Ost nach Berlin-West. Oft trauten sie sich nicht einmal einen Koffer mitzunehmen. So wie sie gingen und standen, arm, heimatlos und ausgestoßen, betraten sie den harten und erbarmungslosen Boden der westlichen Welt, ließen alles hinter sich, was zu ihnen gehörte, Heimat, Besitz, familiäre Bindungen, Emigranten also auch in dieser Zeit, Flüchtende, Verlorene, Heimatlose, das Schicksal so vieler Menschen in so vielen Jahrhunderten. Noch immer nicht blieb die Grausamkeit, die in dem Verlust der Heimat liegt, den Menschen erspart, auch nicht in diesem Jahrhundert des sogenannten Fortschritts, der wohl auf technischem und wissenschaftlichem Gebiet erstaunlich sein mag, aber die Menschlichkeit, die Toleranz, vor allem die Freiheit noch immer nicht auf seine Fahnen geschrieben hat. Und wohl nie schreiben wird.
Es flohen jene, die an Leib und Leben bedroht waren; es flohen jene, die sich ein wenig mehr Wohlstand wünschten, Entwicklungsmöglichkeiten für sich und ihre Kinder; aber es flohen nach wie vor, wie in alten und ältesten Zeiten, immer wieder jene, die frei sein wollten.
Die Freiheit – jenes magische Wort, das schließlich auch meinen Vater, nicht an Leib und Leben bedroht und durchaus im Wohlstand lebend, aus der Heimat vertrieben hatte.

Die DDR also war ein souveräner Staat, sie hatte ihre eigene Regierung und ihre eigene Armee, der große Bruder in Moskau wollte nichts anderes sein als ein beratender Freund. So stand es zu lesen.
Ein Freund mußte es voll Mißtrauen beobachten, wenn die Menschen ihrem eigenen Land davonliefen, wenn von Ärzten, Wissenschaftlern und Technikern bis zu Arbeitern und Bauern einem Volk die wichtigen und notwendigen Bürger verlorengingen.
Der Westen betrachtete diesen Exodus seit langem mit einem gewissen Unbehagen. Denn man fürchtete immer, daß sich die Faust der Herrscher im Osten fester um die unbotmäßigen Menschen schließen würde; die Menschen im Osten selbst, vor allem die Deutschen, denen ja der Fluchtweg immer noch zur Verfügung stand, auch wenn es immer schwieriger wurde, unbehelligt die rettende Fahrt zu wagen, hatten Angst vor der Strafe, die ihnen drohte, und fürchteten vor allem – wie sich später zeigen sollte, zu Recht –, daß die Tür zur Freiheit sich endgültig schließen würde.
In den westdeutschen Zeitungen las man immer wieder die Zahlen, wie viele Flüchtlinge im Monat, in einer Woche, an manchen Tagen herübergekommen waren. Seltener erfuhren wir davon in Amerika. Dies Berlin war und blieb für uns ein Ärgernis, eine ewige Herausforderung, ein Stachel im Fleisch des Friedens, der ohnedies so mühsam zu bewahren war.
Gewiß, die Vereinigten Staaten von Amerika hatten das große Werk der Luftbrücke vollbracht, hatten Berlin damals gerettet, aber es gab Leute, die daran zweifelten, ob man eigentlich klug daran getan hatte. Ob es nicht besser gewesen wäre, ein für allemal auf Berlin zu verzichten und endlich Ruhe zu haben. Das ewige Gerede von der Wiedervereinigung – es war von den Machthabern im Osten ja doch nicht ernst gemeint. Denn die Bedingung, die der Westen stellte, freie allgemeine Wahlen, konnte der Osten gar nicht genehmigen, denn, das wußte die ganze Welt, es wäre das Ende des

kommunistischen Regimes geworden, nicht nur im Osten Deutschlands.
Wenn wir drüben über Deutschland, besonders über Berlin sprachen, so hörte ich oft den Überdruß an der ganzen Affäre aus den Worten meiner Bekannten und Kollegen.
»*Damn all these Germans! And first of all I'm fed up with Berlin.*« Das sagte einer meiner Kollegen in Santa Barbara, er war Kriegsteilnehmer, war Offizier gewesen und gehörte 1945 zu den ersten, die mit Oberst Howleys Vorkommando in Berlin einmarschierten. Ganz abgesehen von dem erschütternden Eindruck, den die zerstörte Stadt und ihre gequälten Menschen auf ihn gemacht hatten und von dem er sich nie ganz erholte, war er inzwischen zu der Überzeugung gekommen, daß Berlin verloren war und verloren blieb, daß alle Mühe, die Amerika sich immer wieder gab, vergeudet war.
»*Wasted, that's what I tell you. Wasted from here to eternity. You never will come to speak reasonable words with the coms. You couldn't with Stalin, you wont with Khroushthow. He is as tough as old Joe has been.*«
Chruschtschow, der jetzt im Kreml regierte, war nicht nur zäh und hart, er war überdies gewandt, gerissen, konnte witzig sein, sogar herzlich erscheinen, wirkte nie so abweisend wie Stalin, doch in der Sache blieb er genauso starr.
Ab und an stellte er ein Ultimatum in der Berlinfrage, zumeist ging es um den Friedensvertrag. Er wollte den Friedensvertrag erzwingen, den es zwischen Deutschland und den ehemaligen Gegnern noch immer nicht gab; der Westen wehrte sich mit gutem Grund, denn ein Friedensvertrag würde den Status quo des geteilten Deutschlands zu einem endgültigen Faktum machen, und die Absicht der Russen, West-Berlin zur freien Stadt zu erklären, würde die alte Hauptstadt dem endgültigen Zugriff des Ostens aussetzen.
Dann würde die Sowjetunion mit der Deutschen Demokratischen Republik einen eigenen Friedensvertrag schließen, drohte Chruschtschow mehrmals im Jahr, und wenn er nicht

das Gesicht verlieren wollte, mußte er diesen Schritt eines Tages tun. Darüber waren sich alle klar, auch und vor allem die Bewohner der DDR. Also wollten sie ihr Land möglichst verlassen haben, bevor dies geschah.
So ungefähr sah es in den Köpfen der Deutschen aus, und ich bezweifele, ob das in Amerika, abgesehen von einigen Politikern, wirklich jemand begriff. Mich nicht ausgenommen. Eigentlich erst als ich im Herbst 1960 wieder für einige Tage in Berlin weilte, als ich mit den harten Tatsachen des Berliner Lebens konfrontiert wurde, verstand ich, was hier vorging. Drei, vier Tage hatte ich für den Aufenthalt in Berlin vorgesehen; meinem Freund Robert zur Seite stehen vor dem Konzert, das Konzert anhören, mich ansonsten ein wenig in Berlin umsehen. Das alles tat ich, genau wie beabsichtigt, kam sogar in einen höchst liebenswürdigen Kreis von Menschen hinein, die alle irgendwie mit Roberts Violinabend zu tun hatten. An einem Abend wurde ich eingeladen in eine wunderhübsche Villa am Wannsee, die einem höheren amerikanischen Offizier gehörte, der in Berlin stationiert war und der mir einen anschaulichen Bericht über das Berlin von heute, hüben und drüben, und über die Lebensbedingungen im östlichen Deutschland gab.
Fast genausosehr interessierte mich die Frau des Colonels, eine besonders reizvolle Dame, die mir den Abend zusätzlich mit einem ausgiebigen Flirt verschönte.
Sie war es, die den Vorschlag machte, ich solle doch mit ihr am nächsten Tag nach Ost-Berlin hinüberfahren, sie kenne sich da gut aus und könne mir zusätzliche Informationen liefern. Denn daß ich mich mehr als ein gewöhnlicher amerikanischer Tourist für die Stadt interessierte, war nicht verborgen geblieben, genau wie ich nicht verschwieg, daß ich in Berlin geboren war.
Die Fahrt hinüber nach Ost-Berlin, mit der hübschen Lady am Steuer, war wirklich aufschlußreich. Sie zeigte mir die neuen Viertel, die aufgebaut waren, und auch das, was immer

noch, grasüberwachsen, in Trümmern lag. Wir besuchten das Ägyptische Museum, standen traurig vor dem leeren Schloßplatz, denn an das schöne Berliner Schloß, mit dem Großen Kurfürsten davor auf der Brücke, erinnerte ich mich aus meiner Kindheit noch bestens.

Dann sah ich das Plakat.

Ein Riesenplakat vor einem Filmtheater, auf dem überlebensgroß das schöne Gesicht von Britta Nicolai in die Ferne lächelte. Meine Begleiterin bemerkte mein Staunen. »Eine der beliebtesten Schauspielerinnen hier drüben. Eine bemerkenswerte Frau. Ich sehe mir ihre Filme gern an, auch auf der Bühne ist sie fabelhaft. In vier Tagen hat sie eine große Premiere. Wenn Sie wollen, können wir hineingehen.«

»Ich kenne diese Frau«, sagte ich.

»Nicht möglich. Wieso?«

Da meine Begleiterin so überaus liebenswürdig war, erzählte ich ihr mein Erlebnis mit Carola, auch, wie ich später Britta kennengelernt hatte.

»Das ist ja interessant«, meinte sie. »Werden Sie die junge Dame wieder treffen?«

»Ich habe nicht die Absicht. Das ist lange her. Und in drei Tagen bin ich schon auf dem Rückflug nach Los Angeles.«

Ich flog nicht, ich blieb in Berlin, und ich sah Carola wieder. Nicht, daß ich sie vergessen hätte. Nur gehörten sie und alles, was ich mit ihr erlebt hatte, der Vergangenheit an. So meinte ich.

Doch am nächsten und übernächsten Tag dachte ich darüber nach, daß es im Grunde lieblos von mir war. Ich konnte mich doch wenigstens darum kümmern, was aus der kleinen Carola geworden war. Siebzehn war sie bei meinem letzten Besuch, nun also Anfang zwanzig. Vielleicht schon verheiratet. Ich fuhr dann allein in den Osten hinüber, zu der Wohnung, in der ich sie damals alle getroffen hatte; von einer gesprächigen Nachbarin erfuhr ich, daß Frau Nicolai nun in Potsdam lebe, die berühmte Britta Nicolai jedoch in einer feinen Gegend, wo, wußte die Frau allerdings nicht.

»Und Carola Nicolai?«

»Die lebt bei ihrer Schwester.«

Ich hätte es mir denken können. Der Rest war ganz einfach, ich rief in dem Theater an, in dem die Premiere vorbereitet wurde, fand im Büro abermals ein hilfreiches weibliches Wesen, das sofort bereit war, Carola ans Telefon zu rufen.

»Ist sowieso gerade Pause. Warten Sie mal'n Momang.«

»Hallo, Carola«, sagte ich ins Telefon, als sie sich meldete, ich hörte einen Jubelschrei, dann ein ungläubiges Flüstern: »Richard?« Danach blieb es erst einmal still. Ich redete irgend etwas, sie antwortete zurückhaltend und vorsichtig, woraus ich entnahm, daß sie nicht allein war.

»Ich bleibe noch drei Tage hier«, sagte ich. »Dasselbe Hotel wie damals. Sehen wir uns?«

»Morgen«, flüsterte sie. »Morgen nachmittag. So gegen drei.«

Genau wie damals. Nur stand ich diesmal vor dem Hotel, als sie kam, und das war gut so. Denn als sie mich erblickte, brach sie sofort in Tränen aus, sie schluchzte so verzweifelt, daß ich sie am Arm nahm und einige Schritte mit ihr die Fasanenstraße entlangging, damit sie sich beruhigen konnte.

»Richard! Richard!« flüsterte sie. »Und ich dachte, du hast mich vergessen. Jeden Tag habe ich gewartet, daß du kommst.« – »Kind«, sagte ich. »Aber ich bitte dich, nun weine doch nicht, nun hör doch erst mal...«

Ich nahm sie in die Arme, um sie zu trösten. Sie schlang beide Arme um mich, preßte ihr tränenüberströmtes Gesicht an meines und küßte mich, küßte mich wie eine Verzweifelte. Alles mitten auf der Straße.

»Ich habe so auf dich gewartet. Ich habe immer nur auf dich gewartet«, das wiederholte sie unausgesetzt. »Du hast gesagt, du holst mich. Du hast versprochen, daß du mich mitnimmst.«

Das entsprach nun keineswegs den Tatsachen, aber für sie war es und blieb es *der* große Wunschtraum ihres Lebens, den sie nie aufgegeben hatte.
Das war unser Wiedersehen, es war nur kurz an diesem Tag, sie mußte gleich wieder zurück, sie hatten Generalprobe, und Britta stand kurz vor einem Zusammenbruch, wie ich erfuhr. Morgen war Premiere, aber übermorgen ...
»Übermorgen schläft sie den ganzen Tag. Dann komme ich. Am späten Vormittag, ja? So gegen elf.«
Was sollte ich machen? Ich stornierte meinen Flug und wartete auf übermorgen, und da ging es weiter in altbekannter Carola-Manier, stürmisch, gefühlsreich, mitreißend.
Als sie ins Hotel kam, sagte sie: »Laß uns in dein Zimmer gehen. Ich muß dir alles erzählen. Und mich soll hier niemand sehen. Berlin ist voller Spitzel. Erst recht im Westen.«
Aha. Sie mußte es wissen.
Wir gingen in mein Zimmer, ich bestellte etwas zu trinken, ihr war es egal was, also bestellte ich Champagner, um unser Wiedersehen zu feiern, wie ich sagte. Das fand sie einfach wundervoll.
Sie riß mich mit. Anders kann man es nicht nennen. Ich hatte nie eine so emotionsgeladene Frau erlebt. Eine Stunde später war sie meine Geliebte, und ich gestehe, ich tat wenig dazu. Vorher, dazwischen und hinterher erzählte sie mir von ihrem Leben, von den Schwierigkeiten, die sie mit Britta hatte, was sie ständig durchmachte. Aber noch viel mehr machte Britta durch. »Sie ist so ehrgeizig, weißt du. Und sie ist eine große Schauspielerin, aber sie sagt immer, daß sie keine ist, das denken die Leute nur. Manchmal glaube ich fast, daß sie recht hat. Dann wieder ist sie umwerfend gut. Aber gestern war sie schlecht. Sie hat die ganze Nacht geweint. Und die Kritiken werden verheerend sein, das weiß ich jetzt schon.«
Dann ohne Übergang: »Ach, Richard, ich liebe dich über alles in der Welt. Nimm mich mit. Nimmst du mich mit? Versprichst du es mir?«

Es war so, als hätten wir uns in den vergangenen Jahren täglich gesehen, keinerlei Fremdheit herrschte zwischen uns, das lag an ihr, denn sie hatte sich offenbar wirklich, wenn nicht mit ihrer Schwester, dann mit mir beschäftigt.
So schnell, wie sie gekommen war, verschwand sie wieder, Britta würde toben, wenn sie nicht da war.
Sie kam noch zweimal, jedesmal war sie leidenschaftlicher in meinen Armen. Und jedesmal mußte ich ihr hoch und heilig versprechen, sie nach Amerika mitzunehmen.
»Aber was wird aus Britta?« fragte ich, da ich ja nun ihr Dilemma kannte. Darauf weinte sie.
Wirklich aufregende Tage. So etwas hatte ich noch nie erlebt.
Dann kam nur noch ein Briefchen. Ein Grenzgänger hatte es wieder einmal mitgebracht und beim Portier des Hotels abgegeben. Sie könne jetzt nicht mehr kommen, Britta habe etwas bemerkt und ihren Ausweis versteckt. Sie würde mir schreiben, und ich müsse bald, bald wiederkommen.
Höchst verwirrt flog ich in die Staaten zurück.
Nun kamen wieder Briefe. Die ich nicht beantworten durfte, das hatte sie mir strikt verboten.
Die Briefe trugen jedesmal Marken aus West-Berlin. Wie sie sie hinüberbrachte, weiß ich nicht, aber irgendwie schaffte sie es immer wieder.
In jedem Brief stand: Wann kommst du?
Ich muß zugeben, ich hatte Sehnsucht nach diesem wilden, leidenschaftlichen Mädchen, das sich mir hingegeben hatte wie keine Frau zuvor.
Ich kam das nächste Mal kurz nach Weihnachten, und es spielte sich genauso ab wie im Oktober.
»Komm mit!« sagte ich. »Laß alles stehen und liegen und komm mit. Das willst du doch.«
»Ja, das will ich. Aber jetzt geht es nicht. Britta hat einen ganz großen Film. Ende Januar beginnen die Aufnahmen. Die schwerste Rolle, die sie je gespielt hat. Eine Tolstoi-Verfilmung. Ich kann sie jetzt nicht im Stich lassen.«

Im April kam ich wieder, der Film war abgedreht, aber diesmal war Britta krank. Nach Beendigung der Aufnahmen hatte sie einen Nervenzusammenbruch und lag zur Zeit draußen in ihrer Datscha am Seddiner See. Carola stahl sich unter größten Schwierigkeiten fort, um mich gerade zweimal kurz zu treffen.
Diese Treffen blieben nicht ohne Folgen, wie ich später von ihr erfuhr. Sie hatte deswegen Ende Mai eine Abtreibung. Außerdem bekam ich bei meinem Besuch im April Boris Jaretzki wieder zu sehen. Er kam eines Tages in mein Hotel, ließ sich melden, ich traf ihn in der Lounge.
»Sieh da, der Candy-Yankee. Sie sind eine treue Seele, mein Lieber. Aber was machen Sie mit unserer Kleinen? Sie rauben ihr den Seelenfrieden.«
»Ich wüßte nicht, was Sie das angeht«, sagte ich steif. Ich war stehengeblieben, hatte ihn nicht zum Sitzen aufgefordert, doch er sagte nonchalant und wies zur Bar: »Darf ich Sie nicht zu einem Drink einladen? Wir sind doch alte Bekannte. Und Carolas Wohl liegt uns ja wohl beiden am Herzen.«
Mir ist es immer schwer gefallen, unfreundlich zu sein. Also setzte ich mich mit ihm an die Bar.
»Sehen Sie, Carola liebt Sie, seit sie denken kann. Sie sind nun mal ihr Märchenprinz. Aber Sie hätten besser getan, nicht mehr aufzutauchen und sie mit ihren Träumen allein zu lassen. Sie ist ein sehr sentimentales Mädchen. Wozu soll das alles gut sein? Sie verdrehen der Kleinen den Kopf, schlafen ein paarmal mit ihr und verschwinden wieder nach Santa Barbara.«
Wieder einmal wußte er alles, und das erfüllte mich mit würgender Wut. Ich stand auf und ließ ihn allein an der Bar sitzen, diesen verdammten Spion, diesen Talmi-Kommunisten, der sich wie ein Dandy gekleidet im Westen herumtrieb, von keinem behelligt.
Was für eine Stadt! Was für eine Atmosphäre! Nur fort von hier. Aber nun hatte es mich erwischt. Carola ging mir nicht

aus dem Sinn, und ihre herzzerreißenden Briefe taten ein Übriges. Ich kam Anfang Juli wieder nach Berlin.
Und diesmal hatte sie Mut.
Sie kam an einem glühheißen Sommertag zu mir ins Hotel und sagte, daß sie bei mir bleiben würde. Britta hatte sie am Tag zuvor geohrfeigt, Boris hatte sie eingesperrt. Sie war zum Fenster hinausgeklettert, das fand alles draußen auf der Datscha statt, war durch den Wald gelaufen, atemlos, angstvoll, hatte sich versteckt, war von einem Lastwagen mitgenommen worden nach Berlin.
Sie hatte keine Zahnbürste, kein Nachthemd, keine Cremedose, das mußte ich alles am selben Tag noch auf dem Kurfürstendamm für sie einkaufen, sie wagte es nicht, das Hotel zu verlassen. Und da sie auch in dem Hotelzimmer vor Angst zitterte, setzte ich sie am Abend, als es endlich dunkel war, in ein Taxi und brachte sie in das Haus des freundlichen Colonels und seiner reizenden Frau zum Wannsee hinaus.
Die sahen mich an, als sei ich verrückt.
Ich wolle das Mädchen nach Amerika mitnehmen und wolle es heiraten, erklärte ich.
Wenn ich meinte, dies unbedingt tun zu müssen, bemerkte der Colonel kühl, dann müsse ich es tun. Aber zuvor müsse die junge Dame auf jeden Fall in das Lager Marienfelde, um dort ordnungsgemäß als Flüchtling registriert und untersucht zu werden. Auch in politischer Hinsicht. Wenn ich dem nicht zustimme, müsse er mich und die junge Dame aus dem Haus weisen.
Das war drei Wochen, bevor Ulbricht seine Mauer baute. Es kamen zu jener Zeit täglich zweitausend bis dreitausend Flüchtlinge aus dem Osten herüber. Sie flohen wie Tiere, die ein Erdbeben ahnen. Sie flohen mit dem sicheren Instinkt von Tieren, die wußten, daß demnächst ein Unheil drohte. Und sie hatten recht.
Am 13. August 1961 wurde die DDR eingemauert. Und mit ihr die Menschen, die darin lebten.
Carola und ich heirateten Ende September in Santa Barbara.

Salzburg III

Der nächste Tag begann mit einer Enttäuschung. Gerade hatte sich Richard beim Frühstück überlegt, in welchem Restaurant er für diesen Abend einen Tisch bestellen würde, als er ans Telefon gerufen wurde.

Es war Marika. Sie habe den Auftrag, ihm auszurichten, daß er für diesen Abend nichts vorbereiten solle, Freunde von Fräulein Toni aus Wien würden erwartet, die wohnten immer außerhalb in einem ländlichen Gasthof, dort würde man nach der Vorstellung auch zu Abend speisen.

»Ich auch?« fragte Richard schüchtern.

»Selbstverständlich«, erwiderte Marika.

Richard schluckte. Gestern die Mama, heute Freunde aus Wien, möglicherweise sogar *der* Freund, ach Marie Antoinette...

Wieder ein Tag, der nicht vergehen wollte. Richard verbrachte ihn zum Teil damit, Mitbringsel für seine Mutter und Martin einzukaufen, denn irgendwann würde er ja wohl doch nach Lugano fahren, wenn auch vielleicht nur für einige Tage.

Angenommen – er blieb mitten in der Getreidegasse stehen und starrte versonnen in die Luft.

Angenommen, er konnte seiner Mutter erzählen: Stell dir vor, Jarmila, ich werde wieder heiraten. Ich habe ein Mädchen kennengelernt, das einmalig ist. Die große Liebe, diesmal hat sie mich erwischt. Und...

So ging es gerade nicht. Nach allem, was mit Carola geschehen war, konnte er nie wieder so unbeschwert über die Liebe und eine beabsichtigte Ehe reden. Ganz gewiß nicht zu seiner Mutter, es würde sie zutiefst befremden. Nicht, daß ihr Carola so ans Herz gewachsen war, sie war auch keineswegs entzückt über diese Heirat gewesen.

Sie erlebte ja alles nur aus der Ferne mit, denn als er mit Carola nach Amerika kam, lebte seine Mutter schon im Tessin, und es bestand kein Grund, daß sie für diese rasche und formlose Eheschließung in die Staaten reiste. Erst hatte er die Idee gehabt, eine kleine Hochzeitsreise ins Tessin zu machen. Aber das Jahr war zu weit fortgeschritten, sein Semester begann, außerdem wäre es töricht gewesen, Carola der Belastung eines erneuten Fluges über den Atlantik auszusetzen. Denn auf dem Hinflug, ihrem ersten Flug überhaupt, hatte sie vor Angst steif auf ihrem Sitz gesessen und Richards Hand kaum je losgelassen. Nun kam es vor allem darauf an, daß sie sich in Kalifornien ein wenig eingewöhnte, daß sie sich in der fremden neuen Welt, unter anders gearteten fremden Menschen zurechtfand und sich schließlich auch an das Leben mit einem Mann gewöhnte. Auch war ja in Berlin inzwischen die Mauer errichtet worden, die Welt abermals in Verwirrung und Kriegsangst gestürzt.

Das alles erklärte er in einem langen Brief seiner Mutter, die mit Verständnis darauf antwortete: Er solle alles so machen, wie er es für richtig halte. Daß sie mit dieser Ehe nicht einverstanden war, wußte Richard, ohne daß sie es mit Worten ausdrückte. Sie würde ihrem erwachsenen Sohn niemals Vorwürfe oder Vorhaltungen machen.

Im nächsten Frühjahr dann kam Richard mit Carola nach Lugano, und Carolas offenherziges, zutrauliches Wesen gewann rasch das Herz seiner Mutter, nachträglich billigte sie das ganze Unternehmen, sagte zu ihm: »Ich hatte große Bedenken, weißt du. Dieses Mädchen da aus dem Osten, das du kaum kanntest, und dann hast du sie von heute auf morgen geheiratet.«

»Warum nennst du sie ein Mädchen ›da aus dem Osten‹? Sie ist eine Berlinerin.«
»Du hast recht. Komisch, aber wenn sie aus einem kommunistischen Land kommen, denkt man immer, sie sind ganz andere Menschen.«
So war es. So weit war die Teilung der Welt nun schon fortgeschritten und festgeschrieben.
Dies blieb die einzige Begegnung zwischen Carola und seiner Mutter. Man wollte sich im Sommer darauf in Bayreuth treffen und anschließend, wie früher schon einmal, gemeinsam nach Lugano reisen. Doch da war Carola schon tot.
Daher war es unmöglich, einfach zu sagen: Ich habe mich verliebt und will heiraten. Ich bekomme eine echte österreichische Gräfin zur Schwiegermutter, und du mußt zugeben, Jarmila, daß dies ein Witz ist, wenn man bedenkt, daß meine erste Schwiegermutter eine waschechte Kommunistin war. Jedenfalls gefällt mir die zweite besser, sie ist eine Attraktion, aber da du, Mamma mia, ebenfalls eine schlanke und jugendliche Erscheinung bist, kannst du der Begegnung mit Fassung entgegensehen.
So ging es nicht. Auf so leichte und unbeschwerte Weise ließ sich niemals mehr über Liebe und Ehe reden, nicht nach allem, was mit Carola geschehen war.
Richard ging langsam weiter. Wie merkwürdig es doch war, daß er nun jeden Tag, gestern auf dem Mönchsberg, heute in den Gassen von Salzburg, unausgesetzt an Carola dachte.
Genau genommen war es jedoch nicht merkwürdig, sondern ganz verständlich. Vergangenheit war es noch nicht, was mit Carola geschehen war, erst recht nicht mehr, seit er Boris und Britta gesehen hatte; Señor Descanda oder nicht, er war an diesem Vormittag wieder fest davon überzeugt, *daß* sie es gewesen waren. Er vergaß Carola nur, wenn er mit Toni zusammen war, doch in den Stunden ohne Toni war Carola lebendiger denn je. Er blieb wieder stehen, stöhnte und fuhr sich verzweifelt mit der Hand durchs Haar.

So konnte er nicht weiterleben. Er war fünfunddreißig Jahre alt, er war immer ein aktiver, lebensfroher Mann gewesen, er hatte einen Beruf, der ihn ausfüllte, nun also auch eine Frau, die er liebte. Er mußte einen Strich unter die Vergangenheit machen. Ob es nun Boris war oder nicht, den er gesehen hatte – es ging ihn nichts mehr an.

In diesem Zwiespalt der Gefühle verbrachte er den Tag, er ersehnte den Zeitpunkt, zu dem er Toni treffen würde, nicht nur herbei, um das geliebte Gesicht wiederzusehen, sondern ebenso, um von den quälenden Gedanken erlöst zu sein.

Wieder war er viel zu früh in Aigen draußen, um sie abzuholen, aber diesmal fuhr er direkt vor das Haus. Wenn sie noch nicht fertig war, würde er warten.

Aber sie war bereits angezogen und öffnete ihm selbst die Tür. Marika, so erzählte sie als erstes, sei mit dem Mittagszug nach Wien gefahren. Am Telefon habe man erfahren, daß das Hausmädchen auf und davon sei, und Marika habe keine Ruhe, wenn der Seppi sich selbst überlassen blieb.

»Die Vorstellung, mein armer Bruder müsse sich am Morgen selbst einen Kaffee kochen, hat der Marika eine schlaflose Nacht bereitet. Die Tatsache, daß ich morgen ohnedies nach Wien fahre, konnte sie auch nicht aufhalten. Also habe ich sie mittags in den Zug gesetzt.«

»Aber dann fehlt doch hier die Bedienung«, meinte er umständlich, denn er war unsicher, wie er sie anreden sollte. Am Tag zuvor, in Gegenwart ihrer Mama, hatten sie einander Sie gesagt. Und der Nachmittag, an dem sie sich geküßt hatten, schien endlos lang her zu sein.

»Meinetwegen? Geh, mach Sachen. Ich kann doch selbst für mich sorgen. Komm einen Augenblick mit herauf, ich muß noch meine Tasche einräumen und meine Lippen nachziehen.«

Eine Aufforderung? Als sie oben waren, umfaßte er ihre Schultern und zog sie an sich. Sie widerstrebte nicht.

Nach einem langen Kuß, der seine Welt in Windeseile wieder

in Ordnung brachte, fragte er: »Hattest du darum die Lippen noch nicht geschminkt?«
»Ein Professor sollte so klug sein, Fragen zu vermeiden, die er sich selbst beantworten kann.«
»So klug wird ein Professor niemals sein wie eine Frau. Ach, Marie Antoinette, du geliebtes Wesen!«
Nach einer Weile befreite sie sich aus seiner Umarmung.
»Ich habe zwar die Lippen nicht geschminkt, aber sonst bin ich fix und fertig lackiert. Du darfst nicht so stürmisch sein. Einen Drink? Whisky? Gin Tonic? Campari?«
Sie war ganz in Weiß, wie angekündigt, mit langen Ärmeln und hochgeschlossen, der einzige Schmuck war ein perlenbesticktes Börtchen um den Hals und Perlenclips in den Ohren. Gerade noch rechtzeitig unterdrückte er die einfältige Bemerkung, sie sehe aus wie eine Braut. Statt dessen sagte er, daß sie jeden Tag schöner sei als am vorhergehenden.
»Das ist auch mein Ehrgeiz«, erwiderte sie ernsthaft und reichte ihm sein Glas. Dann steckte sie einen Lippenstift, ein Puderdöschen und ein kleines Taschentuch in ein winziges perlenbesetztes Täschchen, das damit gefüllt war.
»Die Schlüssel gehen da nicht mehr hinein«, überlegte sie. »Aber ich kann sie bei dir im Wagen lassen, ja? Du darfst nur nicht vergessen, sie mir zu geben, wenn ich heimfahr.«
»Ich werde sie dir ganz gewiß nicht geben, denn ich will dich nach Hause fahren.«
»Notfalls kann ich die Josefa herausklingeln. Denk nur nicht, daß ich von dir abhängig bin.«
»Ich habe mir immer gewünscht, in einer Zeit zu leben, in der eine Frau rundherum von einem Mann abhängig ist.«
Sie lachte. »Das glaube ich dir nicht. Das würde ich keinem Mann glauben. So wie es heute ist, habt ihr es doch viel bequemer.«
Geplänkel zwischen Verliebten. In bester Stimmung fuhren sie in die Stadt hinein. Was immer er den Tag über gegrübelt hatte, es war wie weggewischt. Carola war wieder tot.

»Wie hat dir denn die Mama gefallen?« wollte Toni wissen.
»Du kannst fragen? Deine Frau Mama ist eine Reise um die Erde wert. Schafft es keine Schwierigkeiten, die Tochter einer so attraktiven Mutter zu sein?«
»Bis jetzt hat sie mir noch keinen Mann weggeschnappt. Du wärst der erste. Und sie wird mit der Zeit ganz gewiß ein bisserl mit dir flirten. Ich werde aufpassen müssen.«
»Das tu«, sagte er selbstzufrieden, zutiefst glücklich darüber, daß sie eine gemeinsame Zukunft nun schon ganz selbstverständlich in ihre Gedanken einschloß.
»Seit wann sind deine Eltern geschieden?«
»Seit – wart mal, ja, seit zehn, nein, seit elf Jahren.«
»Wie kommt es, daß eine so schöne Frau wie deine Mutter nicht wieder geheiratet hat?«
»Aber geh, das tät sie nie. Sie ist eine fromme Katholikin. Für sie gibt es keine Scheidung. Nur eine Trennung von Tisch und Bett.«
Richard staunte. »So etwas habe ich noch nie gehört.«
»Na ja, ihr Amerikaner, ihr heiratet ja und laßt euch scheiden wie andere zum Weekend fahren. Bei uns ist das nicht so. Jedenfalls nicht in unserer Familie.«
»Aber dein Vater hat doch wieder geheiratet?«
»Ja, er schon. Und ziemlich bald. Eine Deutsche hat er geheiratet. Ganz jung und sehr hübsch. Im Gegensatz zur Mama hellblond. Wir haben wenig von ihr zu sehen gekriegt, der Seppi und ich. Sie soll ihn mehrmals betrogen haben. Behauptet jedenfalls Marika. Die konnte die zweite Frau meines Vaters natürlich nicht ausstehen. Er hat sich ziemlich abrupt von ihr getrennt.«
Sie lachte. »Das ist meine letzte Erinnerung an die Burg Saritz. Am Heiligen Abend hat er sie vor die Tür gesetzt. Mitten in den Schnee hinein. Es war ein dramatischer Auftritt, so etwas versteht er. Was der Grund war, kann ich dir nicht sagen, er hat sich nicht herabgelassen, es seinen Kindern zu erklären, auch wenn wir Zeugen der ganzen Szene waren.

Vermutlich ist er ihr auf eine Untreue gekommen oder was auch immer. Wir waren natürlich sehr beeindruckt. Und höchst erfreut, denn wir mochten sie nicht. Sie uns auch nicht.«

»Was hat sie denn gemacht, in der Christnacht draußen im Schnee? Ist sie erfroren?«

»Nicht, daß ich wüßt. Es wohnt ein Ehepaar auf der Burg. Ein Südtiroler Bauer mit seiner Frau, sie haben einen Gemüsegarten und ein paar Kühe, einen Hund und zwei Katzen, jedenfalls hatten sie sie damals. Nette Leute. Ich nehme an, der wird Doris aufgelesen und irgendwohin gefahren haben. Vermutlich hinunter ins Dorf ins Gasthaus, weiterzufahren in der Nacht wäre schwer gewesen, die Straße im Saritzer Tal ist eng, kurvenreich und im Winter ohnedies vereist. Der Seppi hat schon recht, Burg hin, Burg her, ich bin auch froh, daß wir da nicht mehr hinfahren müssen, so romantisch es auch auf den ersten Blick wirken mag.«

Das Saritzer Tal. In diesem Augenblick beschloß Richard, es war just als sie das Festspielhaus betraten: Einmal werde ich hinfahren. Ich muß es sehen, das echte Saritzer Tal.

»Um die Mama brauchst du dir keine Sorgen zu machen. Auch wenn sie nicht wieder heiratet, sie kann sich vor Verehrern kaum retten.«

»Daran habe ich nicht gezweifelt.«

Die Freunde aus Wien waren alle etwa in Tonis Alter, ein junges Ehepaar, wovon der weibliche Teil eine Cousine von Toni war, ein zweites Paar, nicht verheiratet, wovon der weibliche Teil von Toni als »meine Freundin Isabell« vorgestellt wurde. Letztere hatte offenbar schon von Richard gehört und schien vertraut mit seiner Geschichte. Sie betrachtete ihn mit sichtlicher Neugier. Seppi hatte in Wien die Zeit wohl meistens am Telefon verbracht.

Alle vier redeten Richard mit Herr Professor an, wodurch er sich eine Generation älter vorkam. In Amerika hätte man einander selbstverständlich mit dem Vornamen angespro-

chen, aber das vorzuschlagen, wagte er nicht. Möglicherweise hätte man es als Zudringlichkeit empfunden.
Nach der Vorstellung fuhr man ziemlich weit hinaus aufs Land, der Gasthof, in dem die vier wohnten, lag in einem Dorf in den Bergen. Das Dorf schlief schon, doch in dem Gasthof herrschte Hochbetrieb. Sie waren nicht die einzigen Festspielgäste, die sich eingefunden hatten. Schöne Frauen, Abendkleider, nackte Schultern hinter den blanken Holztischen und vor dem Kruzifix im Herrgottswinkel, das ergab einen reizvollen Gegensatz, fand Richard. Es schien sich um lauter Stammgäste zu handeln, Händedrücke und Bussi wurden ausgetauscht, das Gespräch flog ungeniert von Tisch zu Tisch. Zunächst über die Vorstellung und die Künstler, wobei ersichtlich wurde, daß Fischer-Dieskau nicht nur Tonis Liebling, sondern der Favorit aller Damen war.
»Mei«, seufzte Isabell, »wenn ich die Susanne gewesen wär, ich hätt da keine Sperenzerln gemacht.«
Das zweite Thema des Abends war Klatsch.
»Schau dir den Schlawiner an, den Felix. Hat er sich doch schon wieder eine Neue aufgezwickt. Habt ihr den schon zwei Jahre hintereinand mit dem gleichen Madl hier gesehn?« »Geh, du machst mir an Spaß. Von Festspielen zu Festspielen? Darüber ließ sich ja noch reden. Aber im Mai hab ich ihn noch mit der vorigen gesehn. Hat mir übrigens besser gefallen als das Patscherl da.«
Das veranlaßte Tonis Cousine zu folgender Frage: »Sag amal, Toni, warum zieht dein Bruder immer noch mit der Margot umeinand? Ich versteh net, daß du das duldest?«
»Was kann ich dagegen tun? Momentan gefallt's ihm halt. Wird schon vergehn.«
Soweit es dieses Thema betraf, war Richard Zuhörer. Ging es um die Festspiele, um Konzert oder Oper, konnte er mitreden, und sie lauschten alle höflich und interessiert seinem Urteil. Auch wurde er ausführlich nach seiner Tätigkeit in Kalifornien befragt. Die Freundin Isabell meinte: »Weißt,

Toni, du hast einen besonders aparten Geschmack. Mir lauft nie so ein interessanter Mann über den Weg.«
Eine etwas taktlose Bemerkung, die darauf hinweisen sollte, daß Toni des öfteren eine »aparte« Begegnung gehabt hatte. Toni runzelte denn auch die Stirn und ersparte sich die Antwort. Doch die Cousine nahm den Faden ungeniert auf.
»Ja, ihr schneit es sowas ins Haus. Oder regnet es ins Haus, muß man in dem Fall wohl besser sagen.«
Toni seufzte und warf Richard einen entschuldigenden Blick zu. »Ich seh schon, mein Bruder ist wieder einmal ein rechtes Klatschmaul gewesen. Offenbar hat er in Wien nur umeinander telefoniert und getratscht.«
»In meinem Fall net, wir haben uns beim Adlmüller getroffen. Er war einkaufen, mit seiner Margot.«
»Auch das noch. Na, wenn er dir das dort alles erzählt hat, dann weiß es mittlerweile ganz Wien. Hat er für das Nockerl eingekauft?«
»Hat er. Ihr Hintern ist ein bisserl dick, sie tut sich schwer mit Modellkleidern.«
Alles in allem war der Abend amüsant, auch bekamen sie hervorragend zu essen. Beim Wein hielt Richard sich zurück. Er trank nur zwei Glas und ließ sich dann Mineralwasser kommen. Er wollte Toni sicher nach Hause bringen, und so unterhaltend es in der alten verräucherten Wirtsstube auch war, er konnte die Minute kaum abwarten, in der sie aufbrechen würden. Was nicht allzu spät geschah, denn auf einmal waren sie alle müde.
»Tut mir leid, ihr zwei, daß ihr noch so weit fahren müßt«, sagte der Mann der Cousine. »Ich tät euch ja fahren, aber ich glaub, ich hab zuviel getrunken. Werden Sie den Weg finden, Herr Professor?«
»Natürlich findet er ihn«, sagte Toni, »ich bin ja dabei. Und er hat kaum getrunken, das habt ihr ja gesehen.«
Sie hatte seine Haltung und Selbstkontrolle mit Befriedigung zur Kenntnis genommen. Zweimal im Laufe des Abends

schob sie ihre Hand unter seine, eine kleine zärtliche Geste, die ihn glücklich machte.
Es war still und leer auf den Straßen. Richard fuhr langsam, sie sprachen nicht, und die Berge, über denen leicht verschleiert der abnehmende Mond stand, begleiteten ebenso stumm ihre nächtliche Fahrt.
Endlich war er wieder allein mit ihr. Einige Male legte er die Hand auf ihr Knie, sie verwehrte es ihm nicht.
Ob es eigentlich keinen Mann in ihrem Leben gab? In Salzburg offenbar nicht. Aber vielleicht in Wien?
»Ich möchte gern wissen ...«, begann er, kurz bevor sie Salzburg erreichten.
»Ja?«
»Es ist zu dumm, aber ich kann dich das nicht fragen. Aber wissen möchte ich es trotzdem gern. Deine Freundin Isabell sprach von einem gewissen Klaus ...«
Sie lachte leise. »Also, der ist es nicht. Ein Freund von Seppi. Auch ein Freund von mir. Aber nicht so, wie du meinst. Ich hab keinen, wenn du das wissen willst. Ich war verbandelt, aber an Weihnachten hab ich Schluß gemacht.« Sie lachte wieder. »Das liegt offenbar in der Familie. Keine wichtige Geschichte. Ich brauch das nicht zu erzählen, nein?«
Dann begann sie leise vor sich hinzusingen, die Rosenarie der Susanne aus dem Figaro, »O weile länger nicht, geliebte Seele ...« Richard lauschte, Glücksgefühl im Herzen.
»Ich liebe dich, Marie Antoinette. Könntest du dir vorstellen, daß wir heiraten?«
Sie schwieg eine Weile, dann sagte sie: »Ich hab mich schon damit beschäftigt. Also – ich könnt es mir vorstellen. Nur ...«
»Nur?«
»Nur etwas könnt ich mir nicht vorstellen. Daß ich in Amerika leb.«
Daraufhin schwieg er. Von dieser Seite, von ihrer Seite her, hatte er eine mögliche Ehe noch nicht betrachtet.

»Ist doch komisch«, meinte sie mit einem kleinen nervösen Lachen, »daß wir über so was reden.«
Dann waren sie angelangt, und zunächst wurde Carlos aus dem Haus geholt und ein Stück spazierengeführt. Sie gingen hinunter zur Salzach, ein Stück am Ufer entlang.
»Du kennst doch Amerika gar nicht«, sagte er.
»Doch. Ich war schon in New York und in Boston. Wir haben da auch noch ein bisserl Verwandtschaft. Ich will nicht sagen, daß es mir da nicht gefallen hat. Sie waren alle reizend. Nur eben...«
»Ich weiß schon«, sagte er. »Du bist eine Europäerin. Das ist wie bei meiner Mutter. Ich kenne das. Ich kenne das mein Leben lang.«
Sie schob ihre Hand leicht unter seinen Arm.
»Du verstehst es?«
»Ja, ich verstehe es. Du bist hier so verwurzelt, das sehe ich ja selbst. Das ist wie eine Urzelle Europas, gerade hier. Wenn ich das so sehe, diese Stadt da vorn, die Burg da droben... Aber es beginnt wieder zu regnen, merkst du es? Dein schönes weißes Kleid. In Kalifornien scheint meist die Sonne. Es ist ein schönes Land.«
»Ich glaube es. Doch weißt du, ich mag den Regen. Ich könnt nie in einem Land leben, in dem immerzu die Sonne scheint. Regen ist Leben. Nur im Regen kann die Erde atmen. Wenn es grau ist und der Regen fällt, das ist wie die Güte Gottes. Man fühlt sich beschützt.«
»Manchmal regnet es in Kalifornien auch«, sagte er hilflos.
Sie lachte.
»Komm zurück. Carlos mag den Regen auch nicht, er ist schon umgekehrt, siehst du.«
»Es ist auch nicht so, daß es unangenehm heiß ist«, erklärte er weiter, während sie auf das Haus zugingen. »Es ist eine wirklich bekömmliche mittlere Temperatur, so nahe am Meer.«
»Und im Winter fahre ich gern Ski.«

»Aber das kannst du in Kalifornien auch, oben in den Bergen.«
»Ja.« Sie schob das Thema beiseite. »Kommst du noch mit hinauf, auf einen Whisky? Oder bist du zu müde?«
»Ich bin nicht müde. Aber du solltest nicht zuviel von mir verlangen.«
»Ich? Von dir?« fragte sie unschuldig.
Er packte sie fest an den Armen, blickte ihr ins Gesicht, vage nur zu sehen im Schein einer Straßenlampe.
»Ich bin nur ein Mann«, sagte er dann töricht.
»Das weiß ich. Aber ein Mann mit Selbstbeherrschung. Mit *self control,* wie ihr es nennen würdet, nicht wahr? Aber wie du willst.«
Der Regen fiel nun dichter, Carlos schüttelte sich, und Toni raffte den Saum des weißen Kleides. »Also?«
»Ich trinke gern noch einen Whisky mit dir.«
Er hätte gern noch gefragt: und die Tante?
Aber Toni war eine erwachsene Frau und meisterte ihr Leben so souverän, sie würde wissen, was sie tun konnte und was nicht.
Das venezianische Zimmer war bei Lampenlicht noch schöner als bei Tag. Das Rot und Gold des Teppichs schien zu glühen, das Goldbraun der Möbel schimmerte seidig, ein paar Ölbilder mit Ansichten von Venedig, der Canale Grande, Maria della Salute, der Campanile, ein Palazzo an der Wasserfront, hingen an den Wänden; von der großen Wand, gegenüber den beiden Fenstern, blickte ernst und würdig das Gesicht eines Edelmannes auf sie herab.
»Das ist der Großonkel aus Venedig, von dem die Möbel stammen«, erklärte Toni.
»Ich war noch nie in Venedig«, sagte Richard. »Das ist gewiß ein großes Versäumnis. Wenn wir verheiratet sind, fährst du dann mit mir einmal hin?«
Er fing einen schiefen Blick auf, erhielt keine Antwort auf seine Frage.

»Du magst ihn sicher on the rocks?« fragte Toni, die ihren Whisky immer pur trank. »Warte, ich hol ein bisserl Eis.«
Als sie wieder ins Zimmer kam, plauderte sie weiter. »Wir haben ihn leider alle nicht mehr kennengelernt, den Onkel aus Venedig. Auch die Mama nicht. Sie war fünfzehn, als sie zum erstenmal nach Venedig kam, da regierte schon seit vielen Jahren der Mussolini in Italien, dann fing auch noch der Abessinienkrieg an. Da sind sie schnell wieder nach Hause gefahren, die Mama, ihr Vater und ihr Bruder. Der war siebzehn, der Onkel Bela. Die Mutter von der Mama, die lebte schon lange nicht mehr, das hab ich dir ja erzählt. Sie starb, als Mamas jüngster Bruder geboren wurde, der Onkel Matthias. Das ist die Verwandtschaft, die wir in Amerika haben. Er ist nach dem Krieg ausgewandert, noch vor dem Staatsvertrag. Er hat drüben eine fabelhafte Frau geheiratet. Sehr reich. Sie leben in Boston. Sie stammt aus sehr guter alter Familie, so eine Art Mayflower-Leute, du kennst den Typ sicher.«
Sie reichte Richard sein Glas, sie schien ein wenig nervös zu sein. Während sie ihn weiter mit Familiengeschichten unterhielt, spazierte sie durch das Zimmer, setzte sich einmal hierhin, einmal dorthin.
Richard saß auf einem zierlichen, seidenbespannten, goldbestickten kleinen Sofa mit goldenen, geschwungenen Rücken- und Armlehnen. Er saß etwas unbehaglich darauf, denn eigentlich war das ein Museumsstück, es war viel zu schade, sich einfach darauf zu setzen. Bequem war es auch nicht.
»Der Großonkel aus Venedig hatte sich, gleich als der Mussolini die Macht übernahm, auf ein Gut in Apulien zurückgezogen, das der Familie seiner Frau gehörte, und von dort hat er sich nicht mehr weggerührt. Da ist er dann auch gestorben, irgendwann im Krieg. So hat ihn keiner von uns je zu Gesicht bekommen. Lebendig, meine ich.«
Sie wies auf das Bild. »Gemalt kenne ich ihn gut genug. Er hatte alle Orden vom Kaiser Franz Joseph bekommen, die

das Haus Habsburg zu vergeben hatte. Du siehst sie auf dem Bild.«

»Ich sehe sie«, erwiderte Richard mit ernster Miene, auch wenn ihn der venezianische Onkel im Augenblick nicht sonderlich interessierte.

Aufmerksam betrachtete er Tonis unruhiges Hin und Her.

»Und deine schöne Mama?« fragte er. »Ist sie auf dem Gut in Ungarn aufgewachsen?«

»Nur als sie noch klein war. Mein Großvater lebte dann eine Zeitlang in Wien, in unserem Haus eben, wo wir heut noch wohnen. Geheiratet hat er nie wieder. Aber die Kinder sollten in Wien in die Schule gehen und nicht gar so weltfremd aufwachsen. Die Marika hat für sie gesorgt, genau wie später für uns. Mit siebzehn ist die Mama mit dem Herrn Saritz durchgegangen. Da war sie in Budapest, in einem ganz strengen Pensionat, wo sie perfekt französisch lernen sollte, die feine Lebensart und das alles. Man hat sie dort hineingesteckt, weil sie vorher die Familie damit geschreckt hat, daß sie Schauspielerin werden will. Solange sie in Wien war, ist sie pausenlos ins Theater gegangen und hat ganz furchtbar einen Schauspieler angehimmelt, hat ihm Briefe geschrieben, ist sogar in seine Wohnung gegangen und lauter solche Sachen.«

»Dann hat sie sich in Herrn Saritz verliebt? Das paßt eigentlich gar nicht zusammen.«

»Gut ausschaun tut er schon, der General, und damals war er so siebenundzwanzig, achtundzwanzig Jahre alt. Ich kann mir denken, daß er einem Mädel da schon leicht den Kopf verdrehen konnt. Im Café New York haben sie sich kennengelernt, in Budapest. Da war sie an einem Nachmittag mit einer Freundin hingegangen, heimlich natürlich, denn das war streng verboten, die zwei Mädeln saßen da und schlekkerten Kuchen und Eis, und am Nebentisch saß der Johann Saritz vor einem Schwarzen.«

»Und was machte der Johann Saritz in Budapest?«

»Du wirst es kaum glauben, aber damals handelte er mit

Pferden. Von Pferden versteht er viel, er reitet auch heute noch jeden Tag, wenn er daheim ist. Er kaufte die Pferde in Ungarn, für ein Spottgeld, wie er selber sagt, dann brachte er sie über die Grenze nach Deutschland oder nach Österreich. Für Reitställe oder so.« Toni hob die Schultern, stand wieder einmal auf, das Glas in der Hand und wechselte den Platz. »Grenzüberschreitende Geschäfte – sagt man so? – waren schon immer seine Spezialität. Dafür hat er ein besonderes Geschick. Auf der Reise damals hatte er wohl gerade eingekauft, denn er erzählte den beiden Mädeln, daß er am selben Abend noch seine Pferde abtransportieren müsse. Pferde, das interessierte die Mama natürlich auch, darüber kamen sie gut ins Reden.«

»Sicher ist sie auch eine gute Reiterin, deine Mama.«

»Das kannst du glauben. Ich reite auch, aber lange nicht so gut wie Mama. Sie reitet im Herbst alle Jagden mit, die sie erwischen kann. Dafür fahr' ich besser Ski.«

»Aha«, sagte Richard und überlegte, in welcher Sportart er brillierte. Er war ein ganz guter Tennisspieler und ein mäßiger Golfer, natürlich ein hervorragender Schwimmer, aber damit konnte er Toni wohl kaum imponieren.

»Sie haben sich also da in dem Café in Budapest kennengelernt, deine Mama und der Herr Saritz.«

»Er kam einfach an den Tisch zu den beiden Mädeln und sagte, wenn er ihnen so zusehe, bekomme er auch Appetit auf ein Stück Kuchen. Ob er ihnen Gesellschaft leisten dürfe, wenn er sich jetzt eins bestelle, und ob sie vielleicht auch noch eins mitessen würden. Die Freundin kicherte, aber die Mama stand auf und sagte empört: Was erlauben Sie sich, mein Herr? Das sagte sie auf ungarisch, was er nicht verstand. Und er sagte auf deutsch: Sie sind bezaubernd, mein Fräulein. Was sie natürlich genau verstand. So fing das an.«

»Und wie ging es weiter?«

»Sie setzte sich wieder hin und aß den Kuchen, den er bestellte, und dann brachte er die Mädels zum Pensionat

zurück. Oder jedenfalls in die Nähe davon. Da hat sie dann eine Lehrerin gesehen, und sie bekamen eine Woche Hausarrest. Am übernächsten Sonntag ging das ganze Pensionat zur Messe in die Matthiaskirche, und da war er auch. Die Pferde hatte er abgeliefert und war eilends zurückgekommen und hatte so lange vor dem Pensionat gewartet, bis er die Mama wiedersah.« Toni seufzte. »Es war Liebe auf den ersten Blick. So etwas gibt es nämlich doch.«
»Ich weiß«, sagte Richard darauf und sah sie eindringlich an.
»Vier Wochen später ging sie mit ihm durch. Und noch amal vier Wochen später, da war der Seppi unterwegs.«
»Sie hat Temperament, deine schöne Mama.«
»Das kannst glauben. Es muß einen riesigen Palawatsch gegeben haben. Erst sollte sie verstoßen und enterbt werden, ganz klar, aber dann, weil sie schwanger war, durfte sie halt heiraten. Es war auch grad eine sehr bewegte Zeit, der Hitler marschierte in Österreich ein, und mein Großvater zog sich grollend nach Nobrogyhaza zurück. Und die Mama wohnte mit dem Herrn Saritz einfach in dem Wiener Stadthaus, war verliebt und glücklich und wartete auf ihr Baby.«
»Beneidenswerter Herr Saritz. Sie muß ein bildschönes Mädchen gewesen sein, deine Mama.«
»Ja.« Toni stand wieder einmal auf, diesmal trat sie hinter Richard und legte beide Hände auf seine Schultern. »Aber sie hat mir immer gesagt: Verlieb dich meinetwegen, aber heirate nur nicht so schnell und unüberlegt.«
»Und diesen Rat hast du befolgt.«
»Bis jetzt, ja.«
»Komm zu mir«, er drehte sich und zog sie auf seinen Schoß.
»Trotz der aparten Herrn, die du gekannt hast, bist du standhaft geblieben.«
Sie bog den Kopf zurück auf seinen Arm, der auf der goldenen Sofalehne lag.
»Was für ein blödes Gewasch von der Isabell. Sie meint den französischen Attaché, der mir vor zwei Jahren auf dem

Opernball den Hof gemacht hat. Aber da war gar nix, außerdem war er verheiratet. Die Isabell war selber scharf auf ihn, so ist das nämlich.«

Er legte die Hand um ihre linke Brust und streichelte sie zärtlich. Dabei merkte er, daß sie nackt war unter dem züchtigen weißen Kleid.

Sie schloß die Augen und murmelte: »Du solltest nicht nur an deine *self control* denken, sondern auch an die meine.«

»Ich denke weder an die eine noch an die andere.«

Er hob den Arm mit ihrem Kopf, bis ihr Mund dicht vor dem seinen war, dann küßte er sie.

Es war der letzte Augenblick, in dem sie sich seiner Umarmung hätte entziehen, aufstehen, weggehen, der letzte denkbare Augenblick, in dem sie hätte Nein sagen können.

Einige Minuten darauf war es zu spät. Da waren ihre Lippen so fest ineinander versunken, ihre Körper so eng aneinander gepreßt, da spürten sie das gegenseitige Begehren so heiß, daß eine Trennung nicht mehr möglich war. Er schob den langen Rock ihres Kleides hoch, auch ihre Beine waren nackt. Seidenglatt und nackt. Nur das kleine goldverzierte Sofa war ein ungeeigneter Platz. Nachdem sie sich eine Weile geküßt hatten, glitt Toni zur Seite und rutschte mit einem Knie auf den Boden. Sie stand auf und sah ihn fast erstaunt an.

Er ließ ihr keine Zeit, sich zu besinnen. Er stand schon neben ihr, umfing sie wieder und zog dabei geübt den Reißverschluß in ihrem Rücken auf. Das weiße Kleid fiel zu Boden.

Jetzt trug sie nur noch einen kleinen weißen Slip.

Er erinnerte sich später daran, daß er gedacht hatte: Seltsam, daß Frauen nie frieren.

Im übrigen war er damit beschäftigt, sich möglichst schnell und unauffällig seines Smokings zu entledigen. Bei Männern war die Entkleidung immer etwas umständlicher.

Sie wartete es nicht ab, ging in ihr Schlafzimmer, und als er ihr gleich darauf folgte, lag sie nackt und lang ausgestreckt auf dem venezianischen Himmelbett.

Er beugte sich über sie.
»Du paßt wie gemalt in dieses Bett hinein. Der Großonkel wäre sehr zufrieden, wenn er dich darin sehen könnte.«
»Ich weiß nicht, ob er grad im Moment mit mir sehr zufrieden wär. Er soll ein sehr sittsamer Mann gewesen sein.«
»Aber das bin ich auch. Du wirst dich noch wundern.«
Er küßte sie von den Lippen bis zu den Fußspitzen, er war bereit, sich und ihr Zeit zu lassen, aber sie bebte vor Verlangen, sie griff nach ihm, zog ihn an sich, sie wollte keine Vorbereitungen mehr, sie wollte ihn.
»Komm!« flüsterte sie. »Komm schnell! Du kannst mir alles andere später zeigen.«
Ihre Vereinigung war vollkommen. So vollkommen, wie es zwei fremden Körpern selten beim erstenmal gelingt, wie zwei Menschen es nur bei uneingeschränkter Hingabe erleben können.
Das erste, was sie danach sagte, und es klang kindlich-erstaunt: »Wir kennen uns noch nicht einmal eine Woche.«
»Doch. Morgen wird es eine Woche sein.«
»Dann ist es heute eine Woche. Denn es ist schon morgen.«
Sie drehte sich mit einem leisen Lachen an seinen Körper, bis sie bäuchlings neben ihm lag, einen Arm über seiner Brust.
»Es hat dich mir ins Haus geregnet, hat die Milly gesagt. Siehst du nun, daß Regen etwas Wundervolles ist?«
Sie war eine heitere Geliebte, zärtlich, verspielt und keineswegs ungeübt, das zu bemerken hatte er in den nächsten zwei Stunden Gelegenheit.
Kurz vor vier schaute sie auf die Uhr. »Du mußt jetzt gehen. Ich muß ein bisserl schlafen, ich fahr doch heut nach Wien.«
»Du kannst doch in dem Zustand nicht fahren.«
»In was für einem Zustand? Mir geht's fabelhaft.«
»Darf ich nicht doch mitkommen?«
»Ach geh, wozu denn? In drei, vier Tagen bin ich zurück, und dann...«, wieder das leise zärtliche Lachen, »dann werd ich sehen, ob du mich noch magst.«

»Und was soll ich tun, die drei, vier Tage lang? Ohne dich?«
»Du wirst spazierengehen, du wirst zum Schwimmen gehen in einen schönen kühlen See, und du könntest auch eine Bergtour machen. Aber nicht zu hoch hinauf, damit dir nichts passiert. Ich will alles an dir heil wiederfinden. Übrigens gibt es übermorgen eine wunderschöne Matinée im Mozarteum, da könntest du auch hingehen.«
»Ich liebe dich, Marie Antoinette. Ich liebe dich ganz unbeschreiblich.«
»Vielleicht wirst du mich einmal lieben. Jetzt bist du verliebt. Aber ich wünsch mir sehr, daß du mich eines Tages lieben wirst. So richtig, vom Herzen heraus. Weißt du, wie das geht?«
»Wirst du mich so lieben?«
»Es könnt sein. Ich glaub fast, es könnt sein.«
Ein wenig unsicher beobachtete er sie, während er sich anzog. Sie war so sicher. Gelassen und überlegen. Kein kleines hilfloses Mädchen, eine Frau, die fest gegründet in ihrer Welt lebte. Anders als jede Frau, die er bisher gekannt hatte. Sie war auch aufgestanden, hatte sich einen blauen seidigen Morgenrock übergezogen und goß noch einen Fingerhut voll Whisky in ihre Gläser.
»Ein kleiner Nightcap. Cheers, darling.«
Das Glas in der Hand, wie schon früher in dieser Nacht, ging sie durch den Raum, streichelte Carlos, der geduldig auf ihr Wiederkommen gewartet hatte.
Ob er wollte oder nicht, Richard dachte: Ob Carlos öfter so etwas erlebt?
Diese Frau verwirrte ihn. Am Anfang hatte sie so mädchenhaft, fast kindlich auf ihn gewirkt. Aber wann würde ein Mann wirklich eine Frau verstehen. Und wahrscheinlich konnte sie gar nicht anders sein; mit dieser Mutter, die er nun kannte, und mit diesem Vater, von dem er nur gehört hatte. Trotz allem Wohlbehütetsein war sie wohl sehr selbständig, sehr selbstbewußt erzogen. Wobei natürlich der Reichtum,

der sie umgab, eine Rolle spielte. Der sie nicht hinderte, sondern eher noch darin bestärkte, eigene Wege zu gehen. Sie hatte gewußt, was sie tat, als sie ihn heraufbat zu einem Whisky. Sie hatte es gewollt.

Wie er gleich darauf erfuhr, hatte sie schon weitergedacht. Sie sagte: »Es gibt in Österreich auch ein paar gute Universitäten. Es gibt in Wien eine Musikakademie. Und es gibt hier in Salzburg das Mozarteum. Ich könnt mir vorstellen, daß das für dich ein paar reizvolle Adressen sind.«

Ein kleiner Ärger stieg in ihm hoch.

»Und wie sollte das vor sich gehen? Es gibt in Österreich sicher auch eine Menge kompetenter Musikwissenschaftler. Mehr als anderswo könnte ich mir vorstellen. Man wird hier kaum auf mich gewartet haben.«

»Man wird sehen.«

»Ich kann mir schon denken, wie du es meinst. So nach dem Motto: Der Papa wird's schon richten. So sagt man doch hierzulande, nicht wahr?«

Sie fing seine kleine Verstimmung mit einem Lächeln auf, trat zu ihm und küßte ihn.

»Oder die Mama. Wie ich schon sagte: Man wird sehen. Hab ich dir eigentlich schon erzählt, daß der Bruder vom Onkel Mucki, das ist mein Onkel Rudolf, in Wien an der Musikakademie unterrichtet? Im Fach Klavier. Er ist auch ein Professor. Wir verstehen uns sehr, sehr gut.«

»Du mußt mir deine Verwandtschaft mal schriftlich geben.«

»Das wäre eine Menge Schularbeiten. Aber im Ernst, der Onkel Rudolf wird sehr begeistert sein, wenn endlich noch ein Musikmensch in die Familie kommt. Für ihn sind wir sowieso jämmerliche Dilettanten. Du hast mich noch nicht klavierspielen gehört.«

Sie nahm es so leicht. Und er war so aufgewühlt. Bewegt. Voller Gefühl. Und Liebe.

»Toni!« Er nahm sie in die Arme. »Liebst du mich wenigstens ein klein wenig?«

»Ich kann's kaum erwarten, bis ich wiederkomme.«

»Laß die Reise nach Wien. Bleib hier. Wir fahren irgendwohin, wo wir allein sind. Vergessen wir alles andere.«

»Weißt du, eines solltest du gleich wissen über mich. Ich tu immer, was ich mir vorgenommen hab. Ich nehm an, das hab ich vom General geerbt. Wenn ich an einer Sache dran bin, dann bleib ich dran, genau wie er. Ich fahr nach Wien und sprech mit ihm. Wenn wir heiraten wollen, muß alles erst geklärt sein. Das willst du doch auch.«

Eigentlich wollte er nur noch eins: sich wieder mit ihr ins Bett legen, in das schöne breite Himmelbett, dort für den kurzen Rest der Nacht schlafen, sie im Arm halten, sie spüren, ihren Atem, ihren Duft, ihren glatten seidigen Körper. Statt dessen saß er kurz darauf in seinem Wagen und fuhr in die Stadt hinein.

Allzulange würde er nicht schlafen können. Dieser Tag war in seinem Hotel als sein Abreisetag gebucht. Der Figaro war seine letzte Vorstellung gewesen, den Tag darauf hatte er abreisen wollen. Am Vormittag hatte er bei der Rezeption gefragt, ob er seinen Aufenthalt um einige Tage verlängern könne, aber man hatte bedauernd den Kopf geschüttelt. Es war die letzte Woche der Festspiele, und die letzte Woche war immer besonders gut besucht. Das Hotel war belegt, in ganz Salzburg würde es schwer sein, ein Zimmer zu finden.

Aber das machte Richard wenig Sorgen. Er würde schon etwas finden, wenn nicht in der Stadt selbst, dann außerhalb. Ein einzelner Mann kam immer irgendwo unter.

Als er ins Hotel kam, zeigte sich, daß das Problem für diesen Tag gelöst war. Zusammen mit seinem Schlüssel überreichte ihm der Nachtportier einen Zettel, auf dem ihm mitgeteilt wurde, daß er sein Zimmer noch für die nächste Nacht behalten könne. Also ausschlafen konnte er wenigstens.

Am nächsten Tag war es vormittags noch trüb, doch gegen Mittag kam die Sonne.

Richard fuhr hinaus zum Wallersee und schwamm weit in den frischen See hinaus.
Wie immer jetzt, wenn er baden ging, mußte er an Carola denken. Sie war keine so ausdauernde Schwimmerin gewesen wie er, aber sie schwamm doch gut und sicher, es war so unglaubhaft, daß sie ertrunken war. Allerdings mochte sie niemals kaltes Wasser. In diesen See hier wäre sie nicht gern hineingegangen. Sie fror so schnell.
Am liebsten badete sie in einem gut temperierten, übersichtlichen Swimmingpool. Im Golfclub zum Beispiel, da war ein Pool, der ihr zusagte, sie zog es immer vor, dorthin baden zu gehen. Nach einiger Zeit jedenfalls, nachdem sie ihre Scheu vor fremden Menschen überwunden hatte. Es war ihr nicht schwergefallen, alle waren reizend und entgegenkommend zu ihr, ihre naive Freude an dem neuen Leben, ihr Staunen über den Luxus, der sie umgab, hatten ihr die Herzen der Kalifornier gewonnen.
Sie hörten es gern, wenn jemand sagte: »Oh, es ist wundervoll hier. Ich habe nie gewußt, daß es auf der Welt so schön sein kann.«
Das waren keine Phrasen. Carola meinte wirklich, was sie sagte. Ihr hatte es gefallen in Amerika, in Kalifornien, in Santa Barbara. Und wäre nicht ihr ewiger Kummer um Britta gewesen, so hätte sie eine rundherum glückliche Frau sein können.
Marie Antoinette Saritz jedoch sagte von vornherein, daß sie in Amerika nicht leben wollte.
Und sie machte bereits Pläne, wie sie Richard Gorwess in geeigneter Position in Österreich unterbringen könnte.
Darüber mußte Richard des langen und breiten nachdenken, als er nach dem Bad in der Sonne lag.
Wie stellte sie sich das vor?
Er war Amerikaner. Er hatte beruflich erreicht, was er sich gewünscht hatte. Möglicherweise würde er eines Tages die Universität wechseln, aber nie hatte er entfernt daran ge-

dacht, nach Deutschland zurückzukehren. Oder gar nach Österreich. Und was hieß überhaupt zurückkehren? Warum dachte er das jetzt? Er war in Berlin geboren, na gut. Aber nun war er Amerikaner, und er fühlte sich sehr wohl dabei.
Österreich ging ihn schon gar nichts an. Wie konnte sie es wagen, über ihn zu verfügen!
Der Ärger, den er in der Nacht schon verspürt hatte, stellte sich wieder ein.
Er liebte sie und wollte sie heiraten. Und hatte gar keinen Gedanken daran verschwendet, daß der Ort, an dem sie leben würden, eine Rolle spielen könnte. Eine Frau ging dahin, wo ein Mann Beruf und Arbeit hatte.
Eine Frau wie Marie Antoinette Saritz nicht. Das war etwas, worüber er sich klar werden mußte. Keine Liebe der Welt würde sie aus Österreich wegbringen, das begriff er an diesem Tag. Und daß sie nun in der vergangenen Nacht mit ihm geschlafen hatte und vielleicht noch an kommenden Tagen und Nächten mit ihm schlafen würde, änderte nichts daran.
Die Familie würde es schon richten, das war ihm auch klar. Sie würden ihm einen passenden Job besorgen, wenn Toni es so wollte. Und möglicherweise, falls Toni auch dies wollte, würde die Familie ihn freundlichst aufnehmen.
»Damned!« Richard fuhr auf, setzte sich gerade hin und starrte wütend auf den blitzenden See hinaus. »Sie muß mit mir kommen, oder sie muß es bleiben lassen.«
Was für ein Gedanke! Nach der letzten Nacht, in der er so glücklich war.
Warum nur mußte es bei ihm immer so schwierig sein, wenn er eine Frau haben wollte.
Er sprang noch einmal in den See und schwamm zum zweitenmal hinaus.
In dem Gasthaus am See aß er vorzüglich und ausführlich zu Abend. Er war wie ausgehungert, das kam wohl von der ganzen Aufregung. Er trank einen halben Liter Wein, danach fühlte er sich besser.

Er verstand Toni ja. Gerade weil er der Sohn seiner Mutter war, verstand er sie. Es gab Menschen, die konnte man einfach nicht verpflanzen, und wenn man es tat, waren sie unglücklich.
Er bestellte eine Mehlspeis, dann einen Kaffee und dachte über einen Kompromiß nach. Wenn sie wenigstens fürs erste mit ihm nach Kalifornien käme, für die nächsten Jahre. Er konnte und wollte seine Arbeit in Santa Barbara nicht aufgeben, jetzt noch nicht. Er hatte Studenten dort mit begonnenen Arbeiten, er hatte eine Verpflichtung übernommen und würde ihr nachkommen. Er hatte selbst ein neues Buch begonnen, über das Mäzenatentum des 17. und 18. Jahrhunderts und seine Auswirkung auf das Musikleben Europas.
Europa, natürlich. Was auch sonst?
Joseph Haydn hatte nun einmal in Wien gelebt und komponiert, der Graf Morzin und der Fürst Esterhazy waren seine Gönner und Mäzene gewesen. So war es eben damals, und was jene Männer, die Geld und Macht besaßen, für die Kultur Europas getan hatten, konnte nicht hoch genug gepriesen werden. Das galt für die bildende Kunst und die Literatur ebenso wie für die Musik. Die großen amerikanischen Mäzene, und die hatte es gegeben, weiß Gott, gehörten einer späteren Zeit an. Daß zu ihrer Zeit kein Haydn, kein Mozart und kein Beethoven mehr leben wollte, dafür konnten sie nichts.
Bevor er nach Salzburg hineinfuhr, kam Richard noch auf die gute Idee, in dem Gasthof nachzufragen, ob wohl ein Zimmer frei sei. Heute und morgen noch nicht, erfuhr er, aber ab übermorgen könne er ein schönes Doppelzimmer mit Balkon und Blick auf den See haben.
»Das reservieren Sie mir bitte. Für Gorwess. Professor Gorwess«, fügte er hinzu, denn er wußte, wie gern die Österreicher einen Titel hörten.
Seine stille Hoffnung, im Hotel eine Nachricht von Toni vorzufinden, erfüllte sich nicht.

Sollte, konnte, durfte er sie anrufen? Er wußte die Nummer zwar nicht, aber die würde sich herausbringen lassen. Es wäre so schön, ihre Stimme zu hören; aber vermutlich würde Marika am Apparat sein. Oder Seppi. Der amüsiert fragen würde: »Ham'S am End Zeitlang nach der Toni?«

Richard verkniff sich den Anruf, saß noch eine Weile an der Bar und ging dann schlafen. Das Schwimmen, der Wein, das Hin- und Herdenken hatten ihn müde gemacht. Er schlief bis kurz vor acht Uhr. Und kaum war er aufgewacht, da fiel ihm ein, was er an diesem Tag tun würde.

Er stand auf, frühstückte, packte seine Koffer, dann bezahlte er die Rechnung und bestieg seinen Wagen.

Er fuhr ins Saritzer Tal.

Jagd II

Er fuhr über die Autobahn nach Bayern hinein, am Chiemsee entlang, vor Rosenheim bog er dann auf die Inntalautobahn ab, Richtung Brenner.

Es war dichter Verkehr, mehr noch auf der Gegenseite, wohl Ferienreisende, die aus Italien zurückkamen. In manchen Gebieten Deutschlands mochten die Schulen wieder anfangen. An Innsbruck vorbei, über die Europabrücke, ein imponierendes Bauwerk, auch für amerikanische Augen, kam er nach Südtirol hinein. Er fuhr nicht stur und verbissen wie vor einer Woche, als er das vermeintliche Sarissertal suchte, er fuhr zügig vorwärts, ohne sich unnötige Gedanken zu machen. Nachgedacht hatte er gerade genug in der vergangenen Woche, im vergangenen Jahr. Zum letztenmal verfolgte er heute die Spur, die ihm Klarheit über Carols Tod bringen sollte. Es befriedigte ihn, daß er es von sich aus tat, auf sich selbst gestellt, ohne Tonis Hilfe, ohne die Genehmigung des Herrn Saritz einzuholen. Auch wenn dessen Burg sein Ziel war.

Im Elefant in Brixen aß er zu Mittag, nahm sich sogar Zeit für einen kleinen Rundgang durch die Stadt, die ihm gefiel. Vielleicht sollte man lieber bleiben, Stadt und Umgebung erforschen, die Versuchung war vorhanden, doch größer war seine Rastlosigkeit, auch der Jagdeifer, der ihn wieder gepackt hatte.

Es war ein warmer Tag, auch wenn der Himmel bewölkt war. Schwül war es, drückend. Er fuhr eine lange Strecke durch das Pustertal, bog dann ab in ein Nebental, von dort zweigte abermals eine Straße ab: Sarizza stand auf dem Schild an der Kreuzung.

Das Leben der Sarizza war kurz, schon an dieser Kreuzung mündete sie in einen anderen Fluß. Aber das Tal, durch das Richard nun fuhr, gehörte ihr. Ein schmales Tal, rechts und links stiegen Felsen empor, dichter Wald, kaum eine Wiese, nur tief unten der kleine wilde Fluß, der sich stürmisch durch die enge Schlucht drängte.

Die Gegend war einsam, lange kam kein Dorf, nicht einmal ein Haus oder ein Hof.

Ob er wieder in die Irre fuhr?

Nach einer guten halben Stunde Fahrzeit öffnete sich jäh das Tal, wurde weit, stieg an, ringsum grüne Weiden, auf denen Vieh stand, dahinter Wald, der die Landschaft wie eine Mauer umgab, im Süden ein gewaltiger Bergrücken, mindestens ein Dreitausender, über den keine Straße führte, wie die Karte auswies. Hier war man wirklich am Ende der Welt.

Das Saritzer Hochtal, das also war es nun wirklich. Und, unübersehbar, rechts auf einer Anhöhe die Burg.

Diesmal fuhr er nicht blindlings darauf los, er hielt an, stieg aus und betrachtete das Bauwerk erst einmal aus der Ferne. Eine schöne Burg. Nicht so groß, nicht so wuchtig, wie die anderen, an denen er auf der Fahrt heute vorbeigekommen war, aber dennoch ein wehrhaftes und wohlgegliedertes Bauwerk: ein Bergfried, trutzig und gedrungen, darunter, niedriger, der Wohnbau mit ganz kleinen Fenstern und ringsherum noch Spuren der alten Schutzmauer.

Richard stieg ein, fuhr weiter und war im Zweifel, was zu tun sei. Die Straße war leer, hier kamen kaum Touristen her. Zunächst führte sie abwärts ins Dorf, das gar nicht so klein war, wie es aus der Ferne gewirkt hatte. Es gab eine Kirche, eine Schule, zwei Gasthäuser, recht moderne Läden, auch ein wenig Industrie war vorhanden, ein Sägewerk und eine Möbelfabrik. In dieser Gegend wuchs weder Wein noch Getrei-

de, hier gab es nur Holz- und Weidewirtschaft; das Holz zum Teil am Ort zu verarbeiten, gab der Bevölkerung Arbeit und Anschluß an die Welt. Im Winter mochten sie dennoch von der Welt hier abgeschnitten sein, wie Toni gesagt hatte.
Richard durchfuhr in langsamem Tempo das Dorf Sarizza, in dem Johann Saritz geboren war und wo er die ersten Jahre seines Lebens verbracht hatte. Kärgliche Jahre waren es sicherlich gewesen. Die Möbelfabrik hatte es damals gewiß noch nicht gegeben. Einen Hof hatte der Vater gehabt, das immerhin verschaffte ihnen Nahrung. Vielleicht hatte Vater Saritz sich nebenbei als Holzfäller verdingt. Dann kam der Krieg, er zog ins Feld, die beiden Kinder blieben allein auf dem Hof, und sie konnten die Wirtschaft kaum weitergeführt haben, der Bub war vier, das Mädchen sechs Jahre alt. Der Hof verkam.
Welcher mochte es gewesen sein? Vielleicht war es kein kleiner, sondern ein großer Hof gewesen, vielleicht ging es ihnen gar nicht einmal so schlecht, solange der Vater noch da war. Auch jetzt sahen die Höfe sauber und gepflegt aus, mehrere neue, ordentliche Häuser waren um das Dorf herum gebaut worden, standen zum Teil noch im Bau.
Eine Welt für sich. Heute anders als in der Kindheit des Johann Saritz, mit mehr Lebenssicherheit versehen, mit besserem Einkommen für die Bevölkerung, auch ans Stromnetz angeschlossen, mit Telefon und Heizung versorgt.
Früher waren sie mit Pferdewagen die enge Straße hinausgefahren in die Welt. Heute brachte das Auto sie in einer Stunde nach Brixen an die Brennerautobahn.
Eine andere Zeit, ein anderes Leben in dieser Zeit. Aber was ging ihn die Jugend des Herrn Saritz an? Warum zögerte er, zur Burg hinaufzufahren. Er hielt mitten im Ort, am Platz vor der Kirche, umfuhr und durchfuhr das Dorf Sarizza, fragte sich selbst, warum er auf einmal am liebsten umgekehrt wäre. Er hatte das Saritzer Tal gesehen, nun konnte er den Wagen wenden und zurückfahren. Er würde hier nicht finden, was er

suchte, genausowenig wie bei der ersten Fahrt. Boris und Britta würden ganz gewiß nicht in diesem versteckten Winkel leben, am End der Welt, wie die Gräfin gesagt hatte. Die berühmte Britta, der weltläufige Boris, die paßten hier nicht her.

Richard riß sich zusammen. Es war nur Feigheit, die ihn im Dorf verharren ließ. Nun war er hier, da oben lag die Burg, jetzt würde er auch hinauffahren.

Der Weg zur Burg war schmal, aber asphaltiert. Es ging um drei enge Kurven, dann fuhr er, an einer offenen Stalltür und zwei Scheunen vorbei, ohne weiteres in den Burghof ein. Ein Hund stürzte ihm bellend entgegen, umkreiste den Wagen, Richard sah sich vor, ihn nicht zu streifen, denn die Einfahrt in den Burghof war schmal. Da sah er auch schon den beigefarbenen Mercedes.

Der Anblick ließ seinen Atem stocken.

Also doch. Er war am richtigen Ort, er hatte sein Wild gestellt. Er drehte langsam die Zündung ab, blieb sitzen, denn das Blut war ihm in den Kopf gestiegen, und sein Herz schlug erregt.

Nichts rührte sich. Nur der Hund bellte, knurrte, als Richard ausstieg, kam aber nicht näher, wich zurück.

Unsicher ging Richard um die Burg herum, bis zur Vorderseite, von wo aus er ins Dorf hinabblicken konnte. Ein friedliches Bild, ringsum die ansteigenden Wiesen, auf denen Vieh graste, dahinter der Wald.

Dann sah er den Mann, der in dem kleinen Gemüsegarten, der sich eng auf der Südseite an die Burg schmiegte, gebückt Unkraut jätete. Das war wohl der Bauer, von dem Toni gesprochen hatte. Richard rief ihm einen Gruß zu, der Mann blickte kaum auf, antwortete in einem unverständlichen Dialekt. Er nahm wohl an, ein Tourist betrachte die Burg aus der Nähe, das mochte manchmal vorkommen.

Es war sinnlos, ihn nach Herrn Jaretzki zu fragen oder nach Señor Descanda oder nach welchem Namen auch immer,

unter dem der Gesuchte hier leben mochte. Der Wagen im Hof verriet, daß er da war.
Noch einmal zögerte Richard vor der hohen schmalen Tür, die in die Burg führte, dann trat er ein.
Es war kühl und dunkel darin, er durchschritt ein leeres Gewölbe und kam in eine große, düstere Halle, die nur von den kleinen, hochangebrachten Fenstern Licht bekam. Er erkannte schwere alte Möbel, nahm vage einige Bilder wahr, der Boden der Halle war mit einem riesigen, offensichtlich kostbaren Teppich bedeckt. Seitlich führte eine steile Treppe aufwärts, bis zu einem Absatz, der wie ein Balkon, wie eine Balustrade über die Breite der Halle reichte, von dort aus mochte dann die Treppe in den Turm führen. Zu erkennen war nichts, es war zu dunkel. Die Halle war leer.
Richard überlegte, was er tun sollte. Ein Gefühl der Beklemmung hemmte jeden weiteren Schritt. Gleichzeitig kam er sich lächerlich vor. Da stand er in einem fremden Haus, wie vor ein paar Tagen schon einmal, und wußte nicht, was er da sollte. Das Jagdhaus im falschen Sarissertal. Die Burg Saritz. Wer sagte ihm eigentlich, daß dies die Burg Saritz war? Es gab viele Burgen hier im Land. Diese hier konnte sich genausogut anders nennen.
Doch er wußte, daß dies die richtige Burg war. Und den Wagen im Hof hatte er schließlich gesehen.
Sollte er wieder »Hello« rufen, wie vor einer Woche? Keine Marika würde hier kommen, nach Apfelstrudel roch es auch nicht. Er räusperte sich, trat zwei weitere Schritte in die Halle hinein, als plötzlich ringsum an den Wänden Lampen aufflammten, starre gerade Leuchter, die den Raum in ein warmes Licht tauchten, das ihn fast blendete, obwohl es nicht überhell war.
»Bienvenido, Profesór Gorwess«, sagte eine Stimme, die er kannte. *»Que sorpresa de verle aquí.«*
Aus einem Lehnstuhl erhob sich Boris Jaretzki, kam auf Richard zu und blieb lächelnd vor ihm stehen.

»Ich muß Ihnen mein Kompliment machen. Sie hätten einen guten Detektiv abgegeben. Ich bilde mir ein, ein erstklassiger Spürhund zu sein. Doch ich muß neidvoll zugeben, daß Sie es mit mir aufnehmen könnten. Wie haben Sie es fertiggebracht, mich hier zu orten?«

»Ich suche Sie seit einem Jahr. Daß ich Sie gefunden habe, dabei half mir allerdings ein glücklicher Zufall.«

»Sie sahen mich vor dem Österreichischen Hof, ich weiß. Ich sah Sie auch. Und ich merkte Ihnen an, daß Sie mich erkannt haben.«

Er strich sich eitel mit der Hand über das nackte Kinn. »Obwohl ich mich verändert habe.«

»Der fehlende Bart? Das konnte mich nicht täuschen, Herr Jaretzki. Oder Señor Descanda, wie Sie sich jetzt nennen. Der spanischen Sprache sind Sie mächtig, wie Ihre Begrüßung bewies. Und wie ich in Fuschl bereits erfuhr.«

Richard war jetzt ganz ruhig, ganz Herr der Situation.

»Alle Hochachtung! Was für beachtliche Talente für einen Musikwissenschaftler.«

»Ich habe Sie nicht nur an jenem Vormittag vor dem Hotel gesehen. Ich sah Sie zwei Tage zuvor im Festspielhaus. Im Rosenkavalier. Ich sah Sie und – Britta.«

»Britta? Da haben Sie sich getäuscht.«

»O nein!« sagte Richard laut und triumphierend. »Ich habe mich da ebensowenig getäuscht wie am Vormittag vor dem Hotel. Britta war bei Ihnen. Sie trug ein grünes Kleid. Und jetzt möchte ich sie sprechen.«

»Sie ist nicht hier.«

»Sie werden nicht erwarten, daß ich Ihnen das glaube. Und ich werde dieses Haus nicht verlassen, ehe ich sie gesprochen habe.« Boris lachte.

»Dieses Haus ist eine alte Burg. Ein höchst verwinkeltes Gemäuer. Falls jemand sich in dieser Burg verstecken will, finden Sie ihn nie. Es gibt unendlich viele Zimmer, Gelasse, Treppen, Nischen, Hohlräume, alles, was Sie wollen. Sie

hätten auch mich nicht gefunden, wenn ich es hätte vermeiden wollen.«
»Ich sah Ihren Wagen im Hof.«
»Ich sah Ihren Wagen im Dorf umherkreuzen und die Straße herauffahren. Es wäre mir Zeit genug geblieben, den Wagen in eine Scheune zu fahren, wo er ohnedies meist steht.«
»Ich hätte den Mann gefragt, der draußen arbeitet.«
»Der Mann weiß gar nichts. Außerdem versteht er Sie nicht, und Sie verstehen ihn nicht. Er spricht ladinisch.«
»Ich nehme an, es ist der Bauer, der hier wohnt. Er wird zumindest wissen, ob ein Freund des Herrn Saritz in der Burg wohnt. Unter welchem Namen auch immer.«
Boris verengte die Augen. »Sie setzen mich immer mehr in Erstaunen, Professor. Sie hätten Detektiv werden müssen.«
»So etwas ähnliches sagten Sie bereits. Aber nachdem Sie sich nun nicht versteckt haben und offenbar bereit sind, mit mir zu sprechen, können wir uns wohl weitere Präambeln ersparen. Wo ist Britta?«
»Nicht hier, ich sagte es bereits. Kann sein, sie war in Salzburg. Kann sein, sie war mit mir im Rosenkavalier. Aber was für einen Grund hätte sie, sich in dieser Burg aufzuhalten?«
»Was für einen Grund haben Sie?«
»Das kann ich Ihnen leicht erklären, *Amigo*. Aber wollen wir uns nicht setzen?« Er wies in jene Richtung, aus der er gekommen war, und Richard folgte ihm.
Um einen schweren Eichentisch stand eine dunkelrote Sitzgruppe, daneben eine Stehlampe, die Boris nun anknipste. Auf einmal wirkte der unheimliche Raum gemütlich.
Boris öffnete einen breiten holzgeschnitzten Schrank.
»Was darf ich Ihnen anbieten, Professor? Einen Cognac, einen Whisky? Oder lieber ein Glas Wein? Ich habe einen herrlichen roten Südtiroler. Ein wirklich hervorragender Wein, nicht das Gesöff, das sie einem in Deutschland als Südtiroler vorsetzen.«

»Danke, ich möchte nichts,« erwiderte Richard steif.
»Sie können ganz beruhigt sein, Professor, ich habe nicht die Absicht, Sie zu betäuben und ins Burgverlies zu werfen. Sie sind nicht der Mann, den ich fürchten müßte.«
»Und wen fürchten Sie?«
»Setzen Sie sich, und ich werde es Ihnen erzählen.«
Er füllte zwei Gläser aus einer Karaffe mit rotem Wein und stellte sie auf den Tisch.
»Ihr Wohl, Professor. Auch wenn ich es nun schon mehrmals gesagt habe: Ich bewundere Ihren Spürsinn. Und ich bin höchst gespannt zu erfahren, wie Sie hierher gefunden haben.«
»Erzählen Sie zuerst. Was machen Sie hier?«
»Nun, wenn Sie so wollen, ich verstecke mich. Für eine Weile jedenfalls. Ich bin das, was man einen Überläufer nennt. Vielleicht haben Sie früher schon vermutet, daß ich kein überzeugter Kommunist bin, das entspräche nicht meinem Wesen. Ich bin eher das, was man einen Opportunisten nennt. Mir ging es nicht schlecht in den vergangenen Jahren, die Welt stand mir mehr oder weniger offen. Doch seit dem Mauerbau ist auch meine Welt sehr viel enger geworden. Und ich werde älter. In letzter Zeit hatte ich das Gefühl, daß man mir mißtraut. Also wurde mir die Welt drüben auch zu gefährlich. Ich möchte für den Rest meines Lebens die Freiheit genießen.«
»Hier?«
»Es ist doch schön hier. Eine wundervolle Landschaft. Eine sehr gesunde Luft. Warum sollte ich mich nicht eine Zeitlang hier erholen? Bis ein wenig Gras über mein Verschwinden gewachsen ist. Ich hätte natürlich bei Ihren Landsleuten um Schutz nachsuchen können. Aber ich fürchte, sehr beliebt bin ich auch bei den Amerikanern nicht.«
»Sie waren ein Doppelagent. Carol hat es immer vermutet.«
»Carola?«
»Britta nannte es so.«

»Ah ja. Nun, auch sie konnte es nur vermuten. Aber ich will nicht leugnen, an der Vermutung stimmt einiges. Ich habe nicht nur ganz komfortabel, ich habe auch nicht ganz ungefährlich gelebt. Man muß bei dieser Tätigkeit ein Gespür dafür haben, wann es aus ist. Ich habe es lange geschafft. Doch da ich keine Lust hatte, in Sibirien zu landen, habe ich mich abgesetzt. Sehen Sie, verglichen mit Sibirien ist dies doch ein sehr angenehmes Fleckchen Erde. Schmeckt Ihnen der Wein?«

Richard hatte sein Glas noch nicht berührt, jetzt nahm er es zur Hand und trank. Er hatte keine Angst mehr vor Boris Jaretzki.

»Ich gebe zu, ein wenig einsam ist es hier. Darum auch der Abstecher nach Salzburg. Was eine Dummheit war, wie sich nun zeigt. Man muß damit rechnen, dort gesehen zu werden. Aber wissen Sie, ich liebe die Musik über alles. In diesem Punkt treffen sich unsere Gefühle. Ich war schon dreimal bei den Salzburger Festspielen, auch nicht offiziell. Ich konnte es immer mit irgendwelchen Auslandsaufträgen verbinden. Meine Auslandsaufträge galten stets der Bundesrepublik oder Österreich. Ein Besuch der Festspiele konnte toleriert werden.«

»Das alles interessiert mich nicht sonderlich. Für meinen Geschmack ist eine Tätigkeit wie die Ihre abstoßend. Ich weiß nicht, wieviel Unheil Sie angerichtet haben, wie viele Menschen Ihretwegen ins Gefängnis gekommen sind oder in das von Ihnen so wenig geschätzte Sibirien. Es ist nicht meine Sache, darüber zu urteilen. Vermutlich werden Sie kaum in Frieden leben können in dieser Freiheit, die Sie suchen. Soviel weiß ich, man ist in den östlichen Staaten sehr hartnäckig, wenn es darum geht, entlaufene Spione wieder einzufangen.«

»Werden Sie mich verraten?«

»Verrat ist nicht mein Geschäft. Und es ist mir gleichgültig, was aus Ihnen wird. Ich habe drei Fragen, die ich Ihnen stellen möchte.«

»Ich höre.«
»Wo ist Britta? Wieso ist Carol gestorben? Warum hat man mich erst verständigt, als sie schon begraben war? Warum habe ich weder Sie noch Britta getroffen, als ich vor einem Jahr nach Berlin kam? Warum nicht, als ich drei Monate später noch einmal dort war? Warum bekam ich auf meine Briefe keine Antwort? Wer hat Carol umgebracht? Und wie zum Teufel kommen Sie auf diese Burg des Herrn Saritz?«
»Das sind nicht drei, das sind acht Fragen, wenn ich richtig gezählt habe. Die letzte will ich zuerst beantworten. Ich kenne Saritz seit vielen Jahren. Wir sind Freunde. Ich habe ihm einmal in einer sehr prekären Situation zur Seite gestanden. Wenn Sie ihn ebenfalls kennen, werden Sie wissen, daß er in der Nachkriegszeit sehr gewagte Schwarzmarktgeschäfte getätigt hat, sowohl in Wien, das ja damals eine Viersektorenstadt war, als auch zwischen der russischen und amerikanischen Zone, was nicht gefahrlos war. Er war immer sehr geschickt, aber einmal geriet er in echte Not. Da ging es nicht nur um Zigaretten und Medikamente, da ging es um, nun, sagen wir, um Menschenhandel. Die Russen lassen sich nicht gern Leute wegnehmen, die sie behalten wollen. Er wurde geschnappt, und man hätte ihn zum Tode verurteilt oder zumindest zu fünfundzwanzig Jahren Zwangsarbeit, eben in Sibirien. Ich habe ihm aus der Patsche geholfen. Das hat er nicht vergessen. Jetzt hilft er mir.«
»Eine rührende Geschichte.«
»Eine zeitgemäße Geschichte. Und eine wahre Geschichte. Wenn es Sie interessiert, erzähle ich Ihnen gern die Einzelheiten. Eine wahrhaft spannende Story.«
»Es interessiert mich nicht. Die dunklen Geschäfte des Herrn Saritz gehen mich so wenig an wie die Ihren, Herr Jaretzki.«
»Descanda, bitte. Am besten, Sie gewöhnen sich gleich daran. Ich habe die Absicht, wenn ein wenig Zeit vergangen ist, nach Südamerika überzusiedeln. Aber, lieber Professor, auch wenn Sie an meinen Geschichten nicht interessiert sind, so

interessiert es mich ganz kolossal, wie Sie alles herausgebracht haben. Kennen Sie Johann Saritz?«
Richard vermied eine Antwort. Statt dessen sagte er: »Herr Saritz hat Ihnen also die Burg als vorübergehenden Wohnsitz zur Verfügung gestellt.«
»So kann man es nennen. Er meinte, ich sei hier sicher, weit genug von jeder Gefahr entfernt. Daß er Ihnen allerdings nun die Adresse verriet...«
»Das hat er nicht. Und um Ihre Neugier zu befriedigen, ich kenne Herrn Saritz nicht.«
»Aber wie, *maldito*...«
»Wollen wir nun zu meinen anderen Fragen kommen?«
»Bitte sehr. Wo Britta ist, weiß ich nicht. Sie war in Salzburg, das ist wahr. Aber es ist schwer, mit ihr umzugehen. Sie ist in einem höchst desperaten Zustand seit dem Tod ihrer Schwester. Sie war es in mancher Beziehung schon zuvor. Seit Jahren war eine gewisse... nun, nennen wir es psychische Störung an ihr bemerkbar. Der Beruf hat sie überfordert. Sie hatte viel Erfolg und bangte dennoch immer vor einem Versagen. Seelisch und nervlich war sie diesem Beruf nicht gewachsen. Talent allein genügt nicht, eine gewisse Härte gehört auch dazu. Nachdem Carola sie verlassen hatte, wurde es ganz schlimm. Sie war selig im vorigen Jahr, als Carola kam. Aber als Carola tot war, war es aus. Sie brach alle Verträge, trat nicht mehr auf, versteckte sich wie ein verwundetes Tier. Ich nahm sie mit nach Moskau. Sie wissen vielleicht, daß ich früher dort gelebt, daß ich dort studiert habe, und ich verfüge heute noch über einige gute Beziehungen. Ich hatte gedacht, sie könne vielleicht eine neue Karriere in Moskau starten. Aber sie war nicht einmal bereit, russisch zu lernen. Also kehrte ich mit ihr nach Deutschland zurück.«
»Bleibt sie auch im Westen?«
»Auch das weiß ich nicht. Sie will auch mit mir nichts mehr zu tun haben. Salzburg war ein letzter Versuch, sie zur Vernunft zu bringen. Ich denke aber schon, daß sie im Westen bleiben

wird, in der DDR hat sie sich unmöglich gemacht. Obwohl man zunächst großes Verständnis hatte für ihren Kummer um Carola.«

Soweit schien alles zu stimmen, was Boris erzählte. Als Richard vor einem Jahr nach Berlin kam, hieß es, Britta liege krank in einem Sanatorium. Das berichtete der Arzt, der ihm auch über Carolas Tod Bericht erstattete, dort draußen in dem Dorf am Seddiner See. Und als er das nächste Mal kam, hieß es, sie sei in Moskau und drehe einen Film.

In Moskau war sie also, aber einen Film hatte sie nicht gedreht. Nun fügte sich das Bild zusammen.

Berlin V

Als ich vor einem Jahr nach Berlin kam, fand ich weder Britta noch Boris vor. Auch war es nicht Britta, die mir Carols Tod mitgeteilt hatte, sondern ein mir unbekannter Arzt, ein Landarzt, der seine Praxis in der Gegend um den Seddiner und Crossiner See zu haben schien. Ich kannte diese Gegend nicht, in meiner Kindheit hatten wir nicht viele Ausflüge gemacht, und wenn, dann meist zur Havel hinaus oder an den Wannsee. Später gehörte dieses Gebiet in die russische Zone, beziehungsweise zur DDR, also bestand kein Anlaß, dort hinzufahren.

Ich wußte nur, daß die nähere und etwas weitere Umgebung von Berlin von seltener Schönheit ist. Und daß die Berliner, die Westberliner, immer darum trauerten, daß diese Erholungsgebiete ihnen verlorengegangen waren.

Am Seddiner See hatte Britta ihre Datscha. Berühmte Künstler genießen gewisse Privilegien in sozialistischen Staaten. Dazu gehört der Besitz eines Autos, einer größeren Wohnung und, mit zunehmendem Einkommen, ein kleines Wochenendhäuschen außerhalb der Stadt, das üblicherweise nach russischem Vorbild als Datscha oder Datsche bezeichnet wird.

Die Datscha hatten sie schon gehabt, als Carol noch bei ihrer Schwester lebte, sie hatte mir oft erzählt, wie schön es da draußen gewesen sei.

»Für Britta ist es ganz wichtig, immer mal für einige Tage ihre Ruhe zu haben und ausspannen zu können. Das grelle Licht

der Scheinwerfer, die Schminke im Gesicht und die unausgesetzte nervliche Belastung, das kann einen Menschen schon ganz schön fertig machen. Ferienreisen, das gibt es bei uns nicht, so wie hier bei euch. An der See ist es überall voll und ungemütlich. Am Seddin-See erholt sie sich immer prima.«
Halb betäubt hatte ich den Flug nach Berlin hinter mich gebracht, noch immer glaubte ich nicht, was die sachliche Mitteilung eines Arztes besagte.
Carol tot? Ertrunken in eben jenem See?
Diese Tatsache hatte ich noch nicht akzeptiert, als ich über den Atlantik flog, als ich in Berlin ankam, auch noch nicht, als ich vor ihrem Grab stand. Nur eine kleine Platte lag da, auf der Carols Namen und Daten standen: Carola Gorwess, geb. Nicolai *14. 10. 1938 †3. 8. 1963.

Carol war tot.
Wie konnte das möglich sein? Vor vierzehn Tagen hatte ich sie in Los Angeles zum Flugplatz gebracht. In einer Woche hatten wir uns in Frankfurt treffen wollen, um gemeinsam nach Bayreuth zu fahren.
Mit einem geliehenen Wagen fuhr ich über den Checkpoint Charlie nach Ost-Berlin und erlebte zum erstenmal, wieviel umständlicher es geworden war, das eingekerkerte Land zu betreten.
Die Datscha am Seddin-See, zu der ich mich durchfragte, war verschlossen. Die Leute in dem Dorf, das in der Nähe lag, konnten mir keine Auskunft geben. Die berühmte Britta Nicolai kannten sie nur von Film und Fernsehen, ins Dorf kam sie nie. Aber sie kannten Carol, die auch früher schon ins Dorf gekommen war, sich auch diesmal hatte blicken lassen und mit dem einen oder anderen gesprochen hatte.
Ich merkte, daß Carol bei den Leuten im Dorf beliebt gewesen war und daß der Unfall sie bewegte, ihnen naheging. Sie blickten mich teils neugierig, teils mitleidig an und sagten, wie leid es ihnen tue.

Ich suchte dann den Arzt in der nahegelegenen Kleinstadt auf, traf aber nur seinen Vertreter an. Der Arzt, der die Praxis betrieb, war auf Urlaub am Schwarzen Meer.
Immerhin konnte mir der Vertreter aus den vorliegenden Unterlagen die gewünschte Auskunft geben.
Carol war im See ertrunken. Sie war in der Nacht geschwommen, noch dazu während eines Gewitters.
»In der Nacht?« fragte ich ungläubig. »Bei Gewitter?«
Das sah Carol überhaupt nicht ähnlich. Sie schwamm ganz gut, aber sie ging am liebsten in Wasser, das klar und durchsichtig war. Selbst im Meer zu baden, kostete sie immer einige Überwindung.
»Sie wäre nie in der Nacht in einem See geschwommen«, sagte ich heftig und empört.
Der sehr junge Arzt zuckte die Achseln.
»Ich kann Ihnen nicht mehr dazu sagen, ich war ja nicht hier. Aber mein Kollege hat es so vermerkt. Es gibt sicher auch eine Polizeiakte zu dem Fall, vielleicht sollten Sie sich dort noch einmal erkundigen.«
Auch dort erhielt ich keine andere Auskunft. Dann begann die Suche nach Britta. Bei der Beerdigung sei sie nicht zugegen gewesen, erfuhr ich, sie lag mit einem totalen Zusammenbruch in ihrer Datscha, der Arzt, das war noch der ansässige Arzt, besuchte sie täglich, von dort kam sie in ein Sanatorium. Wo – konnte mir keiner sagen. Auch nicht in Berlin, nachdem ich dorthin zurückgekehrt war. Brittas Wohnung stand leer, im Theaterbüro wußten sie nichts, es waren auch gerade Theaterferien. Die DEFA konnte keine Auskunft geben, ein Film mit der Nicolai stand momentan nicht auf dem Drehplan, der nächste würde Ende September beginnen.
Schließlich, nach allerlei Umständlichkeiten, gelang es mir, in Potsdam den Major Nicolai zu sprechen. Eine Frau Nicolai gab es nicht mehr, sie waren geschieden.
Der Major hatte der Beerdigung seiner Tochter beigewohnt, Neues konnte ich auch von ihm nicht erfahren.

Die Haltung des Majors, der übrigens sehr gut aussah, dem unbekannten amerikanischen Schwiegersohn gegenüber war starr, ein wenig feindselig, aber sehr korrekt.
»Ein trauriger Anlaß für eine erste Begegnung«, sagte er. »Ich hätte mir gewünscht, Sie hätten mit mir gesprochen, ehe Sie Carola nach Amerika entführten.«
»Es war mir niemals möglich, Sie zu treffen, Herr Major. Und entführt ist nicht ganz der richtige Ausdruck. Hätten Sie Carola denn erlaubt, mit mir zu reisen?«
»Nein.«
Der Major hatte seine Tochter nicht mehr wiedergesehen. Die erste Zeit während ihres Aufenthaltes am Seddin-See war der Major dienstlich verhindert; außerdem, so erzählte er, fahre er nicht dort hinaus, er hätte Carola sowieso in Berlin getroffen. Das Verhältnis zwischen Britta und ihrem Vater war nicht besonders gut, genaugenommen bestand es gar nicht. Auch das wußte ich, so hatte es Carola berichtet. Das war es ja eben, was Carola immer soviel Kummer bereitet hatte, daß Britta auf der ganzen Welt wirklich keinen Menschen hatte, der zu ihr gehörte, den sie liebte, dem sie vertraute, keinen außer ihrer Schwester.
»Ich habe sie im Stich gelassen. Ich bin so gemein«, das mußte ich oft hören, und später, nach meiner Rückkehr nach Santa Barbara, als ich Brittas Briefe las, wurde mir vieles klar. Bei meinem Gespräch in Potsdam mit dem Major fragte ich noch: »Hätten Sie Carola denn verziehen, daß sie vor zwei Jahren abreiste, ohne Abschied zu nehmen?«
»Daß sie floh, wollen Sie sagen? Nein, ich glaube, ich hätte es nicht verziehen. Ich bin vielleicht etwas starrsinnig, ich gebe es zu. Ich hing an Carola, auch wenn wir uns später selten gesehen haben. Sie war ein sehr liebenswertes Kind. Anders als ihre Schwester, die immer Schwierigkeiten machte. Aber Carola war die einzige, die mit Britta auskam. Sie wissen ja, daß die Kinder, als sie klein waren, sehr lange Zeit sich selbst überlassen waren.«

Am Schluß, ehe wir uns trennten, fragte mich der Major: »War sie glücklich mit Ihnen? Glücklich – da drüben?«
»Ich denke, ich kann diese Frage mit Ja beantworten«, erwiderte ich ihm. »Einzig die Trennung von Britta bereitete ihr immer Sorgen. Deswegen kam sie jetzt auch nach Berlin. Um sich endlich mit Britta zu versöhnen.«
Der Major nickte.
»Nun ist sie tot. Der Tod fragt nicht danach, ob wir bereit waren zu verzeihen und zu verstehen. Er läßt uns im Unrecht zurück.«
Wir verabschiedeten uns eigentlich ganz freundlich. Es würde die einzige Begegnung zwischen uns bleiben.
Schon an der Tür, fragte ich: »Wissen Sie zufällig, wo ich Boris Jaretzki erreichen kann?«
»Ich weiß es nicht. Wir stehen schon lange nicht mehr in Verbindung. Ich habe ihn bei der Beerdigung gesehen. Aber nicht gesprochen.«
Ich hütete mich vor jeder weiteren Frage.
Erst mein Gespräch mit Boris Jaretzki alias León Descanda auf der Burg Saritz ließ mich klarer sehen. Offenbar war Jaretzki wirklich in Ungnade gefallen, ein Offizier der Nationalen Volksarmee enthielt sich des Umgangs mit ihm. Es schien zu stimmen, was er mir erzählt hatte.
Ich kam drei Monate später wieder nach Berlin, inzwischen kannte ich die Briefe. Mein kleines Haus war leer, das Lachen, das Geplauder Carols fehlten mir, ihre zärtliche Liebe, ihre stürmischen Umarmungen.
Auf meine Briefe an Britta hatte ich keine Antwort erhalten. In Berlin bekam ich also mühevoll einige Auskünfte zusammen. Sie hatte den Film im September abgesagt, hatte alle Verträge gelöst, spielte in diesem Winter auch nicht am Theater. Sie sei in Moskau, arbeite dort. Das war das einzige, was ich bei der DEFA erfuhr, aber näheres wußten sie auch nicht. Jeder Mensch, der sich meine Situation einmal klar macht, muß meinen Zorn, meine Wut auf Britta Nicolai

verstehen. Was immer sie gegen mich hatte, der Tod ihrer Schwester hätte ihren Haß ersticken sollen. Sie war mir zumindest eine Auskunft schuldig. Schließlich ist es auch verständlich, daß ich immer mehr dazu neigte, an ein Verbrechen zu glauben. Und wenn Carol eines gewaltsamen Todes gestorben war, dann konnten nur Britta und Boris Jaretzki die Schuld daran tragen.

Mit diesen Gedanken hatte ich mich ein Jahr lang herumgeschlagen, mit diesen Gedanken saß ich Boris auf der Burg Saritz gegenüber.

Burg Saritz

»Wie starb Carola?«

»Soviel ich weiß, hat man es Ihnen mitgeteilt. Sie ertrank im Seddin-See, nachts bei einem Gewitter.«

»Zum Teufel, das glaube ich nicht. Ich kenne sie schließlich gut genug. Sie wäre niemals nachts in einen See gegangen. Noch dazu bei Gewitter.«

»Ich war nicht dort, ich kann es Ihnen nicht sagen. Es war zunächst kein Gewitter, wie mir Britta erzählte, das Gewitter kam erst, und zwar schnell, als Carola weit hinausgeschwommen war.«

»Ich glaube es nicht«, wiederholte Richard hartnäckig. »Mit oder ohne Gewitter, sie wäre nachts nicht in einem See geschwommen. Nicht Carol. Sie hatte Angst vor undurchsichtigen Gewässern. Das *weiß* ich.«

»Was glauben Sie dann? Daß Britta sie ins Wasser geworfen hat? Das können Sie im Ernst nicht denken. Gut, es gab wohl zahllose Auseinandersetzungen zwischen den beiden. Denn Britta hatte es Carola nicht verziehen, daß sie fortgegangen war, sie wollte, daß Carola bei ihr blieb.«

»Und weil sie nicht bleiben wollte, hat sie sie ertränkt!«

»Unsinn. Soviel ich herausbekommen habe, stritten sie sich heftig. Carola lief zornig aus dem Haus und ging schwimmen. Und kam nicht zurück. Britta rief mich in der Nacht noch an, ich war zufällig in Berlin, und ich fuhr sofort hinaus, setzte alles in Bewegung. Aber es war zu spät. Man fand sie erst am nächsten Tag. Ich veranlaßte den Arzt, Ihnen zu berichten.«

»Das hat er getan. Aber ich muß Ihnen noch einmal sagen, Boris Jaretzki, ich habe es nicht geglaubt, und ich glaube es jetzt nicht. Es sah Carol nicht ähnlich, mitten in der Nacht in einem See zu baden. Und wenn Sie wollen, wiederhole ich Ihnen diesen Satz noch hundertmal. Es ist vollkommen unglaubwürdig, daß sie in ein dunkles Wasser gegangen wäre. Freiwillig. Ich glaube nach wie vor, daß ein Verbrechen begangen wurde. Und ich glaube, daß Sie die Hand im Spiel hatten.«

Boris sprang jäh auf, blankes Entsetzen im Blick, das nicht gespielt wirkte. Das erste Mal während des Gespräches, daß er Richard glaubwürdig erschien.

»Ich? Professor Gorwess, das können Sie im Ernst nicht von mir denken. Nicht von mir. Sie wissen, wie ich zu den beiden Mädchen stand, seit ihrer Kindheit. Und besonders Carola liebte ich. Ich liebte sie wie ein eigenes Kind.«

»Ich weiß genau, daß Sie sich nicht mit einer Vaterrolle begnügten.«

»Nun gut, ich gebe es zu. Keine Vaterrolle. Aber dennoch habe ich Carola sehr liebgehabt, in welcher Rolle auch immer. Keinem konnte ihr Tod nähergehen als mir. Warum hätte ich sie töten sollen?«

»Aus Rache. Weil sie geflohen war. Auch vor Ihnen.«

»Das ist absurd.«

Boris stand dicht vor Richard, die höfliche Maske war von seinem Gesicht abgefallen, er war erregt und wirklich entsetzt. »Ich will Ihnen die Wahrheit sagen. Ja, ich habe Carola geliebt. Ich habe sie aufwachsen sehen, und es kam eine Zeit, als sie mir näher stand als jeder andere Mensch. Ich wußte um den Altersunterschied, ich wußte, daß ich sie nicht für immer halten konnte. Und ich gebe zu, es hat mich gekränkt, daß sie auf und davon ging. Ihretwegen. Aber andererseits habe ich ihr, gerade ihr, das neue Leben in der Freiheit gegönnt. Ich selber wollte in den Westen, damals schon. Ich hätte gern einen Weg gefunden, sie mitzunehmen. Sie ging ohne mich.

Sie liebte Sie, Professor Gorwess, immer schon, seit sie ein Kind war. Ich mußte es hinnehmen. Aber ich hätte Carola niemals, ich wiederhole: *niemals* ein Leid getan.«
»Dann war es Britta. Wo ist sie?«
Boris wandte leicht den Kopf, doch er hob nicht den Blick. Dennoch hatte Richard die Bewegung oben auf der Balustrade bemerkt.
Er blickte hinauf. Da stand jemand. Eine Frau. Er sah das rote Haar.
»Britta!« schrie er.
Er sprang so heftig auf, daß der Sessel umfiel. Wütend fuhr er Boris an: »Sie haben mich belogen. Sie lügen die ganze Zeit, seit ich hier sitze.«
Er wollte zur Treppe, Boris hielt ihn fest.
»Verschwinde!« rief er scharf nach oben. »Verschwinde sofort!«
Richard wehrte sich gegen Boris, der ihn fest umklammert hielt, sie rangen keuchend. Richard war stark und viel jünger, doch Boris war ein geschulter *fighter*, er kannte harte Griffe. Richard stöhnte und wich zurück.
Britta kam langsam die Treppe herab.
»Laß ihn los«, sagte sie im Heruntergehen. »Es ist sinnlos, das siehst du doch. Er ist nun einmal da.«
Sie war am Fuß der Treppe angelangt und blieb dort stehen.
»Es ist gut, daß er da ist. Endlich ist er da. Ich wußte, daß er eines Tages kommen würde.«
Boris ließ Richard los, spreizte alle zehn Finger und schüttelte die Handgelenke.
Und dann, ohne noch das geringste Anzeichen von Erregung zu zeigen, setzte er sich, zündete sich eine Zigarette an und griff nach seinem Glas.
»Wie du willst«, sagte er.

Langsam ging Richard zur Treppe. Da stand die Frau mit dem roten Haar und blickte ihn stumm an.

Er stand vor ihr, regungslos, starrte ihr ins Gesicht.
»Carol!« flüsterte er.
Mit einer flehenden Gebärde hob sie beide Hände, ohne ihn zu berühren. Ihr Gesicht war totenbleich unter dem roten Haar, ihre weit geöffneten Augen füllten sich mit Tränen.
Er hob die Hand, die rechte, wies auf ihren Mundwinkel.
»Der Leberfleck.«
»Wegoperiert. Das wollte ich ja immer. Du kannst die Narbe noch sehen.«
Sie sank vornüber, gegen ihn, er fing sie auf und hielt sie fest. Sie schluchzte verzweifelt, es schüttelte sie wie ein Krampf, er nahm sie fester in die Arme.
»Carol«, flüsterte er in das fremde rote Haar. »Aber warum? Carol, warum? Erklär mir, warum du mich so fürchterlich belogen hast. Ich verstehe es nicht. Hör bitte auf zu weinen. Sag mir, was geschehen ist. Haben sie dich mit Drogen betäubt?«
Das Schluchzen hörte auf. Einen Atemzug lang blieb sie stumm und starr in seinen Armen. Dann hob sie ihr tränennasses Gesicht und sah ihn an.
»Ich«, sagte sie. »Ich war es. Ich habe Britta getötet. Sie war die Tote im See.«
Es vergingen Minuten, ohne einen Laut, ohne eine Bewegung. Richard war erstarrt, Carol schien nicht mehr zu atmen. Dann kam Boris' Stimme.
»Genug der Dramatik. Komm her, Carola, setz dich. Keine hysterische Szene, davon hatten wir genug. Du bist froh, daß er es nun weiß. Professor Gorwess, kommen Sie her und bringen Sie Carola mit.«
Sie kam wirklich mit. Richard hatte den Arm um ihre Schultern gelegt, er spürte, wie sie zitterte, aber sie ließ sich an den Tisch führen und setzte sich in einen der Sessel, den Kopf gesenkt.
In Richard stritten Entsetzen mit Erbarmen, Verständnislosigkeit mit Wut.

Er blieb stehen und blickte auf das nun wieder glatte, unbewegte Gesicht von Boris.
»Sie haben mich also von vorn bis hinten belogen, seit wir hier sitzen. Diese ganze rührende Geschichte war erfunden.«
»Nur zum Teil. Eine Tote lag im See. Und die Schwester der Toten lag in der Datscha auf dem Boden und schrie. Sie wollte sich töten. Ich war da, als es geschah. Nicht in Berlin. Das also war eine Lüge. Ich hinderte Carola daran, sich selbst umzubringen. Sie bekam daraufhin allerdings Drogen von mir, das ist richtig. Sie war nicht in einem Sanatorium, sondern in meiner Wohnung. Wir hatten die Polizei auf dem Hals, ich selbst färbte ihr Haar. Nicht nur Carola, auch ich geriet in ein merkwürdiges Licht. Ein weiterer Grund, Professor Gorwess, warum ich nicht in die DDR zurückkehren wollte. Der Totenschein des Arztes war in Ordnung. Carola Gorwess war im See ertrunken, Britta Nicolai mit einem Nervenzusammenbruch in einem Sanatorium verschwunden. Aber ich wußte, daß Zweifel bestanden. Nicht an der Identität der Toten. Aber am Hergang des Geschehens. Ich verschwand deshalb so schnell wie möglich mit Carola aus Berlin. Die Möglichkeiten dazu standen mir noch immer zur Verfügung, nur leider war es mir nicht möglich, gleich in den Westen zu gelangen. Moskau schien mir der sicherste Platz. Ich habe dort Freunde.«
»Und warum«, fragte Richard heiser, und er sah Carola an, »warum hast du Britta getötet? Und wie?«
Carola senkte den Kopf noch tiefer, sie gab keine Antwort.
»Wenn Sie mir erlauben, die Antwort inzwischen zu übernehmen, Professor? Carola wird Ihnen später, wenn sie sich beruhigt hat, die Einzelheiten erzählen. Komm, Kind, trink einen Schluck Wein, das wird dir guttun.«
Er stand auf, holte ein Glas aus dem Schrank, goß den roten Wein ein und reichte es Carola.
Sie wandte mit einem Ruck den Kopf ab, Boris seufzte und stellte das Glas vor sie auf den Tisch.

»Zum Dank dafür, daß ich ihr geholfen habe, haßt sie mich nun. Normalerweise säße sie jetzt in der DDR im Zuchthaus. Ich bin ein einfallsreicher Mann, das wird man zugeben müssen. Also habe ich überlegt, wie ich ihr helfen könnte.«

»Was hat sie denn getan?«

»Sie hat Britta erschossen. Eine Pistole hatten sie in der Datscha, die hatte ich Britta gegeben, weil sie immer ängstlich war, wenn sie allein draußen schlief. Ich hatte ihr geraten, sich einen Hund anzuschaffen, aber Britta mochte keine Hunde. Sie mochte nichts und niemand auf der Welt, weder Mensch noch Tier, nur ihre Schwester Carola. Professor, glauben Sie mir, sie war krank. Sie war es, die Carola mit der Pistole bedrohte. Sie wollte sie zwingen, bei ihr zu bleiben. Sie hatte Carolas Paß zerrissen, sie hatte ihre Sachen versteckt, sie gebärdete sich wie eine Wahnsinnige. Übertreibe ich, Carola?«

Jetzt blickte Carola ihn an, dann schüttelte sie den Kopf.

»Nein. So war es. Sie war fürchterlich, Richard. Ich hatte Angst vor ihr. Einmal sagte sie, sie würde sich umbringen, wenn ich wieder zu dir führe. Dann sagte sie, sie würde mich umbringen. Es war die Hölle. Nach acht Tagen wollte ich weg. Dann kam Boris, sie beherrschte sich ein wenig, es wurde besser. Er blieb zwei Tage, dann waren wir wieder allein, und es ging weiter wie vorher. Immer schlimmer.«

»Ich hatte so etwas befürchtet«, fuhr Boris fort, als Carola schwieg. »Darum fuhr ich nach fünf Tagen wieder hinaus. Inzwischen war Britta dem Wahnsinn nahe. Sie *war* wahnsinnig. Und an jenem Abend holte sie die Pistole. Sie bedrohte Carola, sie bedrohte mich, sie richtete die Waffe gegen sich. Draußen tobte ein Gewitter, wir waren alle am Rande unserer Nervenkraft angelangt. Britta stand vor uns wie eine Irre, sie richtete die Pistole auf uns und schrie: Ich erschieße euch alle beide, dann bringe ich mich selbst um. Ich schlug ihr die Pistole aus der Hand, sie flog durch das Zimmer.«

»Und ich«, berichtete Carola weiter, nun auf einmal ganz

ruhig, »hob sie auf und schoß. Schoß auf Britta. Die Pistole ist nicht losgegangen beim Kampf, Richard. Der Schuß hat sich nicht zufällig gelöst. Ich habe sie ganz klaren Kopfes erschossen. Ich konnte nicht mehr.«

»Nicht klaren Kopfes«, sagte Boris, »den hattest du nicht mehr. Aber du hast sie erschossen. Ja. So war es.«

Es blieb eine lange Weile still. Richard kam es vor, als träume er, als müsse er jeden Augenblick erwachen aus diesem grauenvollen Alptraum.

Der Gedanke schoß ihm durch den Kopf: Warum mußte ich das Saritzer Tal suchen? Ich hätte es nie erfahren.

»Und sie war gleich tot?« fragte er dann, nur um die Stille zu unterbrechen.

»Es war ein Zufallstreffer. Ein glatter Herzschuß. Kein Blut. Ich überlegte eine Weile, zog sie dann aus, ruderte sie ein Stück auf den See hinaus und warf sie ins Wasser. Es ging mir darum, Carola zu retten. Genaugenommen war sie das Opfer, und ich sah nicht ein, warum sie einen furchtbaren Prozeß durchmachen sollte, um schließlich im Gefängnis zu landen. Sehen Sie, Professor, Sie mögen halten von mir, was Sie wollen, aber ich hatte in meinem ganzen Leben sehr viel Sinn für Gerechtigkeit. Das Schicksal hat es im Grunde mit Britta gut gemeint. Sie hatte eine große Karriere gemacht, sie war schön und berühmt, sie hatte Geld genug und für die Verhältnisse drüben ein herrliches Leben, dennoch hat sie immer und immer nur ihre Umgebung gequält und gepeinigt. Am meisten Carola. Britta war eine unheilbare Egoistin und Tyrannin. Carola hätte nie zurückkommen dürfen. Wenn ich mir einen Vorwurf machen muß, dann den, daß ich Ihnen das nicht geschrieben habe. Lassen Sie Carola niemals wieder nach Deutschland zurück, das hätte ich Ihnen sagen müssen.«

»Ich kann trotzdem nicht begreifen, wie Sie mit dieser Geschichte durchgekommen sind. Als man sie fand – hat man denn den Einschuß nicht gesehen?«

»Der Arzt sah ihn.«
»Und?«
»Ich habe ihn bestochen.«
»Mein Gott!« flüsterte Richard erschüttert. »Das kann es doch nicht geben.«
»O doch, Professor. Es gibt vieles auf dieser Erde, wovon Sie sicher nichts wissen. Auf irgendeine Weise sind alle Menschen käuflich. Nicht unbedingt mit Geld. Der Arzt bekam kein Geld von mir, sondern etwas, das ihm weit wertvoller war: die Freiheit.«
»Die Freiheit?«
»Ja. Ich ermöglichte ihm die Ausreise in den Westen. Über Rumänien kam er heraus. Ich habe ihm ehrlich erzählt, was geschehen war. Kam hinzu, daß er Carola liebte. Er kannte sie schon von früher, ehe sie nach Amerika ging. Und er wußte, wie sich Britta benahm. Er war schon einige Male in der Datscha gewesen, wenn Britta ihre hysterischen Anfälle bekam, nach Premieren, nach schwierigen Drehtagen oder auch, beispielsweise, wenn ein Brief von Carola kam. Ein Brief, in dem Carola schrieb, daß sie glücklich sei.
Brittas Körper wurde verbrannt. Also kam eine Exhumierung nicht in Frage. Der Arzt war nicht mehr da. Wir waren nicht mehr da. Es klappte alles wunderbar. Ich schmeichle mir, daß ich ein Meisterstück geliefert habe. Aber ich will gern gestehen, daß ich während der Monate, die wir in Moskau verbrachten, große Angst ausgestanden habe. Carola mußte die Rolle ihrer Schwester spielen. Sie spielte sie manchmal gut, manchmal auch schlecht. Mal war sie mir dankbar, mal haßte sie mich.«
»Ich hasse dich nicht«, murmelte Carola. »Ich weiß, was du für mich getan hast. Ich weiß, was ich getan habe. Ich war nur verzweifelt. Richard.« Sie sah ihn an, ihre Augen füllten sich wieder mit Tränen. »Ich wußte, daß ich dich nie wiedersehen würde. Ich wußte, daß ich eigentlich auch tot war. Denn ohne dich gibt es für mich kein Leben.«

Sie griff mit zitternder Hand nach dem Glas und leerte es bis auf den letzten Tropfen. Stellte es mit einer so heftigen Gebärde auf den Tisch zurück, daß es umfiel, warf den Kopf in den Nacken und lachte grell. »Und jetzt bist du da.« Tränen liefen ihr über das Gesicht, und noch immer lachte sie. »Du bist da. Und weißt nun alles.«

Boris sah sie an, und Richard las in seinem Blick tiefes Erbarmen. Boris war kein Feind mehr. Er war Carolas Freund. Und er liebte sie.

Richard stand auf, ging mit großen Schritten durch den Raum, griff sich mit der Hand an den Kopf, er war total verwirrt und außer sich.

Dann kam er an den Tisch zurück, blieb stehen, zündete sich eine Zigarette an, und wieder kam ihm der Gedanke: Warum mußte ich das Saritzer Tal suchen? Ach, Marie Antoinette ...

Er sah ihr Gesicht vor sich, als sie selbstvergessen in seinen Armen lag, spürte ihre Küsse, ihren Körper an seinem. Er hatte sie verloren. Denn er hatte noch eine Frau. Eine Frau, die er ja *auch* liebte und die nichts nötiger brauchte als seine Hilfe.

Auch er griff nun nach dem Glas und trank.

Boris, zurückgelehnt, sah ihm zu, sagte dann: »Wir trinken viel, alle beide. Es hilft ein wenig. Carola nimmt Beruhigungstabletten, aber keine Drogen mehr. Wenn die Zeit vergeht ...«

»Ach, was weißt denn du«, sagte Carola wegwerfend. »Die Zeit kann mir nicht helfen.« Sie hielt Boris das leere Glas hin, er füllte es. Sie trank es diesmal halb leer, blickte dann zu Richard auf, der immer noch vor dem Tisch stand.

»Gib mir auch eine Zigarette, bitte. Danke.« Als sie brannte, sprach sie ganz ruhig, ganz sachlich, ohne Tränen.

»Richard, dir alles zu erklären, ist unmöglich. Tatsache ist, daß ich meine Schwester getötet habe, es war Mord. Boris hat diesen Mord vertuscht. Der Preis dafür war mein Tod. Ich bin tot und lebe das Leben meiner Schwester. Oder nein, das stimmt nicht, es ist ein anderes Leben. Ich kann nicht zurück nach Berlin, denn ich bin nicht Britta Nicolai. Ich kann nicht zu dir nach Santa Barbara, denn für dich bin ich tot. Carol Gorwess gibt es nicht mehr. Ich weiß eigentlich nicht, wer ich jetzt bin. Ich weiß auch nicht, wie ich weiterleben soll. Aber ich bin nicht verrückt. Britta war verrückt, ich bin es nicht. Ich werde es vielleicht eines Tages sein. Denn ich weiß nicht mehr, wo ich hingehöre. Ich habe keine Heimat, kein Zuhause. Ich bin gar nicht vorhanden.«

»Du hast mich«, sagte Boris. »Wir gehen nach Südamerika. Du wirst dort in Frieden und in Freiheit leben können.«

»Mit dem Gedanken an Richard, den ich liebe und bei dem ich nicht mehr sein kann.« Sie lachte wieder, dieses schreckliche, grelle Lachen. »Und mit dem Gedanken an Britta, die ich getötet habe und die mir nachts im Traum erscheinen wird. Erst manchmal, dann öfter, dann jede Nacht. Bis ich auch verrückt bin. So wird es sein.«

Sie trank ihr Glas aus. Schwieg.

Richard fuhr sich mit beiden Händen durchs Haar. Seine Schulter, die Boris bei ihrem kurzen Kampf verrenkt hatte, schmerzte. »Und was sollen wir tun?« fragte er ratlos.

»Ich hätte für den Moment nur einen vernünftigen Vorschlag zu machen«, sagte Boris. »Wir versuchen alle, uns zu beruhigen. Wir versuchen uns wie normale Menschen zu benehmen. Sehen Sie, Professor, Carola war in letzter Zeit schon manchmal sehr umgänglich und friedlich. Ihr Auftauchen hier hat natürlich ihren Zustand nicht verbessert, wenn Sie mir nicht böse sind, daß ich das sage. Verdammt noch mal«, schrie er plötzlich und sprang auf, »wären wir doch bloß nicht nach Salzburg gefahren. Ich dachte, es würde sie ablenken. Es würde ihr ein wenig Freude machen. Warum habe ich nicht daran gedacht, daß Sie in Salzburg sein könnten?«

»Sie haben soeben vorgeschlagen, daß wir uns beruhigen sollen. Also bitte.«

»Ich muß eines wissen. Eines muß ich wissen.« Boris trat

dicht vor Richard hin und blickte ihm fordernd in die Augen. »Wie kommen Sie hierher?«

»Ja«, sagte Richard und wendete sich ab. »Wie komme ich ins Saritzer Tal. Ins Sarissertal. Das ist eine Geschichte für sich. Sie sind sehr schnell aus Fuschl abgereist, Boris Jaretzki. Schnell wie der Wind.«

»Ich mußte damit rechnen, daß man Ihnen im Österreichischen Hof sagte, daß ich in Fuschl wohne. Ich habe gelernt, daß man seine Worte gut überlegen soll. Einmal habe ich zuviel geschwatzt. Ich hätte im Österreichischen Hof nicht sagen sollen, daß ich im Schloßhotel am Fuschlsee wohne. Sie waren so betrübt, daß ich diesmal nicht bei ihnen wohnte. Oder sie taten jedenfalls so.«

»Zweimal haben Sie zuviel geschwatzt. Sie hätten das Jagdschloß im Saritzer Tal nicht erwähnen sollen.«

»Wo und wann hätte ich von Burg Saritz gesprochen?«

»Im Hotel am Fuschlsee. An der Bar. Sie sprachen zu einem anderen Gast davon, daß Sie in Ihr Jagdschloß im Saritzer Tal fahren wollten. Das sagte mir freundlicherweise ein fremder Herr, als ich beim Portier nach Ihnen fragte. Der Portier konnte mir keine Auskunft geben, aber dieser Mann, der Sprache nach offenbar ein Berliner, mischte sich ein und gab mir diese Auskunft. Allerdings verstand ich ihn falsch, ich verstand Sarissertal, zugegeben, das klingt so ähnlich, und ich irrte mich in der Richtung.«

»Ich habe zu keinem Mann in der Bar von einem Schloß gesprochen. Ich habe das Saritzer Tal mit keinem Wort erwähnt. Wie sah dieser Mann aus?«

»Das kannst du dir doch denken«, sagte Carola. »Es war Wengler.«

Sie blickte Richard an. »Ein großer blonder Mann mit einem treuherzigen Ausdruck im Gesicht, ja?«

»So ungefähr«, gab Richard verwirrt zu. »Sehr genau habe ich ihn mir nicht angesehen. Ich war in Eile.«

»So ist das also«, sagte Boris langsam. »Du hast ihm erzählt, wo wir zur Zeit stecken. Bist du verrückt? Warum hast du das getan?«

Sie hob die Schultern.

»Ich weiß, daß er in dich verliebt ist. Er hat dich doch sicher noch einmal gefragt, ob du nicht mit ihm gehen willst.«

»Ja. Er hat mich gefragt. Am Abend bevor wir abreisten. Am Tag nach dem Rosenkavalier. Ich war hinuntergegangen an den See, du saßest mit diesem Spanier in der Bar, und ich sagte, ich wolle schlafen gehen, aber ich ging zum See. Der See war dunkel und sicher sehr tief, ich dachte darüber nach, wie es sein müßte, darin zu ertrinken.«

»Sie ist nicht ertrunken. Also hör auf mit dem Gefasel. Was war mit Wengler?«

»Er kam mir nach. Er sagte, daß er mich liebe und daß er mir helfen könne. Nur er könne es, er sei schließlich Arzt. Ich solle mit ihm kommen. Du würdest mich zugrunde richten.«

»Das war sein Dank. Dieser elende Quacksalber!«

»Ich sagte ihm, mir könne keiner helfen. Es gibt nur einen Mann, den ich liebe, und das ist mein Mann. Das ist Richard Gorwess. Und für den bin ich tot.«

Boris' Augen wurden schmal.

»Er legte eine vage Fährte. Für Richard, als er ihn zufällig traf. Dieser Idiot!«

»Ich versteh kein Wort«, warf Richard ein.

»Erzählen Sie mir noch einmal genau, wie sich das Gespräch im Hotel in Fuschl abspielte.«

Richard wiederholte, was er schon berichtet hatte.

»Aber wie konnte er Sie erkennen?« fragte Boris, als Richard seinen Bericht beendet hatte.

Carola lachte kurz auf. »Er hat genügend Bilder von Richard gesehen. Ich hatte einen ganzen Packen dabei.«

»Hast du mit ihm von der Burg Saritz gesprochen?«

»Er sagte, was soll aus Ihnen werden, Carola? Er nimmt sie mit nach Südamerika, die richtigen Pässe hat er ja wohl schon, das versteht er ja. Was wollen Sie in Südamerika?«

»Und was sagtest du?«
»Ich wies mit der Hand über den See auf die Berge und sagte: Wir gehen auf unser Schloß. Auf unser Schloß im Saritzer Tal. Wir jagen dort, wissen Sie. Wir jagen Gespenster. Und werden von Gespenstern gejagt.«
»Das war es also.«
»Er sah mich an, als sei ich verrückt. Ich drehte mich um und ließ ihn stehen. Das war das letzte Mal, daß ich ihn gesehen habe.«
»Er mußte annehmen, du phantasierst.«
Boris blickte Richard an, auch er machte jetzt ein ratloses Gesicht. »Und zu Ihnen sagte er wirklich etwas von einem Schloß im Saritzer Tal? Und wies mit der Hand über den See?«
»Ich weiß nicht mehr«, erwiderte Richard verwirrt. »Jetzt, da Sie davon sprechen, ist mir so, als habe er eine kleine Geste gemacht. Wir standen ja nicht am See, sondern im Hotel. Aber er sprach deutlich von einem Schloß. Das Jagdschloß im Sarissertal. So verstand ich es. Ich war auch ziemlich durcheinander. Aber wer zum Teufel ist dieser Mann? Sie kennen ihn offenbar.«
»Natürlich. Haben Sie nicht erraten, wer er ist? Unser Mitwisser, der Arzt vom Seddiner See. Er war mit einem falschen Paß, den er von mir erhielt, aus Rumänien ausgereist, ich hatte ihn nach Fuschl bestellt, um ihm seinen richtigen Paß wieder auszuhändigen. So hatten wir es ausgemacht. Er wäre der erste, der von mir nicht bekommen hätte, was ich versprochen habe. Ich dachte allerdings, er würde sich nur im Hotel bei mir melden. Zu meiner unangenehmen Überraschung wohnte er jedoch auch dort, als wir ankamen, war er schon da. Irgend jemand war nicht gekommen, so bekam er ein Zimmer. Damit hatte ich nicht gerechnet. Aber ich werde ihn erwischen und ihm seinen verdammten Hals umdrehen.«
»Weil er die vage Fährte legte?« fragte Richard. »Weil ich nun hier bin?«

»Er konnte mir eigentlich kein Wort glauben«, sagte Carola. »Aber er hat das, was ich sagte, zu Richard gesagt. Ich bin ihm dankbar. Weil Richard nun die Wahrheit kennt. Es war von allem das schlimmste, daß ich Richard täuschen mußte. Ich bin so froh, daß Richard nun die Wahrheit kennt. Er wird mir sagen, was ich tun soll. Ob ich nach Berlin fahren und alles gestehen, oder ob ich mich töten soll. Oder ob er mir verzeiht und mich wieder mitnimmt.«
Beide Männer starrten sie sprachlos an. Sie sprach wie eine Träumende, wie eine Schlafwandlerin.
»Du bist genauso verrückt wie deine Schwester«, sagte Boris hart. »Wohin soll er dich mitnehmen? Nach Santa Barbara? Wo er seit einem Jahr als trauernder Witwer bekannt ist?«
Carola legte den Kopf in den Nacken.
»Ist doch egal«, sagte sie träumerisch. »Die Welt ist groß. Wenn Richard mich liebt... Wir können auch anderswo leben.«
Durch die Halle kam eine Gestalt auf sie zu. Es war der Mann, den Richard im Gemüsegarten gesehen hatte. Er stellte einen Korb neben Carola auf den Boden und sagte in seinem unverständlichen Dialekt etwas zu Boris. Boris erwiderte in derselben Sprache, der Mann nickte und ging.
»Das ist Anton Ladurner«, sagte Boris zu Richard. »Er hat im Dorf eingekauft für uns, in dem Korb ist Obst und Käse. Das Hauptgericht wird jeden Abend von seiner Frau für uns zubereitet. Sie kocht übrigens sehr gut. Heute gibt es eine Pasta und dann Forellen. Den Nachtisch richten wir uns selber. Ich habe ihm gesagt, daß wir drei Personen zum Abendessen sein werden.«
»Nein«, kam eine Stimme aus dem Dunkel von der Tür her, »Sag ihm, daß wir vier Personen sein werden. Ich werde mit euch zu Abend essen.«
Ein anderer Mann kam auf sie zu, er war mittelgroß und breitschultrig, das Haar wuchs ihm dicht aus der breiten Stirn, seine Augen, dunkel und groß, erfaßten mit einem

bannenden Blick die drei Menschen, die ihm erstaunt entgegensahen.
»Johann!« rief Boris erstaunt. »Wieso kommst du auf einmal hierher?«
»Um nach dem Rechten zu sehen, wenn du erlaubst. Meine Tochter hat mir eine seltsame Geschichte erzählt. Du wolltest dich eine Zeitlang hier verstecken, weil du dich aus dem Osten abgesetzt hast und eine Verfolgung befürchtest. So war es doch. Ich half dir gern. Allerdings bin ich nicht bereit, Mord und Totschlag zu decken. Ich muß wissen, was in meinem Haus vorgeht.« Nun sah er Richard an, sehr aufmerksam, sehr prüfend. »Richard Gorwess, nehme ich an. Meine Tochter sprach gestern abend mit mir. Wie mir scheint, nimmt sie ein lebhaftes Interesse an Ihnen. Was also geht hier vor?«
Nun erfaßte sein Blick Carola. »Wer ist die Dame?«
Drei Augenpaare waren auf Richard gerichtet. Er setzte zweimal zum Sprechen an, seine Stimme war heiser, als er Marie Antoinettes Vater antwortete.
»Das ist – Britta Nicolai. Die Schwester meiner Frau.«
Nun war auch er in das Lügennetz verstrickt.

Was den weiteren Verlauf des Abends anging, so hatte Johann Saritz seit seiner Ankunft das Kommando übernommen, und er erwartete nicht im geringsten, daß jemand irgendwelche Einwände erhob. Zweifellos bestand eine gewisse Berechtigung, daß seine Kinder ihn General nannten; Befehle zu geben, war er offenbar gewohnt. Zusätzlich besaß er jedoch einen ausgesprochenen Charme, der für ihn einnahm und dem sich auch Richard nicht entziehen konnte. Ihm gefiel dieser Mann, nicht allein deswegen, weil er Marie Antoinettes Vater war. Es mochte seine Schwierigkeiten haben, sein Sohn, seine Tochter oder gar seine Frau zu sein. Man mußte sich ihm unterordnen oder gegen ihn kämpfen. Im ersten Fall würde man seine Verachtung ernten, im zwei-

ten Fall würde er Sieger bleiben. Tonis Worte fielen Richard ein: Er ist so stark, er braucht keinen.
Wenn man Saritz kannte, glaubte man ihren Worten. Dennoch mußte es ein Gewinn sein, ihn als Freund zu besitzen. Und dieser Umstand, folgerte Richard, sprach für Boris, der Saritz als Freund bezeichnete.
Zunächst setzte sich Saritz zu ihnen an den Tisch, zu einem Begrüßungsschluck, wie er sagte, leerte zwei Gläser von dem Roten, ohne nochmals eine persönliche Frage zu stellen, sodann erhob er sich, um, wie er sagte, in der Küche nach dem Rechten zu sehen und im Weinkeller einen passenden Weißwein zu den Forellen herauszusuchen.
»Abendessen um halb acht«, ordnete er an.
Ehe er den Raum verließ, wandte er sich direkt an Richard.
»Sie übernachten heute auf der Burg, Herr Professor?«
»Ich hatte nicht die Absicht«, erwiderte Richard verwirrt.
»Und warum nicht? Es gibt genügend Gästezimmer. Die Zimmer im Gasthof unten dürften Ihren Ansprüchen nicht gerecht werden. Wenn wir gespeist und getrunken haben, werden Sie kaum noch durch das Tal zurückfahren wollen. Das würde ich nicht empfehlen. Oder haben Sie bereits in einem Hotel ein Zimmer bezogen?«
»Nein. Ich komme direkt aus Salzburg.«
Gleich nachdem er das gesagt hatte, bedauerte Richard seine Worte. Hätte er nicht sagen können, daß er in Brixen ein Hotelzimmer habe und dorthin zurückfahren werde, ganz gleich, wieviel er gegessen und getrunken hatte? Daß er am liebsten sofort, ohne zu essen und zu trinken, fahren würde. Nur fort.
Seine Unsicherheit war leicht zu bemerken, denn Saritz fügte hinzu: »Soviel ich gehört habe, sind Sie hierhergekommen, um einige Unklarheiten zu beseitigen. Wie mir Ladurner sagte, sind Sie seit zwei Stunden hier. Sollte die Zeit genügt haben?«
Richard stieg vor Ärger das Blut in die Stirn. Wer war er denn,

daß er sich examinieren lassen mußte wie ein Schüler? Auch ging aus den Worten hervor, daß sich Saritz, ehe er zu ihnen trat, bei seinem Hausverwalter genau erkundigt hatte, wer seit wann im Hause weilte. Möglicherweise war er schon länger da, und das führte zu der Frage, ob er am Ende ihr Gespräch oder Teile davon mitangehört hatte.

Boris saß zurückgelehnt in seinem Sessel und blickte dem Rauch seiner Zigarette nach. Er machte sein gewohntes Pokerface und mischte sich nicht ein. Carols Augen waren angstvoll und bittend auf Richard gerichtet, sie hatte kein Wort gesprochen, seit Saritz bei ihnen saß, und Richard hatte es vermieden, sie anzusehen.

»In Ordnung«, sagte der General und beendete damit die Debatte, die keine war. »Ich werde Frau Ladurner anweisen, ein Turmzimmer für Sie herzurichten.« Er machte eine kleine Verbeugung in Carols Richtung. »Gnädige Frau! Wir sehen uns beim Nachtmahl.«

Er ging, die drei blieben allein, lange sprach keiner ein Wort. Richard hatte die Zähne aufeinander gepreßt, die Hände zu Fäusten geballt. Erst als er Boris' amüsierten Blick bemerkte, lockerte er sich.

»Damned!« stieß er hervor und stand auf, schüttelte sich wie ein Hund, der aus dem Wasser kommt.

»Tja, mein lieber Professor«, sagte Boris genüßlich, »das ist eine üble Situation, in die Sie da geraten sind. Nolens volens sind Sie unser Spießgesell geworden. Sie decken einen Mord, begünstigen die Vertauschung zweier Personen, überdies sind Sie offenbar noch auf dem Wege, ein Bigamist zu werden. Haben Sie ein Verhältnis mit der Tochter Saritz?«

»Oh, shut up!« knirschte Richard wütend und blickte unwillkürlich zur Tür, als befürchte er, daß Saritz dort noch stehe. Man konnte es so schlecht erkennen, der Raum war zu groß und unübersichtlich, in den Ecken lag Dunkelheit.

»Geben Sie sich keine Mühe«, fuhr Boris fort. »Er wird alles herausbekommen, was er herausbekommen will. Wir müssen sehr geschickt vorgehen, wenn wir ihn täuschen wollen. Vergessen Sie Marie Antoinette Saritz! Er wird niemals erlauben, daß ein Schatten auf ihr Leben fällt. Und er wird nie zulassen, daß sie tut, was *sie* will. Seine zweite Frau, um nur ein Beispiel zu erzählen, wollte bald nach der Scheidung wieder heiraten. Er verbot es ihr. Nicht die Tatsache einer Heirat störte ihn, sondern das Objekt, das sie sich ausgesucht hatte. Er suchte dann selbst einen Mann für sie, den sie heiraten durfte, und zahlte ihr eine großzügige Abfindung. Ich hoffe, sie ist glücklich geworden. Denn Doris ist ein nettes Mädchen, auch wenn sie Saritz in keiner Weise gewachsen war. Ich war eine Zeitlang ganz gut mit ihr befreundet und weiß, wie unglücklich sie in dieser Ehe war. Sie suchte immer nach einem Ausweg, und das konnte in diesem Fall nur ein anderer Mann sein. Armes Ding! Sie erlebte die Hölle in dieser Ehe, alle feindeten sie an, die Kinder, das Personal, und schließlich setzte er sie buchstäblich vor die Tür. Kennen Sie die Geschichte?«

»Mich interessieren die Ehegeschichten des Herrn Saritz in keiner Weise«, sagte Richard bissig.

»Warum nicht? Da Sie sich offensichtlich für die Familie interessieren. Seine erste Frau, die Gräfin Giulia, das war ein anderes Kaliber. Da flogen die Fetzen, wenn die beiden stritten. Sie scheute auch nicht davor zurück, ihm den halben Hausrat an den Kopf zu werfen, wenn ihr danach war. Doch damit konnte sie bei ihm nichts erreichen. Die arme Doris dagegen ...«

»Bitte, Jaretzki, verschonen Sie mich mit diesen Albernheiten.«

»Descanda, mein Name, wenn Sie sich gütigst erinnern wollen. Also geht es Ihnen um die Tochter. Nun wird mir manches klar. Nun verstehe ich vor allem, wie Sie hierher gekommen sind.«

»Gar nichts verstehen Sie. Und ich will jetzt weg von hier.«

»Nein, Richard, bitte, bleib bei mir«, mischte sich Carola ein.

»Du darfst nicht fort. Wenn du gehst, mußt du mich mitnehmen.«
»Wie stellst du dir das vor?« fuhr Richard sie an. »Bist du dir nicht im klaren darüber, in welch einer wahnsinnigen Lage wir uns befinden?«
»Eben, mein Kind«, sagte Boris freundlich, »ist dir das immer noch nicht klar? Dein Mann hat sich in ein anderes Mädchen verliebt, das mußt du doch mittlerweile begriffen haben. Das durfte er ja auch. Ein Witwer. Ein Jahr der Traurigkeit ist vorüber. Er ist ein gutaussehender, höchst sympathischer Mann. Ein wohlbestallter Professor in Amerika, mit einem hübschen wohleingerichteten Häuschen am Isla Vista Beach. Du hast uns das selbst ausführlich beschrieben. Blick auf den Pazifik, ein hübscher kleiner Garten mit wohlgemähtem Rasen, mit Blumen und Hecken, nicht weit davon entfernt der Campus der Universität, wo er höchst beliebt bei Kollegen und Studenten seines hübschen musischen Amtes waltet. Ein Stückchen weiter der Golfplatz, Club und Swimmingpool, wo er seine Mußestunden verbringt. Ihm fehlt nur eine liebende Frau zum Glücklichsein.«
Carola senkte den Kopf und begann wieder zu weinen, Richard fuhr Boris gereizt an: »Es kann sich nur noch um Minuten handeln, bis auch hier ein Mord geschieht.«
»Aber, mein Lieber, nur ruhig Blut. Wollen Sie mich umbringen? Es wäre sicher nicht der erste Mord in diesem Gemäuer. Er würde Ihnen auch gar nichts nützen, nun, da Sie *wissen.*«
Nun da er wußte – das war es.
Was für ein glücklicher Mann war er gewesen, bevor er wußte. Warum, warum nur hatte er Carols Tod nachgeforscht? Warum hatte er nicht alles so gelassen, wie es war? Ein Grab in Berlin, für ihn die Freiheit. Und Marie Antoinette.
Auch diesmal schien Boris seine Gedanken zu erraten. »Schlafende Hunde soll man nicht wecken, das ist eine alte Großmütter-Weisheit. Großmütter haben meistens recht.

Rasch einen Vorschlag zur Güte, Professor, ehe wir uns in unsere Zimmer zurückziehen und zum Abendessen umkleiden. Das werden wir nämlich heute tun, wenn der Burgherr anwesend ist. Er legt Wert auf Formen, wie ich weiß. Das kommt von seiner einfachen Herkunft. Also lassen Sie mich rasch nachdenken. Sie bleiben heute hier, wir drei benehmen uns wie die Engel, geben keinen Anlaß zu irgendeinem schwarzen Verdacht. Wir denken uns eine harmlose Erklärung aus, für das, was er, beziehungsweise sein Fräulein Tochter, erklärt haben will. Sodann verschwinden Sie von hier via Lugano nach Amerika, wie beabsichtigt, spielen Ihre Rolle als Witwer weiter und heiraten nach einiger Zeit ein nettes Mädchen, das von all dem nichts ahnt und weiß.«

»Du bist gemein«, fauchte Carola.

»Auf keinen Fall Marie Antoinette Saritz«, fuhr Boris unbeirrt fort. »Die nicht. Da würde ich abraten. Die geringste Unklarheit in Ihrem Leben, und Saritz wird sie herausfinden und anprangern. Wir beide, Carola und ich, bleiben noch eine Weile friedlich hier und setzen uns dann nach Venezuela ab. Ein schönes Land, wie man mir sagte. Ich kenne da jemanden, der sich schon vor einigen Jahren dorthin zurückgezogen hat. Er ist mir verpflichtet, ich habe auch ihn vor Sibirien gerettet. Bei ihm war es eine üble Nazivergangenheit, die ihm zu schaffen machte. Es ist immer gut, wenn man hier und dort ein paar Leute sitzen hat, die einem Dank schulden.«

Richard hatte begonnen, den Raum mit stürmischen Schritten zu durchmessen, nicht zuletzt deswegen, um Ecken und Türen in Augenschein zu nehmen, denn andauernd befürchtete er, Johann Saritz könne irgendwo stehen und sie belauschen.

Auch dies durchschaute Boris. »Keine Angst«, sagte er. »Er ist keiner, der an Türen lauscht. Er steht immer in der Mitte des Raumes.«

Richard unterbrach seine Wanderung.

»Sie sind ein verdammt guter Psychologe, was?«
»Das gehörte zu meinem Job. Carola, hör auf zu weinen, sonst gehst du auf dein Zimmer und nimmst deine Tabletten gleich, ich entschuldige dich dann zum Abendessen. Wie willst du aussehen? Wie eine Vogelscheuche?«
»Richard«, wimmerte Carola, »ist es wahr, daß du eine andere Frau liebst? Richard, das kann nicht sein. Du und ich, wir gehören doch zusammen. Ich habe nie einen anderen Mann geliebt, und ich werde nie einen anderen Mann lieben. Ach, sei still«, schrie sie Boris plötzlich an, als der etwas sagen wollte, »du mit deinem ekelhaften Zynismus, du weißt gar nicht, was Liebe ist. Ich hasse dich! Ich hasse dich! Du hast mein ganzes Leben verdorben.«
»Ich?«
»Du hast dir das alles ausgedacht. Weil du es wolltest, bin ich tot.«
»Wenn du in der DDR im Zuchthaus säßest, hättest du Richard auch nicht. Er würde sich vermutlich nach einiger Zeit von dir scheiden lassen und eine andere Frau heiraten. Jetzt hast du ihn nicht, weil du tot bist. Aber wenigstens bist du frei und kannst mit der Zeit dein Leben doch noch ein wenig genießen. Ich jedenfalls hatte den Eindruck, daß es dir Spaß machte, in Salzburg ein paar neue Kleider zu kaufen.«
»Aber er kann keine andere Frau heiraten, weil es mich eben doch noch gibt«, sagte Carola triumphierend.
Wie immer, wenn er ratlos war, fuhr Richard sich mit beiden Händen durch das Haar. Es war eine irrwitzige Situation, es kam ihm vor, als brauche er Tage, um sie auch nur annähernd zu begreifen.
»Er kann durchaus«, sagte Boris ruhig. »Denn du und ich, wir werden für immer aus seinem Leben verschwinden. Und wir werden schweigen, aus gutem Grund.«
»Er kann nicht, weil er nicht kann«, beharrte Carola. »Weil er weiß, daß es mich gibt.«
Anton Ladurner beendete das sinnlose Gespräch. Er kam

herein und sagte etwas zu Boris. Darauf wandte sich Boris an Richard. »Er fragt, ob er Ihr Gepäck hinauftragen darf.«
»Um Himmels willen! Was soll ich denn nur tun? Soll ich wirklich hierbleiben?«
»Es bleibt Ihnen im Moment nichts anderes übrig. Überlassen Sie alles mir, ich werde den Abend schon steuern.«
Richard blickte auf Ladurner, griff in die Tasche seiner Lederjacke und holte die Autoschlüssel heraus.
»Sagen Sie ihm, daß ich gleich nachkomme. Das Gepäck ist im Kofferraum. Ich brauche nur den schwarzen Koffer.«
»Sagen Sie es ihm selbst. Er versteht es durchaus, wenn man deutsch mit ihm spricht. Wenn er will, versteht er.«
Ladurner grinste, nahm die Schlüssel und ging.
»Wir müssen vor allem herausbringen, was Saritz weiß«, gab Boris zu bedenken. »Was kann er wissen? Was weiß seine Tochter?«
Richard trat dicht neben Boris, beugte sich zu ihm herab und sprach ganz leise, denn noch immer fürchtete er, belauscht zu werden. »Ich kenne Marie Antoinette Saritz erst seit wenigen Tagen, alles, was Sie sonst noch vermuten, ist reiner Unsinn. Sie und ihr Bruder nahmen mich sehr freundlich auf. Ich kam zu ihnen auf der Suche nach dem Saritzertal, von dem der Mann in Fuschl gesprochen hatte. Eben jener Arzt, den Sie ja kennen. Der die vage Fährte legte, wie Sie es nannten.«
»Es ist ein Ausdruck aus meinem Berufsleben. Wir unterscheiden die falsche Fährte, die vage Fährte, die exakte Fährte. Alles ist möglich, man muß lernen zu unterscheiden, um welche der drei Arten es sich handelt. Agenten unter sich handhaben den Gebrauch der drei Fährten sehr gekonnt. Doch diese kleine Unterweisung nur nebenbei. Saritzertal. Na gut. Es bleibt mir trotzdem unerklärlich, wie Sie daraufhin zu der Familie Saritz fanden. Solche Geschichten interessieren mich außerordentlich. Sie werden Sie mir gelegentlich genau erzählen. Nur bleibt uns momentan keine Zeit dazu. Was also wissen die beiden Saritz-Kinder?«

»Nur, daß meine Frau ums Leben kam und daß ich die näheren Umstände ihres Todes nicht kenne und daher den Verdacht habe, daß ein Verbrechen geschehen sei. Und daß ich auf der Suche bin nach einem gewissen Boris Jaretzki, den ich in Salzburg gesehen habe, und der sich seit neuestem Decanter nennt.«

»Decanter?«

»So hatte ich den Namen verstanden.«

»Ist das alles?«

»Das ist alles, was Saritz wissen kann. Seine Tochter wollte ihn fragen, ob er einen Boris Jaretzki kennt. Darum fuhr sie nach Wien.«

»Na gut, sehen wir, wie weit wir damit kommen. Kümmern Sie sich jetzt um Ihr Gepäck. Ein Badezimmer werden Sie oben vorfinden, und ich empfehle einen schlichten grauen oder blauen Anzug. Wir sind hier nicht in Salzburg. Und du, mein Kind«, wandte er sich an Carola, »gehst jetzt auch hinauf, malst dich an und ziehst einen von den Fummeln an, die wir in Salzburg gekauft haben.«

Boris sprang auf, elastisch, geradezu animiert. Er schlug die Hände zusammen, als wolle er applaudieren.

»Ich kann mir nicht helfen, die Sache beginnt mir Spaß zu machen. Es war wohl doch verfrüht, an den Ruhestand zu denken. *Saludos, amigos.*«

Dann also das Abendessen. Nicht im großen Saal, den Richard nur gezeigt bekam. Eine riesige Tafel für mindestens vierzig Personen befand sich darin.

Doch Saritz hatte bestimmt, daß im Frühstückszimmer für sie gedeckt wurde, das sei intimer, meinte er, wenn nur vier Personen am Tisch säßen. Der Raum war klein und heimelig, mit Bauernmöbeln eingerichtet, die alle aus der Möbelfabrik unten im Dorf stammten.

»Wirklich sehr gemütlich«, sagte Richard mit mühsamer Höflichkeit.

»Man kann nicht immer nur zwischen diesen alten düsteren Brocken sitzen«, meinte Saritz. »Auch war es wichtig, die Leute im Dorf an der Einrichtung der Burg verdienen zu lassen. Ich gebe gern zu, daß diese Burg der einzige sinnlose Luxus ist, den ich mir in meinem Leben geleistet habe. Sie hat mich viel Geld gekostet. Weniger der Kauf als die Ausstattung. Heizung, Bäder, warmes Wasser und so weiter. Ich war sehr stolz, als ich die Burg bewohnbar gemacht hatte, eine Zeitlang schleppte ich alle meine Bekannten herauf, ob sie wollten oder nicht. Wir haben manches schöne Fest hier gefeiert. Nach und nach verblaßte der Reiz. Mag sein, das alles war eine Torheit von mir.«
»Das Dorf Saritz war wohl deine Achillesferse«, sagte Boris mit einem Lachen. »Du wolltest den Saritzern zeigen, was aus dir geworden ist.«
»Da dürftest du recht haben. Damals haben sie mich rausgeekelt. Jetzt sitze ich hier oben auf der Burg und schaue auf sie hinab.«
»Du schaust zwar nicht, weil du nicht da bist, aber du könntest, wenn du wolltest.«
»Sie waren mir nicht freundlich gesonnen im Dorf. Mittlerweile ist es ihnen wurscht. Eine neue Generation ist herangewachsen. Für sie bin ich der, der ich heute bin. Was ich einmal war, ist vergessen.«
Eine Weile unterhielt er sie mit der Geschichte der Burg, die aus dem 14. Jahrhundert stammte, zum Bistum Brixen gehörte, das verdiente Edelleute mit der Burg und der Herrschaft über das Tal belehnte.
»Es war kein Raubritternest, wie so viele alte Burgen. Durch dieses abgelegene Tal führte niemals eine Handelsstraße. Der Burgherr war der Herr des Tals, die Bauern seine Pächter. Arm waren sie wohl alle, der auf der Burg, die im Dorf. Der Wald gab Holz, das Vieh Nahrung. Mehr gab es nicht.«
Richard wagte einen kühnen Einwurf. »Ihre Tochter erzählte eine andere Geschichte.«

Saritz lachte. »Ja, die Geschichte kenne ich. Ich halte sie für erfunden. Ein Mann, der Saritz hieß, soll hier im Dienst gewesen sein und die Witwe seines Arbeitgebers, wie man heute sagen würde, geheiratet haben. So um siebzehnhundert herum soll es gewesen sein, und wenn es wahr ist, so war es ein Skandal. Er soll nicht lange gelebt haben.«
»Sie hat ihn umgebracht«, vermutete Boris.
»Möglich. Jedenfalls hieß die Burg niemals Saritz, und sie heißt auch heute nicht so. Ihr offizieller Name ist Stiftsburg. Nur sagen die Leute im Dorf halt immer Burg Saritz. Ob es sich bei jenem Saritz um einen Vorfahr von mir handelt, ist nicht mehr feststellbar. Tatsache ist, daß es unten im Dorf immer mehrere Familien mit diesem Namen gab und sicher auch heute noch gibt. Der Mann, der in meiner Kindheit hier den größten Hof besaß und den Ton angab, hieß beispielsweise Saritzer. Das Tal gab ihm den Namen. So einfach ist das.«
»Du verdirbst die ganze Romantik«, tadelte Boris.
»Das Leben bleibt immer noch romantisch genug, so wie es ist.« Er wandte sich an Carola, die zu seiner Rechten saß. »Sie sind eine berühmte Schauspielerin, gnädige Frau, wie man mir erzählte. Werden Sie auch einmal in Wien auftreten?«
Carola, die während des Essens noch kein Wort gesprochen hatte, warf nur einen scheuen Blick auf ihren Gastgeber.
»Ich weiß nicht«, murmelte sie.
»Zur Zeit hat sie überhaupt keine Lust, irgendwo aufzutreten«, übernahm Boris die Antwort. »In den letzten Jahren war Britta beruflich sehr überfordert. Jedes Jahr drei bis vier Filme, in jeder Spielzeit einige große Rollen, das ist einfach zuviel. Besonders wenn man seinen Beruf so ernst nimmt und so sensibel ist wie Britta. Ich glaube, wir können ruhig zugeben, mein Kind, daß du mit deinen Nerven ziemlich herunter bist. Kam der Unfall ihrer Schwester dazu, das hat ihr den Rest gegeben.« Damit hatte Boris nun den Stier bei den Hörnern gepackt. Carolas Gabel klirrte auf den Teller.

»Seitdem ist sie nicht mehr aufgetreten. Und sie hat erklärt, sie wolle nie mehr Theater spielen, nie mehr filmen. Man muß abwarten, wie es sein wird, wenn sie sich erholt hat.«

»Wir müssen nicht davon sprechen«, sagte Saritz mit einem besorgten Blick in Carolas bleiches Gesicht.

»Wir werden nicht umhin können, davon zu sprechen, du interessierst dich doch für den Fall«, sagte Boris. »Jedenfalls soweit Professor Gorwess davon betroffen ist.«

»Wir können später davon sprechen«, meinte Richard nervös. »Es muß nicht in – in ihrer Gegenwart sein.«

»Und du, Boris?« fragte Saritz und blickte den Forellen entgegen, die Ladurner soeben auf einer großen Platte hereintrug. Frau Ladurner, die zugegeben vorzüglich kochte, die Pasta war ausgezeichnet gewesen, hatte sich bisher nicht blicken lassen.

»Du willst also auch ernsthaft, deine – eh – Arbeit aufgeben?«

Die Platte wurde auf den Tisch gestellt, jeder bediente sich selbst. Saritz legte Carola die schönste Forelle auf den Teller und fragte fürsorglich: »Soll ich sie für Sie zerlegen, gnädige Frau?«

Zum erstenmal lächelte Carola.

»Ja, gern. Danke.«

Er tat es geschickt, es war im Nu geschehen, dann nahm er einen Probeschluck von dem Weißwein, nickte befriedigt und füllte die Gläser seiner Gäste.

»Ich habe dir ja erzählt, was ich vorhabe, als wir uns in Wien trafen«, sagte Boris. »Da kamen wir von Bratislava herüber. Genau genommen aus Moskau. Von Moskau bin ich nach Prag geflogen ...«, er blickte jetzt Richard an. »Das wird Sie auch interessieren, Professor, wie ich vorgegangen bin. Nach Berlin wollte ich keineswegs zurück, das war mir zu riskant. In Moskau wurde mir der Boden auch zu heiß, denn ich konnte mit der Zeit nicht mehr motivieren, warum ich mich so lange dort aufhielt. Also Prag, dort habe ich einige Tage abgewartet, und dann fuhren wir mit einem Wagen nach Bratislava, und als sich nirgends etwas rührte, fuhren wir ganz friedlich und ungehindert über die Grenze.«

»Du wirst nicht erwarten, daß man dies alles verstehen und entsprechend würdigen kann«, sagte Saritz kühl. Ein gewisser Hochmut sprach aus seinen Worten. Die Zeit, in der er auf mehr oder weniger gewagte Weise über Grenzen gewechselt war, lag weit zurück. Heute war er ein erfolgreicher Geschäftsmann, dessen Gehen und Kommen auf geraden Wegen erfolgte.

»Du hast also alles in Berlin zurückgelassen?«

»Alles, wenn du so willst. Aber was ist alles? Die Einrichtung einer Wohnung, ein Auto, Garderobe. Menschen, die mir nahestehen, gibt es nicht. Es waren in erster Linie immer die beiden Kinder, Britta und Carola. Und Britta ist ja bei mir.«

»Und es ist dein Ernst, nach Südamerika zu gehen? Wollen Sie dort auch leben, gnädige Frau?«

»Nein«, sagte Carola bestimmt.

»Sie überlegt es sich noch«, meinte Boris freundlich. »Wenn wir noch eine Weile deine Gastfreundschaft genießen dürfen, wird sie sich weiter erholen, möglicherweise kehrt sie dann nach Berlin zurück und wird wieder spielen. Sie ist jung, sie hat Zeit, sie kann noch viel mit ihrem Leben anfangen.«

Carola blickte auf ihren Teller, sie aß mechanisch, trank aber viel Wein.

Richard kämpfte mit der Versuchung aufzustehen, den Tisch mit beiden Händen zu packen und umzustoßen.

Wer konnte von ihm verlangen, in dieser lächerlichen Farce mitzuspielen? Er schämte sich, er schämte sich unendlich vor Johann Saritz. Mit jedem Wort, das gesprochen wurde, rückte Marie Antoinette in weitere Ferne. Niemals, wenn Johann Saritz je die Wahrheit erfuhr, würde er seine Tochter einem Mann geben, der ihn so schändlich belog. Und damit hatte er recht.

Richard hatte während des Essens Zeit genug, den Mann zu

betrachten, der ihm gegenüber saß. Sein Gesicht war kantig, herb, sehr gut geschnitten, geradezu schön. Ein Typ, wie man ihn oft in den Tiroler Bergen fand. Groß und leuchtend waren die Augen, beherrschend, und dicht wuchs ihm das schwarze Haar, nur von wenigen grauen Fäden durchzogen, aus der Stirn. Was immer der Mann früher getan hatte, was er war, wer er war, zweifellos rücksichtslos und herrschsüchtig, das konnte man ihm ansehen, war nicht wichtig. Vor allem aber war er eins: eine Persönlichkeit, eine Persönlichkeit von Format. Seltsam, aber Richard hatte das sichere Gefühl, daß er Saritz sympathisch war, daß Tonis Vater möglicherweise gar nichts gegen ihn als Schwiegersohn einzuwenden hätte. Torheit war es, wenn Marie Antoinette behauptete, ihr Vater liebe sie nicht. Am Abend zuvor hatte sie ihn in Wien getroffen. Sie hatte von ihren Bedenken, ihren Sorgen gesprochen, hatte ihm von Richard erzählt, was und wieviel, wußte er nicht, aber sie muß wohl angedeutet haben, daß Richard ihr etwas bedeutete. So wie sie geartet war, und sie war ihrem Vater gar nicht so unähnlich, hatte sie möglicherweise auch schlicht gesagt: Ich will diesen Mann heiraten.

Und was tat dieser Vater, der angeblich seine Tochter nicht liebte? Er war hier. Er kam am Tag darauf, um nach dem Rechten zu sehen, wie er es genannt hatte.

Nun saßen sie hier beieinander und spielten ihm diese lächerliche Komödie vor. Eine Tragödie war es, und sie machten eine Komödie daraus.

Was wäre, dachte Richard, wenn ich jetzt aufstehe und die Wahrheit sage. Marie Antoinette ist für mich so und so verloren. Aber auch ihr bin ich die Wahrheit schuldig.

Und dann?

Der Blick seines Gegenübers war prüfend auf ihn gerichtet.

»Schmeckt es Ihnen nicht, Herr Professor?«

»Danke, ausgezeichnet«, antwortete Richard und gabelte den Rest seiner Forelle in sich hinein.

»Sie sind Musikwissenschaftler, erzählte mir meine Tochter,

Sie unterrichten an einer Universität in Kalifornien. Das ist ein schöner Beruf, denke ich mir. Wissen Sie, ich bin der einzige Banause in unserer Familie, was die Musik angeht. Aber meine Kinder und meine Frau sind große Kenner und Enthusiasten. Es ist für mich erstaunlich, daß Sie diesen Beruf in Amerika ausüben. Möchten Sie nicht lieber in Europa arbeiten?«

Ihre Blicke trafen sich, Saritz hatte ein kleines Lächeln um den Mund, in seinen Augen stand Wohlwollen.

Also hatte Marie Antoinette sogar darüber schon mit ihrem Vater gesprochen. Eine Position in Österreich für den Mann, den ich will.

»Warum denn?« würgte Richard hervor. »Es gibt in den Vereinigten Staaten mindestens so viele Musikkenner und Musikenthusiasten wie in Europa. Wenn nicht mehr.«

»Sicherlich. Es gibt in den Staaten mindestens genausoviel, wenn nicht mehr Menschen als in Europa. Es ist wohl immer ein kleiner, aber beständiger Prozentsatz der Menschheit, dem Musik etwas bedeutet. Die ja, nach Ansicht meines Sohnes, einen Menschen erst zum Menschen macht.«

Diesen Ausspruch kannte er also auch. Möglicherweise wußte er alles, was geschehen war, im Jagdhaus, in Salzburg, was sie gedacht, gesprochen und getan hatten.

Einmal mehr hatte Richard den Wunsch aufzuspringen, wegzulaufen, diese verdammte Burg zu verlassen, aus diesem verdammten Tal wegzurasen, so schnell die Räder sich drehen konnten. Weglaufen vor allem, was er nun wußte.

Auf einmal packte ihn ein ganz neues Gefühl, eines, das er im Leben nicht gekannt hatte: Haß.

Haß gegen Boris, der ihn lauernd beobachtete.

Haß gegen Carola, die es kaum wagte, ihn anzusehen.

Sie waren schuld, daß er nicht sagen konnte, was er so gern gesagt hätte: Ich liebe Ihre Tochter, Herr Saritz. Ich möchte sie heiraten.

Gleich darauf rief er sich zur Ordnung. Er hatte Carola

geheiratet. Er hatte Carola geliebt. Eine Tragödie hatte stattgefunden, fand immer noch statt, und er spielte nun eine Rolle darin. Davon befreite ihn keiner mehr.
Nicht einmal Marie Antoinette Saritz konnte das fertigbringen.

Der Abend war eine Qual, er wurde immer quälender, je weiter er fortschritt. Später saßen sie wieder in der großen Halle, die Männer allein, Carola hatte sich gleich nach dem Essen zurückgezogen.
Nun erzählte Boris also die offizielle Version der Geschichte, um deretwillen Saritz auf die Burg geeilt war.
Carolas Besuch in Berlin, der Aufenthalt in der Datscha am See, wie sie schließlich bei einem nächtlichen Gewitter am See ertrank.
Richard sagte kein Wort dazu. Saritz auch nicht, er hörte sich alles aufmerksam und in Ruhe an. Doch am Ende wandte er sich direkt an Richard.
»Wenn ich meine Tochter richtig verstanden habe, so haben Sie Zweifel daran, daß Ihre Frau auf diese Art ums Leben gekommen ist.«
»Ja«, sagte Richard. »Ich habe Zweifel daran. Vor allem aus zwei Gründen: Man hat mich relativ spät von ihrem Tod verständigt. Und als ich dann nach Berlin kam, fand ich weder Boris noch ihre Schwester vor. Sie waren verschwunden, waren für mich nicht zu sprechen.«
»Haben Sie keinen von der Familie gesprochen?«
»Den Vater. Aber er wußte auch nicht mehr als das, was man mir mitgeteilt hatte.« Um weiteren Fragen zuvorzukommen, die ihn wie eine Faust würgten, fügte er hinzu: »Ich sprach mit dem Arzt da draußen, ich sprach bei der Polizei vor. Ich erfuhr nichts Neues. Aber ich wollte um jeden Preis Boris und Britta sprechen.«
»Das haben Sie jetzt hier getan.«
»Ja.«

»Sind Ihre Zweifel nun beseitigt?«
Richard, der bisher vor sich auf den Tisch gestarrt hatte, hob den Blick, in dem so viel echte Verzweiflung stand, daß Saritz ihn bestürzt ansah.
»Sind Ihre Zweifel beseitigt?«
»Bitte – ersparen Sie mir die Antwort.«
»Boris, dann wirst du antworten«, sagte Saritz herrisch. »Wie ist diese Frau ums Leben gekommen?«
»Nun«, Boris sprach langsam, unsicher war er jetzt auch, denn er ahnte, wie nahe Richard daran war, alles herauszuschreien, was er wußte. »Nun, soviel ich gehört habe, gab es zuvor einen erbitterten Streit zwischen den Schwestern. Es ging wie immer darum, daß Britta ihre Schwester daran hindern wollte, zu ihrem Mann nach Amerika zurückzukehren. Carola rannte hinaus in die Nacht. Daß sie in den See hinausschwimmen würde, vielleicht, um sich zu beruhigen, konnte Britta nicht vermuten. Das Gewitter kam sehr schnell. Carola kam nicht zurück. Als man sie fand, war sie nackt. Sie war also nicht in der Finsternis in den See gestürzt.«
»Ist es möglich, daß sie sich das Leben nehmen wollte?«
Boris hob die Schultern, griff nach diesem Ausweg.
»Möglich schon. Obwohl ich eher an einen Unfall glaube. Aber Britta macht sich die größten Vorwürfe, sie gibt sich die Schuld an Carolas Tod. Du hast sie ja heute abend gesehen. Sie ist ein gebrochener, zutiefst unglücklicher Mensch. Das einzige, was ich tun kann – ich versuche ihr ein wenig Lebensmut wiederzugeben.«
Richard konnte nicht mehr. Er sprang auf.
»Bitte, entschuldigen Sie mich, ich kann das alles nicht mehr hören.« Er schrie: »Ich kann es nicht mehr hören.«
»Ich verstehe, daß Sie das quält. Beantworten Sie mir bitte noch eine einzige Frage. Glauben Sie Boris oder glauben Sie ihm nicht?«
Richard wandte sich ab. »Doch«, sagte er heiser. »Doch, ich muß ihm ja wohl glauben. Was bleibt mir anderes übrig?«

»Es war ein großer Fehler, daß wir Gorwess aus dem Weg gingen«, sagte Boris und ließ Richard nicht aus den Augen. »Ich gebe es zu. Es war ein Fehler, den ich erst jetzt richtig erkenne. Es mußte ihm seltsam vorkommen. Aber es war genau so, Britta war restlos am Ende. Sie sagte immer nur einen Satz, immer denselben: Ich bin schuld. Ich bin schuld. Und nun verstehst du vielleicht, Johann, und verstehen Sie, Professor, warum ich es verhinderte, daß sie zusammentrafen. Mea culpa, ich gebe es zu.«
Saritz überdachte das eine Weile. Er saß zurückgelehnt, sein Gesicht lag im Schatten. Dann beugte er sich nach vorn und sagte zu Richard, der in einiger Entfernung von dem Tisch stand, gebeugt, als hätte er Schmerzen.
»Setzen Sie sich noch einen Augenblick, Herr Professor. Es ist eine schlimme Geschichte. Und ich verstehe Ihre Zweifel. Es ist einfach unmenschlich, einen Mann im Ungewissen über den Tod seiner Frau zu lassen. So sehe ich es, Boris. Ich weiß, daß du unmenschlich sein kannst. Ich weiß aber auch, daß dein ganzes Leben aus Lügen bestand. Warte, laß mich aussprechen«, er hob abwehrend die Hand, weil Boris ihn unterbrechen wollte. »Lügen, sagte ich. Das brachte das Geschäft mit sich, das du betrieben hast und das dir jetzt wohl endlich zum Halse heraushängt. Ich gebe zu, daß ich in einer bestimmten Zeit von deinem Geschäft und deinen Lügen profitiert habe. Aber es ging dabei niemals um so zutiefst menschliche Dinge wie den Tod einer Frau. Um eine Frau, die dieser Mann hier geliebt hat. Ich weiß nicht, ob du lügst oder ob du die Wahrheit sagst. Wenn er lügt, Herr Professor, kann es nur so gewesen sein, daß Ihre Frau von ihrer eigenen Schwester getötet wurde. Das ist die Dame, die heute abend bei uns am Tisch saß, nicht wahr? Wenn es so gewesen sein sollte und Boris nach wie vor entschlossen ist, diese Frau zu decken, dann können wir beide nichts daran ändern. Wir können ihn nicht in den Keller sperren und so lange foltern, bis er die Wahrheit gesteht. Das heißt, wir könnten es schon,

diese Burg wäre gut dazu geeignet. Nur – was würde uns die Wahrheit nützen? Vielleicht, Professor, vielleicht ist es sogar besser, die Wahrheit nicht zu kennen.«

»Ja«, sagte Richard müde und setzte sich wieder, weil er fürchtete, daß seine Beine ihn nicht mehr trugen.

Er sah Johann Saritz ins Gesicht und hatte das Gefühl, nie im Leben einen besseren Freund gewonnen und gleichzeitig verloren zu haben als diesen Mann.

»Ja. Sie haben recht. Es ist sogar bestimmt besser, die Wahrheit nicht zu kennen.«

Sie schwiegen alle drei. Boris hoffte, das Gespräch sei beendet. Mehr war für ihn nicht zu erreichen. Es wäre töricht, sich weiter zu verteidigen, neue Argumente anzuführen, die Geschichte weiter auszubauen. Er spürte, daß Saritz ihm nicht glaubte. Und er wußte, daß Saritz ihn und Carola aus dem Hause weisen würde.

Richard war am Ende seiner Kräfte. Zum erstenmal seit dem Tod seines Vaters hatte er den Wunsch zu weinen.

Richard atmete auf, als er endlich allein in seinem Turmzimmer stand. Wenigstens für ein paar Stunden hatte die Quälerei ein Ende.

Er machte kein Licht, riß die beiden Fenster weit auf und starrte in die Nacht hinaus. Er sah die Dunkelheit des Waldes, spürte den Wunsch, sich darin zu verbergen. Er sah den hohen fernen Rücken des Berges, wünschte sich, dort oben zu sein, weit entfernt von den Menschen, geborgen in der kalten Einsamkeit des Gebirges, unter der kalten Erbarmungslosigkeit des Nachthimmels.

Noch immer begriff er nicht, was ihm da geschehen war. Dieser Nachmittag, dieser Abend hatten nicht nur sein Leben verändert, auch er war ein anderer geworden. Nie mehr würde er frei und unbeschwert leben können, die Last, die ihm heute aufgeladen worden war, konnte er nie mehr von sich werfen.

Er stand am offenen Fenster, atmete mit tiefen Zügen die kühle frische Nachtluft in sich hinein, aber auch sie brachte keine Linderung, ihm war heiß, sein Kopf schmerzte.
Wäre er doch niemals auf diese verdammte Burg gekommen! Warum, warum nur hatte er diesen Weg gesucht, auf dem es keine Umkehr gab? Zwar waren ihm die Umstände von Carolas Tod zweifelhaft erschienen, doch niemals ihr Tod selbst. Wer käme auf solch eine absurde Idee? Ein Staat wie die DDR, so wohlgeordnet und so wohlbewacht, wer hätte es für möglich gehalten, daß da ein Mord geschehen konnte, der unaufgeklärt blieb? Daß eine Frau, die regulär eingereist war, das Land als eine andere Frau, mit einem anderen Namen verließ.
Boris Jaretzki, der hatte das fertiggebracht. Und zweifellos war es ein kluger Schachzug gewesen, nicht nach dem Westen auszureisen, sondern nach Moskau zu fliegen, wo er ein gewisses Heimatrecht besaß, wohl auch als nützlicher und angesehener Mann galt.
Richard konnte ihm eine widerwillige Bewunderung nicht versagen. Auf seine Art war dieser Mann ein Genie, auch wenn er jetzt von einem Jäger zum Gejagten geworden war. Der KGB würde nach ihm fahnden, wenn noch nicht jetzt, dann doch bald. Und würden sie nicht auch Britta Nicolai suchen? Es mußte doch früher oder später Leute geben, die sich über ihr spurloses Verschwinden Gedanken machten, immerhin war sie eine bekannte und berühmte Frau. Am Anfang mochte es glaubhaft erscheinen, daß der Tod ihrer Schwester sie so tief getroffen hatte, daß sie unansprechbar war für jedermann, auch ihren Beruf vernachlässigte. Aber würde man es auf die Dauer unüberprüft hinnehmen, daß sie einfach von der Bildfläche verschwand? Da war die Wohnung in Berlin, die nicht mehr benutzt wurde, die Datscha am Seddin-See, die niemand mehr betrat. Und wenn man erst einmal daran ging, den Fall zu untersuchen, würde man das Verschwinden des Arztes nicht merkwürdig finden?

Richard starrte in die Nacht hinaus, in seinem Kopf wirbelten die Gedanken, die Vermutungen und Ängste. Es war so still da draußen, so still, wie er noch nie eine Nacht erlebt hatte. Er wünschte sich, irgendwo zu sein, wo es laut war, wo es Lärm gab und wo er sich so betrinken konnte, daß er besinnungslos zu Boden fiel.

Er schloß die Fenster, knipste das Licht an und sah sich mit leeren Augen in dem kleinen, gemütlich eingerichteten Zimmer um. Whisky gab es hier nicht.

Ein Turmzimmer auf der Burg Saritz. Erst hatte er im Jagdhaus im falschen Sarissertal geschlafen, gut geschlafen – ach, Toni, ach Marie Antoinette, ich darf nicht mehr an dich denken, ich will nicht mehr an dich denken, ich muß dich vergessen –, und nun schlief er im Turm der Burg, im echten Saritzer Tal.

Schlafen? An Schlaf war nicht zu denken.

Warum nur mußte er Boris in Salzburg sehen, warum nach Fuschl fahren, warum diesen dreimal verdammten Arzt dort treffen, der genauso ein Verbrecher war wie die beiden anderen, wie jetzt auch er selbst.

Ja, das war es. Alles, was er an diesem Tag erfahren hatte, machte ihn zum Verbrecher, zum Mitwisser eines Verbrechens. Den ganzen Abend über hatte er lügen müssen, und er würde weiter lügen müssen, sein Leben lang. Es sei denn, er lieferte Carola aus, zeigte sie an, aber auch dann blieb sie seine Frau, genau wie sie heute seine Frau war.

Tot? Sie war nicht tot. Er kam nicht frei von ihr. Sie klammerte sich an ihn, wie sie es von Kindheit an getan hatte, sie hielt ihn fest.

Warum war er denn immer wieder nach Berlin gefahren? Was hatte er dort verloren? 1956, 1960, schließlich 1961. Was bedeutete ihm das Mädchen aus Berlin? Gar nichts bedeutete sie ihm. Aber er hatte sie mitgenommen und geheiratet, weil sie es um jeden Preis wollte. Gegen jede andere Frau, gegen jede Ehe hatte er sich gewehrt, in diesem Fall

jedoch bedingungslos kapituliert. Es war Liebe. Oder war es nicht Liebe?
Dann war sie tot. Sie war nicht tot. Sie war da. Sie blieb da. Er hatte Mitleid mit ihr, er mußte Mitleid mit ihr haben, aber gleichzeitig empfand er wilden Zorn.
Wenn sie ihn so sehr liebte, wie sie immer beteuerte, warum spielte sie dann das üble Theater mit, das Boris inszeniert hatte? Sie hätte gleich zurückkommen, ihm alles erzählen müssen, ihn fragen, was zu tun sei. Sie konnte doch nicht einfach ein Jahr lang tot sein und heute in aller Unverfrorenheit erklären: Ich bin froh, daß du da bist.
Seine Gedanken drehten sich weiter im Kreis. Es gab keinen Ausweg, keine Hilfe, nicht einmal Rat konnte er suchen. Bei wem wohl auch?
Er dachte an seine Mutter. Niemals durfte er ihr endlich zur Ruhe gekommenes Leben damit belasten. Er mußte ihr verschweigen, was geschehen war. Er mußte sie zum erstenmal in seinem Leben belügen, auch sie.
Er mußte Toni belügen, die er liebte. Er mußte die Behörden belügen, mußte den Witwer einer Frau spielen, die lebte. Alles und jeden mußte er belügen, seine Freunde, seine Kollegen, seine Studenten. Sein ganzes Leben würde hinfort eine einzige Lüge sein.
So konnte er nicht leben.
Er blickte wild um sich. Kein Whisky in diesem Turmzimmer? Nichts, womit er sich betrinken konnte.
So früh wie möglich würde er morgen die Burg verlassen, er wollte keinen mehr sehen, Saritz nicht, Boris nicht und schon gar nicht Carola. Wohin sollte er fahren? Nicht nach Lugano, nicht nach Salzburg, einfach nur fort. Irgendwohin, wo keiner ihn kannte; dort blieb er am besten für den Rest seines Lebens.
Warum nicht gleich? Wenn er noch in der Nacht die Burg verließ und morgen verschwunden war, so ersparte ihm das Fragen und sinnloses Reden. Saritz würde es befremden, aber

das spielte nun auch keine Rolle mehr, er würde ihn nie im Leben wiedersehen, genausowenig wie er Marie Antoinette wiedersehen würde.

Er war ihr eine Erklärung schuldig. Aber es gab keine. Es gab nichts, war er ihr erklären konnte. Er konnte auch sie nur belügen, das war alles.

Doch er wagte nicht, die Burg mitten in der Nacht zu verlassen. Er wußte nicht, wo die anderen schliefen, Saritz hatte sein Zimmer unten, er schlief nicht im Turm, man würde ihn hören, ihn aufhalten, der Hund würde bellen, auch das bedurfte der Erklärung, und Erklärungen gab es nicht.

Er riß sich die Sachen vom Leib, ging in das winzige Badezimmer, stellte sich unter die Dusche, erst heiß, dann kalt, dann wieder heiß und am Ende so lange kalt, bis ihm die Zähne klapperten.

Aber er hatte kaum das Licht gelöscht und war ins Bett gekrochen wie ein verwundetes Tier, als er sah, wie sich die Tür seines Zimmers lautlos aufschob, wie eine Gestalt hereinglitt, die Tür hinter sich zuzog und auf ihn zukam.

Sie setzte sich auf den Bettrand. Auch das gehörte zu den Qualen dieser Nacht, er hätte es sich denken können.

»Richard«, flüsterte sie. »Schläfst du?«

Sie beugte sich über ihn, preßte ihr heißes Gesicht an das seine, und ihr Mund stürzte sich mit verzweifelter Leidenschaft auf seinen Mund.

»Richard«, flüsterte sie zwischen den Küssen, »oh, Richard! Daß du da bist! Alles, alles kann ich ertragen, wenn du bei mir bist. Bleib bei mir! Laß mich nie mehr allein!« Und so weiter, immer so weiter, sinnloses Gestammel, Küsse, er empfand keinen Haß mehr gegen sie, nur noch Erbarmen erfüllte ihn, dieses törichte Kind, das ihrer beider Leben so verdorben hatte. Er brachte es nicht fertig, sie von sich zu stoßen. Denn die Tatsache, daß sie *lebte*, sie, an die er so lange als Tote gedacht hatte, war überwältigend. Er wehrte sich auch nicht, als sie schließlich zu ihm ins Bett kroch, ihren heißen Körper

an seinen preßte, nicht aufhörte mit wilden Küssen und wilden Worten, deren Sinn er nicht verstand, weil er gar nicht zuhörte.
Ihre Hände begannen ihn zu liebkosen, glitten an ihm auf und nieder, griffen schließlich zu. Sie war geübt, mit seinem Körper umzugehen, wußte, wie sie ihn erregte.
»Laß mich los«, sagte er. »Laß mich los, Carol. Ich kann nicht. Ich kann nicht.«
»Doch, du kannst. Ich spüre es ja. Oh, Richard, wie wunderbar, bitte, schick mich nicht fort. Bitte, gib es mir, bitte, ich sehne mich so nach dir.«
Sie warf mit einem Ruck die Decke zu Boden, warf sich über seinen Körper, glitt mit den Lippen an ihm nieder, ihre Beine umschlangen ihn fest. Er wollte sich aus dieser Umklammerung lösen, aber da saß sie auf ihm, stieß ihn in sich hinein, stöhnte dabei und schrie auf, er mußte ihr den Mund zuhalten, warf sich mit aller Kraft herum, bis sie unter ihm lag, sie bäumte sich auf vor Lust, aber er stieß sie heftig weg, Carol, die seine Frau war, Carol, die Tote.
Dann wieder ihr wirres, wirres Gestammel.
»Ein Jahr lang, Richard, ein Jahr lang habe ich dich nicht gehabt. Das war so furchtbar. Ich habe mich immer und immer wieder nach dir gesehnt. Ich habe gedacht, du müßtest es spüren, du müßtest spüren, daß ich lebe, daß ich immer bei dir bin. Sag, Richard, du hast es gespürt, nicht wahr? Deswegen hast du mich gesucht. Darum bist du hierher gekommen.«
»Ich habe dich nicht gesucht. Ich habe Boris gesucht. Und Britta. An deinen Tod habe ich geglaubt. Ich wollte nur wissen, *wie* du gestorben bist.«
Was für ein unsinniges Geschwätz! Ich wollte wissen, wie du gestorben bist, und mehr als lebendig lag sie hier neben ihm.
»Aber du liebst mich, Richard. Nur mich. Du wirst mich nicht verlassen. Ich gehe mit dir. Gleich morgen. Ich bleibe bei dir.«

»Wie stellst du dir das vor?«
»Ich weiß, wie wir das machen. Ich habe es Boris nicht gesagt, der weiß davon nichts. Und du denkst hoffentlich nicht, daß ich mit Boris geschlafen habe. Das denkst du nicht. Er hat es einmal versucht, in Moskau. Ich habe angefangen zu schreien. Dann hat er es nie wieder versucht. Er ist gut zu mir gewesen. Er wollte mir helfen. Aber ich will ihn nicht mehr sehen. Ich will nur bei dir sein.«
»Es geht nicht, das weißt du ganz genau.«
»Ich habe mir ausgedacht, wie es geht. Du heiratest einfach Britta Nicolai. Ich habe alle ihre Papiere, das geht ganz leicht. Wir heiraten irgendwo, und die Leute in Santa Barbara werden sich gar nichts dabei denken. Du hast mich gleich erkannt, weil du mich kennst. Aber die anderen kennen mich doch nicht so genau. Warum sollen sich Schwestern nicht ähnlich sehen? Wir heiraten, und du sagst den Leuten, du hast die Schwester deiner Frau geheiratet. So etwas kommt doch vor. Daß ein Mann die Schwester heiratet, wenn seine Frau gestorben ist. Das kommt oft vor. Ich habe den Leberfleck nicht mehr, und meine Haare sind gefärbt. Wenn du das Rot nicht magst, färbe ich sie anders, rotblond oder hellblond oder braun, und die Leute werden sagen, erstaunlich, wie sie ihrer Schwester ähnlich sieht. Es ist ganz einfach.«
»Du hast deine Schwester getötet.«
»Ja, das habe ich getan. Ich werde damit leben müssen. Aber sie hätte mich getötet. Richard, sie hätte mich getötet, ehe sie mich wieder zu dir gelassen hätte. Sie hat es gesagt, und sie hätte es getan. Du hast sie nicht gesehen. Du weißt nicht, wie sie war. Wie eine Rasende. Sie war wahnsinnig.«
»Und du? Du bist genauso wahnsinnig. Es geht nicht, was du dir ausgedacht hast.«
»Doch, es geht. Ich habe es genau überlegt. Nach einiger Zeit komme ich zu dir. Ich bin die traurige Schwester von Carola. Du tröstest mich. Dann liebst du mich, dann heiraten wir, und alles ist wie früher.«

»Hast du denn gar keine Skrupel?«
»Nein. Ich will nur dich.«
»Und Boris?«
»Er wird schweigen. Er muß schweigen. Er kann froh sein, wenn seine Genossen ihn nicht eines Tages schnappen.«
»Und wenn sie ihn schnappen? Dann wird er reden.«
»Nein. Er wird schweigen. Er würde ja alles nur noch schlimmer machen.«
»Und der andere Mann, dieser Arzt?«
»Wir werden ihn nie wiedersehen.«
»Den Eindruck habe ich nicht. Er wird uns erpressen.«
»O nein, so einer ist Herbert nicht. Er liebt mich doch.«
»Er wird dich suchen.«
»Er weiß, daß ich nur dich liebe. Er wird schweigen. Und er wird auch gar nicht wissen, wo wir sind. Richard, sag, daß du mich heiraten wirst. Du wirst eine Tote heiraten. Aber mich wirst du wieder lebendig machen.«
Richard löste sich aus ihren klammernden Armen und Beinen, schob sie von sich und stand auf.
»Aber ich will nicht, Carol. Ich kann das nicht tun. Ich kann nicht mein ganzes Leben lang mit einer Lüge leben.«
»Du kannst es, weil du mich liebst. Du nimmst mich gleich mit.«
»Ich nehme dich nicht mit. Weder gleich noch später.«
»Dann komme ich einfach. Eines Tages stehe ich vor der Tür. Nein, ich bin im Haus, wenn du kommst. Ich habe die Schlüssel noch. Die habe ich mitgenommen. Ich bin eines Tages da.«
»Ich will nicht, Carol. Ich kann nicht mehr mit dir leben.«
»Ich werde einfach da sein, Richard.«
»Ich werde nicht mehr dort sein. Ich werde Santa Barbara verlassen, ich werde in eine andere Stadt gehen, in ein anderes Land, du wirst mich nie mehr finden.«
»Ich finde dich.«
Ihre Arme griffen wieder nach ihm.

»Komm, Richard, komm zu mir. Liebe mich! Wir waren doch so glücklich, Richard, wir werden es wieder sein.«
Er stieß sie zurück, riß wieder die Fenster auf. Alle Verzweiflung des Abends und der Nacht war nichts gegen die Verzweiflung, die er nun empfand.
Er hätte sagen mögen: Ich liebe dich nicht. Ich habe dich nie geliebt, es war ein Irrtum, ich weiß es jetzt.
Doch das brachte er nicht übers Herz.
Statt dessen sagte er: »Ich kann nicht mit einer Mörderin zusammenleben.«
»Ich bin keine Mörderin. Es war kein Mord. Es war Totschlag im Affekt. Nicht einmal das, es war Notwehr. Sie hätte mich getötet. Boris hat dir doch erzählt, wie es war. Er war dabei, er hat es gesehen. Jedes Gericht würde mich freisprechen, das sagt Boris auch.«
»Dann stell dich dem Gericht.«
»Das kann ich nicht. Ich bin ja tot. Ich bin tot, und Britta lebt. Man kann Tote nicht vor Gericht stellen. Wer will beweisen, daß ich nicht Britta bin? Du? Boris? Er wird es nicht tun. Und du kannst es nicht tun, denn du liebst mich. Boris würde nicht als Zeuge auftreten, und er ist der einzige Zeuge, den ich habe. Er kehrt nicht in den Osten zurück, ich auch nicht. Nie mehr. Das kannst du nicht von mir verlangen. Komm jetzt!«
»Man kann sehr leicht beweisen, daß du Carola bist und nicht Britta. Deine Haare sind gefärbt.«
Sie lachte. »Brittas Haare waren auch gefärbt. Von Natur war sie blond wie ich. Ein bißchen dunkler.«
»Man kann den Arzt finden, der den Leberfleck entfernt hat.«
»In Moskau. Ich weiß nicht einmal, wie er heißt. Es war ein Freund von Boris. Und Boris fährt nie mehr nach Moskau.«
»Es ist nicht zehn Jahre her, sondern noch nicht einmal ein Jahr. Der Mann wird sich an den Leberfleck erinnern.«
»Willst du vielleicht nach Moskau fahren und alle Ärzte fragen, ob sie im vergangenen Winter einen Leberfleck ent-

fernt haben? Mach dich nicht lächerlich. Sie würden dich einsperren, weil sie denken, du bist verrückt. Damit sind die schnell bei der Hand.«

»Das bezweifle ich. So unglaubwürdig würde meine Geschichte nicht klingen.«

»Britta kann nicht exhuminiert werden. Sie ist verbrannt.« Ihre Stimme klang triumphierend. »Und ich bin Britta.«

Nun war der Haß wieder da. Er fühlte sich gefangen, fühlte sich gedemütigt. Sie machten mit ihm, was sie wollten. Er schloß die Fenster, zog seinen Morgenmantel an und machte Licht.

Wie eine Fremde sah er die Frau mit den roten Haaren an, die in seinem Bett lag.

»Du mußt jetzt gehen. Bitte verlaß das Zimmer.«

»Nein, ich gehe nicht.«

»Dann gehe ich.«

»Wo willst du hin, mitten in der Nacht?«

»Es ist bald Morgen. Und ich kann dich nicht mehr ertragen.« Sie fing an zu weinen.

»Was heißt, du kannst mich nicht mehr ertragen? Du liebst mich doch. Ich habe viel mehr zu ertragen, Richard. Ich lebe nicht ohne dich. Wenn du mich nicht mitnimmst, nehme ich mir das Leben. Dann bist du auch ein Mörder.«

»Ich bin kein Mörder, denn du bist schon tot.«

Er fuhr sich mit den Händen durch das Haar. Was für ein sinnloses Gerede!

Nur um sie loszuwerden, mäßigte er seine Wut, sprach freundlich zu ihr.

»Wir müssen beide etwas schlafen. Bitte, sei vernünftig. Ich werde über alles nachdenken. Vielleicht kann man es so machen, wie du gesagt hast. Später. Aber hier und heute kann ich keine Entscheidung treffen, Carol. Bitte, geh jetzt.«

»Ja, Richard. Du wirst sehen, es geht sehr gut so, wie ich es dir erklärt habe. Denk darüber nach. Es ist ganz einfach.«

Die Sonne ging spät auf in den Bergen, aber als es ihm endlich

gelang, sie aus seinem Zimmer zu bringen, lag eine goldene Borte über dem Wald.
Richard lauschte in den Turm hinein, sie huschte lautlos die Treppe hinunter.
Ob Boris gemerkt hatte, wo sie war? Sicher.
Und Saritz? Er schlief unten. Aber selbst wenn er es gemerkt hatte, es war sowieso alles egal. Es gab keinen Ausweg, weder für Carol noch für Boris und für ihn selbst.
Am besten gehe ich mit ihnen nach Südamerika, dachte Richard voll Hohn. Wie soll ich in Santa Barbara weiterleben, wie soll ich meinen Kollegen, meinen Studenten in die Augen sehen, nun, da ich weiß, was ich weiß?
Eines Tages würde Carol vor der Tür stehen. Sie würde ihn nicht mehr finden.
Er war so schuldig wie sie. Er war ihr Mitwisser, er mußte schweigen, oder er mußte sie anzeigen.
Und wenn er schwieg, würde sie kommen.
Übermächtig wurde Richards Wunsch, auf und davon zu laufen. Jetzt gleich, sofort. Nur fort aus diesem Haus. Keinen mehr sehen, keinen mehr sprechen. Allein sein.
So weit fort, wie es irgend möglich war.

Ganz egal, was sie alle dachten, er würde dieses Haus, diese dreimal verfluchte Burg verlassen, so schnell er konnte. Was dann wurde, das wußte er noch nicht. Darüber würde er nachdenken; morgen, übermorgen, irgendwann.
Er duschte nochmals, rasierte sich und zog sich an, die helle Hose, ein sauberes Hemd, die Lederjacke.
Sie würden alle schlafen, Carol hoffentlich auch.
Boris war die Gefahr. Was tun, wenn er unten in der Halle auf ihn wartete? Egal. Gar nichts würde sein. Nichts konnte ihn mehr aufhalten. Gute Reise nach Südamerika.
Er stopfte den grauen Anzug in den Koffer, das gebrauchte Hemd, packte seine Toilettensachen zusammen. Das andere Gepäck war im Wagen.

Er öffnete die Tür, horchte in den Turm hinab. Alles still. Leise schlich er die Treppe hinab. Wie gut, daß sie aus Stein war, sie konnte nicht knarren.
Die große Halle war leer, kein Licht brannte, sie war so düster wie bei seiner Ankunft. Dann durch das Gewölbe, das Tor ... Das hohe schmale Tor, das ins Freie führte, stand offen. Ladurner war wohl schon aufgestanden. Gleichviel, ob er ihn sah oder nicht, mochte er den Gast, der sich in der Frühe heimlich fortstahl, merkwürdig finden, das kümmerte Richard nicht.
Es war schon hell, erste Sonnenstrahlen glitten über die Berge. Richard atmete auf, als er im Freien stand. Immer noch hatte er befürchtet, Boris würde in einer Nische auf ihn lauern, Carol sich ihm an den Hals hängen.
Nur fort.
Sein Wagen stand auf demselben Fleck, wo er ihn verlassen hatte. Er verstaute das Gepäck im Kofferraum, klappte den Deckel zu.
Als er sich aufrichtete, erblickte er Johann Saritz.
Er stand an den Pfeiler der Durchfahrt gelehnt, die Hände in den Taschen seiner Hose, die Ärmel des Hemdes hochgekrempelt.
»Guten Morgen, Herr Professor«, sagte er. »Es wird ein wunderschöner Tag. Sehen Sie, gerade kommt die Sonne über den Berg. Wollen Sie so früh schon einen Ausflug machen?«
»Ich bedanke mich für Ihre Gastfreundschaft, Herr Saritz. Nein, keinen Ausflug. Ich fahre fort.«
»Doch nicht ohne Frühstück.«
»Ich habe meine Gründe, kann sie Ihnen aber nicht erklären. Ich möchte weder Herrn Jaretzki noch ... noch der Dame begegnen.«
»Sie sehen nicht besonders ausgeruht aus, Herr Professor. Haben Sie schlecht geschlafen im Turm?«
»Ich habe gar nicht geschlafen. Auch das kann ich Ihnen nicht erklären.«

»Und wo fahren Sie hin, wenn ich fragen darf?«
»Ich weiß nicht.«
»Also nicht nach Salzburg?«
»Nein. Gewiß nicht.«
»Und was soll ich meiner Tochter ausrichten?«
Sie hatten bisher über die Entfernung der fünf Schritte hinweg, die sie trennten, gesprochen. Nun machte Richard vier Schritte auf Saritz zu und sagte: »Ich weiß auch das nicht. Oder doch, sagen Sie ihr...« Er zögerte, scheute einen Augenblick davor zurück, sich so preiszugeben, aber preisgegeben war er sowieso, vor diesem Mann ganz bestimmt, der so ruhig, so überlegen vor ihm stand.
»Sagen Sie ihr, sie wäre das große Glück meines Lebens geworden. Aber es führt kein Weg von mir zu ihr. Jetzt nicht mehr, seit ich hier auf der Burg war. Sie wird mich bald vergessen haben. Ich werde versuchen, sie zu vergessen, nur fürchte ich, daß es mir nie gelingen wird. *No, I never will forget her.*«
Eine Pause entstand. Dann sagte Saritz langsam: »Es gibt Dinge auf der Welt, die sind nicht zu reparieren. Aber das meiste läßt sich mit der Zeit – nun, sagen wir, hinbiegen. Sie sind nicht aufrichtig zu mir. Keiner ist es gestern abend gewesen, darum kann ich Ihnen nicht helfen. Und gerade das ist es, was ich gern tät – nicht nur wegen Toni. Sie kennen sie erst ganz kurze Zeit, wie ich weiß. Sie wird nicht an gebrochenem Herzen sterben. Ich denke nicht, daß Toni Hilfe braucht. Aber ich glaube, daß Sie Hilfe brauchen, Herr Professor.«
Richards Gesicht war fahl unter der Sonnenbräune, seine Augen lagen tief in den Höhlen, er fahndete in den Taschen seiner Lederjacke nach den Zigaretten, zog sie heraus, doch als er eine anzündete, zitterten seine Hände.
Sehr sanft nahm Saritz ihm die Zigarette aus den Fingern. »Ein Vorschlag, Herr Professor. Sie nehmen mich ein Stück mit in Ihrem Wagen. Sie wollen den Leuten, die hier auf der Burg wohnen, nicht mehr begegnen. Gut, ich respektiere das.

Fahren wir zusammen weg und frühstücken unterwegs. Denn ich brauche ein kräftiges Frühstück mit Tiroler Speck und Eiern und dunklem Brot und starkem Kaffee. Ah, ich sehe Ihre Augen aufleuchten bei dieser Vorstellung. Die Welt sieht anders aus, wenn man gut gefrühstückt hat. Keine Angst, ich werde Ihnen keine Fragen stellen. Ich werde Ihnen mein Land zeigen, das Land meiner Kindheit, und dann werden wir gemeinsam dem Dom von Brixen einen kurzen Besuch abstatten. Waren Sie schon drin? Nein? Das dachte ich mir. Bevor mein Vater in den Krieg zog, war er mit meiner Schwester Angela und mir im Dom zu Brixen, um zu beten. Es war damals für uns eine weite Reise. Meine Mutter lebte nicht mehr, und meinem Vater hat das Gebet im Dom auch nicht geholfen, er fiel in der Schlacht am Isonzo. Meiner Schwester Antschi...« Sein Gesicht verfinsterte sich. »Lassen wir das. Der einzige, dem Gott gnädig war, das bin ich. Und ich bin derjenige, der es am wenigsten verdient hat. Allerdings, das möchte ich betonen, beten allein hilft auch nichts. Man muß etwas dazu tun. Und ich habe viel getan.«
Er löste sich von dem Pfeiler, straffte sich. »So, das war eine lange Predigt. Wir wollen auch im Dom nicht beten, wir wollen ihn nur anschaun. Steigen Sie ein.«
Unter dem Tor war Ladurner erschienen, und Saritz sprach einige Sätze zu ihm in ihrem unverständlichen Dialekt. Dann wandte er sich wieder zu Richard. »Steigen Sie auf der anderen Seite ein, Herr Professor, ich fahre.«
Richard war zu müde, um sich zu wehren. Zu schwach, diesem herrischen Mann Widerstand zu leisten.
Auch Johann Saritz konnte ihm nicht helfen. Er würde seine Hilfe nicht aufdrängen, er würde kein Vertrauen fordern, er würde nicht einmal Fragen stellen. Das wußte Richard. Saritz war ein rasanter Fahrer. Er fegte das enge und kurvenreiche Valle Sarizza hinab, daß einem Hören und Sehen vergehen konnte. Er nahm das Tempo nur zurück, wenn er etwas zeigen und erklären wollte, einen bestimmten Berg, ein Wald-

stück, einen Teil der Schlucht; er fuhr sehr langsam, als sie sich der Mündung der Sarizza näherten.
»Arme Sarizza!« sagte er. »So wild und so lebendig und so schnell am Ende. Es geht den Flüssen wie den Menschen. Wenn sie viel Kraft und Leidenschaft brauchen, um sich durch die Enge ihrer Herkunft durchzudrängen, werden sie schnell vernichtet. Aufgebraucht. Wie lange lebt dagegen ein großer Strom, der bedächtig dahinzieht. Nehmen Sie nur unsere Donau. Freilich, in einem Meer versinken sie schließlich alle. Aber manche erst nach einem langen Leben.«
Durch das Pustertal fuhr Saritz langsam, auch hier hatte er viel zu zeigen und zu erklären. Er erwartete keine Antwort, keine Reaktion, er sprach vor sich hin, er fragte nicht.
In Brixen parkte er auf einem kleinen Platz, dann gingen sie das Stück zum Dom. Saritz bekreuzigte sich beim Eintritt, führte dann Richard herum, erklärte einiges, aber nur kurz, denn, so sagte er: »Jetzt machen Sie mir gleich schlapp, Herr Professor. Es wird Zeit für unser Frühstück.«
Nicht weit vom Dom entfernt steuerte Saritz auf ein schönes altes Haus zu, bemalt mit Borten und Blumen. Gasthof-Hotel stand über dem Eingang, und kaum waren sie im Empfangsraum, da lief ihnen ein etwa achtjähriger Bub über den Weg, der sofort kehrtmachte und rennend im Hintergrund verschwand, dabei aus Leibeskräften brüllte: »Der Onkel Johann ist da! Der Onkel Johann ist da!« Saritz blieb stehen und lachte.
»Das ist der Jüngste. Mein Freund Andreas hat sechs Kinder, davon vier Buben. Was Sie hier grad gesehen und gehört haben, ist mein Patensohn. Er wird sehr enttäuscht sein, denn ich komme heute ohne Geschenk.«
Freund Andreas nahte, ein großer, breiter Mann, er strahlte über das ganze Gesicht, dann gab es eine ausführliche Begrüßung auf ladinisch. Nachdem die Männer sich eine Weile auf die Schulter geklopft und umarmt hatten, ging Saritz ins Deutsche über.

»Hier sind zwei Männer, Andreas, die dringend ein besonders gutes Tiroler Frühstück brauchen. Aber schon so eins. Wir haben Zeit. Das ist Professor Richard Gorwess aus Amerika. Und das ist mein Freund Andreas Hofer. Er heißt wirklich so, ist aber nicht jener.«
Frau Hofer tauchte nun ebenfalls auf, den Jüngsten hinter sich herzerrend, schimpfend, weil er mit seinem Geschrei die Gäste aufwecke, die noch alle schliefen. Auch sie begrüßte Saritz herzlich und verhieß dann, sie werde sich selbst um das Frühstück kümmern.
Saritz und Richard saßen in einem kleinen Extrazimmer an einem blanken Holztisch und frühstückten fast eine Stunde lang, wobei ihnen Andreas und seine Frau zeitweise Gesellschaft leisteten. Auch drei von den anderen Kindern bekam Richard zu sehen, als besondere Attraktion die zwanzigjährige Maria, ein atemberaubend hübsches Mädchen. Sie arbeitete als Bedienung im Gasthof, hatte sich aber kürzlich verlobt, wie er erfuhr, und würde im nächsten Jahr heiraten.
»Zu der Hochzeit möchte ich eingeladen werden«, sagte Saritz. »Eine feierliche Tiroler Hochzeit in unserem Dom, das möchte ich wieder einmal erleben.«
»Aber ganz gewiß wirst du eingeladen, Onkel Johann«, sagte Maria. »Und ich denk, daß er dir gefallen wird, mein Zukünftiger.«
»Was ist er denn?«
Das Mädchen warf einen schelmischen Blick auf Richard und antwortete: »Professor in Innsbruck. Allerdings für Botanik.« Denn Saritz hatte natürlich im Laufe des langen Frühstücks berichtet, wer und was Richard war.
Als sie eine Weile allein waren, klärte Saritz ihn auch über seinen Freund Andreas auf.
»Er ist auch ein Saritzer. Wir sind vom selben Jahrgang. Wir haben die Küh gehütet, und wir haben zusammen die Schule angefangen. Dann haben wir uns viele, viele Jahre nicht gesehen. Als ich wieder einmal hier in die Gegend kam, trafen

wir uns zufällig. Er hatte ein kleines Beisl unter den Arkaden, ich kehrte da ein, um ein Bier zu trinken. Gleich haben wir uns nicht erkannt, aber ein kurzes Gespräch, und dann wußten wir, wer wir waren. Ja, und später stand dann dieses Hotel hier zum Verkauf, und da war ich ihm behilflich. Heute ist es ein gutgehender Laden bei dem ständig wachsenden Fremdenverkehr.«
Richard hatte wirklich bei dem Frühstück kräftig zugelangt, er fühlte sich besser, das lebhafte Gespräch am Tisch hatte ihn abgelenkt und seine Nerven beruhigt, die Schatten der Nacht wichen zurück.
»Jetzt bringst du uns noch einen Grappa«, sagte Saritz, nachdem die letzte Tasse Kaffee eingeschenkt war, »und dann schaust amal nach deinen Gästen. Die werden ja wohl jetzt langsam aufgestanden sein.«
»Auf Ihr Wohl, Professor Gorwess«, sagte Saritz, nachdem der Schnaps gekommen war. Er hob sein Glas und blickte Richard prüfend an. »Jetzt gefallen Sie mir wieder besser. Wenn Sie wollen, fragen wir den Andreas, ob er ein Zimmer frei hat, dann können Sie ein paar Stunden schlafen, das wird Sie vollends wieder auf die Beine bringen. Sie sagten ja, Sie hätten vergangene Nacht nicht geschlafen.«
»Nein, das habe ich nicht. Und das werde ich wohl auch hier nicht können. Sie sagten heute morgen, Herr Saritz, es gibt Dinge, die sich nicht reparieren lassen. Mit solchen Dingen habe ich zu tun.«
»Ja, natürlich gibt es das. Allerdings weniger als man denkt. Für mich war es mein ganzes Leben lang eine Herausforderung, mich an solch angeblich irreparablen Dingen zu versuchen. Ob nicht doch etwas zu machen sei. Übrigens möchte ich hernach gern Toni anrufen. Sie ist wieder in Salzburg und wartet auf meinen Anruf.«
Richard stützte die Stirn in die Hände, starrte auf die blanke Tischplatte.
Und dann erzählte er Johann Saritz alles.

Santa Barbara

Später, wieder daheim in Santa Barbara, an meinem Schreibtisch, in meinem einsamen Haus über dem Pazifischen Ozean, hatte ich Zeit genug, den Tag und die Nacht auf Burg Saritz, vor allem aber mein Gespräch mit Johann Saritz in Brixen immer wieder zu rekapitulieren. Ob ich wollte oder nicht, ich mußte diesen Mann bewundern. Wieder einmal erwies sich, was so häufig zu beobachten ist: Ganz gleich, aus welchen Verhältnissen ein Mann stammte und wie dornenvoll der Weg, auf dem er emporgestiegen war, *daß* er aufstieg, hatte seine Gründe; am Beginn jedes Aufstiegs, jeder Karriere steht die Persönlichkeit.

Er hatte mir in aller Ruhe zugehört, damals in Brixen, er unterbrach mich mit keiner Zwischenfrage, obwohl meine Erzählung reichlich wirr ausfiel. Ich fing mit dem Ende an, ließ den Anfang folgen, brachte einiges durcheinander, doch ich tat mein Möglichstes, die Zusammenhänge, Ursachen und Wirkungen klar zu machen, soweit sie mir selbst klar geworden waren.

»Ich bin mit einer Toten verheiratet«, mit diesen dramatischen Worten schloß ich meinen Bericht, lehnte mich zurück und schloß erschöpft die Augen. Öffnete sie aber sogleich wieder, um zu sehen, was er nun für ein Gesicht machte.

Wie vertraut mir dieses Gesicht schon war!

Einen Tag zuvor hatte ich den Mann noch nicht gekannt, und nun vertraute ich ihm so, als sei er mein engster Freund. Weil er Tonis Vater war? Es konnte ihn eigentlich nur gegen mich einnehmen, seine Tochter in einen so ausweglosen Konflikt verwickelt zu sehen. Aber das war sie ja nicht, nicht sie. Und das war es, was ich ihm unbedingt noch sagen mußte, daß ich seiner Tochter nie wieder unter die Augen treten würde, so wie mein Leben nun aussah. Ich hätte irgendeinen Grund angeben müssen, warum ich Toni nicht wiedersehen konnte und wollte. Doch dazu hätte eine Lüge genügt, ich mußte ihm nicht die Wahrheit sagen. Warum also hatte ich es getan?

Vielleicht lag es auch daran, daß ich einfach sprechen mußte. Wir waren zuvor im Dom gewesen, und mir schoß der Gedanke durch den Kopf, daß die Ohrenbeichte der Katholiken doch wohl eine gewisse Berechtigung besaß. Ich bin Protestant, aber ich kann nachempfinden, wie wohltuend es sein muß, sich von der Seele zu reden, was einen bedrückt und quält, womit man nicht allein fertig wird. Wir in Amerika haben dafür die Couch des Psychiaters gefunden, die häufig, möglicherweise zu häufig und läppisch benutzt wird. Aber in vielen Fällen erfüllte sie wohl doch einen heilsamen und hilfreichen Zweck.

Saritz schwieg lange. Er nahm die Grappaflasche und goß uns sehr bedächtig noch einmal die Gläser voll. Dann blickte er mich an und sagte: »Bös. Sehr bös. Da muß ich erst einmal darüber nachdenken. Dazu kann man sich nicht im Handumdrehn eine Meinung bilden. Eins kann ich allerdings gleich sagen: Es war gut, daß Sie heute morgen weggefahren sind, sonst wär's am Ende gar zu dramatisch geworden. Zunächst bleibe ich bei meinem Rat, daß Sie ein paar Stunden schlafen sollten.«

»Ich glaube nicht, daß ich schlafen kann.«

»O doch, Sie können. Jetzt, nachdem Sie gesprochen haben, können Sie. Ich fahre währenddessen zurück auf die Burg und werde dort erst einmal reinen Tisch machen. Die Wahrheit ist eine starke Waffe. Gleichzeitig ist sie wie ein Trost vom lieben Gott. Auch Ihrer armen Carola wird es wohltun, von der

Lüge erlöst zu sein. Ich habe sie sehr aufmerksam beobachtet gestern abend, sie leidet, sie ist sehr unglücklich, was ich jetzt verstehen kann. Sie vor allem braucht Hilfe, und möglicherweise braucht sie Ihre Hilfe, Herr Professor. Auch darüber muß ich nachdenken, wie diese Hilfe aussehen soll.«
Er leerte nachdenklich sein Glas.
»Eine Hilfe, die Sie nicht zum lebenslangen Opfer macht. Wie gesagt, ich muß da erst mal nachdenken. Ich weiß nicht, ob es nicht besser ist, wenn Sie, wie vorgesehen, zu Ihrer Mutter nach Lugano fahren. Sie sind dann ein Stück entfernt von dem, was Sie hier erlebt haben, und Sie haben Rücksicht zu nehmen auf einen Menschen, den Sie lieben. Das wird im Augenblick eine gute Medizin für Sie sein. Geben Sie mir Ihre Adresse in Lugano. Sie werden von mir hören. Wie lange hatten Sie vor dortzubleiben?«
»Nun – vierzehn Tage oder drei Wochen. Aber jetzt werde ich dazu kaum die Ruhe haben.«
»Doch, doch, zwingen Sie sich zu dieser Ruhe. Werden Sie Ihrer Mutter erzählen, was wirklich geschehen ist?«
»Ich habe nicht die Absicht. Warum sollte ich sie damit belasten?«
»Richtig. Und jetzt möchte ich Toni anrufen. Sie können ruhig mitkommen und hören, was ich ihr sage.«
»Nein. Das kann ich nicht.«
»Denken Sie, daß ich meine Tochter verletzen werde? Aber auch sie hat Anspruch auf die Wahrheit.«
Er telefonierte vom Büro Hofers aus, ich saß daneben und hörte zu.
Nachdem er ihr Guten Morgen gewünscht und sich erkundigt hatte, wie es ihr gehe, kam er sehr schnell zur Sache.
»Soviel ich von dir gehört habe, Toni, kennst du Richard Gorwess erst seit etwa einer Woche. Du hast bis dahin ohne ihn gelebt, du wirst auch in Zukunft ohne ihn leben können. Nein, sei still und hör mir zu. Er ist in einer üblen Situation. Nicht durch seine eigene Schuld, aber das hilft ihm auch

nichts. Wenn es geht, solltest du ihn vergessen. Und das geht immer, wenn man muß. Nein, Toni, ich weiß nicht, ob ich ihm helfen kann. Ich denke darüber nach. Aber von dir verlange ich das Versprechen, daß du keinen Versuch machst, mit ihm in Verbindung zu treten, ehe ich es dir erlaube. Falls ich es dir eines Tages erlauben kann. Ja, er ist hier bei mir. Ich möchte nicht, daß du mit ihm sprichst. Ja, er gefällt mir auch. Und ich sage nichts Nachteiliges über ihn. Das muß dir im Augenblick genügen.«

Ich konnte nicht hören, was sie darauf sagte, doch er nickte befriedigt mit dem Kopf und legte den Hörer auf.

Es war ein kurzes Gespräch gewesen, und ich sah Toni vor mir, wie sie in ihrem hübschen venezianischen Zimmer saß und ratlos in die Luft guckte. Viel vorstellen konnte sie sich nicht unter dem, was ihr Vater gesagt hatte, aber eines würde sie ja wohl begriffen haben: Ich verriet sie nicht, ich verließ sie nicht, ich steckte in schwerer Bedrängnis. Wie auswegslos die Lage war, das allerdings würde sie erst erkennen, wenn ihr Vater mit ihr gesprochen hatte, wenn sie alles wußte. Dann würde sie auch begreifen, warum er ihr das Versprechen abverlangte, unter keinen Umständen mit mir in Verbindung zu treten.

Auch ich mußte Saritz mein Ehrenwort geben, mich von Toni fernzuhalten.

»Es ist nämlich eine vertrackte Sache mit der Liebe«, sagte er und lächelte zum erstenmal seit einer Stunde wieder, »nichts kann sie so aufheizen wie Schwierigkeiten, die sich ihr in den Weg stellen. Aber diese Schwierigkeiten hier sind zu ernsthaft, als daß wir sie durch euer Gefühlsleben zusätzlich komplizieren könnten.«

Saritz holte selbst meinen Wagen, der Hausdiener lud ihn aus und brachte meine Sachen in ein ruhiges, nach hinten gelegenes Zimmer.

»Schlafen Sie ein paar Stunden«, sagte Saritz. »Bleiben Sie heute noch da, schauen Sie sich in Brixen um, essen Sie ein gutes Nachtmahl. Und wenn Sie bis morgen vormittag von mir nichts gehört haben, fahren Sie zu Ihrer Mutter. Übrigens habe ich mir grad überlegt, als ich den Wagen holte, was ich zunächst mit Carola anfange.«

Ich muß ihn wohl fassungslos angestarrt haben, denn er lachte. »Ich bin immer ein Mann von schnellen Entschlüssen gewesen. Boris schicke ich los nach Südamerika, mit der Order, sich hier nicht mehr blicken zu lassen. Ich möchte weder hier auf der Burg noch auf irgendeinem meiner anderen Wohnsitze Ostblockspürhunde herumhängen haben. Boris wird weder ein Verräter noch ein Erpresser sein, denn er weiß, was er dann von mir zu erwarten hat. Er weiß, was es wert ist, mich als Freund zu haben. Genausogut weiß er, was es bedeutet, wenn ich ein Feind bin. Carola bringe ich nach Niederösterreich. Ich habe da bei Krems ein großes Weingut, ein wunderschöner Besitz, dort kann Carola zur Ruhe kommen und sich erholen. Vor allem habe ich dort ein sehr tüchtiges Verwalterehepaar. Sie ist eine sehr gescheite und verständige Frau. Ihr werde ich sagen, daß Carola Schweres durchgemacht hat, daß sie Pflege und Liebe, aber auch Beschäftigung braucht. Sie soll sich ruhig auf dem Gut nützlich machen. In anderthalb Monaten beginnt die Lese, was glauben Sie, was da los ist.«

»Aber Carola ist nicht gewöhnt, allein zu sein. Allein unter fremden Menschen, meine ich. Sie wird verzweifeln.«

»Verzweifelt ist sie schon. Natürlich gibt es zwei Möglichkeiten: Entweder sie wird zunehmend hysterisch, dann kommt sie in psychiatrische Behandlung, auch da habe ich einen guten Mann an der Hand. Oder aber sie kommt dort zur Besinnung und kann ihre Lage vernünftig beurteilen. Dann wird man mit ihr reden können. Ich bin auch nicht dafür, daß man sie der Justiz ausliefert. Man würde sie auf jeden Fall in die DDR bringen, es wäre eine furchtbare Geschichte, die sie durchmachen müßte. Es heißt zwar immer, daß jedes Verbrechen gesühnt werden muß, und da ist etwas Wahres dran.

Aber es muß nicht unbedingt im Gefängnis sein, wo man die Strafe abbüßt. Kann ja auch sein, daß Sie eines Tages wieder mit ihr leben können und mit ihr leben wollen. Diese Chance muß man ihr lassen, Ihnen auch. Sie täten wirklich gut daran, Toni zu vergessen. Mit Carola verbindet Sie mehr, das wollen Sie bitte bedenken, Professor Gorwess.«
Er blickte mich sehr ernsthaft an, und ich kam mir vor wie ein Schuljunge. Alle Initiative schien an ihn übergegangen, und mir war es recht so. Ich hätte ja genausogut sagen können, vielen Dank für Ihr Interesse, Herr Saritz, aber mischen Sie sich bitte nicht in meine Angelegenheiten.
Aber davon war ich weit entfernt. Damals, und auch heute noch, nachdem einige Zeit vergangen ist, bin ich überzeugt, daß ich recht daran getan habe, unser aller Nöte ihm anzuvertrauen. Wenn jemand damit fertig werden konnte, dann er. Das hatte ich sehr schnell erkannt, und das war wohl auch der tiefere Grund, daß ich ihm alles erzählt hatte.
»Übrigens wird sie weder als Britta Nicolai noch als Carola Gorwess auf das Gut kommen. Wenn die Nicolai so eine berühmte Schauspielerin war, wie Sie mir erzählt haben, ist es besser, den Namen in der Versenkung verschwinden zu lassen. Ich werde ihr einen anderen Namen geben und den Schöningers erzählen, sie sei eine Cousine von mir. Noch Fragen?«
Ich schüttelte stumm den Kopf und begleitete ihn zum Eingang und sah ihm nach, wie er mit dem kleinen Fiat von Frau Hofer davonfuhr.
Ich hatte die Geschwister im Jagdhaus mal ziemlich spöttisch gefragt: Und ihr macht immer alles, was er anordnet? Sie hatten sehr ernsthaft mit den Köpfen genickt und geantwortet: man kann gar nicht anders. Es geht immer so, wie er will.
Ich ging dann in das Zimmer hinauf, zog mich aus, legte mich aufs Bett und starrte an die Decke. Dann schlief ich wirklich ein.
Diesen Tag hörte ich nichts mehr von Saritz, aber am näch-

sten Morgen, als ich gerade wieder einmal frühstückte, brachte ein Mann aus Saritz den Fiat von Frau Hofer und ein paar Zeilen für mich.

Was heißt ein paar Zeilen? Eine Anweisung: »Fahren Sie umgehend nach Lugano. Sie hören von mir.«

»Und wie kommen Sie zurück nach Saritz?« fragte ich den Mann, der Fiat und Briefchen gebracht hatte.

»Gar net«, er grinste mich fröhlich an. »I bin ja von Brixen. Der Herr Saritz hat mich vorgestern abend mitgenommen, weil ich meine Mutter in Saritz besuchen wollt.«

So lief das bei ihm. Er hatte sich den Chauffeur für die Rückfahrt des geliehenen Wagens gleich mitgenommen, so als hätte er gewußt, daß er ihn brauchen würde.

Ich fuhr wirklich nach Lugano. Es war schiere Feigheit. Ich hatte mich zum Weglaufen entschlossen, und ich lief, weiter, immer weiter.

Dabei hätte es mich doch interessieren müssen, was sich inzwischen auf der Burg abgespielt hatte. Hätte ich mich doch darum sorgen müssen, was aus der armen Carola wurde, die immerhin meine Frau war. Was muß sie gedacht und empfunden haben, als sie feststellte, daß ich geflohen war? Daß ich sie und ihr Schicksal einem fremden Menschen auslieferte?

Sie würde mich verachten, und das mit Recht. Ich verachtete mich selbst. Aber ich lief fort. Ich war es nicht wert, daß Carola mich geliebt hatte.

Es kam eine lange Zeit, in der ich mein Gesicht im Spiegel nur mit Widerwillen betrachten konnte. Und noch heute, wenn ich an jene Zeit zurückdenke, treibt es mir die Schamröte ins Gesicht, und ich verabscheue mich selbst. Obwohl ich natürlich – heute und im nachhinein – mit einer gewissen Berechtigung sagen kann, daß Johann Saritz alles viel geschickter und besser arrangierte, als ich es je gekonnt hätte. Kam dazu, daß dieser Saritz einfach Glück hatte.

Lugano also. Ich brachte es fertig, meiner Mutter die Schwierigkeiten meines derzeitigen Lebens zu verschweigen, sie hätte sich bestimmt maßlos aufgeregt. Doch ich war recht schweigsam während meines Aufenthaltes im Tessin, sicher auch oft mißgelaunt. Auch Selbstbeherrschung hat ihre Grenze. *Self control,* wie Toni es genannt hatte. Manchmal fühlte ich mich am Rande meiner Nervenkraft, nicht mehr imstande, ein lächelndes Gesicht zu zeigen, ein harmlos-freundliches Gespräch zu führen. Das natürlich entging meiner Mutter nicht. Sie schob es auf meine Trauer um Carola.

»Ricky, es ist kaum mit anzusehen, mit was für Augen du herumläufst. Manchmal siehst du mich an, als hättest du mich nie gesehen. Wie kann ich dir denn bloß helfen, Junge? Ich sehe ja ein, wie furchtbar das alles ist. Aber du darfst doch nicht daran kaputtgehen.« Als ich darauf nichts erwiderte, fuhr sie fort: »Ich hatte nicht vermutet, daß du sie so sehr geliebt hast. Es ging damals so plötzlich mit der Heirat, und ich, verzeih mir, aber ich hatte das Gefühl, daß du einen Fehler gemacht hast. Carola war sehr reizend, ein wirklich liebes Ding, aber, bitte sei nicht böse, ich muß dir gestehen, was ich damals zu Martin sagte, als ihr abgereist wart. Sei nicht böse, ja?«

»Also was zum Teufel hast du gesagt?« fragte ich gereizt.

Sie blickte mich unsicher an.

»Ich sagte zu ihm, ich bin gespannt, wie lange diese Ehe halten wird. Von heute aus gesehen ist es ganz gemein, daß ich das gesagt habe. Aber wer hat denn an so etwas gedacht. Ich fand halt nur ... ich meine ...« Sie stockte, ich habe sie wohl drohend angesehen, denn sie lenkte ab. »Ist ja egal.«

»Ich will, verdammt noch mal, wissen, was du gesagt hast, kluge Mutter.«

Sie schob ein wenig trotzig die Unterlippe vor, ein Ausdruck, den ich nur zu gut kannte.

»Nun, ich sagte, irgendwie ist sie nicht sein Niveau. Sie wird wohl auf die Dauer nicht die richtige Partnerin für Ricky sein.«

»Na, dann kannst du ja jetzt zufrieden sein«, sagte ich bösartig, und daraufhin fing sie an zu weinen.
Woraus ersichtlich wird, daß mein Aufenthalt in Lugano diesmal nicht ohne Disharmonie verlief, was natürlich jeder von uns sehr wohl empfand. Ich sehnte geradezu den Tag herbei, an dem ich auch von hier, auch vor meiner Mutter, davonlaufen konnte.
Nach genau zwölf Tagen erreichte mich ein mit der Maschine geschriebener Brief aus Linz.
Er lautete: »Sehr geehrter Herr Professor, ich hoffe, Sie haben angenehme Tage in Lugano. Hier verlief alles nach Plan, meine Cousine befindet sich derzeit zur Erholung auf dem Land, und wie sie mir sagt, fühlt sie sich sehr wohl und ist vor allem erleichtert, daß die Belastungen, die sie im vergangenen Jahr zu tragen hatte, nun zum großen Teil von ihr genommen sind. Ich werde mir die Zeit zu einem Besuch nehmen und sorge auch sonst für ein wenig Abwechslung, es ergaben sich ganz unerwartete Möglichkeiten. Zu gegebener Zeit werde ich Sie davon unterrichten. Unser südamerikanischer Freund ist auf seine Hazienda zurückgekehrt. Bei Ihrer Rückkehr nach Santa Barbara werden Sie einen Brief meiner Tochter vorfinden. Mit besten Empfehlungen. Ihr Johann Saritz.«
Kurz und bündig. Ich sah ihn vor mir, wie er seiner Sekretärin diesen Brief diktierte, der Herr Generaldirektor in seinem Linzer Hauptbüro.
Viel vorstellen konnte ich mir unter diesem Schreiben nicht, jedenfalls nicht, soweit es Carola betraf. Aber deutlich war die Aufforderung, mich gefälligst nicht weiter einzumischen. Einen Brief von Toni sollte ich bekommen, das kam unerwartet, und es brachte mich dazu, Europa sehr plötzlich zu verlassen.

Ich saß auf der Terrasse meines einsamen kleinen Hauses am Isla Vista Beach und las Tonis kurzen Brief so oft, bis ich ihn auswendig kannte.

»Ich weiß nun alles und sehe auch keinen Ausweg. Der General sagt, es gebe immer einen Ausweg, man müsse ihn sich nur einfallen lassen. Aber in diesem Falle sehe er keine besondere Notwendigkeit, sich den Kopf zu zerbrechen, denn so ein bisserl Verliebtheit von ein paar Tagen brauche man wirklich nicht sehr ernst zu nehmen. Du kennst ihn ja inzwischen, da brauche ich Dir nicht mehr viel zu erklären. Ich glaube, er kümmert sich viel um die arme Frau, aber was er mit ihr vorhat, darüber informiert er mich mit keinem Wort. Ich fahre nun doch mit der Mama nach Schottland, dann werde ich mich wieder an meine Arbeit setzen, im Winter möchte ich mein Examen machen. Dann soll ich, laut General, ein Jahr lang in einer großen Spinnerei in England volontieren.

Dies ist der einzige Brief, den ich Dir schreibe. Bitte, antworte mir nicht.«

Das war sehr cool.

Aber das PS machte alles wieder gut. Da schrieb sie: »Wenn Du willst, daß ich zu Dir kommen soll, telegrafiere mir, dann komme ich sofort und bleibe bei Dir. Ganz egal, wie alles ist.«

Dieser Nachsatz bedeutete einen großen Trost für mich. Natürlich telegraphierte ich nicht. Ich wollte Marie Antoinette Saritz nicht als meine Geliebte hier wohnen haben, außerdem würde sie sowieso nicht bleiben, sie hatte ja nicht einmal als meine Frau in Santa Barbara leben wollen.

Ich hatte sie verloren. Aber mir wurde immer bewußter, daß ich mich auf Dauer nicht um die Verantwortung drücken konnte, was aus Carola wurde.

Den ganzen Herbst und Winter über arbeitete ich wie ein Wilder. Meine Studenten mußten sich sehr anstrengen, um zu verarbeiten, was ich an sie herantrug. Mein Buch über die Mäzene ging nicht so recht voran, ich hätte dazu europäische Archive gebraucht. Also begann ich eine neue Arbeit über amerikanische Komponisten des 19. und 20. Jahrhunderts.

Saß ich nicht am Schreibtisch, war ich nicht auf dem Campus, so machte ich mich mit Sport müde, spielte Tennis bis zur Erschöpfung und verbesserte mein Handicap um zwei Punkte. Auch wurde ich sehr viel von Nachbarn, Freunden und Kollegen eingeladen, denn alle bedauerten mich noch immer sehr und merkten natürlich auch, wie unstet, unglücklich, auch unleidlich ich oft war. Die Frauen schienen immer deutlicher der Meinung zuzuneigen, ich sollte doch möglichst bald wieder heiraten; wo immer ich auftauchte, wurden mir Freundinnen, Schwestern, Cousinen und Töchter, möglichst hübsch und entgegenkommend, zugesellt. Ich ging auch immer wieder mit dem einen oder anderen Mädchen aus, ins El Paseo zum Essen, ins Theater, in Konzerte, zu Vernissagen, sogar in Nightclubs zum Tanzen, woraus ich mir früher gar nichts gemacht hatte. Ich tat das alles mit einer Art grimmiger Entschlossenheit, mit dem Wunsch, mich zu betäuben, aber das war natürlich Unsinn, je toller ich es trieb, um so mißgestimmter wurde ich, und die meisten der jungen Damen gaben es nach einiger Zeit resigniert auf, sich mit mir abzugeben. Was die Frauen meiner Kollegen und Freunde immer sehr betrübte. Denn hatte ich zwei- oder dreimal mit demselben Mädchen ein *date* gehabt, erwarteten sie schon die Verlobung.
Von Europa hörte ich nichts, es schien ein versunkener Kontinent zu sein. Abgesehen natürlich von den Briefen meiner Mutter, die ich ziemlich nichtssagend beantwortete. Auf ihre Anfrage im Februar, ob ich im Sommer wieder nach Salzburg führe, sie habe sich um Karten bemüht und auch welche bekommen, antwortete ich unwirsch, daß ich nie mehr im Leben nach Salzburg fahren würde.
Natürlich schrieb sie zurück, was denn das um Gottes willen zu bedeuten habe, ich sei von den Festspielen doch immer begeistert gewesen, aber ich schwieg mich dazu aus.
Immerhin gab es dennoch einige Dinge in meinem Leben, die ich auf der positiven Seite verbuchen mußte, sogar damals in

diesem desperaten Zustand. Das waren nach wie vor meine Aktivitäten auf dem Campus, in diesem Fall besonders meine Arbeit mit Dan, meine Bücher, an denen ich bis tief in die Nacht hinein schrieb, und schließlich Muriel.
Um mit ihr zu beginnen, so will ich rückhaltlos zugeben, daß sie eine große Hilfe für mich war, und zwar in ganz bestimmter Weise.
Es ist nun einmal so, daß ein Mann eine Frau braucht, und ich war gewiß nicht zum Mönch geboren. Aber ich wollte weder heiraten – abgesehen davon, daß ich das gar nicht konnte, nur ahnten das die wohlmeinenden Damen nicht, die mir die hübschen Mädchen über den Weg trieben –, noch war es mir möglich, mich ernsthaft zu verlieben. Was ich brauchte, war nichts anderes als eine Frau im Bett. Und es mußte eine sein, die dies alles genauso sah wie ich, denn noch mehr Komplikationen hatten in meinem Dasein keinen Platz.
Eine Frau, die heiraten wollte, durfte es daher nicht sein. Die Frauen meiner Kollegen und Freunde waren tabu. Mit Straßenmädchen mochte ich mich noch nie abgeben.
Muriel war ein Idealfall. Sie war verheiratet, und zwar lukrativ, weswegen sie eine Scheidung nicht in Betracht zog. Nur war ihr Mann, ein vielbeschäftigter Geschäftsmann, in Sachen Sex sehr nachlässig, um nicht zu sagen nahezu impotent. So nannte sie es jedenfalls. Muriel hingegen war temperamentvoll und leidenschaftlich, sie brauchte einen Mann. Sie war etwa in meinem Alter, groß und gutgebaut, mit vollen Brüsten und einem hinreißenden Katzengang, sie hatte blaue Augen, hellblondes Haar, und wenn sie bei mir lag, verbot ich es mir, an Tonis bräunliche Haut und ihre schimmernden Rehaugen zu denken.
Die hatte ich gefälligst zu vergessen.
Ich kannte Muriel vom Tennisplatz, sie war eine hervorragende Spielerin, und wir hatten früher schon manches Match ausgetragen. Als sich dann herumsprach, was für ein Versager ich war, wenn es um Flirts und eventuelle Eheschließun-

gen ging, als man halb mitleidig, halb verärgert die gutgemeinten, aber vergeblichen Bemühungen beklatschte, die mir galten, erschien es Muriel an der Zeit, sich doch selbst einmal um diesen unzugänglichen Witwer zu kümmern.
Wir hatten ein umkompliziertes, höchst angenehmes Verhältnis den ganzen Winter über, auch im kommenden Frühjahr noch, und wir waren beide damit zufrieden, so wie es war, keiner verlangte mehr, jeder hätte es als lästig empfunden, mehr geben oder empfangen zu müssen. Das Erstaunliche war, daß es uns gelang, unsere Affäre lange geheimzuhalten, und als man schließlich doch darüber munkelte, ärgerten sich die Damen, die mich verheiraten wollten, aufs neue, die Männer grinsten oder zeigten scheinheilige Empörung – immerhin, Muriels Mann erfuhr nichts.
Aber das Wichtigste war für mich in jener Zeit Daniel Fischer. Dan studierte bei mir, und er war das begabteste musikalische Menschenkind, das mir je begegnet ist. Wenn es unserem seelenlosen Technikzeitalter noch möglich wäre, einen Mozart oder Beethoven hervorzubringen, so wäre Dan der geeignete Mann dafür gewesen. Musik floß in seinen Adern, wie bei anderen Menschen Blut, doch dieses Naturtalent wurde gesteuert von einem scharfen selektiven Intellekt. Dirigieren und komponieren, das war es, was er vor allen Dingen wollte, obwohl er ein halbes Dutzend Instrumente perfekt spielte. Er hatte ein Orchester unter den *graduates* zusammengestellt und mit Proben eingedeckt, so daß sie wahrhaft ernstzunehmende Konzerte geben konnten.
Hauptsächlich aber wollte Dan komponieren, und er begann damit, Lieder zu schreiben.
Er begründete es so: »Symphonien und Opern will jeder machen. Tschingbumklang, das geht leicht. Aber diese Lieder, die Schubert, Schumann und Brahms gemacht haben, *by Jove,* Dick, das kann heute keiner mehr. Und da fängt die Musik überhaupt erst mal an. Ich möchte wenigstens versuchen, bei Richard Strauss anzuknüpfen. Er ist der letzte, der

Lieder geschrieben hat, die Sänger und Zuhörer beglücken. Bevor ich nicht ein Dutzend Lieder von einiger Qualität geschrieben habe, Dick, das schwöre ich, vorher kommt mir kein Takt einer Symphonie aufs Notenpapier.«

So jung er war, er wußte, was er wollte.

Das Besondere an unserer Beziehung bestand darin, daß wir unsere Gespräche auf deutsch führen konnten, und da wir systematisch die gesamte Liedliteratur der Klassik, der Romantik und der Moderne durchgingen, und es handelt sich ja doch zumeist um deutsche Lieder, waren seine Deutschkenntnisse von großem Nutzen.

Eine gewisse Ähnlichkeit in unser beider Leben bestand darin, daß wir beide in Deutschland geboren und als Kinder in die Vereinigten Staaten gekommen waren.

Er stammte aus einer höchst musikalischen Familie, seine Mutter hatte Gesang studiert und war auch bereits im Engagement, als der Krieg begann. Sie heiratete einen Offizier, bekam 1941 ihr erstes Kind, eben Dan, und trat anschließend wieder auf. Ihr Mann fiel bei Stalingrad, und als in Deutschland der totale Krieg begann und die Theater schlossen, wurde sie in eine Fabrik dienstverpflichtet. Sie lebte in dieser Zeit wieder bei ihrer Mutter in München.

Bei einem Tagesangriff wurde das Haus zerstört, in dem sie wohnten, und als Daniela aus der Fabrik kam, stand sie vor den Trümmern. Ihre Mutter war tot, doch der kleine Daniel hatte wie durch ein Wunder überlebt.

In der Nachkriegszeit lernte Daniela einen amerikanischen Offizier der Besatzungsmacht kennen, der sich so heftig in die ernste junge Frau verliebte, daß er sie sogleich heiraten wollte. Zunächst ging das nicht, in den ersten Nachkriegsjahren durften Amerikaner keine deutschen Frauen heiraten, aber als sie dann doch verheiratet waren und Daniela mit Daniel glücklich in Amerika angekommen war, begann der Koreakrieg; sie wurde zum zweitenmal Witwe. Als sie ihre Tochter zur Welt brachte, war der Mann schon tot.

Sie hatte sehr liebevolle Aufnahme bei den amerikanischen Schwiegereltern gefunden, bei denen sie heute noch lebte. Sie bewohnten ein wunderschönes Haus in Malibu und waren wohlhabende Leute. Daniela heiratete nicht wieder, sie widmete sich ganz ihrer Familie, besonders ihren beiden Kindern und pflegte vor allem deren musikalische Begabung. Ich lernte sie und Dans Schwester kennen, und die Stunden, die ich in Malibu verbrachte, waren die friedlichsten, die mir in jener friedlosen Zeit beschert wurden.
Soviel zu Dan, der mir ans Herz wuchs, wie ein Sohn, wie ein jüngerer Bruder. Ich selbst hatte ja niemals den Mut besessen, eine aktive musikalische Laufbahn anzustreben, genauer gesagt, ich hatte nie das erforderliche Talent besessen. Die wissenschaftliche Arbeit lag mir mehr. Aber ich wollte alles tun, was in meiner Macht stand, um Dan bei seiner Karriere zu helfen, alles tun, um ihn zu fördern.
Zunächst also die Lieder. Lange und sorgfältig suchte er nach den Gedichten, die er vertonen wollte, denn es sollten möglichst solche sein, die keiner seiner berühmten Vorgänger schon vertont hatte.
»Davon würde man ja doch immer beeinflußt. Oder können Sie sich vorstellen, Dick, es könnte einem etwas Brauchbares einfallen zu der Zeile – es war, als hätt' der Himmel die Erde still geküßt? Besser als Schumann kann das keiner mehr machen.«
Daniela kannte noch viele Gedichte aus ihrer Jugendzeit auswendig, und so kam er immer wieder mit originellen Vorschlägen. Schließlich hatte er zwei Gedichte von Ricarda Huch und eins von Arno Holz in Musik gesetzt, und zwar für meine Begriffe sehr wohl gelungen, als er eines Tages mit einem Zettel ankam, auf dem er wieder einmal ein Gedicht aufgeschrieben hatte. »Daniela kann es auswendig. Sie weiß nur nicht, wer der Dichter ist. Das müssen wir noch herausfinden. Hören Sie zu, Dick!« Und dann las er mir das Gedicht vor: Eine Heimat hat der Mensch, doch er wird nicht drin

geboren ... »Gefällt's Ihnen?« fragte er, als er geendet hatte.
»Ja«, sagte ich betroffen. »Nicht nur das. Es bewegt mich zutiefst.«
... muß sie suchen, traumverloren, wenn das Heimweh ihn befällt.
»Für mich war es nicht schwer, diese Heimat zu finden«, sagte Dan. »Es ist die Musik. Das war mir von vornherein so bestimmt. Eine Heimat, die über Himmel und Erde reicht.«
Manchmal beneidete ich den jungen Mann, knapp vierundzwanzig, um seine traumwandlerische Sicherheit. Unsicherheit und Gefahr kennzeichneten den Beginn seines Lebens. Woher nahm er die Kraft, woher die Sicherheit, seinen Weg so unbeirrbar zu gehen?
Als ich Daniela kennengelernt hatte, wurde es mir sehr schnell klar. Sie hatte Schweres erlebt, die Eltern im Krieg verloren, den Vater zu Beginn, die Mutter zu Ende, die Männer, die sie geheiratet hatte, raubte ihr die Sinnlosigkeit des Krieges, alles Hab und Gut hatte sie durch Bomben verloren, schließlich auch ihre hoffnungsvoll begonnene Karriere aufgeben müssen. Dennoch war sie ein Geschöpf von – ja, wie soll man so etwas nennen? Vielleicht könnte man sagen, von unbeirrbarer Festigkeit und Standhaftigkeit, sowohl des Glaubens wie auch des Mutes. Ihre Stimme war immer noch sehr schön, sie sang allerdings nur noch in Kirchen, ich hörte sie einmal eine Bachkantate singen, ein anderes Mal in einer Aufführung des Weihnachtsoratoriums. Trotz allem, was ihr widerfahren war, hatte sie den unerschütterlichen Glauben an eine übergeordnete Gerechtigkeit, die letzten Endes einem Menschen zu seiner Vollendung verhelfen wird.
Ihre Tochter Virginia war noch ein Teenager, aber bereits fest entschlossen, Sängerin zu werden.
»Und zwar die größte, die es je auf Erden gegeben hat«, erzählte mir Daniela lächelnd.

Sie war eine bezaubernde Frau, ein wenig erinnerte sie mich an Marie Antoinette. Sie war auch so ein brünetter Typ, mit einem leicht dekadenten Charme, höchst amüsant in der Unterhaltung.
Die Begegnungen mit Daniels Mutter, die Gespräche mit ihr, die mir wohltaten, wie seit langem nichts mehr, und schließlich dieses Gedicht von dem unbekannten Verfasser, das mich so angerührt hatte, bedeuteten in mancher Hinsicht eine Wende in meinem Leben. Mir wurde immer bewußter, wie sinnlos, feige und töricht ich mich verhalten hatte und daß ich so nicht weiterleben konnte. Ich hatte mich drücken wollen. Aber ich konnte mich nicht drücken.
An einem Abend im Mai des Jahres 1965 setzte ich mich hin und verfaßte einen langen Brief an Marie Antoinette.
Ich hätte nun mein Versprechen so lange gehalten, begann ich, aber jetzt bestehe die Gefahr, daß ich mich selbst zu hassen anfinge, daß ich nicht mehr imstande sei, mir selbst die geringste Achtung entgegenzubringen. Ich lebe ein Leben, das nicht das meine sei, ich komme mir vor wie ein heimatloser Fremder, der keinen Halt findet.
Nach diesem etwas pathetischen Anfang hielt ich inne, war nahe daran, das Papier zu zerreißen, ließ es aber dann so stehen, wie ich es geschrieben hatte. Wenn jemand mich verstand, dann sie.
Ich fuhr dann in normalem Ton fort, berichtete über mein Leben und von meiner Arbeit, sehr ausführlich schrieb ich über Daniel und seine Mutter.
»Der Schatten der Vergangenheit verdunkelt ihr Leben, aber sie ist so stark und so tapfer, daß sie mich immer beschämt. Dan ist jung, ihm gehört die Zukunft, und ich wünsche von Herzen, daß es eine Zukunft ohne Krieg und Mord und Tod sein wird. In diesem Fall müßten seine große Begabung und seine innere Kraft ihm eigentlich ein erfülltes Leben gewähren. Aber wer weiß das schon?«
Dann hielt ich abermals inne, zwei Seiten hatte ich mit dem

Bericht über Dan gefüllt, und vermutlich interessierte das Marie Antoinette nicht im geringsten.
Übergangslos fuhr ich fort: »Es kann sein, daß Du Dich kaum mehr an mich erinnerst, und sehr wahrscheinlich ist es, daß andere Dinge und andere Menschen in Deinem Leben heute eine viel größere Rolle spielen, als ich sie jemals spielen konnte. Ich bitte Dich daher nur um eins: Sage Deinem Vater, er möge sein erbarmungsloses Schweigen brechen. Ich muß wissen, was aus Carola geworden ist und welche Rolle ich hinfort in ihrem Leben spielen werde. Ich bin bereit, die notwendigen Konsequenzen zu tragen, was immer sie von mir verlangen werden. Aber ich möchte wieder leben. Ihr könnt mich nicht so in der Einsamkeit lassen.«
Als ich mit dem Brief fertig war, stand mir der Schweiß auf der Stirn. Feigheit und Selbstbetrug hatten fast ein Jahr lang mein Leben ausgemacht. Nun war es so weit, daß ich mich selbst und mein Leben nicht mehr ertragen konnte.
Tonis Antwort kam postwendend.
Sie schrieb: »Ich erinnere mich sehr gut an Dich, und weder andere Dinge noch andere Menschen spielen in meinem Leben eine größere Rolle als Du. Von meinem Vater soll ich Dir ausrichten, daß er Dich demnächst aufsuchen wird. Das hätte er sowieso vorgehabt, sagte er mir, denn es gebe etwas Wichtiges mit Dir zu besprechen. Was das ist, hat er mir leider nicht gesagt. Auch mich läßt er in der Einsamkeit.«
Ich schrieb sofort zurück, wann denn ihr Vater käme, beabsichtige er nach Kalifornien zu kommen oder wie ich das verstehen solle. Das erneute Warten wäre kaum zu ertragen. Die Hoffnung, jemals in diesem Leben wieder glücklich zu werden, hätte ich sowieso aufgegeben.
»Soll ich Dir sagen, Toni, was die schönste und glücklichste Stunde meines Lebens war? Wir fuhren an dem Figaro-Abend zurück nach Salzburg, es war an jenem Abend, als wir mit Deinen Freunden in einem Dorf in den Bergen zu Abend gegessen hatten. Erinnerst Du Dich? Es war eine ganz ruhige,

ganz stille Nacht, über den Bergen stand ein trüber Mond, und Du saßest neben mir in Deinem weißen Kleid, wir hatten geredet, und dann plötzlich fingst Du leise an zu singen. Die Rosenarie der Susanne. Weißt Du das noch, Toni? Nie zuvor in meinem Leben bin ich so glücklich gewesen. Nie wieder werde ich es sein. Bis zu meiner letzten Stunde werde ich diesen Abend nicht vergessen.«

Darauf bekam ich keine Antwort, und abermals verließ mich der Mut, weiterhin so sentimentale Ergüsse über den Ozean zu schicken.

Wöchentlich einmal, das hatte ich so eingeführt, hielt ich eine *open hour* in meinem Office auf dem Campus ab. Wer wollte, konnte kommen und mit mir reden. Wir saßen da, rauchten, redeten, diskutierten, blödelten manchmal nur.

Es war an einem dieser Nachmittage, ich hatte einen Kollegen der Neuzeit-Geschichte herumsitzen, der wegen einer Auskunft gekommen war, etwa ein halbes Dutzend *graduates,* ein paar *undergraduates,* darunter zwei Mädchen, von denen das eine mir erzählte, daß es das Studium aufgeben und heiraten werde. Dan war natürlich, wie immer, auch da. Eine Bekannte war noch gekommen, die Frau eines Anwalts, und in ihrer Begleitung befand sich eine hübsche junge Dame, ein Besuch aus Deutschland, der gern einmal sehen wollte, wie es auf einem Campus in Amerika zuging.

Und dann kam überraschend noch ein Gast. Ich erstarrte, als ich ihn sah. Angetan mit einem weißen Anzug, darunter ein schwarzes Hemd, eine Pfeife im Mundwinkel, trat Johann Saritz zur Tür herein. Mit lässiger Selbstverständlichkeit, als nehme er mindestens dreimal im Monat an meiner *open hour* teil.

Er sagte freundlich »Hi!« und hob grüßend leicht die Hand, und ich sagte, wie einstudiert: »Hi!«, und zu den anderen: *»That's John Saritz from Austria.«*

Sie machten alle höflich ihr Hi! und blickten ihn erwartungsvoll an, denn aus Austria konnte eigentlich nur etwas Musi-

kalisches kommen, doch er meinte: *»Go on! No interruption because of me«,* und setzte sich in eine Ecke.
Er blieb, bis alle gegangen waren, dann kam er, wie immer, gleich zur Sache.
»Ich möchte Sie sprechen, Herr Professor, und zwar allein und wo uns keiner hören kann. Ich komme mit einem Vorschlag.«
»Mit einem Vorschlag?« fragte ich dumm zurück.
»So ist es. Ich habe gelesen, was Sie meiner Tochter geschrieben haben. Ich hoffe, Sie nehmen das nicht krumm.«
»Warum sollte ich? Mehr oder weniger waren die Briefe auch für Sie bestimmt.«
»Das dachte ich mir. Klang ja ziemlich trübsinnig. Obwohl es mir hier in der letzten halben Stunde gut gefallen hat, machte einen vergnügten Eindruck. Also, wohin gehen wir? In irgendein Beisl, wo wir was zu trinken kriegen. Ich find's elend heiß heute. Bißchen müde bin ich auch. Ich bin gestern erst in Los Angeles gelandet und heute mit so einer Spielzeugmaschine hier rübergeflogen. Euer Flugplatz ist ja sehenswert. Man wundert sich, daß da überhaupt mehr als eine Fliege landen kann. Also, wohin gehen wir?«
»Am besten gehen wir zu mir«, sagte ich verwirrt. »Da sind wir ungestört, und kalte Drinks habe ich genügend im Haus.«
»Am liebsten wäre mir ein Bier. Aber ihr habt ja bloß das labbrige Büchsenzeug. Sie leben allein?«
»Natürlich.«
Mein Verhältnis mit Muriel war schon seit einiger Zeit beendet. Mein Nachfolger war auch ein guter Tennisspieler und außerdem ein paar Jahre jünger als ich. Mir war es recht so, ich hatte keine Einwände erhoben.
Schließlich saßen wir auf meiner kleinen Terrasse, Getränke vor uns, Saritz betrachtete eine Weile den müden Pazifik, nahm einen großen Schluck, und dann erklärte er mir in aller Gemütsruhe: »Ich möchte Ihnen vorschlagen, daß Sie baldmöglichst heiraten.«

Ich starrte ihn mit offenem Mund an.
»Heiraten? Ich? Wen denn?«
»Britta Nicolai.«
»Also Carola.«
»So ist es. Ich hätte sie ja gleich mitgebracht, aber amerikanische Behörden sind manchmal sehr gut informiert, und sie filzen einen hier sehr genau bei der Einreise. Ich möchte nicht mit einem fragwürdigen Paß erwischt werden, das kann ich mir in meiner Position nicht leisten. Also ist es besser, Sie fliegen mit mir hinüber und heiraten sie in Deutschland.«
»In Deutschland?«
»Ja, sie lebt jetzt in der Nähe von Rosenheim. Ihr zukünftiger Mann arbeitet dort im Krankenhaus.«
»Ihr zukünftiger Mann? Ich denke, das soll ich sein.«
»Vorübergehend. Kapieren Sie denn nicht? Und sowas ist Professor. Wenn ich so langsam denken würde, hätte ich bestens ein Standl am Naschmarkt.«
»Es tut mir leid, aber ich verstehe nicht. Und wollen Sie mir nicht erst einmal erzählen, wie es Carola überhaupt geht. Wie es ihr ergangen ist.«
»Wechselhaft. Ich will Ihnen nicht verschweigen, daß sie einen Selbstmordversuch gemacht hat, voriges Jahr im Oktober. Sie hatte sich auf dem Weingut recht nett eingelebt, dann aber drehte sie völlig durch. Und das während der Weinlese, wo wir sowieso einen Riesenbahö da draußen haben. Na, wir holten sie ein, ehe sie drüben war, und als sie sich erholt hatte, sagte ich ihr folgendes: Sterben mußt du sowieso, mein liebes Kind, das müssen wir alle. Ob du jetzt gleich stirbst oder in fünfzig Jahren, ist für die Weltgeschichte nicht wichtig, höchstens für dich. Einige Leute haben sich sehr bemüht, dich vor dem Zuchthaus zu retten, das solltest du anerkennen. Ein Teil mußt du aber auch dazu tun. Nun überleg mal ganz ruhig, was du tun willst. Du kannst zum Beispiel hinüberfliegen nach Amerika, ich zahle dir den Flug, und kannst Gorwess wieder heiraten. Er wird keinen Einspruch erheben. Natür-

lich muß er seinen Job in Santa Barbara aufgeben, denn so simpel, wie du es dir ausgedacht hast, geht es nicht. Er wird einen anderen finden, und ihr könnt leben, wo euch keiner kennt. Sie gab mir folgende Antwort: Er will mich nicht mehr. Sonst wäre er hier. Und ich sagte: Das mag sein, aber er wird es dennoch tun. Das war im vergangenen Oktober. Und nun passen Sie auf, Professor, wie es weitergeht.«

Saritz lehnte sich bequem in seinen Sessel zurück, betrachtete mit Abneigung die Bierbüchse, öffnete jedoch noch eine zweite.

»Nach diesem Selbstmordversuch war sie wie ausgewechselt. Von einem geradezu wilden Lebenshunger erfüllt. Ich tue es nie wieder, sagte sie. Britta hat nie gern gelebt, aber ich will leben. Ich fuhr mit ihr nach Wien, ich nahm sie auch mit nach Linz, wir sind ausgegangen, und sie genoß es. Und nun erwartet sie ein Kind, und ob Sie es glauben oder nicht, darauf freut sie sich wie wahnsinnig. Und darum muß sie jetzt heiraten.«

»Sie erwartet ein Kind?« rief ich höchst erstaunt. »Von Ihnen?«

Saritz lachte auf.

»Nein, danke, zuviel der Ehre. Nicht von mir. Von ihrem verflossenen Freund, der Doktor da, von den Seen hinter Berlin. Ein wirklich netter, sympathischer Mann.«

»Der ist auch wieder aufgetaucht?«

»Der war immer da. Und den hatte ich ganz bewußt in meine Pläne eingebaut. Ich sagte Ihnen ja damals, ich muß eine Weile darüber nachdenken. Ein glücklicher Zufall kam mir zu Hilfe. Ich muß Ihnen das von vorn erzählen.«

Er stopfte sich eine neue Pfeife und kehrte zurück zu jenem Tag, als er mich in Brixen zurückließ.

Als er mit dem kleinen Fiat in Saritz eintraf, suchte er zunächst den jungen Mann auf, den er am Tag zuvor mitgebracht hatte und ließ ihn wissen, daß er am nächsten Tag den Fiat nach Brixen zurückfahren müsse. Und von dem wieder-

um erfuhr er, daß seit dem vorigen Abend ein Fremder in Saritz herumhing, im Gasthof wohnte und Fragen nach den Bewohnern der Burg stellte.
»Das war mir natürlich unangenehm«, erzählte Saritz, »denn ich vermutete, daß sie Boris oder Carola auf der Spur waren. Geheimdienst, Polizei, der Stasi, der NKWD oder wer auch immer. Sowas hatte mir gerade noch gefehlt. Ich fuhr zur Burg hinauf, fest entschlossen, die zwei noch am selben Tag zu expedieren. Oben, kurz ehe man um die letzte Kurve kommt, saß einer auf einem alten Bruchstein. Ich hielt und fragte ungehalten, was er hier zu suchen habe. Er stand auf, sah mich erschrocken an, er hatte die unschuldigen blauen Augen eines Kindes, und begann sich umständlich zu entschuldigen. Es tue ihm leid, er wolle nicht aufdringlich sein, er denke, er wolle nur fragen, er wisse eben nicht ... Ich fuhr ihn ziemlich barsch an, und, langer Rede kurzer Sinn, es war der Arzt, dieser Doktor Wengler, der den falschen Totenschein ausgestellt hatte. Der Mann war am Ende. Er wollte Carola vor dem Zuchthaus retten, weil er Carola liebte. Aber nun hielt er sich selbst für einen Schwerverbrecher. Ich nahm ihn mit in die Burg.«
»Also hat auch er das Saritzer Tal gefunden«, sagte ich.
»Ja. Etwas später als Sie, aber gefunden hat er es. Es gab auf der Burg dann herzzerreißende Szenen, die ich nicht näher schildern will. Vor allen Dingen mußten Boris und Carola erst einmal mit der Tatsache fertig werden, daß ich dank Ihnen nun alles wußte. Carola war erleichtert, wie ich schon vermutet hatte. Und Boris begann sofort seinen Koffer zu packen. Er verschwand ohne großes Aufsehen, ich habe nie wieder von ihm gehört, nehmen wir also an, er lebt herrlich und in Freuden in Venezuela oder sonstwo.«
»Und Carola?«
»Na, das wissen Sie ja schon. Ich brachte sie nach Krems, dann passierte die Sache im Oktober, und seitdem war sie ganz handsam.«

»Und wer ist der Vater des Kindes? Dr. Wengler?«

»Genau. Den schickte ich erst einmal nach Deutschland, nach Bad Reichenhall, wo ich einen Badearzt kenne, einen umsichtigen Mann, den rief ich an und schlug ihm vor, Wengler irgendwie in seiner Praxis zu beschäftigen, eine Riesenpraxis ist das, und ihm behilflich zu sein bei seinen Formalitäten. Denn irgendwelche Formalitäten muß es ja geben, wenn er DDR-Flüchtling war, nicht? Irgendein Aufnahmeverfahren, was weiß ich, auch mußten ja wohl einige Hindernisse zu beseitigen sein, falls er sich in der Bundesrepublik wieder mit einer Praxis niederlassen wollte. Aber ich dachte nicht daran, mich auch noch darum zu kümmern. Ich sagte ihm nur, was geschehen ist, sei nun mal geschehen, jetzt solle er ein Mann sein und sein neues Leben in die Hand nehmen. Wenn alles geregelt sei, würde ich ihm erlauben, Carola wiederzusehen.«

»Das ist ja ungeheuerlich.«

»Wieso? War doch eine gute Idee. Ich ließ ihn dann allerdings schon nach Carolas Selbstmordversuch kommen, und ich muß sagen, da hat er sich großartig benommen und sie sehr schnell wieder zur Vernunft gebracht. Wir wollen mal ehrlich sein, Professor, einen Knacks wird sie immer zurückbehalten, und zu Depressionen neigt sie auch. Erstens weil sie getan hat, was sie getan hat, und zweitens, weil sie vielleicht doch der Schwester gar nicht so unähnlich ist, wie es zuerst aussah. Deswegen versprechen wir uns auch viel von dem Kind, Dr. Wengler und ich. Er meint, das könne sie heilen. Zumal sie sich ja so darauf freut.«

»Und er? Warum will er sie nicht heiraten?«

»Er will schon, er liebt sie aus tiefstem Herzensgrund. Er hat sie früher schon geliebt, und damit Sie klarsehen, bevor sie mit Ihnen nach Amerika ausriß, hatte sie ein Verhältnis mit ihm. Das dauerte über ein Jahr, und er wollte sie heiraten, aber sie träumte immer nur von ihrem Märchenprinzen aus Amerika. Hat ihn viel Nerven gekostet, den guten Mann.«

»Aber ich verstehe noch immer nicht – wenn er doch der Vater des Kindes ist, warum heiratet er sie denn nicht? Warum ich?«

»Mein Gott, was sind Sie bekloppt, wie Carola es ausdrücken würde! Verstehen Sie denn dieses Arrangement nicht?«

»Nein. Tut mir leid.«

»Sie müssen sie heiraten, um sich danach von ihr scheiden zu lassen. Sie können sich nur scheiden lassen, wenn Sie verheiratet sind, klar? Sie und ich und einige Leute wissen, daß Sie heute noch verheiratet sind, mit einer Frau, die offiziell tot ist. Wenn Sie heute wieder heiraten oder wenn Carola heiratet, so ist das Bigamie. Der Teufel ist ein Eichhörnchen, eines Tages kommt es doch heraus, dann sitzt ihr schön in der Patsche. Offiziell sind Sie Witwer. Wenn Sie jetzt eine Dame namens Britta Nicolai heiraten, kann keiner etwas dabei finden. Auf jeden Fall kann es keine Bigamie sein, denn es ist dieselbe Frau. Dann lassen Sie sich scheiden, das machen wir am besten in Reno, da geht so etwas schnell und klaglos über die Bühne, und Carola kann dann ganz ordnungsgemäß als geschiedene Frau Gorwess ihren Doktor heiraten und ihr Kind kriegen. Er arbeitet übrigens jetzt im Kreiskrankenhaus in Rosenheim. Soll sehr beliebt sein bei den Patienten. Mit ihm habe ich das alles besprochen, er würde mir am liebsten Tag und Nacht die Hände küssen, so dankbar ist er mir. Er hält mich für das größte Genie des Jahrhunderts.«

»Und was soll aus mir werden?«

»Was heißt das? Für Sie ändert sich gar nichts. Sie sind dann ein regulär geschiedener Mann, können beruhigt auch wieder heiraten, falls Sie noch einmal so wahnsinnig sein sollten. Bloß schlagen Sie sich meine Tochter aus dem Kopf. Das kommt natürlich nicht in Frage.«

»Und wenn Carola sich weigert, sich scheiden zu lassen, wenn wir wieder verheiratet sind?«

»Dann behalten Sie sie eben. Früher hatten Sie sie ja auch. Abgesehen davon, wird es keine Schwierigkeiten geben. Sie ist mit dieser Regelung einverstanden. Es ist nun mal das Kind von Dr. Wengler, das sie erwartet, nicht das Ihre. Und das Kind ist ihr im Augenblick die Hauptsache. Nur, wie gesagt, Sie müssen nach Deutschland kommen zum Heiraten, es ist mir zu brenzlig, sie hierherzubringen. Ich möchte nicht das FBI auf dem Hals haben. Wenn sie dann Mrs. Gorwess ist, können wir beruhigt sein. Nächste Woche könnt ihr heiraten, in vierzehn Tagen nach Reno fliegen, und dann ist alles erledigt.«

Ich weiß nicht, warum die Leute immer von amerikanischem Tempo reden. Ich fand das österreichische Tempo viel atemberaubender. Aber ganz so schnell und reibungslos ging es natürlich nicht, wie Johann Saritz es sich ausgemalt hatte.

Britta Nicolai und ich heirateten einen Monat später in München, eine kurze Zeremonie auf dem Standesamt in der Mandlstraße. Dr. Herbert Wengler war dabei, und er ließ Carola nicht aus den Augen, er befürchtete wohl, ich würde sie ein zweites Mal entführen, wie sie das damals genannt hatten. Aber da bestand keine Gefahr. Ich hatte Angst gehabt vor dem Wiedersehen, Angst vor Szenen, Tränen, Ausbrüchen – nichts dergleichen. Carola sah aus wie früher, sie war wieder blond, nur der Leberfleck fehlte. Sie war fast so lebhaft, ein wenig fahrig und oberflächlich vielleicht, sie überspielte viel mit nervösem Gerede, ihre Augen flackerten manchmal unstet, aber dann wieder glich sie der lieben kleinen Carola von einst, zutraulich, herzlich, nur ein wenig zu laut. Von dem Kind sprach sie viel, wie sehr sie sich darauf freue. Und sie habe sich damals, als wir zusammen lebten, immer ein Kind gewünscht.

»Aber ich habe schließlich zwei Abtreibungen gehabt«, erklärte sie in aller Seelenruhe, »darum klappte es wohl eine Weile nicht. Herbert hat mir erklärt, daß sich der Körper einer Frau erst wieder regenerieren muß nach solchen gewaltsamen Eingriffen.«

»Aha«, bemerkte ich töricht.

»Britta hat nie erlaubt, daß ich ein Kind kriege. Aber nun kann sie es mir ja nicht mehr verbieten.« Das sagte sie mit einem grausigen Unterton der Befriedigung, der mir einen Schauer über den Rücken jagte. Ich warf einen Blick auf Dr. Wengler, der bei diesem Gespräch zugegen war, und ich dachte mir, daß er mit seiner Freiheit lieber etwas anderes hätte anfangen sollen. Ich beneidete ihn nicht um die Ehe, die vor ihm lag.
Aber vielleicht hatte das Kind wirklich eine heilsame Wirkung auf Carola, so etwas sollte es ja geben. Meine Gefühle? Schwer zu beschreiben. Fremdheit, Wehmut, Erleichterung, Mitleid. Alles Mögliche, nur keine Liebe. Nichts mehr war davon übrig. Mit der unmittelbar auf die Eheschließung folgenden Scheidung in Reno, wie Saritz sich das ausgedacht hatte, klappte es dann doch nicht, denn Carola weigerte sich, nach Amerika zu fliegen. Sie war zwar erst im fünften Monat, aber sie meinte wichtigtuerisch, für eine Frau in ihrem Zustand sei ein Flug höchst ungesund.
Wir wurden dann in Deutschland geschieden, was etwas länger dauerte und umständlicher war. Als das Kind geboren wurde, war sie noch meine Frau, und erst im kommenden Winter war ich endgültig frei. Carola und Dr. Wengler heirateten kurz darauf.

Frei war ich auch von meiner Position in Santa Barbara. Ich hatte meinen Vertrag mit der University of California gelöst, und es war mir schwergefallen; ich hatte gern in Santa Barbara gelebt und auch gern dort gearbeitet. Aber ich war der Meinung, daß ich nach all diesen Verwirrungen und Lügen und Komplikationen der vergangenen Jahre nicht mehr das Recht hätte, an einer Universität zu lehren. Ich hatte auch nicht verschwiegen, daß ich die Schwester meiner Frau in Deutschland geheiratet hatte, und es war im Kreis meiner Kollegen und Freunde mit Befremden aufgenommen worden. Auf keinen Fall wollte ich sie nun auch noch von meiner

Scheidung unterrichten müssen. Was ich tun wolle, wurde ich gefragt. Zunächst einmal mein Buch über amerikanische Komponisten fertigschreiben, das mir nun doch ziemlich umfangreich und ausführlich geriet. Dann, so erklärte ich, werde ich mich wohl einige Zeit in Europa aufhalten müssen, um das Quellenmaterial in Archiven und Bibliotheken zusammenzusuchen, das ich für das Buch über das Mäzenatentum des 17. und 18. Jahrhunderts brauche. Der Stoff sei so reichhaltig, daß es wohl zwei Bände werden würden. Gerade zu jener Zeit bekam ich ein sehr günstiges Angebot einer großen Schallplattenfirma. Hinfort verfaßte ich kompetente und lehrreiche Texte für die Covers und die Einlagen klassischer Einspielungen. Das machte mir Spaß und wurde gut bezahlt. Geldsorgen hatte ich nicht.
Mit Johann Saritz war ich nur noch einmal zusammengetroffen, kurz bevor ich in München heiratete. Ich hatte ihn gefragt, ob eigentlich Marie Antoinette wisse, was vor sich ging.
»Natürlich nicht«, erwiderte er hochfahrend. »Damit werde ich sie nicht belasten. Sie ist derzeit in England. Und ich habe Ihnen ja bereits gesagt, daß Sie sich jeden Gedanken an meine Tochter aus dem Kopf schlagen sollen.«
»Und wenn ich geschieden bin?«
Jede Verbindlichkeit war aus seinem Gesicht gewichen, hart und kalt blickte er mich an.
»Ich halte es für unmöglich, daß sie einen geschiedenen Mann heiratet.«
Aber er hatte ihr nicht verschwiegen, was mit mir geschehen war, irgendwann hatte er es ihr gesagt. Womit bewiesen war, daß seine Härte und Kälte nur Fassade war.
Ich lebte nun in New York und arbeitete sehr viel. Da war mein Buch, die Texte für die Plattenfirma, ich schrieb Besprechungen und Artikel in Zeitungen und Zeitschriften, gelegentlich hielt ich einen Vortrag vor einem interessierten Kreis oder im Fernsehen und Rundfunk; kein Mensch macht sich

auch nur entfernt eine Vorstellung davon, was in einer solchen Riesenstadt los ist. Ich wurde auch viel eingeladen, denn ich war nun kein unbekannter Mann mehr in Fachkreisen, aber sonst war ich der einsamste Hund von ganz New York.
Da bekam ich eines Abends überraschenden Besuch. Ich saß daheim und schrieb, rauchte ein paar Zigaretten zuviel, trank ein paar Whisky zuviel, das hatte ich mir so angewöhnt, als mir ein Besucher gemeldet wurde. Erwähnen muß ich noch, daß ich in einem Apartmenthaus wohnte, fast war es ein Hotel, etwas lieblos eingerichtet, aber Service rund um die Uhr. Meine Möbel aus Santa Barbara hatte ich verkauft.
»Ich habe keine Zeit. Wer ist es denn?« fragte ich unwirsch in das Haustelefon.
»Mr. Saritz«, wurde mir durchgesagt.
Das fuhr mir in die Glieder. Ich hatte nicht erwartet, ihn jemals wiederzusehen.
Ich trug die vollen Aschbecher hinaus, kämmte mein zerstrubbeltes Haar, wusch mir die Hände und zog mein Jackett an. Da läutete es schon an der Tür.
Jedoch nicht Johann Saritz stand davor, sondern Franz Joseph, sein Sohn. Der Seppi.
»Is ja net zum Sagen, was das für Umständ macht, bis man Sie auftreibt. Einen Artikel in der Zeitung hab ich unlängst von Ihnen gelesen, und in der Redaktion hab ich eine Tippmaus fast zum Altar führen müssen, bis sie mir Ihre Adresse besorgt hat. San'S denn so berühmt?«
»Es läßt sich ertragen. Einen Whisky?«
»Gengan'S mir weg mit dem Zeug. Überall muß ich das hier trinken. Ham'S denn keinen gescheiten Wein im Haus?«
Hatte ich nicht. Aber kaum hatte er davon gesprochen, da bekam ich auch einen Riesenappetit auf ein gutes Glas Wein. Ich zog mich schnell um, und wir gingen zusammen zum Essen in ein nettes kleines Bistro, gar nicht weit von mir entfernt, wo ich manchmal saß, ganz allein, gut speiste und einen anständigen Wein trank.

Während des Essens klagte mir der Seppi sein Leid. Auf Befehl des Generals sitze er nun hier in New York herum, um das Geschäft zu lernen, jetzt bei einer Bank, später bei einer Handelsfirma, und wozu das eigentlich gut sein sollte, möge begreifen, wer wolle, er begreife es nicht.

»Im Leben macht er keinen Geschäftsmann aus mir, das müßt er doch mittlerweile in seinem Dickschädel drin haben. Aber naa! Zahlen muß ich buchstabieren. Zahlen! Wann i etwas haß, sans Zahlen. Er soll sich sein Geld am Hut stecken, ich erb' immer noch genug von der Mama.«

Schließlich, wir hatten die zweite Flasche Wein schon fast geleert, gelang es mir, nach Marie Antoinette zu fragen.

»Wie geht es Toni?«

»Toni? Na, Sie san gut. Bei der hams ausgespielt ein für allemal.«

»Aber warum denn, um Himmels willen?«

»Sie können fragen? Weil'S nix hören lassen. Darum.«

»Es war alles so schwierig...«

»Ah, gehn'S, schwierig.« Er zog das Wort geziert in die Länge. »Wann i sowas hör. Sie san doch geschieden jetzt. Also. Wär doch Zeit, daß Sie die Toni nicht länger warten lassen.«

Ich muß ihn wohl fassungslos angestarrt haben, denn er schüttelte den Kopf über soviel Begriffsstutzigkeit.

»Ham'S denn immer noch nicht begriffen, was für eine die Toni ist?«

»Aber Ihr Vater...«

»Gehn'S, hörn'S auf mit dem General. Sie san noch net amal sein Schwiegersohn und lassen sich schon sekkieren.«

»Er hat mir viel geholfen. Ich bin ihm Dankbarkeit schuldig. Und ich will nichts hinter seinem Rücken unternehmen und nichts gegen seinen Willen. Außerdem, wenn Ihre Schwester gewollt hätte...«

»Soll's Ihnen am End nachlaufen? Aber jetzt passen'S auf, was ich Ihnen mitgebracht hab.«

Er zog seine Brieftasche heraus und legte zwei Karten vor mich auf den Tisch. Festspielkarten von Salzburg. Ich kannte ihr Format und ihr Aussehen.
»Das schickt Ihnen die Toni. Eine ist für den Figaro, da möchts mit Ihnen hineingehen. Und ich sag Ihnen was, dieses Jahr dirigiert der Böhm. Und die andere ist für die Carmen. Also was sagen'S denn dazu? Der Karajan macht in Salzburg die Carmen. Also, das paßt doch wie die Faust aufs Auge. Was hat die Carmen in Salzburg verloren, das soll mir einer mal sagen. Aber die Toni ist ganz verrückt darauf. Sie wissen ja, für den Karajan da lebt sie und da stirbt sie. Hat sich nichts dran geändert. Manchmal können Frauen schon treu sein.«
Er grinste mich fröhlich an. »Da wird sie sich ja wohl an dem Abend kaum um Sie kümmern, wenn ihre Blicke allerweil nur am Maestro hängen.«
Ich starrte auf die Karten, die vor mir auf dem Tisch lagen, ich sah den Seppi an wie einen Boten des Himmels.
»Ich weiß nicht, was ich sagen soll. Meint sie, daß sie mit mir da hineingehen will?«
»Das meint sie. Davon red ich doch die ganze Zeit. Sie bemüht sich auch noch um ein Konzert vom Böhm. Nur Mozart. Die g-moll ist auch dabei. Sie sagt, die mögen Sie besonders gern. Ja, also das wär's. Trinken wir noch ein Flascherl?«
Da saß ich, meine Hände umklammerten die Tischkante, und ich hatte den Wunsch, den Tisch umzuwerfen, zu schreien, zu lachen, zu weinen, alles auf einmal.
»Seppi!« flüsterte ich heiser. »Es ist erst April. Wie soll ich es aushalten bis zum Juli?«
»August«, verbesserte er mich. »Die Karten san alle für den August. Sie könnten höchstens, ja, das ging vielleicht ... da muß ich die Toni aber erst fragen. Das kann ich ja tun, wenn ich das nächste Mal anruf.«
»Was, Seppi? Was wollen Sie sie fragen?«
»Ich denk mir grad, Sie könnten Anfang Juni ins Jagdhaus

kommen. Wenn wir auf den ersten Bock gehen. Das ging vielleicht. Falls«, er runzelte die Stirn und blickte mich besorgt an, »falls Sie den Weg wiederfinden. Und falls net wieder eine Karambolage mit Ihrem Wagen ham. Die Toni meint, es wär besser, Sie lassen den Wagen gleich drunten, und der Lois bringt Sie mit hinauf.«

»Das hat sie gesagt?«

»Ja, fallt mir grad ein. Das hat sie auch noch gesagt.«

Eine Heimat hat der Mensch

Diesmal fand ich den Weg ins falsche Sarissertal mühelos. Und ich brauchte dazu etwa ein Drittel der Zeit. Es war ein himmelblauer Tag Anfang Juni, die Seen des Salzkammerguts blitzten im Sonnenschein, die Wiesen waren leuchtend grün, und die Berge standen wie mächtige Wächter soweit das Auge reichte. Den Risserer, wirklich ein gewaltiger Bursche, sah ich schon von weitem. Diesmal näherte ich mich ihm von der richtigen Seite her und landete in einem freundlichen kleinen Dorf zu seinen Füßen. Dort wartete bereits der Lois mit dem Rover auf mich.

»Grüß Gott«, sagte er freundlich, lud meinen Koffer um, und ab ging die Fahrt, bergauf wie damals auch, aber total undramatisch. Ein Ziehweg in den Bergen, eine ganz einfache Sache für einen halbwegs sicheren Fahrer. Mit einem Brummlaut wies er mir die Stelle, an der ich seinerzeit gescheitert war. Nichts hatte sich geändert, die Vertiefung, der Stubben waren noch da.

Ich schüttelte den Kopf. Ein Kinderspiel, daran vorbei- und herumzufahren. Aber ganz sicher war ich nicht, ob ich nicht an diesem Tag, trotz des Sonnenscheins, hier wieder hängengeblieben wäre. Kein Regen trübte meinen Blick, aber der Gedanke an das bevorstehende Wiedersehen machte mich mindestens genauso verwirrt, wenn nicht schlimmer.

Viel schneller als erwartet öffnete sich der Wald, die grüne Wiese zur Linken, und rechts wurde das Jagdhaus unter den Tannen sichtbar. Träumte ich? War ich wirklich hier?

»So, da sammer«, teilte mir der Lois mit, zog die Bremse an und stieg aus. Stieg einfach aus.
Ich blieb sitzen. Würde ich wirklich Toni hier treffen?
»Gemma?« fragte der Lois ungeduldig. Sicher hatte er wieder eine Braut im Tal, zu der er schnell zurückkehren wollte. Er schwang meinen Koffer aus dem Wagen, trug ihn zum Haus, trat ein und rief: »Mir san da!«
Ich folgte ihm langsam, und mein Herz klopfte wie ein Hammer.
»Pst!« machte ich, »die Kinder schlafen sicher noch.« Denn es war die Zeit, in der sie nach der Morgenpirsch ihren nötigen Schlaf nachholten.
Das erste, was ich hörte, war ein Anschlag von Carlos. Das zweite, was mich begrüßte, war ein wohlbekannter Duft. Da erschien auch schon Marika unter der Küchentür.
»Der Apfelstrudel ist gleich fertig«, teilte sie mir mit.
Ich konnte nicht anders, ich schloß sie in die Arme und hob sie sogar ein wenig hoch.
»Aber«, stammelte sie, »aber, Herr Professor ...«
»Marika! Geliebte Marika!«
Sie kicherte amüsiert. »Na, das gilt ja wohl kaum mir.«
»Schlafen sie denn noch?«
»Sie schlafen noch«, teilte sie mir mit ernsthaftem Kopfnikken mit, aber da ging ganz hinten im Gang die letzte Tür links auf, und Toni steckte den Kopf heraus.
»Einen Schmarrn schlafe ich. Kein Auge habe ich zugetan. Richard, komm schnell zu mir.«
Die Tür links vorn öffnete sich ebenfalls.
Seppi erschien darunter und sprach: »Ich möchte doch um sittsames Benehmen in diesem Haus bitten. Noch seid ihr nicht verheiratet, und erst wird der Apfelstrudel gegessen.«
»Ich will sie bloß sehen«, rief ich, »nur sehen will ich sie. Ob sie wirklich noch da ist.«
Sie kam mir schon im Gang entgegen, warf sich ungestüm in meine Arme.

»Wirklich«, flüsterte sie, das Gesicht an meinem Hals, »ganz wirklich. Oh, Richard!«
Dann blickte sie hoch, sah den Seppi und die Marika dastehen, die uns neugierig und lächelnd nachblickten, ergriff meine Hand und zog mich in ihr Zimmer. Dasselbe Zimmer mit dem breiten Bett in der Mitte, mit Carlos, der unsicher dastand und leise knurrte.
»Aber du kennst ihn doch, Carlos. Kennst ihn am End nicht mehr?«
Doch, Carlos kannte mich. Er wedelte zurückhaltend mit dem Schwanz und beschnupperte mich, dann kam er uns nicht mehr in die Quere. Ich hatte sie im Arm. Es war ihr Haar, es war ihr Duft, es war ihr Mund. Nichts hatte sich verändert.
Ich hielt sie ganz fest, unsere Herzen klopften im gleichen Takt, es war die Stunde, die Minute, um die es sich lohnte, geboren worden zu sein.
»Du willst mich wirklich noch?« flüsterte ich in ihr Haar. »Trotz allem, was geschehen ist?«
»Ja«, sagte sie. »Ich will dich. Justament dich. Jetzt und immer. Aber erst essen wir den Apfelstrudel.«
»Jetzt gleich?«
»Alles zu seiner Zeit. Und außerdem dürfen wir die Marika nicht verärgern. Nie dürfen wir das, das bringt Unglück.«
»Ich will Marika natürlich gern zufriedenstellen. Aber ich fürchte, ich werde keinen Bissen herunterbringen.«
»Aber ganz gewiß wirst du das. Du bist eh so dünn geworden.« Ihre Hand faßte fest in meine Rippengegend. »Gar nichts mehr dran an dir. Das mag ich nicht. Ein Mann muß zum Anfassen sein.«
»Ich werde soviel Apfelstrudel essen, wie ich kann«, versprach ich, und sie nahm meine Hand und zog mich mit.
»Dann komm. Fangen wir gleich damit an.«
Wir fingen an. Mit dem Apfelstrudel, mit der Liebe, mit der Ehe.

Herr im Himmel, was für ein Anfang. Und danke, mein Gott, für alles, wie es weiterging.
Noch im selben Jahr, im Monat nach den Festspielen, haben wir geheiratet.
»Doch net so schnell«, jammerte Gräfin Giulia. »Wie soll man da eine Hochzeit ausrichten?«
»Es wird keine große Hochzeit, Mama«, sagte Toni. »Erstens ist er ein Ketzer, und zweitens ist er geschieden.«
»Das gfallt mir gar net.«
»Aber *er* gefallt dir. Er hat dir damals schon gefallen. Und gewartet haben wir grad lang genug.«
»Grad zwei Jahr, was ist das schon? Der Jacob hat auf die Rahel sieben Jahr gewartet. Und dann hat er sie nicht mal gekriegt. So war's doch, net?«
Johann Saritz hatte keine Einwände. Er habe von Anfang an gewußt, sagte er, daß es darauf hinauslaufe.
»Oder was glaubt ihr, warum ich mir den Kopf derbröselt hab? Nur dem Herrn Professor aus Amerika zuliebe? Ich hab gleich gemerkt, daß es sich um Liebe handelt. Dagegen kann man nichts tun. Dagegen soll man auch nichts tun. Wär am End schad drum.«
Wir haben zwei Kinder. Unsere Tochter kennt nur Musik und lebt und stirbt für den Karajan. Gott sei Dank ist unser Sohn ein Rechengenie, das stellt Johann Saritz zufrieden fest. Wir leben in Salzburg, und ich unterrichte am Mozarteum. Ein Buch über Mozart habe ich inzwischen natürlich auch geschrieben, obwohl es schon Dutzende über diesen Göttersohn gibt. Aber da war mir nicht zu helfen. Das war ich ihm und Salzburg und mir selber schuldig.
Dieser Meinung ist auch Daniel Fischer, mein ehemaliger Schüler in Santa Barbara, der inzwischen ein berühmter Dirigent geworden ist. Auch hier in Salzburg hat er schon Konzerte geleitet. Überdies ist er auf dem besten Wege, sich auch als Komponist einen Namen zu machen. Er ist ein guter Freund der Familie, und wir freuen uns immer, wenn seine

internationalen Konzertreisen ihm Zeit für einen Besuch lassen.
Die Ehe zwischen Carola und Dr. Wengler besteht noch, und das ist nur möglich, weil er sie wirklich liebt und eine Engelsgeduld mit ihr hat.
Sie ist sehr schwierig, leidet unter Depressionen und hat noch einen zweiten Selbstmordversuch gemacht. Sie ist rasend eifersüchtig, sowohl er wie das Kind, ein Sohn, werden von ihr mit Argusaugen bewacht. Man kann sagen, sie wird Britta immer ähnlicher.
Ab und zu treffe ich mich mit Dr. Herbert Wengler, ich habe das Gefühl, das bin ich ihm schuldig. Er hat eine eigene Praxis, in einem Vorort von Frankfurt, er ist ein guter, geduldiger und menschlicher Arzt. Carola weiß nicht, daß wir uns treffen, das würde sie rasend machen. Von mir darf überhaupt nie gesprochen werden. Einmal sagte sie, Wengler erzählte es mir erst auf mein Drängen, denn ich sah ihm an, wie deprimiert er war, einmal also sagte sie: »Ich werde ihn finden, und dann werde ich ihn töten. Ich kann das. Ich habe bewiesen, daß ich es kann. Auf einen Mord mehr oder weniger kommt es mir nicht an.«
Früher oder später wird es ein schlimmes Ende mit ihr nehmen, das weiß Wengler so gut wie ich. Ein Mord bleibt nicht ungesühnt, und Carola bezahlt mit ihrer geistigen Gesundheit dafür, daran zweifeln weder Wengler noch ich. Auch das Kind hat daran nichts ändern können. Wengler mußte den Jungen sogar schweren Herzens in ein Internat geben, als er älter und aufmerksamer wurde. Bedingt durch die große Praxis, hatte er nicht genügend Zeit, sich ständig um ihn zu kümmern, konnte ihn aber auch nicht schutzlos dem Einfluß von Carola überlassen.
»Und was sagt sie dazu?« fragte ich. »Es macht ihr nicht viel aus. Wenn sie einen Menschen vermißt, dann ist es Britta.« Er stützte den Kopf in die Hand und starrte trübsinnig vor sich hin. »Erst neulich sagte sie: ›Wo bleibt eigentlich Britta so

lange? Sie ist schon ewig nicht mehr da gewesen. Ist sie immer noch in Amerika?‹ – Ja, lieber Professor, so sieht es aus bei uns.«

Britta, die sie beherrschte, als sie jung war, wird sie nun vollends zerstören.

In diesem Jahr, 1981, ist es zwanzig Jahre her, seit die Mauer in Berlin gebaut wurde. Eine Generation ist herangewachsen, die nur noch die zweigeteilte Welt kennt. Friedlicher und freundlicher ist die Menschheit seitdem nicht geworden, ganz im Gegenteil. Sie wird es wohl nie sein, da habe ich jede Hoffnung aufgegeben.

Eine Heimat hat der Mensch – nur wo ist sie? Auf Erden ist sie zweifelhaft und unsicher, im Himmel möglicherweise auch. Im Herzen eines Menschen, den man liebt und von dem man geliebt wird, da vielleicht am ehesten. Wenn man das Glück hat, diesen Menschen zu finden.

Ich habe ihn gefunden.